대산세계문학총서 **0 1 2**

코린나 이탈리아 이야기 1

Corinne, ou L'Italie

Madame de Staël

코린나 이탈리아 이야기 1

마담 드 스탈 지음
권유현 옮김

문학과지성사
2002

지은이 **마담 드 스탈**(1766~1817, Madame de Staël)
파리 출생. 루이 16세 때에 재무대신을 지낸 네케르의 딸로서, 주불 스웨덴 대사인 스탈 남작과 결혼하였다. 소녀 시절에 어머니의 살롱에 모이는 계몽사상가들에게 영향을 받아 민주주의 사상과 인류의 영원한 진보의 이상을 품게 되었고, 근대 입헌사상의 획기적 저서인 『입헌정치론』으로 유명한 콩스탕의 애인이었다. 나폴레옹과의 불화로 1803년 국외로 추방되어 독일·이탈리아·영국 등지를 유랑하면서, 각국의 풍토와 사회제도의 차이를 흥미롭게 관찰하였고, 독일의 낭만주의 문학과 철학의 영향을 받았다. 그 후 오랫동안 스위스의 코페에 체재하면서 여러 작품을 집필하였다.
대표작품으로는 소설로 『델핀 Delphine』(1802), 『코린나 Corinne』(1805)가 있으며, 그 외에 문학평론으로 『사회제도와의 관련하에서 고찰한 문학론 De la Littérature considérée dans ses rapports avec les institutions sociales』(약칭: 『문학론』, 1800), 『독일론 De l'Allemagne』(1810)이 있다. 『문학론』은 사회 환경과 문학의 관계에 주목함으로써 19세기 실증적 비평의 선구가 되었으며, 『독일론』은 당시 융성하던 독일의 낭만주의를 프랑스에 소개하며 프랑스 낭만주의의 성장에 기여하였다.

옮긴이 **권유현**(權由賢)
1955년 서울 출생. 서울대학교 불문과를 졸업하고 이화여대에서 문학박사학위를 받았다. 서울대·이화여대·경원대 등에서 강사를 역임하였고, 저서로 『마담 드 스탈 연구』가 있으며, 역서로 장 그르니에의 『편지 I』, 다니엘 미테랑의 『모든 자유를 누리며』, 알랭 핑켈크로트의 『사랑의 지혜』, 장 기통의 『나의 철학유언』, 에밀 졸라의 『작품』이 있다.

대산세계문학총서 **012**
코린나
―이탈리아 이야기 1

지은이__마담 드 스탈
옮긴이__권유현
펴낸이__채호기
펴낸곳__문학과지성사

등록__1993년 12월 16일 등록 제10-918호
주소__서울 마포구 서교동 363-12호 무원빌딩 4층 (121-838)
전화__편집부 338)7224~5 영업부 338)7222~3
팩스__편집부 323)4180 영업부 338)7221
홈페이지__www.moonji.com

제1판 제1쇄__2002년 8월 22일

ISBN 89-320-1351-9
ISBN 89-320-1246-6(세트)

ⓒ 권유현

이 책은 대산문화재단의 외국문학 번역지원사업을 통해 발간되었습니다.
대산문화재단은 大山 愼鏞虎 선생의 뜻에 따라 교보생명의 출연으로 창립되어 우리 문학의 창달과 세계화를 위해 다양한 공익문화사업을 펼치고 있습니다.

잘못된 책은 바꾸어드립니다.

Madame de staël

코린나_이탈리아 이야기 | 차례

코린나_이탈리아 이야기 1

　　제1부　오스왈드 • 11
　　제2부　카피톨리노 언덕의 코린나 • 37
　　제3부　코린나 • 61
　　제4부　로마 • 83
　　제5부　묘지 · 교회 · 저택 • 127
　　제6부　이탈리아인의 생활과 기질 • 145
　　제7부　이탈리아 문학 • 179
　　제8부　조각과 회화 • 211
　　제9부　민중의 축제와 음악 • 255
　　제10부　성주간(聖週間) • 273
　　제11부　나폴리와 산 살바토레 수도원 • 305

　　원주 • 329
　　옮긴이 주 • 333

코린나_이탈리아 이야기 2

　　제12부　넬빌 경의 이야기 • 11
　　제13부　베수비오 산과 나폴리의 전원 • 49
　　제14부　코린나의 이야기 • 77
　　제15부　로마와의 이별, 베네치아 여행 • 111
　　제16부　오스왈드의 출발과 부재 • 159
　　제17부　스코틀랜드의 코린나 • 205
　　제18부　피렌체에서의 나날들 • 245
　　제19부　오스왈드의 이탈리아 귀환 • 271
　　제20부　결말 • 309

　　원주 • 339
　　옮긴이 주 • 342
　　옮긴이 해설 : 19세기 낭만주의를 이끈 여성주의 소설 • 346
　　작가 연보 • 358
　　기획의 말 • 362

…… 그대의 이름을 듣게 하노라,

아펜니노 산맥을 둘로 갈라놓고,

바다와 알프스로 둘러싸인 아름다운 나라에.

페트라르카

일러두기

1. 소설 번역에 사용한 텍스트는, 1820년에 간행된 마담 드 스탈의 전집(총 17권) Oeuvres Complètes, publiées par son fils, précédées d'une notice par Madame Necker de Saussure(Paris: Treuttel et Würz Libraires, 1820, 17 vols) 중 제8, 9권(『코린나』)이다.

2. 책 제목인 'Corinne'는 이탈리아 사람인 주인공의 이름 'Corinna'를 프랑스식으로 부르는 데서 연유한다. 역자는 이를 원래의 이탈리아 이름대로 '코린나'로 하기로 정하였다. '코린나'라는 이름의 유래에 대해서는 본문 제14부 제4장의 원주 (29)를 참조하자.

3. 소설에 등장하는 인명·지명·작품명도 원칙적으로 원어 발음대로 표기하였다. 예를 들면 Pindare는 '핀다로스'로, Naple는 '나폴리'로 옮겼다. 다만 '성 베드로 성당'처럼 우리나라에서 이미 널리 사용되고 있는 명칭은 굳이 '산 피에트로 성당'이라고 옮기지 않고 그 관례적인 표현에 따랐다.

4. 원서에 이탤릭체로 표기된 부분은 번역문에서도 그대로 살렸다. 단, 작품명인 경우에는 이탤릭체로 하지 않고 『 』 표시를 하였다.

5. 프랑스어와 함께 이탈리아어 혹은 영어가 병기되어 있는 경우, 외국어를 괄호 안에 넣어 표기하였으며, 시 인용에서는 한글 번역 뒤에 시 원문을 실었다.

6. 이탈리아어나 영어만이 단독으로 사용된 경우에는 따로 병기하지 않고 번역하였다. 단, 원어의 발음을 그대로 적는 것이 좋다고 생각되는 때에는 한글로 소리나는 대로 적고 원어를 병기하였다.

7. 원주의 경우, *로 표시된 주와 괄호 안 숫자로 설명한 주를 구분하여 함께 책 뒤에 실었으며, 이탈리아의 정치가·문인·예술가나 그들의 작품 위주로 별도의 설명이 필요한 부분은 옮긴이 주를 달아 이해를 돕고 있다.

제1부
오스왈드

제 1 장

　1794년에서 1795년에 걸치는 겨울에 스코틀랜드의 귀족 넬빌 경 오스왈드는 에든버러를 떠나 이탈리아로 향했다. 그는 기품 있고 잘 생긴 용모에 재기가 있었으며, 명문의 자제였고, 부족함이 없는 재산을 갖고 있었다. 그러나 마음 깊은 곳에 도사리고 있는 고통으로 그의 건강이 안 좋아져서, 의사들은 폐가 나빠질 것을 염려하여 그에게 남쪽으로 가서 요양하라는 처방을 내렸다. 그는 자신의 수명 보존에 그리 관심이 있었던 것은 아니었지만, 의사들의 권고를 따랐다. 단지 그는 앞으로 자신이 겪게 될 여러 가지 일들 속에서 기분을 전환할 수 있는 것을 찾게 되기를 바랄 뿐이었다. 가장 깊은 슬픔은 아버지를 잃은 것으로, 그것이 병의 원인이 되었다. 가혹한 주위 환경과 예민한 양심의 가책에 의한 회한으로 그는 더욱 후회하였고, 상상 속에서 헛것을 보기도 하였다. 사람은 고통스러울 때 쉽사리 스스로에게 죄를 뒤집어씌우며, 격렬한 슬픔은 양심까지도 흔들어놓는다.

　스물다섯 살의 나이에 그는 인생에 절망하고 있었다. 그의 지성은 모든 것을 미리 앞서 판단하였고, 상처받은 감수성은 더 이상 마음의 환상을 품지 않았다. 그가 친구들에게 도움을 줄 수 있을 때, 어느 누구도 그보다 더 그들에게 친절하고 헌신적일 수는 없었다. 그러나 그 어느 것도, 그가 베푸는 선행조차, 그의 마음을 기쁘게 해주지 못했다. 그는 언제나 기꺼이 남을 위해 자신이 좋아하는 것을 희생하였다. 그러나 이러한 전적인 자기 희생을 단지 관용이라는 말로 설명할 수는 없었다. 그것은 종종 자신의 운명에 관심을 갖지 않게 하는 슬픔의 탓으로 돌릴 수도 있는 것이었다. 그에게 무관심한 사람들은 이러한 성격에 재미있어하고, 그를 매우 우아하고 매력적인 사람으로 보기도 하였다. 그러나 그를 아끼는 사람들은 그가 자신의 행복에는 아랑곳하지 않고 다른 사람의 행복에만 몰두하는 것을 느낄 수 있었고, 그가 아무런 보상 없이 헌신하는 행복에 슬퍼질 정도였다.

그러나 그는 활발하고 감수성이 예민하며 정열적인 성격을 지녔다. 그는 다른 사람들과 자신의 마음을 끌 수 있는 모든 점을 갖추고 있었다. 그럼에도 그는 불행과 회한에 사로잡혀 있어서 운명에 대하여 소극적인 태도를 지니고 있었다. 그는 자신이 운명에 대해 아무것도 바라지 않는다면, 운명의 화를 누그러뜨릴 수 있을 거라고 믿었다. 그는 자기에게 맡겨진 모든 의무를 충실히 수행하고 강렬한 즐거움을 포기하는 데에서 영혼을 찢는 고통을 피할 수 있기를 원했다. 그가 겪었던 일은 그를 두렵게 했으며 이 세상의 어느 것도 이만큼 고통스럽지는 않은 듯하였다. 그러나 이러한 고통을 느끼게 될 때, 어떤 생활을 해야 여기서 벗어날 수 있을 것인가?

스코틀랜드에는 아무런 즐거움도 남아 있지 않았으므로, 넬빌 경은 미련 없이 이곳을 떠난다고 스스로 위로하였다. 그러나 감수성이 예민한 영혼이 갖는 불길한 예감으로 인하여 꼭 그렇지만도 않았다. 그는 자신에게 더없는 고통을 준 곳인, 아버지의 집과 자신이 연결되어 있다고 생각하지 못하였다. 그 집에는 그가 전율 없이는 다가갈 수 없는 방들과 장소가 있었다. 그럼에도 그가 그곳을 떠나겠다는 결심을 하게 되었을 때, 그는 더 큰 고독을 느꼈다. 그의 마음은 삭막하기만 하였다. 괴로울 때에는 눈물조차 나오지 않는다. 그는 자신에게 깊은 위안을 주던 그곳의 작은 추억들을 더 이상 떠올릴 수 없었다. 이제 그의 기억은 흐려져 갔고, 자기 주변의 것들과 그는 아무런 연관도 갖지 않게 되었다. 그가 고인을 생각하지 않는다는 것이 아니라, 고인의 존재를 생생하게 추억할 수 없게 된 것이다.

가끔 그는 부친이 살았던 장소를 버리고 떠나는 자신을 책망해보기도 하였다. 그는 이렇게 생각해보곤 하였다.

"혹시 죽은 사람의 망령이 사랑하는 사람을 따라가는 것은 아닐까? 죽은 사람은 아마도 자신의 유해가 묻혀 있는 곳 주변을 맴돌 수 있을 뿐일 테지! 혹시 지금 아버지가 나를 보고 싶어하시는 것은 아닐까. 그러나 그는 너무 멀리 떨어져 있어서 나를 부를 힘이 없지 않은가! 아! 생전에 연달아 일어난 믿을 수 없는 사건들 때문에, 아버지는 내가 그의 애정을 배반하였다고 생각하시지는 않았을까? 내가 조국과 아버지의 의사를 거역하였고, 또 이 지상에서 성스러운 모든 것을 거역하였다고?"

이러한 생각이 날 때마다 못 견디게 괴로워서, 넬빌 경은 누구에게 그것을 털어놓을 수도 없었고, 자신의 마음속에 깊이 간직하기도 두려웠다. 혼자서 끙끙 앓다가 불치의 병에 걸리기 십상이었다.

조국을 떠나는 것은 괴로운 일이다. 더구나 바다를 건너야 하는 경우는 더욱 그렇다. 대양에 첫발을 내딛는 여행에서 모든 것은 엄숙하다. 떠나는 뒤편으로 심연이 입을 벌리고 있으며, 우리는 다시는 돌아오지 못할 길을 가는 듯한 느낌을 받는다. 게다가 바다의 경치는 언제나 매우 인상적이지 않은가. 그것은 생각이 끝없이 끌려 들어가기도 하고 그 안에서 끊임없이 길을 잃게 되는 무한과도 같다. 오스왈드는 키에 기대어 시선을 파도에 고정시킨 채 태연한 척 서 있었다. 그는 자존심이 강하면서도 다른 한편 수줍은 성격이어서 친구에게조차 자신의 생각을 나타내 보이는 적이 거의 없었다. 그러나 고통스러운 감정이 그의 마음을 괴롭히고 있었다. 그는 바다를 보면서, 활기에 차 있었던 젊은 시절을 회상하였다. 파도를 가르며 헤엄을 쳐서 바다와 힘을 겨루어보고 싶었던 그 시절을. 그는 쓰라린 후회에 휩싸여 이렇게 생각하였다.

'왜, 왜 나는 이다지도 이 생각에 집착하는 것일까? 활기찬 삶 안에, 생동하는 에너지를 느끼게 해주는 격렬한 운동 안에 그토록 많은 즐거움이 있는데! 그때의 죽음, 그것은 적어도 갑작스러우며, 영광스러운 일일 뿐일 텐데. 또한 나약함도 없을 것이다. 그러나 용기 있게 맞서지 못한 채 찾아오는 죽음, 밤새 우리가 제일 소중히 여기는 것을 빼앗아가 버리고, 우리의 회한 따위는 무시하고, 우리의 팔을 밀치고, 가차없이 우리를 시간과 자연의 영원한 법칙과 대결시키는, 어둠 속에 나타난 죽음, 이러한 죽음은 인간의 운명과 고통의 무력함 그리고 필연 앞에서 무력하게 부서지는 공허한 노력을 비웃는다.'

이런 것들이 오스왈드를 괴롭히는 감정이었다. 그의 불행한 처지의 특징은, 젊은이의 생기와 노인의 생각이 합쳐진 점이었다. 그는 만년의 부친이 했을 법한 생각을 갖고 있었으며, 노인의 우울한 생각에 스물다섯 살의 혈기를 지니고 있었다. 그는 모든 것에 싫증을 내고 있었으나, 그럼에도 환상이 남아 있는 듯 행복을 그리워하였다. 이러한 대비는 사물의 자연스러운 추이에 조화와 단계를 집어넣는 자연의 의지에 전적으로 반하는 것이다. 이러한 상태는 오스왈드의 마음을 깊이 혼란시키고 있었다. 그러나 겉으로 드러나는 그의 태도에는 항상 온화함과 조화로움이 넘쳤고, 그는 자신이 슬프다고 해서 화를 내기는커녕, 다른 사람에게 더욱 관대하고 친절하였다.

하리치에서 엠덴으로 가는 도중, 두세 번 폭풍우의 위협이 있었다. 넬빌 경은 선원들에게 조언을 하였고, 승객들을 안심시켰다. 그리고 잠시 동안 스스로 배의 키를 잡고 조종석에 앉았을 때 그가 하는 모든 행동에는 단지 유연하고 민첩한 몸매에서만 연유하지 않을 솜씨와 힘이 서려 있었다. 왜냐하면 거기에는 마음이 깃들여 있었기 때문이다.

이별의 순간이 다가오자, 모든 선원이 작별의 인사를 하기 위해 앞다투어 오스왈드 곁에 몰려들었다. 그들은 오스왈드에게 항해하는 도중 베풀어준 여러 가지 도움에 대해 감사의 말을 건네었지만, 그는 이미 그 사실을 잊고 있었다. 한번은 오랫동안 어린아이를 돌보아준 적도 있었으며, 바람으로 배가 흔들릴 때에는 더 자주 노인의 거동을 돕곤 하였다. 이토록 자기 자신을 송두리째 바쳐 헌신하는 모습은 아마도 일찍이 전례가 없었을 것이다. 한순간도 자기 자신을 위해 보내지 않은 채 그의 하루는 흘러갔다. 그는 우울하였고, 또 친절한 성품을 타고나 남을 위해 자기를 바쳤다. 이별할 때, 선원들은 다 같이 거의 동시에 말하였다.

"나으리, 행복을 빕니다!"

그렇지만 오스왈드는 자기의 고충에 대해서 말해본 적이 없었다. 또 그와 함께 여행했고 그와 다른 신분에 속해 있던 사람들은 그에게 한마디도 건넨 적이 없었다. 그러나 서민들이란 원래 자기보다 신분이 높은 사람들의 이야기를 거의 듣지 못하지만, 말을 듣지 않아도 그들의 감정을 헤아리는 데에는 익숙한 편이다. 그들은 당신이 왜 고통스러워하는지 그 이유를 모르더라도, 당신이 고통을 당할 때 당신을 위로하여준다. 그리고 마음에서 우러나오는 그들의 연민 속에는 비웃음도 충고도 찾아볼 수 없다.

제 2 장

뮈니 뮈니 해도 여행은 이 세상에서 가장 슬픈 즐거움 중 하나이다. 당신이 외국의 어느 도시에 정착하게 되면, 당신은 그곳을 고국으로 여기기 시작한다. 그러나 낯선 나라를 지나가고, 당신이 알아듣지 못하는 언어를 들으며, 당신의 과거나 미래와 아무런 연관도 없는 사람들의 얼굴을 보는 일은 고독과 고립 그 자체이며, 거기에서 당신은 아무런 편안함도 자존심도 느낄 수 없게 된다. 그 이유는 아무도 당신을 기다리지 않는 곳을 서둘러 조급하게 찾아가고 당신의 마음을 동요시키는 것이 오직 호기심일 뿐일 때, 새로운 것들이 점차 눈에 익숙해지고 당신의 감정이나 습관과 부드럽게 연결되기까지 당신은 스스로를 하찮게 여기게 되기 때문이다.

그래서 이탈리아로 가기 위하여 독일을 지나면서 오스왈드는 슬픔이 더 커지는 것을 느꼈다. 그때는 전쟁 중이라 프랑스와 그 주변을 피해 가야 했다. 또 군대가 주둔하고 있는 지역도 피해야 했는데, 그곳은 통행이 금지되어 있었다.[1] 이렇게 여행의 세부에 대해 신경을 써야 하고, 매일 매순간 새로운 결정을 내려야 하는 일은 넬빌 경에게 정말로 견디기 힘든 일이었다. 그의 건강은 나아지기는커녕, 서둘러 도착해야 하거나 적어도 출발해야 할 때 떠나지 못하게 되는 경우가 종종 있었다. 그는 각혈을 하였지만, 스스로 죄책감을 느끼고 너무도 심하게 자신을 책망했기 때문에, 거의 자신의 건강을 돌보지 않았다. 그는 단지 조국을 지키기 위해서만 더 살기를 원했다. 그는 이렇게 되뇌었다.

"조국이란 우리에게 부권 같은 것을 행사하는 것이 아닐까? 그러나 조국에게 유익하게 봉사할 수 있어야 한다. 나는 병과 싸워 이기기 위하여 태양이 비치는 곳으로 생명을 구하러 가는 처지 아닌가. 내가 끌고 다니는 그렇게 허약한 존재를 조국에 봉헌해서는 안 된다. 그런 상태에서도 나를 받아들여주시고, 내가 자연과 운명으로부터 버림을 받으면 받을수록 더욱더 사랑하여주시는 분은 오직 아버지 한 분뿐이다."

넬빌 경은 밖에서 끊임없이 일어나는 여러 가지 일들에 골몰하다 보면, 습관적으로 그에게 붙어다니는 망상으로부터 빠져나올 수 있을 것이라고 기대하였다. 그러나 이러한 행운을 얻을 수는 없었다. 극심한 불행을 겪은 다음에는 주변의 모든 것들과 친해지지 않으면 안 된다. 다시 보는 얼굴들, 살고 있는 집, 되풀이하여야 하는 나날의 습관들에 익숙해지지 않으면 안 되는 것이다. 이러한 노력 하나하나는 고통스러운 충격이며, 여행만큼 이러한 노력을 많이 기울여야 하는 것도 없다.

넬빌 경의 유일한 즐거움은 그가 데리고 온 스코틀랜드산 말에 올라타 티롤의 산속을 달리는 일이었다. 그 말은 토종 말답게 여러 산들을 힘차게 뛰어오르며 달렸다. 그는 큰길을 피해 매우 가파른 좁은 길을 달렸다. 농부들은 절벽에 서 있는 오스왈드를 보고 처음에는 놀라 비명을 지르다가, 이어 그의 민첩성과 유연함, 용기를 보고 박수갈채를 보냈다. 오스왈드는 스릴을 즐겼다. 스릴은 고통을 잊게 해주고 다시 얻은 생명, 그렇게도 잃기 쉬운 생명과 한때나마 화해시켜주기 때문이다.

제 3 장

오스왈드는 이탈리아에 들어가기 전에 인스부르크라는 도시에서 어느 상인의 집에 잠시 머문 적이 있었다. 그는 그곳에서 델푀유 백작이라고 하는 프랑스 망명객의 이야기를 들었는데, 그는 이 백작에게 관심이 갔고 호감을 느꼈다. 이 남자는 막대한 재산을 잃었는데 조금도 동요하지 않고 그 시련을 버텨내었다. 그는 음악적 재능으로 생계를 꾸려나가며 늙은 숙부를 부양하였고 그가 세상을 뜰 때까지 돌봐주었다. 그에게 금전적인 도움을 주겠다고 적극적으로 나서는 사람이 있었는데, 그는 언제나 거절하였다. 그는 전쟁 중에도 매우 훌륭한 미덕, 프랑스인다운 미덕을 발휘하여 역경 중에도 변함없이 명랑하였다. 그는 자기가 상속인으로 되어 있는 친척을 만나기 위하여 로마에 가려고 하였는데, 좀 더 즐거운 여행을 위하여 길동무, 아니 그보다는 친구를 더 원하였다.

 넬빌 경의 가장 쓰라린 추억은 프랑스와 결부되어 있었다. 그렇다고 해서 그가 프랑스와 영국을 갈라놓는 편견을 갖고 있는 것은 아니었다. 그에게는 절친한 프랑스인 친구가 있었고, 그 친구에게서 모든 정신적 장점들이 가장 잘 어우러져 있는 것을 본 적이 있었다. 그러므로 그는 자기에게 델푀유 백작의 이야기를 들려준 상인에게, 이 고귀하고 불행한 젊은이를 이탈리아로 데려가겠다고 제안하였다. 한 시간 후에 상인은 넬빌 경에게 백작이 고마워하며 그 제안을 수락했다고 전하였다. 오스왈드는 도움을 주었다는 사실에 기뻤다. 그러나 고독을 포기해야 할 일이 번거로웠고, 수줍은 성격으로 인하여 모르는 사람과 같이 지낼 일이 갑자기 쑥스럽게 생각되었다.

 델푀유 백작이 감사의 인사를 하러 넬빌 경을 찾아왔다. 그는 우아한 매너와 예의를 갖추고 있었으며, 좋은 취미를 가졌고, 처음 만나자마자 편안하게 대하였다. 그와 만나서 그가 겪었던 모든 이야기를 들으니 놀라웠다. 왜냐하면 그는 깨끗하게 잊어버릴 정도로 용감하게 운명을 버텨내었으며, 자기가 겪은 역경에 대해서 말할 때, 그의 대화 중에 감탄할 정도의 경쾌함을 갖고 있었기 때문이다. 그러나 대화가 다른 주제로 옮아가게 되면 그도 그렇게 경쾌하지만은 않았다.

"이 지루하기 짝이 없는 독일에서 빠져나갈 수 있다니, 이 모든 것이 경의 덕분입니다."

라고 델푀유 백작이 말하였다.

"그렇지만 당신은 이곳에서 모든 사람의 사랑과 존경을 받고 계셨잖습니까."

넬빌 경이 대답하였다.

그러자 델푀유 백작이 다시 말을 이었다.

"이곳의 친구들과는 정말로 헤어지기가 섭섭해요. 왜냐하면 이 나라에는 세계에서 제일 좋은 사람들밖에 없기 때문이에요. 그러나 저는 독일어를 한마디도 할 줄 몰라요. 아시다시피 독일어를 배우는 데 시간도 걸리고 힘도 많이 드니까요. 불행하게도 아저씨가 돌아가시고 나니, 무엇을 하며 시간을 보내야 할지 모르겠어요. 아저씨를 돌보아야 했을 때에는 그것으로 하루가 지나갔는데, 지금 24시간은 저에게 부담스럽기만 하네요."

"백작님, 당신이 숙부님을 그토록 잘 보살펴드렸다니 존경스럽습니다."

넬빌 경이 말하였다. 그러자 델푀유 백작이 대답하였다.

"해야 할 의무를 했을 뿐인데요. 가엾으신 숙부님은 제가 어렸을 때에 저를 많이 사랑해주셨어요. 숙부님이 100년을 사셨다 해도, 저는 그분을 결코 떠나지 않았을 거예요! 하지만 숙부님으로서는 잘 돌아가셨지요."

이어 그는 미소를 지어 보이며 말을 계속하였다.

"저도 죽을 수 있다면 행복하겠어요. 어차피 이 세상에는 별 희망이 없으니까요. 전쟁 중에는 저도 죽어보려고 기를 써보았는데 잘되지 않더군요. 그러니 최선을 다해 잘살아야지요."

제1부 오스왈드 19

그러자 넬빌 경이 대답하였다.

"제가 이곳에 잘 왔군요. 당신이 로마에 만족하신다면 좋겠지만, 혹시라도……"

"아!"

하며 델푀유 백작이 말을 막았다.

"저는 어느 곳이나 다 좋아합니다. 젊고 쾌활할 때에는 만사가 다 잘 풀리니까요. 제가 이런 철학을 갖게 된 것도 책이나 사색을 통해서가 아니라 세상 풍파와 불행을 겪어보고 나서죠. 제가 우연을 믿는 이유를 이해하시겠지요. 이렇게 경과 여행할 기회도 주어졌지 않습니까."

말을 끝낸 후 델푀유 백작은 더없이 정중하게 넬빌 경에게 인사하고 나서, 다음날 출발 시각을 약속하고 사라졌다.

델푀유 백작과 넬빌 경은 이튿날 출발하였다. 오스왈드는 처음 몇 마디 인사말을 건넨 후, 몇 시간 동안 아무 말도 하지 않았다. 그러나 이 침묵이 길동무의 마음을 불편하게 하는 것 같아, 그에게 이탈리아로 가는 것이 기쁘냐고 물었다.

"아,"

하고 백작은 대답하였다.

"그 나라에 대해서 알 만한 것은 다 알고 있어요. 제가 그곳에서 즐겁게 지낼 수 있으리라고는 전혀 기대하지 않습니다. 그곳에서 여섯 달을 보낸 제 친구가 하는 말이, 프랑스의 어느 시골에 가도 로마보다 더 좋은 극장과 사교계가 있답니다. 그러나 그 유명한 옛 도시에서 저와 함께 이야기를 나눌 수 있는 프랑스인을 찾는 것쯤이야 쉽겠지요. 그것만 된다면 더 바랄 게 없습니다."

"이탈리아어를 배워보려고 한 적은 없으세요?"

오스왈드가 물었다.

"아니요, 전혀 없습니다."

백작이 대답하였다.

"이탈리아어는 저의 공부 계획에 포함되어 있지 않아요."

이렇게 말하는 백작의 태도가 하도 진지하였기 때문에, 그러한 결심에는 무언가 중대한 이유가 있는 듯이 느껴졌다.

"그 이유를 말씀드리자면,"

하고 델푀유 백작은 말을 이었다.

"저는 국민 중에는 영국인과 프랑스인밖에는 좋아하지 않습니다. 영국인들처럼 자존심이 강하든지, 우리 프랑스인처럼 우수해야지요. 나머지는 모두 모조품일 뿐입니다."

오스왈드는 아무 말도 하지 않았다. 잠시 후 델푀유 백작은 매우 상냥하게, 재치 있고 명랑한 태도로 대화를 다시 시작하였다. 그는 말장난을 하는 데 매우 기발한 재주를 갖고 있었다. 그러나 그는 외적인 사물에 대해서도, 또 내적인 감정에 대해서도 이야기하지 않았다. 말하자면 그의 대화는 외부로부터도 또 내면으로부터도 나오는 것이 아니었다! 그는 사색과 상상 사이를 오락가락했으며, 그가 하는 말은 온통 사교계에 관한 것뿐이었다.

그는 프랑스인과 영국인의 이름을 구체적으로 스무 명은 족히 대면서 넬빌 경이 그들을 알고 있는지 물었다. 그리고 그들과 관련된 재미있는 일화들을 매력이 넘치는 말투로 들려주었다. 그러나 그의 이야기를 듣고 있으면 좋은 취미를 갖고 있는 사람에게 적합한 대화란, 감히 이런 표현을 써본다면 오직 상류 사회의 험담인 듯하였다.

넬빌 경은 잠시 델푀유 백작의 성격에 대해서 생각해보았다. 용기와 경솔함의 묘한 배합과 역경을 무시하는 태도에 대해서. 만약 이것이 많은 노력의 결과라면 매우 훌륭한 점이고, 깊은 감정을 느낄 수 없기 때문에 유래된 특징이 아니라면 매우 영웅적인 면모이다.

오스왈드는 자문해보았다.

"영국인이라면 비슷한 환경에서 슬픔으로 괴로워할 텐데. 이 프랑스인의 힘은 어디에서 나오는 것일까? 또 그의 변덕스러움은 어디에서 나오는 것일까? 델뢰유 백작이야말로 진정 살아가는 법을 터득한 사람이 아닐까? 내가 남보다 우수하다고 여기는 점, 이것은 단지 병적인 상태가 아닐까? 그의 가벼운 생활 태도가 나의 태도보다 격동하는 인생에 더 적합한 것이 아닐까? 사색에 나의 영혼 전부를 바치기보다는, 원수처럼 교묘히 피해야 하는 것이 아닐까?"

오스왈드가 아무리 이 의문에 답을 구해보려고 노력하여도 허사일 수밖에 없었다. 어느 누구도 자기에게 주어진 지적 능력을 벗어날 수 없고, 장점은 단점보다 더 길들여지지 않는다.

델뢰유 백작은 이탈리아에 아무런 관심이 없었으며, 따라서 넬빌 경 역시 그 나라에 관심을 가질 수가 없었다. 그 아름다운 나라에 대해서 경탄하고 그림과도 같은 매력을 느끼는 넬빌 경의 성향을 백작이 계속 다른 데로 돌렸기 때문에, 오스왈드는 가능한 한 바람소리와 파도 소리에 귀를 기울이고 있었다. 왜냐하면 알프스 산기슭에서, 폐허를 돌아보면서, 또 해변을 거닐며 듣는 자연의 모든 소리가 그에게는 사교계의 소문보다 훨씬 듣기 좋았기 때문이다.

이탈리아에서 오스왈드가 맛볼 수 있는 기쁨에 방해가 되는 것은 그를 짓누르는 슬픔보다 오히려 델뢰유 백작의 명랑함이었다. 감수성이 강한 슬픈 영혼은 자연을 관조하게 되고 미술을 감상하게 된다. 그러나 경박함은 그것이 어떤 형태이든 간에 주의력과 사고의 독창성, 감정의 깊이를 빼앗아간다. 넬빌 경은 이러한 경박성 때문에 델뢰유 백작과의 관계에 있어서 이상하게 겁을 먹게 되었다. 원래 성격이 진지한 사람이 당황하게 되어 있다. 정신적으로 경박한 사람은 생각이 깊은 사람을 강요하며, 스스로 행복하다고 말하는 사람은 불행하다고 말하는 사람보다 현명하게 보이는 법이니까.

델푀유 백작은 온화하고 친절하며 매사에 사교적이고, 유독 자존심이 강한 사람이었고, 그가 다른 사람을 사랑하는 만큼, 사랑받을 만한 가치가 있는 사람이었다. 다시 말해 그는 즐거울 때나 위기에 닥쳤을 때 친구로서는 그만이었다. 그러나 그는 고통을 같이 나누는 데 있어서는 전혀 적격이 아니었다. 그는 오스왈드의 우울함을 지겨워하였으며, 선의로 또 그의 취향에 의해 우울한 기분을 없애주려고 노력하였다. 그는 오스왈드에게 자주 이렇게 말하였다.

"당신에게 부족한 것이 무엇이 있어요? 당신은 젊고 부자이시며, 당신만 원하시면 건강도 회복하실 수 있지 않습니까? 당신의 병은 슬픔 때문에 생긴 것이니까요. 저로 말씀드리면, 재산도 저의 삶도 모두 잃었으며, 앞으로 무엇을 해야 할지도 막막해요. 그런데도 이 지상의 모든 행운을 가진 듯 인생을 즐기고 있잖아요."

그러자 넬빌 경이 대답하였다.

"당신은 다른 사람에게서 찾아보기 힘든 명예로운 용기를 갖고 있어요. 하지만 당신이 겪은 역경이라는 것도 마음의 슬픔에 비하면 그토록 괴로운 것은 아니랍니다."

"마음의 슬픔!"

하고 백작은 소리쳤다.

"아! 그건 사실이에요. 그것이 무엇보다도 견디기 힘들죠. 그러나…… 그렇지만…… 그렇더라도…… 여전히 우리는 슬픔을 딛고 일어서야 해요. 분별이 있는 사람이라면 타인에게나 자기에게 도움이 되지 않는 것은 모두 마음으로부터 버려야 할 테니까요. 우리들이 이 세상에 존재하는 것은, 첫째 남에게 소용이 되기 위해서이고, 그 다음은 행복해지기 위해서가 아니겠습니까? 친애하는 넬빌 경, 이쯤에서 그치죠."

델푀유 백작의 말은, 평범한 의미에서 합리적이었다. 그는 여러 가지 점에서 소위 머리가 좋다고 할 수 있었다. 즉 광기를 가능하게 하는 것은 정열적인 성격이지 경박한 성격이 아니다. 그러나 그의 견해가 넬빌 경의 신뢰를 고조시키는 것과는 거리가 멀었지만, 넬빌 경은 그의 위로를 받는 괴로움에서 벗어나기 위하여 자기가 이 세상에서 가장 행복한 사람이라고 믿게 해주고 싶었다.

그래도 델푀유 백작은 넬빌 경에게 매우 애착을 가졌다. 그의 체념과 소박함, 겸손과 자존심을 보며 자기도 모르게 그에 대한 존경심이 우러났다. 침착해 보이는 오스왈드의 주변을 분주히 맴돌면서, 그는 어린 시절에 나이든 부모로부터 들었던 좀더 진지한 이야기를 기억해내어 그것을 넬빌 경에게 이야기해보기도 하였다. 그래도 그의 차가운 표정이 변치 않는 것을 보고, 놀란 그는 혼자 이런 생각을 해보았다.

'나는 친절하고 솔직하며 용기 있는 사람이 아닌가? 또한 사교적이지 않은가? 이 남자의 마음을 감동시키기 위하여 도대체 나에게 무엇이 부족하단 말인가? 그가 프랑스어를 잘 못하는 바람에 혹시 우리 둘 사이에 무슨 오해가 있는 것은 아닐까?'

제 4 장

델푀유 백작이 길동무인 오스왈드에 대하여 자신도 모르는 사이에 간직하게 된 존경심은 어떤 예기치 않은 일로 인해서 더욱 두터워졌다.

넬빌 경은 건강이 악화되어 안코나에서 며칠 묵지 않으면 안 되었다. 산과 바다로 둘러싸인 이 마을은 매우 아름다운 경치를 지녔으며, 상점 앞에서 동양식으로 앉아 일하고 있는 많은 그리스인들과 길에서 만나는 근동 지역 사람들의 색다른 의상은 독특하고 흥미로운 인상을 자아내었다. 문명의 기술은 모든 인류의 외모와 실체를 비슷하게 만든다. 그러나 인간의 지성과 상상력은 각기 다른 민족의 특징인 다양함 속에서 기쁨을 얻는다. 다만 사람들은 계산에 의하여 서로 닮아 보이게 하는 척할 뿐이다. 그러나 본래의 것은 모두 다양하다. 따라서 의상의 다양함은 적어도 그것을 바라보는 눈에 작은 기쁨을 준다. 그것은 느끼고 판단하는 데 새로운 방법이 있다는 것을 확인시켜주는 것 같다.

그리스정교, 가톨릭과 유대교의 의식이 안코나라는 도시에 평화롭게 공존하고 있다. 이 종교 의식들은 각기 매우 다르지만, 이 다양한 의식들을 통해 동일한 감정, 동일한 고통의 외침, 의지할 곳을 찾는 동일한 마음이 하늘을 향해 오르고 있다.

가톨릭 교회는 산 위에 있고, 절벽으로부터 바다를 내려다보고 있다. 파도 소리가 사제들의 노랫소리에 종종 섞이기도 한다. 교회의 내부는 상당히 세련되지 못하게 장식되어 있다. 그러나 사람들이 교회의 문 아래에 멈추어 섰을 때, 마음속의 가장 순수한 감정인 종교는 바다의 절경과 연결된다. 인간은 바다 위에 결코 흔적을 남길 수 없다. 땅은 인간에 의해 경작되고, 산은 인간이 만든 길로 절단되며, 강은 상품을 운반하는 운하로 빽빽하다. 그러나 바다는 배들이 잠시 물결을 일으키며 나아간다 하여도, 파도가 밀려와서 예속의 미미한 흔적을 곧 지워버리고는 천지창조의 첫날과도 같은 모습을 나타내는 것이다.

넬빌 경이 한밤중에 마을에서 무서운 절규의 소리를 들은 것은, 로마로 떠나기로 결정한 바로 전날이었다. 연유를 알아보기 위해 서둘러

숙소를 빠져나와 보니, 항구에서 난 불이 집에서 집으로 옮겨 붙어 불길이 마을 꼭대기까지 퍼지고 있었다. 불꽃은 바다 저 멀리까지 반사되었으며, 불길을 부채질하는 바람은 파도 사이로 비치는 불의 영상을 흔들어놓았고, 출렁이는 파도는 어두운 불의 핏빛 섬광을 수많은 모습으로 반사하고 있었다.

안코나 주민들의 집에는 상태가 양호한 펌프가 없었기 때문에, 손으로 진화 작업을 하느라 야단법석이었다.(1) 외침 소리에 섞이어 구조 작업에 동원된, 이 마을에 갇혀 있던 죄수들의 쇠사슬 소리가 들려왔다. 안코나에 장사를 하러 근동 지역에서 온 여러 나라 사람들도 넋을 잃은 눈으로 두려운 감정을 드러내었다. 자기의 가게가 불에 타는 것을 바라보는 상인들은 완전히 제정신이 아니었다. 누구를 막론하고 죽음에 대한 공포와 재산을 잃을 걱정에 덜덜 떨었고, 해결책을 찾아보려는 지적인 작업이나 영혼의 고양 같은 것은 갖고 있지 못하였다.

선원들의 비명 소리는 원래 비통하고 여운을 남기는 데가 있지만, 공포감으로 인하여 더욱 섬뜩하였다. 아드리아해 해안의 선원들은 빨강과 갈색의 매우 이상한 두건 달린 외투를 입고 있었는데, 그 옷 사이로 이탈리아인들의 혈색 좋은 얼굴들이 보였고, 거기에는 각양각색의 공포감이 서려 있었다. 주민들은 길거리에 누워서, 마치 그들이 할 수 있는 일이란 자기네에게 닥친 재앙을 바라보지 않는 일밖에 없다는 듯이 외투로 얼굴을 가리고 있었다. 다른 사람들은 빠져나올 조금의 희망도 없이 불길 속에 뛰어들었다. 광란과 맹목적 체념이 교차하였고, 어디에서도 대책을 강구하고 힘을 모아보려는 냉정함은 찾아볼 수 없었다.

오스왈드는 두 척의 영국 선박이 항구에 정박 중이고, 그 갑판에 작동이 잘되는 펌프가 있다는 사실을 기억해내었다. 그는 선장에게 달려가 함께 펌프를 찾으러 올라갔다. 그가 보트에 타는 것을 본 주민들은 소리쳤다.

"아! 당신네 외국인들이야 우리 마을을 떠나시는 것이 백 번 낫겠죠."

"우리는 다시 돌아올 겁니다."

하고 오스왈드는 대답하였다. 그들은 이 말을 믿지 않았다. 그러나 그는 돌아와서, 항구에 면해 불타고 있는 첫번째 가옥을 향해 펌프 한 개를 설치하고, 나머지는 건너편 길 한가운데의 집을 향해 설치하였다. 델뢰유 백작은 목숨을 대수롭지 않게 여기며 용감하고 명랑한 모습을 보여주었다. 영국인 선원들도, 넬빌 경의 하인들도 도움을 주기 위해 모두 모여들었다. 안코나의 주민들은 외국인들이 무엇을 하려는지 잘 몰랐고 또 성공하리라고 전혀 생각하지 못했기 때문에 우두커니 서 있을 뿐이었다.

사방에서 종이 울렸다. 사제들은 기도를 올렸고, 여인네들은 길모퉁이의 몇몇 성인상 앞에 엎드려 흐느껴 울었다. 그러나 어느 누구도 신이 인간에게 부여한 생존의 본능적 수단을 생각해내지 못하고 있었다. 그러나 오스왈드의 활약이 다행스럽게 성공을 거두어, 불길이 잡히고 자기네들의 집이 불타지 않게 된 것을 본 그들의 놀라움은 감탄으로 변하였다. 그들은 서둘러 넬빌 경 주위에 몰려와 너무도 열렬하게 손에 입맞추는 바람에, 그는 화내지 않을 수 없었다. 마을을 구하는 데 필요한 신속한 지시와 행동을 지연시킬 수 있는 모든 것을 제쳐두기 위해서였다. 모두가 그의 지휘 아래 줄을 섰다. 사태의 심각성이 어떠하든 일단 위험에 처하게 되면 용기가 생기기 때문이다. 인간은 일단 공포에 휘말리면 시기심이 없어진다.

그럼에도 오스왈드는 화재로 인한 일반적인 소란 속에서 어떤 다른 비명 소리보다 훨씬 더 비참한 소리를 구별해내었다. 그 소리는 마을의 다른 쪽 끝에서 들려오고 있었다. 그는 이 비명 소리들이 어디에서 나오는 것이지 물었다. 유대인 구역에서 나는 소리라고 하였다. 저녁에는 경찰이 으레 그곳의 문을 잠그기 때문에, 불길이 그곳에 미치어도 유대인들은 탈출할 수가 없다는 것이었다. 오스왈드는 그 생각에 몸을 떨며, 즉시 그 문을 열라고 요구하였다. 그러나 그 말에 군중 속에서 여인 몇 명이 달려와서는 오스왈드의 발 아래 엎드려 제발 내버려두라고 애원하였다. 그 여인들은 이렇게 말하는 것이었다.

"잘 알고 계시잖아요, 아 친절하신 천사님! 우리가 이런 화재로 고난을 당하는 것은 분명히 이곳에 있는 유대인들 때문이에요. 그들이 우리에게 불행을 가져다주거든요. 만약 당신이 그들을 풀어주신다면, 바다의 물을 온통 다 퍼붓는다 해도 불을 끌 수 없을 거예요."

그 여인들은 오스왈드에게 마치 관용을 베풀어달라고 애걸하듯이, 유대인들을 불에 타 죽게 내버려두라고 유창하고도 애절하게 간청하였다. 그들이 원래 사악한 사람들이어서가 아니라, 커다란 재난으로 너무 큰 충격을 받아 생긴 미신적인 상상력 때문이었다. 오스왈드는 이렇게 이상한 간청을 듣고서 격분을 금치 못하였다.

그는 그 불쌍한 사람들을 가두고 있는 문을 부수기 위하여 도끼를 지닌 네 명의 영국 선원을 보냈다. 순식간에 유대인들은 마을로 쏟아져 나와 불 속을 뚫고 자기네들의 가게의 물건이 있는 곳으로 달려갔다. 그들이 생명을 무릅쓰고 보여주는 재산에 대한 집착은 대단한 것이었다. 마치 현사회 체제 안에서는 인간의 생명이라고 하는 단순한 선물로는 아무 소용이 없는 듯하였다.

이제 남아 있는 집이라고는 마을 꼭대기에 있는 집 한 채뿐이었다. 그런데 그 집은 너무도 맹렬한 불길에 휩싸여 있어 불을 끌 수도 없었고, 그곳에 접근하기란 더더욱 불가능하였다. 안코나의 주민들이 그 집에 별로 관심을 보이지 않았기 때문에, 영국 선원들은 그곳을 사람이 살고 있지 않은 집으로 여기고 펌프를 항구로 다시 가져가버렸다. 오스왈드 자신도 그를 둘러싸고 살려달라고 외치는 사람들의 고함 소리에 정신을 잃고 있었기 때문에, 그 집에 미처 관심을 가질 겨를이 없었다. 좀 더 지난 후에 불은 그쪽으로 옮겨 붙었고, 불길은 매우 심해졌다. 넬빌 경은 격한 어조로 그 집이 무엇이냐고 물었고, 마침내 한 남자가 정신병원이라고 대답하였다. 이 생각에 그의 영혼 전체는 심한 동요를 겪었다. 그는 뒤돌아보았지만, 선원들의 모습은 보이지 않았다. 델피유 백작도 없었다. 안코나의 주민들에게 말해보았자 소용이 없었다. 그들은 거의 모두가 자신들의 물건을 건지는 데에 여념이 없었고, 치료책이 없는 정신병자들을 위하여 목숨을 거는 일을 터무니없는 일로 생각하였다. 그들은 이렇게 말하였다.

"사람의 잘못으로 죽는 것도 아닌데, 그들이 죽는다면, 그것은 그들을 위해서나 또 그들의 가족을 위해서나 하늘이 내려주신 은총이죠."

주변에서 모두가 비슷한 이야기를 떠들고 있는 사이, 오스왈드는 병원을 향해 성큼성큼 걸어갔다. 그를 비난하던 군중도 알지 못할 묘한 흥분에 휩싸여 그의 뒤를 따랐다. 오스왈드가 건물 옆에 다다르니, 아직 불길에 휩싸이지 않은 창문 한 개가 있었고, 그 사이로 불 구경을 하고 있는 정신병자들의 모습이 보였다. 그들은 미소를 짓고 있었는데, 이러한 그들의 비통한 웃음은 인생의 모든 불행을 알지 못하거나 혹은 가슴 깊이 새겨져 있는 고통에서 오는 것이었다. 또 그들은 어떤 종류의 죽음도 두려워하지 않았다. 이 광경을 보고 오스왈드는 알 수 없는 오싹함에 몸을 떨었다. 그도 전에 극심한 절망에 빠졌을 때, 이성이 혼란스러워지는 것을 느낀 적이 있었다. 그리고 그때부터 그는 미친 사람의 모습을 볼 때마다, 늘 고통스러운 연민의 감정을 품어왔다. 그는 근처에 있는 사다리를 가져와 벽에 세우고, 불 한가운데를 뚫고 올라가, 창문을 통해 입원 중인 불쌍한 사람들이 모두 모여 있는 방안으로 들어갔다.

그들의 상태는 그렇게 심각하지 않아서, 한 명만 빼놓고는 병원 안에서 쇠사슬에 묶여 있지 않고 지낼 정도였다. 불길은 이 병실의 문 앞까지 모습을 드러내었지만, 아직 바닥을 태우지는 않은 상태였다. 오스왈드는 이 불쌍한 사람들, 모두가 병과 고통 때문에 쇠약해져 있는 사람들의 한가운데에 나타났다. 그들은 오스왈드의 모습에 너무 놀라고 감격한 나머지 아무 저항도 하지 않고 그에게 순종하였다. 그는 순식간에 불길이 삼켜버릴 수도 있는 사다리로 한 사람씩 내려가도록 지시하였다. 첫번째 환자는 아무 말 없이 지시에 따랐다. 넬빌 경의 억양과 모습이 그들의 마음을 전적으로 사로잡았던 것이다. 세번째 환자는 말을 들으려고 하지 않았다. 그는 잠시라도 지체하면 자기가 얼마나 위험해지는지를 몰랐으며, 또 오스왈드를 오래 붙들고 있으면 있을수록 오스왈드를 위태롭게 한다는 생각을 하지 못하였다. 그 광경에 겁을 먹은 사람들은 넬빌 경에게 돌아오라고, 정신병자들을 그들의 힘으로 탈출하도록 내버려두라고 소리쳤다. 그러나 이 해방의 임무를 맡은 자는 스스로에게 부여한 관용의 임무를 완수할 때까지 어떤 말에도 귀를 기울이지 않았다.

입원 중이던 여섯 명 중 다섯 명이 구출되었다. 이제 쇠사슬에 묶여 있는 여섯번째 환자만이 남았다. 오스왈드는 그의 쇠사슬을 풀고, 그를 탈출시키기 위하여 다른 동료들과 같은 방법을 사용하려고 하였다. 그러나 완전히 이성을 잃은 이 불쌍한 젊은이는 2년 동안 자기를 묶고 있던 쇠사슬에서 풀려난 기쁨에 정신을 잃고 방으로 뛰어들어갔다. 오스왈드가 창문으로 그를 내보내려고 하자, 기뻐하던 그는 화를 내었다. 넬빌 경은 점점 더 건물에 불길이 번지는 것을 보고, 또 이 미친 남자가 스스로 목숨을 구할 수 없겠다고 판단하고, 생명의 은인에게 저항하는 이 환자의 몸부림에 아랑곳하지 않고 그를 두 팔로 껴안았다. 오스왈드는 어디에 발을 디뎌야 할지 모른 채 환자를 안아 옮겼다. 그만큼 연기가 심해 앞이 보이지 않았던 것이다. 오스왈드는 사다리에서 대충 뛰어내려서, 불쌍한 사람을 옮겨놓았다. 그는 몇몇 사람들에게 살려달라고 소리를 치면서 여전히 오스왈드에게 욕설을 퍼붓고 있었다.

오스왈드는 위험을 헤쳐오면서 활기를 띠었고 머리카락은 헝클어졌으며, 눈빛은 승리감과 따뜻함을 지니고 있었다. 그는 자기를 바라보는 관중들의 열광적인 환호를 받았다. 특히 여인들은 이탈리아 특유의 상상력을 가미해 자신들의 느낌을 말하였다. 이 상상력은 종종 서민들이 하는 말에 신성함을 부여하기도 한다. 그 여인들은 오스왈드 앞에 무릎을 꿇었다.

"당신은 우리 마을의 수호 성인인 성 미카엘이 틀림없어요. 당신의 날개를 펼치시는 것은 좋지만 저희 곁을 떠나지는 마세요. 저 높은 곳, 대성당의 종탑 위로 가세요. 그곳에 계시어, 마을 전체가 당신을 바라보고 당신에게 기도할 수 있도록 해주세요."

한 여인이 말했다.

"저의 아이가 아파요. 그 아이를 낫게 해주세요."

다른 여인이 말했다.

"저의 남편은 어디에 있나요? 그는 몇 년 전부터 돌아오지 않고 있어요."

오스왈드는 그곳을 빠져나갈 방법을 찾고 있었다. 델뢰유 백작이 다가와, 그의 손을 잡고 이렇게 말하였다.

"친애하는 넬빌, 무슨 일이 있으면 친구와 상의를 하셔야지요. 이렇게 혼자서 모든 위험을 짊어지시는 것은 잘하는 일이 아니죠."

그러자 오스왈드가 그에게 작은 소리로 말하였다.

"저를 이곳에서 구출해주세요."

때마침 다가온 어둠이 그들의 도주를 도와주었고, 두 사람은 마굿간으로 말을 타러 달려갔다.

우선 넬빌 경은 좋은 일을 하였다는 느낌에 어쩐지 기분이 좋았다. 그러나 그의 가장 절친한 벗을 잃은 지금, 누구와 함께 이 일을 즐거워할 수 있을까? 고아의 불행함이여! 그들에게는 좋은 일도 고통스러운 일과 마찬가지로 고독을 느끼게 할 뿐이다. 우리가 태어날 때부터 갖게 된 애정, 이해, 혈육간의 공감, 하늘이 마련해준 부자간의 정을 대신할 수 있는 것이 어떻게 있을 수 있단 말인가? 다시 또 사랑할 수는 있다. 그러나 그의 영혼 전부를 내맡길 수 있는 행복을 이제 다시는 얻을 수 없을 것이다.

제 5 장

오스왈드는 로마까지 아무 데에도 눈을 돌리지 않고, 아무것에도 흥미를 느끼지 않고 안코나의 변방과 교황령을 달렸다. 그의 영혼이 지닌 우울한 성향이 원인이기도 하였고, 한편으로는 타고난 무관심이 원인이기도 하였다. 그는 오직 강렬한 정열에 의해서만 이런 무관심으로부터 빠져나올 수 있었다. 그의 예술에 대한 심미안은 아직까지 전혀 개발되지 않은 상태였다. 그는 사교계가 전부인 프랑스와 거의 모든 사람들의 관심이 정치에 쏠려 있는 런던에서만 살아보았다. 즉 그의 상상력은 자신의 고통에 집중되어 있었고, 미처 자연의 아름다움이나 예술의 걸작품 같은 데에서 기쁨을 찾지 못하고 있었던 것이다.

델뢰유 백작은 손에 여행 안내서를 들고 모든 도시를 돌아다녔다. 그렇게 함으로써 그는 모든 것을 보면서 시간을 보내었다는 즐거움과 프랑스를 잘 아는 그로서는 감탄을 자아낼 만한 아무것도 보지 못했노라고 장담하는 즐거움을 동시에 맛보았다. 델뢰유 백작의 지루함은 오스왈드를 실망시켰다. 게다가 오스왈드는 이탈리아인들과 이탈리아에 대한 선입견을 지니고 있었다. 그는 아직 이 나라와 이고장의 신비 안에 침투하지 못하고 있었다. 신비란 상상력의 힘을 빌려 이해되어야지, 영국식 교육에서 특히 발달되는 판단력에 의해 이해되는 것이 아니다.

이탈리아인은 현재의 이탈리아인보다 과거의 이탈리아인, 또 현재 될 수도 있었을 이탈리아인이 훨씬 훌륭하다. 로마라는 도시를 둘러싸고 있는 사막, 마치 생산성을 비웃고 영광에 싫증이 난 듯한 이 땅은, 오직 실리적인 측면에서 이 땅을 관찰하는 사람들에게는 단지 경작되지 않고 버려둔 땅에 불과하다. 어린 시절부터 질서와 공공의 번영을 존중하는 습관을 지닌 오스왈드는 과거에 세계의 여왕으로 군림하였던 도시가 가까워짐을 알려주는 황폐한 들판을 지나면서 처음에는 별로 좋지 않은 인상을 받았다. 그는 주민들과 지도자들의 게으름을 비난하였다. 넬빌 경은 박식한 행정가로서, 델뢰유 백작은 사교계의 인사로서 이탈리아를 비판하였다. 그러니까 한 사람은 이성 때문에, 다른 사람은 경박함 때문에, 말로 다할 수 없는 매력을 이 나라에 퍼뜨리는 추억과 회한, 자연의 아름다움, 잘 알려진 재난을 깊이 이해하게 될 때에 로마의 들녘이 상상력에 미치는 효과를 전혀 느끼지 못하고 있었다.

델뢰유 백작은 로마 근교에서 우스운 불평을 늘어놓았다.

"어휴, 별장도 없고, 마차도 없고, 대도시의 근교임을 알려주는 것이라고는 아무것도 없군요! 아! 하느님 맙소사, 이건 정말 가관이네요!"

로마가 가까워오자 마부들은 정신 없이 고함을 질렀다.

"보세요, 보세요, 성 베드로 대성당의 둥근 지붕이에요!"

나폴리 사람들은 이렇게 베수비오 화산을 자랑한다. 또한 바다는 해변에 사는 사람들의 자랑거리이다.

"마치 앵발리드의 돔을 보는 것 같군요."

하며 델푀유 백작이 소리쳤다. 이렇게 공정하지 못하고 애국심에서 비롯된 비교 때문에, 오스왈드는 인류가 창조한 그 걸작을 보고 으레 받아야 하는 감명이 산산조각 나고 말았다. 그들은 밝은 대낮도 아니고 한밤중도 아닌 어스름한 저녁때 로마에 들어갔다. 흐린 날씨 때문에 만물이 빛을 잃고 뒤섞여 있었다. 그들은 별 생각 없이 테베레 강을 건넜다. 그들은 민중의 문을 통해 로마에 당도했는데, 이 문은 코르소 거리로 이어졌다. 코르소 거리는 신도시의 가장 큰 대로이지만, 유럽의 다른 도시와 별로 다를 게 없었기 때문에 로마의 특징이라고는 볼 수 없는 곳이었다.

많은 사람들이 거리를 산책하고 있었다. 안토니우스 원주가 세워져 있는 광장에 인형극과 약장수들이 떼지어 몰려 있었다. 오스왈드는 주변의 풍경에 정신이 팔렸다. 로마라는 이름은 아직 그의 가슴에 아무런 울림도 주지 않았다. 낯선 마을에 들어갔을 때, 자기의 존재를 알지 못하고 자기와는 아무런 공통된 관심사가 없는 수많은 사람들을 볼 때처럼 오스왈드는 가슴 조이는 심한 고립감을 느낄 뿐이었다. 이런 생각은 누구에게나 슬픈 것이지만, 특히 영국인에게는 훨씬 더하다. 그들은 서로 모여 사는 습관에 익숙하기 때문에, 다른 민족의 관습에 쉽게 적응하지 못한다. 각국의 사람들이 모여드는 로마라고 하는 거대한 도시에서는 모두가 이방인이다. 로마인들조차 토착민으로서가 아니라 *폐허* 옆에서 쉬고 있는 순례자로서 그곳에 거주하는 듯이 보인다.(2) 고통스러운 심경에 가슴이 답답해진 오스왈드는 방안에 틀어박혀 도시 구경도 나가지 않았다. 그는 커다란 낙담과 슬픔을 안고 들어온 이 나라가 머지않아 자신에게 그토록 많은 기쁨의 원천이 되리라고는 생각할 수 없었다.

제2부
카피톨리노 언덕의 코린나

제 1 장

오스왈드는 로마에서 잠이 깼다. 그가 눈을 떠보니 찬란한 이탈리아의 태양이 눈부시게 빛나고 있었다. 그러자 그의 마음속 깊이 이렇게 아름다운 빛의 형상으로 자신의 모습을 드러낸 듯한 하늘을 향해 사랑과 감사의 마음이 들었다. 마을에 있는 수많은 교회의 종소리가 울려퍼지고 있었다. 간간이 들리는 포성은 무언가 거대한 예식이 거행되고 있음을 알려주었다. 그는 무슨 일이 있느냐고 물었다. 바로 그날 아침 카피톨리노에서 이탈리아에서 가장 유명한 여인, 시인이며 작가이자 즉흥시인인 로마 제일의 미녀 코린나가 대관식을 한다는 대답이었다. 그는 페트라르카[2]와 타소[3]의 이름으로 거행되는 이 예식에 대하여 몇 가지 질문을 하였는데, 그 대답은 한결같이 그의 호기심을 자극하였다.

한 여자의 운명에 대해 보이는 이런 굉장한 인기만큼 영국인의 관습과 견해에 상반된 것은 없었다. 그러나 모든 종류의 상상력이 이탈리아인에게 고취시키는 열광은 비록 일시적이나마 외국인에게도 옮겨 붙었고, 그들이 느끼는 감정을 그토록 생생하게 표현하는 나라 가운데에서 그는 자기 나라의 편견조차 잊고 말았다. 로마에서는 민중도 예술을 이해하고 조각에 대해서 심미안을 갖고 논한다. 회화와 유적, 골동품,

그리고 상당한 수준의 문학적 재능은 그들에게 국가적 관심사인 것이다.

오스왈드는 광장으로 가기 위해 집을 나섰다. 그곳에서 그는 코린나에 관한 일, 그녀의 재능, 그녀의 천재성에 관한 이야기를 들을 수 있었다. 그녀가 지나가기로 되어 있는 길은 치장이 되어 있었다. 흔히 민중은 부자라든가, 권력자가 지나갈 때에 모여드는데, 그곳은 오직 뛰어난 정신을 가진 한 사람을 보기 위하여 북새통을 이루고 있었다. 오늘날 이탈리아인에게는 예술의 영광만이 유일하게 허락되어 있다. 그래서 그들은 이 분야의 천재를 민감하게 찾아낸다. 만약 그 위인을 만들어내는 데 필요한 것이 박수갈채뿐이고, 사상을 길러내기 위한 강한 생명력과 커다란 관심 그리고 독립적인 생활히 필요한 것이 아니라면 그들은 이러한 민감성으로 많은 위인을 배출시켰을 것이다.

오스왈드는 코린나가 도착하기를 기다리며 로마의 거리를 산책하였다. 끊임없이 그녀의 이름이 귀에 들려오고, 그녀에 관한 새로운 면모가 이야기되었는데, 그 이야기로 미루어보아 그녀는 상상력을 자극하고도 남을 만큼 모든 재능을 겸비하고 있는 듯하였다. 어떤 사람은 그녀의 목소리가 이탈리아에서 가장 심금을 울리는 소리라고 했고, 다른 사람은 그녀처럼 비극을 연기할 수 있는 사람은 아무도 없다고 했다. 또 어떤 사람은 그녀가 요정처럼 춤을 춘다고 했으며, 그녀가 기품 있고 창의적으로 그림을 그린다고도 했다. 모두가 입을 모아, 어느 누구도 이토록 아름다운 시를 지을 수 없고, 즉흥적으로 노래부를 수 없으며, 다른 사람과 이야기할 때에 그녀는 때로는 우아하게, 또 때로는 웅변적으로 모든 사람을 매혹시킨다고 했다. 그녀가 이탈리아의 어느 도시에서 출생하였는지에 대한 논쟁도 있었는데, 로마인들은 그녀가 그토록 정확한 이탈리아어를 말하는 것을 보면 로마에서 출생한 것이 틀림없다고 단언하였다. 그녀의 성은 알려져 있지 않았다. 그녀의 첫 작품은 5년 전에 출판되었는데, 그냥 코린나라는 이름만 적혀 있을 뿐이었다. 그녀가 이전에 어디에서 살았는지, 또 무엇을 했는지 아무도 알지 못했다. 그녀의 나이는 26세였다. 이러한 신비와 인기가 동시에 존재하고, 모든 사람의 입에 오르내리면서도 본명이 알려져 있지 않은 이 여자가 넬빌 경의 눈에는 그가 보러 온 이 기이한 나라의 불가사의 중의 하나로 여겨졌다. 영국에서였다면 그는 그러한 여자를 엄격하게 판단하였겠지만, 이탈리아에다 영국의 사회 예절을 적용시키지는 않았다. 게다가 코린나의 대관식은 아리오스토[4]의 체험을 방불케 할 만큼 오스왈드의 관심을 끌었다.

개선 행진을 알리는 매우 아름답고도 당당한 음악이 연주되었다. 어떤 행사이든 음악이 시작을 알리게 되면 언제나 감격스럽다. 수많은 로마의 귀족들과 외국인들이 코린나를 태운 마차에 앞서고 있었다.

"그녀를 숭배하는 사람들의 행렬이죠."

라고 어떤 로마인이 말하였다.

다른 사람이 대답하였다.

"그렇군요. 그녀는 모든 사람의 찬사를 받고 있지만, 특별히 좋아하는 사람은 없어요. 그녀는 부자이며 독립해서 살고 있죠. 누구나 그녀가 유명한 집 태생이며 그것이 알려지길 원치 않는다고 믿고 있어요. 분명히 그래 보여요."

그러자 세번째 사람이 되받았다.

"아무튼 구름에 가려진 여신이지요."

오스왈드는 이렇게 말하는 사람을 쳐다보았다. 이 모든 이야기가 그에게는 애매하기 짝이 없는 사회적 지위를 알려주고 있었다. 그러나 남쪽에서는 그토록 시적인 표현들이 너무나 자연스럽게 사용되고 있기 때문에, 마치 그 말들은 대기 중에서 길어올려지고, 또 태양에 의해 영감을 받은 것 같았다.

마침내 코린나의 마차를 끌고 있는 네 마리의 백마가 군중 한가운데 나타났다. 코린나는 고풍스럽게 제작된 마차 위에 앉아 있었고, 흰옷을 입은 네 명의 젊은 처녀들이 그 옆을 걸어가고 있었다. 그녀가 지나는 곳마다 많은 향수가 공중에 뿌려졌다. 모두가 그녀를 보기 위하여 창문에 서 있었고, 창밖은 꽃병과 진홍빛 융단으로 치장이 되어 있었다. 모두가 외쳤다.

"코린나 만세! 천재 만세, 미인 만세!"

모두가 감격하고 있었으나, 넬빌 경은 아직 그런 감정을 함께 나눌 수 없었다. 비록 그가 이 모든 것을 판단하기 위해서 영국의 조심성과 프랑스식의 야유를 옆으로 제쳐놓아야 한다고 미리 다짐하였지만, 그는 도저히 이 축제에 동참할 수가 없었다. 그때 코린나의 모습이 나타났다.

그녀는 도메니키노[5]의 시빌라[6]와 같은 의상을 입고 있었다. 머리를 인도의 숄로 둘렀는데, 아름다운 검은색의 머리카락이 그 숄과 어우러져 있었다. 그녀의 드레스는 흰색이었고, 가슴에는 푸른색의 주름장식이 되어 있었다. 그녀의 의상은 사람들이 친근감을 느낄 수 있도록 보통의 것과 별로 달라 보이지 않았는 데에도 매우 아름다웠다. 마차 위에서 그녀가 취하는 태도는 기품 있고, 겸손하였다. 사람들의 환호를 받는 것을 좋아하는 빛은 역력하였으나, 그 기뻐하는 모습에 수줍음이 섞여 있었고, 자신의 개선 행사에 고마움을 표시하는 듯하였다. 그녀의 용모, 눈, 미소짓는 표정이 매력적이었으며, 넬빌 경은 강렬한 인상에 휩싸이기 이전에 첫눈에 친밀감을 느끼게 되었다. 그녀의 두 팔은 눈부시게 아름다웠다. 큰 키, 그러나 그리스 조각 같은 단단함은 젊음과 행복의 강렬한 상징이었다. 그녀의 시선에는 무언가 영감 같은 것이 서려 있었다.

사람들의 갈채에 답례하는 모습에서 그녀가 처해 있는 비범한 상황의 화려함을 더욱 돋보이게 하는 자연스러움을 엿볼 수 있었다. 그녀는 흡사 태양의 신전을 향해 걸어가는 아폴론의 여사제와도 같았고, 다른 한편으로는 일상 생활에서 만나는 소박한 여인 같기도 하였다. 아무튼 그녀의 모든 행동에는 관심과 호기심, 경탄과 애정을 끌 만한 매력이 있었다.

그녀가 추억으로 가득 찬 카피톨리노 언덕에 가까이 다가갈수록 사람들의 감탄은 더욱 고조되었다. 이와 같이 아름다운 하늘, 이토록 열광하는 로마인들, 그 중에서도 특히 코린나가 오스왈드의 상상력에 충격을 주었다. 고국에서 그는 종종 정치인들이 국민들의 숭앙을 받는 모습을 본 적은 있지만, 여자에게 그것도 오로지 천부적인 재능으로 이름을 빛낸 여자에게 경의를 바치는 사람들의 모습을 보는 것은 이번이 처음이었다. 그녀가 탄 개선 마차를 향하여 어느 누구도 슬퍼하지 않았으며, 자연이 준 가장 아름다운 선물인 상상력과 감정과 사상을 경배하는 데 어떤 회한이나 거북한 느낌도 방해가 되지 않았다.

오스왈드는 스스로의 생각 안에 너무 깊이 잠겨 있던 데다가 새로운 사상으로 머리가 가득 찬 나머지, 코린나의 마차가 지나간 곳이 고대의 유명한 유적이라는 사실을 깜빡 잊고 있었다. 카피톨리노 언덕으로 올라가는 계단 밑에서 마차가 멈추자, 코린나의 친구들은 그녀의 손을 잡아주기 위해 앞다투어 달려갔다. 그녀는 지성과 인품으로 로마에서 가장 존경받는 대귀족 카스텔 포르테 공을 선택하였다. 모두가 코린나의 선택에 동의하였다. 그녀는 카피톨리노의 계단을 올랐는데, 그 계단의 당당한 위풍이 한 여인의 가벼운 발걸음을 반기는 듯하였다. 코린나가 도착하자마자 다시 힘차게 음악이 울려퍼졌고, 축포가 터졌으며, 개선하는 시빌라는 그녀를 맞이하기 위해 마련된 궁전으로 입장하였다.

그녀가 안내를 받아 들어간 방안에는 그녀에게 관을 수여할 원로원 의원과 다른 의원들이 앉아 있었다. 한쪽에는 추기경 전원과 나라에서 제일가는 상류 계급의 부인들이 있었고, 다른 쪽에는 로마 한림원의 문인들이 있었다. 반대편 끝의 방은 코린나를 따라온 한 무리의 군중들로 가득하였다. 그녀가 앉기로 되어 있는 의자는 원로원의 의자보다 한 단 낮은 곳에 놓여 있었다. 코린나는 자리에 앉기 전 관례에 따라 자리를 가득 메운 지체 높은 사람들이 보는 가운데 첫번째 계단에서 한쪽 무릎을 굽혀야 했다. 그녀가 어찌나 고상하고도 정중하게, 또 부드럽고도 위엄 있게 하였던지, 넬빌 경은 이 순간 자신의 눈에 눈물이 고이는 것을 느꼈다. 그 자신조차 이러한 감동에 놀랐다. 그러나 이런 찬란한 승리의 한가운데에서, 그에게는 코린나의 시선이 연인의 보호를 간절히 바라는 것처럼 느껴졌다. 제아무리 우수하다고 해도 여자라면 남자의 보호 없이는 살 수 없다. 그래서 그는 스스로 이 여인의 버팀목이 되어주었으면 좋겠다는 생각을 하였다. 그가 지닌 감수성만으로도 그녀가 필요로 하는 버팀목이 될 수 있을 것 같았다.

코린나가 자리에 앉자마자, 로마의 시인들이 그녀를 위해 창작한 소네트와 오드를 낭독하기 시작하였다. 모두가 그녀를 극구 찬양하였다. 그러나 그들은 다른 우수한 천재성을 지닌 여인에게 보내는 것과 하나도 다르지 않은 형식적인 찬사를 그녀에게 보냈다. 그것은 비유와 신화의 인용을 듣기 좋게 섞어놓은 것이었으며, 사포[7]로부터 오늘날에 이르기까지 대대로 문학적 재능이 뛰어난 모든 여인에게 보내진 것과 다름없었다.

벌써 넬빌 경은 코린나를 찬양하는 이 같은 방식에 마음이 상하였다. 그라면 그녀를 마주보면서 그녀에게 적합한 더 정확하고 진실하며 자세한 초상화를 즉석에서 그렸을 것만 같았다.

제 2 장

카스텔 포르테 공이 축사를 하였다. 모든 참석자들이 코린나에 대하여 그가 하는 이야기에 귀를 기울였다. 그는 50세로, 그가 하는 연설과 태도에는 많은 실력과 위엄이 서려 있었다. 공의 나이도 그러려니와 그와 코린나는 단순히 친구 사이일 뿐이라는 말에 안심이 되었기 때문에, 오스왈드는 그가 소개하는 코린나의 인물상에 순수한 흥미를 느꼈다. 만약 그런 안심이 되는 이유가 없었더라면, 오스왈드는 이미 질투와도 같은 감정에 사로잡힐 수도 있었을 것이다.

카스텔 포르테 공은 별로 거만하지 않은 태도로, 그러나 코린나를 매우 적절하게 알려주는 산문을 읽었다. 무엇보다도 코린나의 작품들이 갖고 있는 특별한 가치에 대해서 언급하였다. 그는 이 가치가 외국 문학에 대한 그녀의 깊은 조예에서 나오는 것이라고 하였다. 그녀는 외부의 사물에 그다지 관심을 갖지 않는 나라의 특징으로 보이는 인간의 심정에 대한 지식과 관찰을 남쪽의 상상력과 회화, 화려한 생활에 매우 훌륭하게 결합시킬 줄 안다는 것이었다.

그는 코린나의 우아함과 명랑함을 칭찬하였고, 이 명랑함이 남을 조롱하는 것이 아니라 단지 발랄한 지성과 신선한 상상력에서 나오는 것이라고 말하였다. 그는 그녀의 감수성을 칭찬하려고 애썼다. 그러나 그의 말에 사적인 유감이 섞여 있음을 어렵잖게 감지할 수 있었다. 그는 뛰어난 여성은 사랑할 대상을 만나기가 어렵다며 불평하였다. 뛰어난 여성은 자기가 사랑할 대상에 대하여 이상형, 즉 심정적으로나 재능 면에서 원하는 모든 자질을 겸비한 상을 기대하고 있다는 것이었다. 그럼에도 불구하고 그는 코린나의 시가 풍기는 열정적인 감수성, 자연의 아름다움이 영혼의 가장 깊숙한 곳으로 파고드는 인상을 포착하는 기법에 대해 기꺼이 설명하였다. 그는 코린나가 사용하는 표현의 독창성을 지적하였는데, 이 표현이 그녀의 타고난 성격과 느끼는 방식에서 나왔기 때문이라고 말하였다. 그녀는 어떤 인위적인 표현도 사용하지 않음으로써, 자연스러울 뿐만 아니라 본의 아니게 배어나오는 매력을 손상시키는 일이 없었다.

그는 코린나의 웅변이 지니는 매우 강력한 힘에 대해서 언급하였는데, 그녀 자신이 참된 지성과 감수성을 지니고 있기 때문에 청중의 마음을 사로잡는 것이라고 하였다. 그는 이렇게 말하였다.

"코린나는 분명 우리나라에서 가장 유명한 여성입니다. 그럼에도 불구하고 그녀를 묘사할 수 있는 사람은 친구들뿐입니다. 왜냐하면 영혼의 자질은 그것이 진실할 때에도 언제나 검증을 필요로 하기 때문입니다. 어둠과 마찬가지로 빛도 그것을 간파하는 공감의 도움이 없다면 식별하기 어려울 것입니다."

그는 즉흥시를 쓰는 코린나의 재능으로 이야기를 옮겨갔는데, 이탈리아에는 즉흥시라고 이름붙일 만한 것이 아무것도 없었다. 그는 계속했다.

"그 재능은 단지 풍부한 정신 덕분에 생기는 것일 뿐만 아니라, 고귀한 사상이 그녀에게 일으키는 깊은 감동으로 해서 생기는 것입니다. 그녀가 이런 사상을 고취시키는 말을 시작하면, 언제나 감수성과 사상, 열광의 끊이지 않는 원천이 그녀에게 활기를 주고 그녀에게 영감을 부여합니다."

카스텔 포르테 공은 또한 언제나 순수하고 조화로운 문체에 대한 설명을 하였다.

"코린나의 시는 지적인 선율이며, 그것만이 가장 덧없고 가장 미세한 인상들을 표현할 수 있습니다."
라고 그는 덧붙였다.

그는 코린나의 대화를 칭찬하였다. 그 자신 코린나와의 대화를 얼마나 즐겼는지 느낄 수 있었다. 그는 말하였다.

"상상력과 단순함, 공정함과 열광, 힘과 부드러움이 한 사람 안에 모여 있습니다. 그래서 끊임없이 지적인 즐거움을 변화시켜줍니다. 그녀에게는 페트라르카의 이 매혹적인 시구를 적용시킬 수 있습니다.

영혼으로 듣는 말[*1]

그리고 저는 클레오파트라가 격찬받은 우아함과 고대인이 클레오파트라에게서 느꼈던 동양적 매력이 코린나에게도 있다고 생각합니다."

카스텔 포르테 공은 계속해서 말하였다.

"그녀와 함께 다닌 장소, 우리가 함께 들은 음악, 그녀가 내게 보여주었던 그림, 이해시켜주었던 책, 이런 것들이 저의 상상력을 형성하고 있습니다. 이러한 모든 것들 안에는 그녀의 반짝이는 생명이 들어 있습니다. 만약 제가 그녀와 멀리 떨어져 지내야 한다면, 적어도 이런 것들에라도 둘러싸여 지내고 싶습니다. 어디에서도 이러한 광채의 흔적, 그녀가 남기고 간 흔적을 찾아볼 수 없다고 확신하면서 말입니다.

그렇습니다."

그는 계속하였다. (그 순간 그의 시선이 우연히 오스왈드에게 머물렀다.)

"코린나를 만나십시오. 만약 당신이 당신의 삶을 그녀와 함께 지낼 수 있다면, 그리고 그녀가 당신에게 안겨줄 두 배의 생활을 오래도록 누릴 수 있다면. 그러나 당신이 그녀를 떠나야 한다면 그녀를 만나지 마십시오. 당신은 일생 동안 당신의 감정과 사색을 함께 나누고, 몇 배로 풍요롭게 해주는 이렇게 창조적인 영혼을 찾아다녀보아도 소용없습니다. 당신은 그런 사람을 결코 다시 만날 수 없을 것입니다."

오스왈드는 이 말에 몸이 떨렸다. 그의 눈은 코린나에게 고정되었다. 그녀는 감동적으로 이야기를 경청하고 있었는데, 그 감동은 자존심에서 나오는 것이 아니라 사랑의 감정, 가슴에 깊이 와 닿는 감정에서 나오는 것이었다. 카스텔 포르테 공은 다시 말을 이었다가, 북받치는 감격으로 한순간 말을 중단하기도 하였다. 그는 코린나의 회화·음악·낭독·춤의 재능에 대하여 말하였다. 이 재능 전반에 걸쳐 코린나는 언제나 특정한 방법이나 규칙을 따르려 하지 않고, 상상력이라고 하는 하나의 힘을 다양한 언어로, 예술이라고 하는 하나의 매력을 여러 가지의 형식을 빌려 표현하려 하였다고 그는 말하였다.

카스텔 포르테 공은 다음과 같은 결론으로 말을 끝냈다.

"저는 한 사람을 잘 묘사하였다고 자랑할 수 없습니다. 왜냐하면 그녀의 노래를 들어보기 전에 도저히 그녀를 이해할 수 없기 때문입니다. 그러나 우리 로마인들에게 그녀의 존재는 우리의 빛나는 창공과 영감을 받은 자연의 은총과도 같은 것입니다. 코린나는 우리 친구들을 이어주는 끈입니다. 그녀는 우리 생활의 활력소이며 관심사입니다. 우리는 그녀의 상냥함에 의지하고, 그녀의 재능을 자랑스럽게 생각합니다. 우리는 외국인들에게 이렇게 말합니다.

"그녀를 보십시오. 우리 아름다운 이탈리아의 상징입니다. 우리가 우리의 운명인 무지·욕망·불화와 나태를 버릴 수 있을 때, 우리도 코린나가 될 수 있을 것입니다."

우리는 코린나를 우리의 기후와 예술이 만들어낸 경탄할 만한 산물로서, 과거의 새싹으로서, 미래의 예언으로서 기쁘게 바라봅니다. 외국인들이 지난날 유럽을 밝혔던 광명이 어디에서 나오는 것이냐고 우리를 비난할 때, 우리의 재난을 보고 우리가 범한 잘못에 대해서 가혹하게 말할 때, 우리는 그들에게 말합니다.

코린나를 보십시오.

그렇습니다. 만약 남자들도 여자들처럼 가슴속에 하나의 세계를 창조할 수 있다면, 또 비록 우리의 천재성이 필연적으로 사회적 관계와 외부적 상황에 지배된다고 하더라도 시라고 하는 유일한 횃불로 타오를 수만 있다면, 우리들은 그녀의 뒤를 따를 것이며, 그녀가 여자이듯이 우리는 남자가 될 것입니다."

카스텔 포르테 공이 말을 마치자, 모두의 박수갈채가 터져나왔다. 그의 이야기의 끝부분에 현재 이탈리아의 상황에 대한 간접적인 비난이 있었지만, 그 나라의 유명 인사들은 그 사실을 시인하였다. 그만큼 이탈리아에는 제도를 개혁하기에 이르지는 못해도, 지체 높은 사람들로 하여금 현존하는 편견에 대한 온건한 이의를 받아들이게 하는 이러한 자유가 있었다.

로마에서 카스텔 포르테 공의 명성은 매우 높았다. 그가 말하는 태도에는 흔치 않은 명석함이 있었다. 이 점은 말보다는 행동에서 뛰어난 이탈리아인으로서는 탁월한 재능이었다. 그는 일을 처리함에 있어서 이탈리아인들이 종종 보이는 민첩함을 지니고 있지는 않았으나, 생각하는 것을 즐기고 사색의 피곤함을 두려워하지 않았다. 행복한 남쪽 나라의 사람들은 종종 그런 피곤을 거부하곤 한다. 그들은 마치 그들의 비옥한 대지가 경작하지 않아도 하늘의 은총만으로 과실을 주는 것처럼 상상력의 힘으로 무엇이든지 알아낼 수 있다고 장담하는 것이다.

제 3 장

카스텔 포르테 공이 이야기를 마치자, 코린나는 몸을 일으켰다. 그녀는 공에게 매우 고상하고 우아하게 고개를 숙여 감사의 뜻을 전했으며, 그녀의 이런 태도에는 겸손함과 칭찬받은 것에 대해 마음에서 우러나온 솔직한 기쁨이 모두 묻어 있었다. 카피톨리노에서 관을 받는 시인은 그에게 예정된 월계관을 머리에 얹기 전에 즉흥시를 짓든지, 시 한 수를 낭송하는 것이 관례였다. 코린나는 그녀가 애용하는 악기인 리라를 가져오게 하였다. 그 악기는 하프처럼 생겼는데, 모양은 훨씬 고대풍이며 음색은 훨씬 소박하였다. 조율을 시작하면서, 그녀는 수줍음에 어찌할 바를 몰랐다. 떨리는 목소리로 그녀에게 주어진 주제를 물었다. *이탈리아의 영광과 행복!* 이라고 둘러싼 사람들이 소리쳤다.

"네, 알겠습니다!"

그녀는 이미 자신이 지닌 재능에 사로잡히고 북돋워져 *이탈리아의 영광과 행복!* 이라고 되풀이하여 말하였다. 그녀는 애국심에 고무되어 매혹에 넘치는 시구를 들려주었다. 만약 그것이 산문이었다면, 이 시가 지닌 사상을 불완전하게 전달할 수밖에 없었을 것이다.

카피톨리노에서 읊은 코린나의 즉흥시

"태양의 제국인 이탈리아여, 세계의 여주인공인 이탈리아여, 문학의 요람인 이탈리아여, 저는 그대에게 경의를 표합니다. 인류는 그대에게 얼마나 자주 굴복하였던가요, 그대의 군대에게, 그대의 예술과 그대의 하늘에게!

어떤 한 명의 신이 올림포스 산을 떠나 아우소니아에 피신하였어요.[8] 이 나라의 모습은 황금 시대의 미덕을 방불케 하여, 인간은 그곳에서 죄인으로 생각되지 않을 정도로 너무도 행복하였지요.

로마는 그 재능으로 세계를 정복하였고, 자유로움으로 여왕이 되었어요. 로마는 세계의 상징이 되었어요. 야만족의 침입은 이탈리아를 파괴하면서 전세계를 어둠에 잠기게 하였지요.

이탈리아는 그리스를 도망친 사람들이 품속에 가지고 온 다양한 보물들로 다시 한번 모습을 드러내었어요. 하늘의 계시가 이탈리아에 나타났지요. 용감한 후손이 새로운 반구를 발견하였던 것이에요. 이탈리아는 사상의 패권을 잡음으로써 다시 한번 여왕이 되었어요. 그러나 이 영광의 면류관은 배은망덕한 사람들만을 만들어내었을 뿐이죠.

상상력 덕분에 이탈리아는 잃어버린 세계를 되찾게 되었어요. 화가와 시인들이 이탈리아를 위하여 땅과 올림포스 산, 지옥과 천당을 만들어내었어요. 이탈리아에 생기를 불어넣는 불, 이교의 신이 아니라 자신의 재능에 의해 더 잘 보존되어온 불, 그 불을 뺏으려 하는 프로메테우스는 유럽에서 찾아볼 수 없었죠.

제가 왜 카피톨리노에 있는 것일까요? 왜 저의 보잘것없는 머리는 페트라르카가 받은, 그리고 타소를 애도하는 시프레 나뭇가지에 걸려 있는 이 관을 받으려 하는 것일까요? 왜 …… 아, 동포 여러분, 만일 여러분이 명예를 차지한 사람이나 마찬가지로 명예를 숭배하는 사람에게도 보상을 줄 만큼 명예를 사랑하지 않는다면!

때로 이 명예는 관을 썼던 승자들 가운데 희생양을 선택하기도 하지만, 여러분이 명예를 사랑한다면, 예술의 르네상스가 일어났던 그 시절을 자랑스럽게 생각하세요. 근대의 호메로스[9]이며 우리의 신비스러운 종교가 낳은 성스러운 시인, 사상의 영웅인 단테[10]는 지옥에 가기 위하여 그의 재능을 스틱스 강[11]에 적셨어요. 그래서 그의 영혼은 그가 그려 내었던 심연만큼이나 깊은 것이랍니다.

전성기의 이탈리아는 단테 안에서 그대로 소생되지요. 공화주의 정신에 활기를 얻은 시인이면서도 전사인 그는 죽은 자들에게 생명의 불꽃을 불어넣어요. 그리하여 그의 망령들은 오늘날 살아 있는 사람들보다 더 강한 생명력을 지니는 것이에요.

지상의 기억이 아직도 망령들을 따라다니고 있어요. 정처 없는 정열이 그들의 마음을 온통 사로잡고 있죠. 영원히 이어지는 미래보다 오히려 돌이키기 쉬워 보이는 과거 위를 그 정열이 맴돌고 있어요.

조국으로부터 추방된 단테는 그를 괴롭히는 고통을 상상력의 영역으로 옮긴 것 같아요. 그의 망령들은 끊임없이 존재의 소식을 물어오지요. 마치 시인 자신이 조국의 소식을 궁금히 여기는 것처럼, 또한 지옥이 단테에게 추방의 빛깔 아래에서 나타나는 것처럼.

단테의 눈에는 모든 것이 피렌체의 모습으로 나타나죠. 그가 불러내는 고대의 사자(死者)는 그와 같이 토스카나인으로 소생하는 것 같군요. 그것은 그의 정신이 지니는 한계가 아니라, 자신의 사고라는 원 안에 우주를 집어넣는 단테의 영혼이 지니는 힘이에요.

원과 구(球)의 신비로운 연쇄가 그를 지옥으로부터 연옥으로, 연옥으로부터 천당으로 인도해요. 자신이 본 것에 충실한 역사가인 단테는 암흑의 지역에 빛이 넘치게 만들어요. 그가 자신의 삼부작 시에 창조한 세계는 창공에서 발견된 새로운 혹성과도 같이 완벽하며 그 빛이 찬란하답니다.

단테의 목소리로 지상의 모든 것이 시로 변하죠. 사물·사상·법·현상들이 마치 새로운 신들의 새로운 올림포스 산과 같아요. 그러나 이 상상력의 신화는 천당의 모습 앞에서, 광선과 별, 미덕과 사랑이 빛나는 빛의 바다의 모습 앞에서 사라져버리고 말죠.

우리의 위대한 시인의 신비스러운 말은 우주를 비추는 프리즘이에요. 우주의 모든 경이가 그곳에 반사되고 분산되고 다시 구성되어요. 소리는 색을 모방하고, 색은 조화로 녹아들어가죠. 낭랑하게 잘 울려퍼지는 운이든 야릇한 운이든, 혹은 짧은 운이든 긴 운이든, 예술의 지고한 아름다움이며 천재의 승리인 시적 예감에 의해 영감을 얻고, 이 시적 예감은 자연 속에서 인간의 마음과 주고받은 모든 비밀을 발견하지요.

단테는 스스로 시를 씀으로써 추방에 종지부를 찍기를 바랐어요. 중재인이라는 평판에 기대를 걸었으나, 조국에서 영예를 누리지 못하고 일찍 죽었죠. 종종 인간의 덧없는 인생은 역경으로 끝나고 말아요. 영광을 차지하고 행복의 나루터에 다가간다고 하여도 항구 뒤에는 무덤이 입을 벌리고 있으며, 행복이 돌아오면 운명은 갖가지의 모습으로 종말을 고하게 되어 있으니까요.

그러니 로마인들이여, 그대들은 그토록 부당한 대우를 받은 불행한 타소를 찬사로써 위로해야 했어요. 그는 미남이며 섬세하고 기사답게 공훈을 꿈꾸면서 자신이 노래하는 사랑을 품고 이곳의 담을 향해 다가왔어요. 마치 예루살렘의 영웅들과도 같이 존경과 감사의 마음을 갖고서. 그러나 타소에게 관을 수여하기로 되어 있던 전날 밤, 죽음이 자신의 끔찍한 축제를 위하여 그를 요구하였어요. 하늘은 땅을 질투하고 시간이라는 기만적인 기슭에서 마음에 드는 자를 불러가죠.

타소의 세기보다 더 자랑스럽고 더 자유로운 세기를 거쳐 페트라르카가 마치 단테와도 같이 이탈리아 독립의 용감한 시인이 되어 있었어요. 다른 나라에서는 그에 관해서 연애밖에는 알지 못하죠. 이곳에서 그는 좀더 준엄한 사람으로 기억되고 그 이름은 영원히 칭송받고 있어요. 조국은 그에게 라우라보다도 더 많은 영감을 주었어요.

페트라르카는 밤새워 고대를 살려내었죠. 그의 상상력이 심오한 연구에 방해가 되기는커녕 그 창조의 힘은 그에게 미래를 맡기면서 지난 여러 세기의 비밀을 그에게 드러내었어요. 그는 지식이 창조에 도움이 된다는 것을 알았죠. 그의 천재는 영원한 힘이고 모든 시대와 대화할 수 있었기 때문에 더욱 독창적인 것이었어요.

우리나라의 맑은 공기, 아름다운 기후가 아리오스토에게 영감을 주었죠. 오랜 전쟁 뒤에 나타난 것은 무지개였어요. 좋은 날씨를 알려주는 이 전사와도 같이 찬란하고 다채로운 아리오스토는 삶을 친근하게 즐기는 것 같아 보여요. 또 그의 경쾌하고 평온한 명랑함은 자연에 대한 미소일 뿐, 인간에 대한 냉소는 아니에요.

미켈란젤로,[12] 라파엘로,[13] 페르고레시,[14] 갈릴레이,[15] 그리고 위험을 무릅쓰는 여행가이며 새로운 땅을 갈망하는 여러분, 비록 자연은 여러분의 나라보다 더 아름다운 것을 보여줄 수 없지만, 여러분의 영광을 이 시인들의 영광에 보태어보세요! 예술가·학자·철학자 여러분, 그대들은 그들과 같이 태양의 자손이에요. 태양은 상상력을 고무시키고, 사고에 활력을 주며, 용기를 부추기고 행복 속에 잠들게 하며 모든 것을 약속하고 모든 것을 잊게 해주는 듯하죠.

여러분은 오렌지 나무가 꽃을 피우고 하늘의 빛이 사랑 때문에 풍요로워지는 이 땅을 아세요? 여러분은 밤의 감미로움을 노래하는 구성진 곡조를 들어본 일이 있으세요? 맑고 달콤한 공기로 가득 찬 향기를 마신 적이 있으세요? 대답해보세요, 외국 나으리님, 당신네 나라의 자연은 아름답고 은혜로운가요?

다른 곳에서 천재지변이 덮치면 사람들은 신이 자기 나라를 버렸다고 믿곤 하죠. 그러나 이곳에서 우리는 항상 하늘의 가호를 느끼고 있어요. 우리는 하늘이 우리를 돌봐주고 있고, 귀한 피조물로 대해주었음을 잘 알고 있어요.

우리들의 자연은 단순히 포도나 이삭으로 장식되어 있지 않아요.

마치 군주의 축제에서와 같이 오로지 즐기기 위해 어떤 유용성도 없는 꽃과 초목이 마음껏 발 아래 밟히곤 하죠.

자연이 배려해주는 섬세한 즐거움은 그것을 느낄 자격이 있는 민족만이 맛보는 것이에요. 그들은 검소한 음식으로 만족해요. 이 민족은 풍요가 마련해주는 포도주 샘에 취하지 않죠. 그들은 그들의 태양·예술·유적, 오랜 역사와 젊음이 넘치는 그들의 조국을 사랑한답니다. 화려한 사교계의 세련된 즐거움과 탐욕스러운 민족의 괴이한 쾌락은 그들의 것이 아니에요.

이곳에서는 감각이 사상과 한데 섞이고 바로 그 샘에서 삶이 길어 올려지죠. 또한 영혼은 대기와도 같이 하늘과 땅 사이를 채우고 있어요. 이곳에서는 몽상이 달콤하기 때문에 재능은 편안해져요. 재능이 동요시킨다면 몽상은 잠재워요. 재능이 목적을 그리워한다면 몽상은 수많은 공상을 주어요. 사람들이 재능을 억압한다면 자연은 그 재능을 품어주지요.

이와 같이 자연은 항상 우리를 감싸주고 그 구원의 손은 모든 상처를 낫게 해주어요. 이곳에서는 선의의 신을 경배하고, 그분의 사랑의 비밀을 알기 때문에 마음의 상처까지도 스스로 위로받게 되어요. 덧없는 우리들의 삶의 순간적인 불운도 불멸의 세계의 풍요롭고 한없이 넓은 가슴속에서 사라지게 되지요."

격렬한 박수 소리에 코린나는 잠시 멈추었다. 오스왈드만이 유독 주변의 소란스런 열광에 섞이지 않았다. 코린나가 *마음의 상처까지도*

스스로 *위로받게* 되어요라고 했을 때, 그는 머리를 숙여 손 위에 얹었다. 그리고 그때부터 얼굴을 들지 않았다. 코린나는 그의 모습을 보았다. 곧이어 그의 얼굴 생김, 머리 색깔, 복장, 꼿꼿하게 세운 허리, 또한 그의 모든 몸가짐으로 그가 영국인임을 알아보았다. 그가 지니는 애도의 빛, 슬픔에 넘친 표정이 강렬한 인상을 주었다. 그때 마침 그의 시선은 그녀에게 고정되었고 무언가를 원망하는 듯이 보였다. 그녀는 그의 생각을 알아채고 확신에 찬 어조로 행복에 관하여 말하는 것을 그만두고 축제의 시 가운데 몇 편을 죽음에 관한 것에 바침으로써 그를 만족시켜주어야겠다는 생각이 들었다. 이런 뜻에서 그녀는 자신의 리라를 손에 집어들었다. 그녀가 타는 리라에서 울려퍼지는 감동적인 여운 때문에 청중은 다시금 조용해졌다. 그녀는 다시 노래하기 시작하였다.

"하지만 위로의 하늘조차도 없애지 못하는 고통이 있는 법이에요. 그러나 회한 때문에 영혼이 부드럽고 숭고한 인상을 지니게 되는 곳이 이곳말고 또 어디에 있겠어요?

다른 곳에서는 살아 있는 사람들이 삶의 빠른 회전과 열망을 위해 필요한 자리를 겨우 찾을 뿐이에요. 하지만 이곳에서는 폐허와 황야, 사람이 살고 있지 않은 성이 망령들에게 광활한 공간을 넘겨주어요. 오늘날의 로마는 무덤의 조국이 아니겠어요!

콜로세움, 오벨리스크, 이집트나 그리스의 오지로부터, 로물루스[16]로부터 이어져 내려오는 먼 옛날부터 레오 10세[17]에 이르는 모든 걸작이 이곳에 모여 있어요. 마치 위대함이 위대함을 부르는 듯해요. 이 장소는 인간이 시간으로부터 지켜낼 수 있는 모든 것을 한곳에 모아두었죠. 그러나 이제 이러한 모든 걸작은 침울한 유적이 되고 말았어요. 우리들은 나태한 삶을 영위하지만, 산 자의 침묵은 죽은 자들에 대한 경의예요. 그들은 계속 살고 우리는 사라지니까요.

죽은 자들만이 존경을 받고, 죽은 자들만이 알려져 있어요. 우리들의 캄캄한 운명이 조상의 광채를 더해주지요. 현재 우리의 존재는 과거를 드높이기 위함일 뿐이며, 과거는 추억의 주변을 맴돌며 어떤 소리도 내지 않아요. 우리의 모든 걸작은 이미 이 세상에 존재하지 않는 자들의 작품이며, 천재 그 자신도 위대한 고인들 가운데 있으니까요.

아마도 로마의 숨은 매력은 영원한 잠에 상상력을 조화시키는 일이겠지요. 자신의 죽음도 각오하게 되고, 사랑하는 이의 죽음도 덜 괴로워한답니다. 남쪽 나라의 사람들은 북쪽의 사람들보다 좀더 밝게 인생의 종말을 그리죠. 태양이 마치 영광과도 같이 무덤 위를 비추어주거든요.

많은 유골 옆에서, 맑은 하늘 아래 추위와 고독 속에 놓여 있는 무덤도 그것을 무서워하는 사람을 괴롭히지 않아요. 우리들은 대부분의 망령이 우리를 기다리고 있다고 믿고 있어요. 이 고독한 도시로부터 지하의 도시로 옮겨가는 일은 꽤 감미로운 일이죠.

이렇게 해서 고통의 상처는 무디어져요. 마음이 무디어서가 아니고, 영혼이 삭막해서가 아니고, 완벽한 조화와 향기 나는 대기가 인생에 가미되기 때문이에요. 사람은 두려움 없이 창조주가 이렇게 말씀하신 자연에 몸을 맡기게 되는 것이죠. 백합은 힘들이지도 않고 실을 잣지도 않는데 어떤 왕의 옷이 이 꽃들에 입힌 아름다움에 따라가랴!"

오스왈드는 이 마지막 시행에 감탄하여 힘껏 박수로 감동을 표현하였다. 이때만은 아무리 이탈리아인이라고 하더라도 그의 열광을 따라가지 못하였다. 그도 그럴 것이 코린나의 두번째 즉흥시는 로마인들을 위한 것이라기보다는 오스왈드를 위한 것이었기 때문이다.

대부분의 이탈리아인들은 *칸티레나*라고 부르는 단조로운 곡에 맞추어 시를 낭송하는데, 이것이 흥을 망친다.(3) 아무리 가사가 다양해도 소용이 없고, 인상은 다 똑같아진다. 왜냐하면 가사보다 더 내밀한 요소인 억양에 아무런 변화가 없기 때문이다. 그러나 코린나는 박자에 변화를 주어 암송함으로써 조화에 의해 유지되는 매력을 파괴하지 않았다. 그것은 마치 천상의 악기로 연주되는 여러 가지 곡조와도 같았다.

마음속을 파고드는 코린나의 목소리는 화려하고 듣기 좋은 이탈리아어를 들려주면서 오스왈드에게 전혀 새로운 감명을 주었다. 영국적인 운율 기법은 변화가 없고 뚜렷하지 않다. 그 본래의 아름다움은 애수이다. 구름이 그 색조이며 파도 소리가 그 억양이 된다. 그러나 축제와도 같이 화려하고 색깔에 비유하자면 진한 붉은색이라고 말할 수 있을 정도로 승리의 악기처럼 잘 울려퍼지는 이탈리아 말이, 아름다운 풍토가 모든 사람들의 마음에 퍼트려놓은 기쁨이 깃들인 이 말이 감동에 넘친 소리로 나오게 된다. 따라서 이탈리아어의 조용한 울림, 집중되어 있는 강한 힘이 예기치 못한 신선한 생동감을 준다. 자연의 의도가 거부되고, 그 은혜가 허사가 되며, 내리신 선물이 거절당하는 것처럼 보이지만, 그토록 많은 기쁨 가운데 표현되는 고통은 오히려 고통에 영감받은 듯이 보이는 북국의 언어로 불려진 고통보다도 더 깊이 마음에 와 닿는다.

제 4 장

　원로원 의원이 코린나의 머리 위에 씌워줄, 도금양 잎과 월계수의 잎을 엮어 만든 관을 손에 들었다. 그녀는 머리에 감았던 숄을 풀었다. 그러자 칠흑같이 검은 머리가 양쪽 어깨 위로 치렁거리며 내려왔다. 코린나는 머리에 아무것도 쓰지 않은 채, 감추려고 하지 않은 기쁨과 감사의 마음으로 빛나는 시선을 하고 앞으로 나아갔다. 그녀는 관을 받기 위하여 두번째로 무릎을 꿇었다. 그러나 첫번째보다 덜 어색해하였고 덜 떠는 듯하였다. 그녀는 시 낭송을 끝낸 후 숭고한 생각으로 가슴이 가득차 있었기 때문에, 열광이 수줍음을 쫓아낼 수 있었다. 이제 그녀는 겁 많은 여성이 아니라, 기쁜 마음으로 천재를 향한 찬양에 몸을 맡기는, 영감을 받은 여사제였다.
　관이 코린나의 머리 위에 놓이자 모든 악기가 울려퍼지면서 매우 힘차고 숭고하게 영혼을 고양시키는 승리의 곡이 연주되었다. 팀파니와 팡파레의 소리가 한번 더 코린나를 감동시켰다. 두 눈엔 눈물이 넘쳤고, 그녀는 앉아서 잠시 동안 손수건으로 얼굴을 가렸다. 오스왈드는 매우 감격하여 사람들 사이에서 빠져나왔고 그녀에게 말을 걸기 위하여 몇 발짝 옮겼으나 자신도 모르게 당황하여 걸음을 멈추고 말았다. 코린나는 그에게 향하는 관심을 눈치 채이지 않도록 조심하면서 한참 동안 그를 지켜보았다. 그러나 카스텔 포르테 공이 코린나를 그의 마차에 태워 카피톨리노에서 데려가기 위해 다가와서 손을 잡으려 하자, 그녀는 별 생각 없이 그렇게 하도록 내버려두었다. 그리고 이런저런 핑계를 대어 오스왈드를 보기 위하여 몇 번이고 뒤를 돌아보았다.
　그는 코린나의 뒤를 따랐다. 그녀는 자신의 뒤를 따르는 행렬과 함께 계단을 내려오며, 그를 보기 위하여 한번 더 뒤돌아보았다. 그 때문에 관이 머리에서 떨어졌다. 오스왈드는 성급히 관을 주워 그녀에게 주면서 이탈리아어로 말을 건넸다. 비천한 인간은 관을 신의 머리 위에 감히 얹지 못하고 그 발 밑에 둔다는 뜻의 말이었다.(4) 코린나는 넬빌 경에게 영어로 인사하였는데, 그것은 순수한 영국식 발음으로, 대륙에서는 도저히 흉내낼 수 없는 섬의 순수한 악센트를 지니고 있었다. 그것을 듣는 순간 오스왈드는 얼마나 놀랐던가! 그는 그만 제자리에 꼼짝도 못한 채 못 박힌 듯이 섰으며, 현기증이 나는 듯하여 카피톨리노의 계단 아래에 있는 현무암의 사자 한 마리에 기대었다. 코린나는 다시 한번 그를 뚫어지게 보고 그가 동요하는 모습에 매우 감격하였으나, 사람들에게 밀려 마차로 이끌려갔다. 오스왈드가 기운과 정신을 차렸을 때에는 이미 오래 전에 군중이 사라지고 난 후였다.

    코린나는 그때까지 그가 보아온 외국의 여성 중 가장 매력적인 여성으로서, 또 이제 그가 방문하려고 하는 나라의 가장 뛰어난 여성으로서 오스왈드를 매혹하였다. 그러나 이 영국 악센트는 그의 조국에 대한 모든 추억을 상기시켰고, 이 악센트 때문에 그녀의 모든 매력은 그에게 영국적인 것이 되어버렸다. 저 여인은 영국 사람일까? 영국에서 몇 년을 산 적이 있을까? 그로서는 알 수 없는 노릇이었다. 그 나라말을 배웠다고 해서 그렇다고 말할 수는 없었다. 분명히 코린나는 넬빌 경과 같은 나라에서 산 적이 있는 것 같았다. 서로 친족 관계가 없다고 누가 장담하겠는가? 어쩌면 어린 시절에 그녀를 본 적이 있는지도 모를 일이다! 사람은 대개 사랑하는 사람에 관하여, 마음속에 선천적인 이미지 같은 것을 갖고 있어서, 그 때문에 처음 보아도 그 대상을 알아보는 것 같다.

    오스왈드는 이탈리아 여성에 대한 많은 편견을 갖고 있었다. 정열적이지만, 변심하기 쉽고, 깊고 지속적인 애정을 갖지 못한다고 믿고 있었다. 카피톨리노에서 코린나가 했던 말은 이미 그에게 전혀 다른 생각이 들게 하였다. 그가 고국의 기억을 떠올리는 동시에 상상력에 의하여 새로운 삶을 받아들이고, 과거와 절교하는 일 없이 미래를 위하여 새로 태어날 수 있다면, 그런 삶은 도대체 어떤 삶이 될 것인가!

오스왈드가 몽상에 잠겨 있다가 정신을 차려 보니 산 안젤로 다리 위에 있었다. 그곳은 산 안젤로라는 이름을 가진 성이라기보다는 차라리 요새가 되어버린 하드리아누스[18]의 묘지로 가는 길이었다. 그곳에 흐르는 정적과 테베레 강의 창백한 물결, 흡사 흰색의 유령들처럼 묵묵히 흐르는 강물과 시간을 바라보고 서 있는 다리 위의 조상들을 비추어주고 있는 달빛, 이 모든 것들이 오스왈드에게 제정신이 들게 하였다. 그는 가슴으로 손을 가져갔다. 언제나 그 자리에 지니고 다니는 부친의 초상화가 느껴져서 그것을 보려고 꺼내었다. 그러자 그가 방금 맛본 행복의 순간도 행복했던 이유도 모두 사라지고 부친을 향한 죄스러운 마음밖에는 들지 않았다. 이 생각은 그에게 다시 한번 후회의 마음을 불러일으켰다.

"평생 지울 수 없는 추억!"

하고 그는 소리쳤다.

"그토록 감정을 상하고도 그렇게나 너그러웠던 분! 당신이 돌아가시고 불과 얼마 되지도 않아 제 마음속에 기쁨의 감정을 가질 수 있단 말입니까? 제가 아는 사람들 중에 가장 훌륭하고 가장 너그러운 분, 당신은 저를 책망하지 않으십니다. 당신은 제가 행복하길 바라십니다. 그리고 저의 잘못에도 불구하고 당신은 여전히 저의 행복을 빌어주십니다. 그러나 당신이 저 높은 하늘 위에서 제게 말을 건네신다면, 전에 제가 이 지상에서 하시는 말씀을 못 알아들은 것처럼 이번에도 당신의 목소리를 못 알아듣게 되지 않을까요!"

제3부
코린나

제 1 장

델푀유 백작도 카피톨리노의 행사에 참석하였다. 이튿날 그는 넬빌 경에게 찾아와 말하였다.

"오스왈드 경, 오늘 저녁 코린나를 만나시지 않겠습니까?"

"네에?"

하며 오스왈드가 급하게 말을 막았다.

"당신은 그녀를 잘 아세요?"

델푀유 백작이 대답하였다.

"아니요. 그러나 그렇게 유명한 사람은 사람들이 자기를 만나고 싶어하는 걸 싫어하지 않는 법이에요. 그래서 오늘 아침에 편지를 보내어 오늘 저녁 당신과 함께 찾아가는 것을 허락해달라고 청하였죠."

그러자 오스왈드는 얼굴을 붉히며 이렇게 대답하였다.

"제 허락도 없이 그렇게 제 이름까지 말씀하시다니오."

"저한테 고마워하세요."

하고 백작이 대답하였다.

"귀찮은 절차를 생략해드렸으니까요. 당신이 대사에게 가면 대사는 당신을 추기경에게 안내할 테고, 추기경은 당신을 어떤 여인에게로,

그리고 그 여인이 당신을 코린나에게 안내하겠지요. 이런 절차를 밟는 대신, 제가 당신을 소개하고 당신이 저를 소개하면 우리 둘 다 정중하게 받아들여질 것 아니겠어요."

넬빌 경은 대답하였다.

"저는 그렇게 생각할 수가 없군요. 혹 그럴지도 모르지만, 그렇게 성급한 요청에 코린나가 불쾌해할까봐 걱정이에요."

"절대 그런 일은 없을 테니까 믿어주세요."

하고 백작은 대답하였다.

"그녀는 그런 일에 아주 사려가 깊더군요. 대답이 아주 정중하던데요."

"아니! 그녀가 당신에게 답장을 보냈어요?"

하고 넬빌 경이 말하였다.

"그래 뭐라고 하던가요, 백작님?"

"아! 저를 백작님이라고 부르시는군요."

백작이 웃으면서 말하였다.

"코린나의 대답을 들었다고 하니까 이제야 조금 화를 푸시는군요. 하여튼 좋아요. 당신을 좋아하니까 용서해드리죠. 사실을 말씀드리자면, 제가 편지에 당신보다 저의 이야기를 더 많이 적었는데 답장에는 당신의 이름이 먼저 써 있더군요. 하지만 저는 친구에게는 질투하지 않아요."

넬빌 경은 대답하였다.

"물론, 당신이나 제가 코린나의 마음을 끌 수 있으리라고는 생각하지 않아요. 저로서는 그토록 놀라운 사람의 사교계에 가끔 나갈 수 있으면 그것으로 족할 뿐이죠. 그럼 당신이 이렇게 애를 써주셨으니, 오늘 저녁에."

"저와 함께 가시겠어요?"

델푀유 백작이 말하였다.

"아! 그렇게 하죠."

하고 넬빌 경이 눈에 띄게 당황하며 대답하였다.

"그렇게 하실 것을,"

하고 백작은 말을 이었다.

"왜 그렇게 제가 한 일을 못마땅하게 여기셨어요? 제가 설명을 하니까 그만두기는 하셨지만. 경께서는 어쨌든 아무것도 잃을 게 없는 이상, 당신에게 영예로운 예약석을 안겨드릴 뿐인데요. 코린나는 정말 매력 있는 사람이더군요. 재기가 있고 우아해요. 이탈리아어로 말하기 때문에 그녀가 하는 이야기를 잘 알아듣지는 못했어요. 제가 보기에 그녀는 프랑스어도 아주 잘할 것 같아요. 오늘 저녁에 알게 될 테죠. 그녀는 독특한 생활을 하고 있어요. 부자인 데다가, 젊고, 독신인데, 애인이 있는지는 모르겠어요. 그렇지만 지금 당장 좋아하는 사람은 아무래도 없는 것 같더군요."

하고 그는 말을 덧붙였다.

"적어도 이 나라에서 그녀에게 어울리는 남자를 만나는 일이 쉽지 않을 거예요. 하긴 놀랄 일도 아니죠."

델푀유 백작은 이렇게 얼마 동안 말을 계속하였다. 넬빌 경은 말릴 생각을 하지 않았다. 구체적으로 무례한 말을 한 것은 아니었지만, 그는 오스왈드의 관심사에 대해 너무 심한 어조로, 혹은 경솔하게 말을 했기 때문에 내내 오스왈드의 예민한 신경을 건드리고 있었다. 그는 재치와 세상의 예절을 갖추고 있었지만, 그것으로 납득되지 않는 태도 또한 가지고 있었다. 그는 완벽하게 예의를 갖추고 있으면서도 종종 마음에 상처를 주었다.

넬빌 경은 저녁의 방문을 생각하며 하루 종일 마음이 설레었다. 그러나 될 수 있는 대로 그를 괴롭히는 사념들을 멀리 떨쳐내기로 하고, 비록 행복을 누릴 운명은 못 되더라도 행복한 감정까지도 누리지 못하겠는가 하며 스스로를 위안해보려고 애썼다. 소용없는 안도일 뿐이다! 왜냐하면 영혼은 일시적인 행복을 받아들이지 않기 때문이다.

넬빌 경과 델푀유 백작은 코린나의 집에 도착하였다. 그녀가 살고 있는 집은 산 안젤로 성에서 얼마 떨어지지 않은 트라스트베레 지구에 있었다. 완벽한 우아함으로 내부 치장을 한 이 집은 테베레 강이 내다보여 더욱 아름다웠다. 거실은 「니오베」,[19] 「라오콘」,[20] 「메디치의 부에노스」 「죽어가는 검투사」 등, 이탈리아 최고 조각가의 석고 복제품들로 장식되어 있었다. 코린나가 사용하는 서재에는 악기와 책, 소박하고 사용하기에 편리한 가구들이 단지 대화를 하기에 용이하도록 폭이 좁게 배치되어 있었다. 오스왈드가 도착하였을 때, 코린나는 아직 서재에 나와 있지 않았다. 그녀가 나타나기를 기다리며 그는 초조하게 집 안을 서성거렸다. 그는 집 안의 모든 부분이 프랑스·영국·이탈리아 세 나라의 장점이 행복하게 조화되어 있는 것을 알아보았다. 말하자면 사교계의 취향과 문학에 대한 애호, 미술적 감각들이다.

드디어 코린나가 나타났다. 각별하게 잘 입은 것은 아니나 여전히 특별한 옷차림이었다. 머리에는 옛날 카메오를, 목에는 산호 목걸이를 하고 있었다. 인사하는 태도에는 고상하고 경쾌한 데가 있었다. 그녀의 모습은 매사에 소박하고 자연스러웠으나 이렇게 사이좋게 친구들에게 둘러싸여 있는 모습을 보니, 카피톨리노에서 보았던 거룩한 여신의 모습을 다시 찾아볼 수 있었다. 그녀는 오스왈드를 쳐다보고는 먼저 델푀유 백작에게 인사하였다. 그리고 이런 종류의 가식은 필요없다는 듯이 오스왈드 쪽으로 다가왔다. 넬빌 경이라는 이름을 부를 때, 그 이름이 그녀에게 무언가 특별한 감흥을 일으키는 듯한 것을 눈치챌 수 있었다. 그녀는 감동적인 목소리로 두 번이나 그 이름을 반복하였다. 그렇게 함으로써 그녀는 마치 잊을 수 없는 어떤 추억을 더듬는 듯하였다.

마침내, 그녀는 매우 우아한 이탈리아어로 그 전날 오스왈드가 친절하게 관을 주워준 사실에 대해 감사하다는 말을 하였다. 오스왈드는 대답으로, 당시 그녀를 보고 그가 느낀 감격을 설명해보려고 하였으며, 그녀가 영어로 이야기하지 않는 사실에 대해 부드럽게 불평하였다.

"제가 어제보다 더 낯설게 보이나보군요?"

하고 그는 덧붙였다.

"아니요. 전혀 그렇지 않아요."

하고 코린나는 대답하였다.

"하지만 저같이 몇 년 동안 두세 나라말로 생활하다 보면, 표현해야 하는 감정에 따라 어느 나라말로 해야 하는지 정해지거든요."

"그러실 테죠."

하고 오스왈드가 말하였다.

"영어는 당신의 모국어이고, 당신의 친구들에게 사용하는 말이며, 또 ……"

"저는 이탈리아 사람이에요."

하고 코린나가 말을 막았다.

"제 말씀을 용서하세요. 경께서는 종종 영국인이 지니는 국가적 자부심을 갖고 계신 것 같군요. 이 나라의 국민은 훨씬 겸손하답니다. 저희는 프랑스인들처럼 자기 만족에 빠져 있지도 않고, 영국인들처럼 자부심도 갖지 않아요. 외국인들께서 조금 너그럽게 봐주신다면 그것으로 족해요. 저희는 오래 전부터 하나의 국가를 이루지 못하고 있어서, 한 나라의 국민으로서 갖지 못한 자존심을 개인으로서도 지니지 못하는 잘못을 종종 저지르고 있어요. 그렇지만 당신이 이탈리아인과 사귀게 되면, 그들의 성품 안에서 잘 보이지 않고 드물기는 해도 좋은 시대를 만나면 다시 나타날 수도 있는 고대의 위대한 흔적을 보실 것이에요. 저는 당신과 이야기를 나눌 때 종종 영어를 쓰겠지만 항상 그렇지는 않을 것이에요. 이탈리아어는 제게 매우 소중해요."

그리고 그녀는 한숨을 쉬며 말하였다.

"저는 이탈리아에서 살기 위하여 많은 고통을 받았어요."

델뢰유 백작은 그가 알아듣지 못하는 말로 코린나가 이야기하는 것을 살짝 꼬집었다.

그는 이렇게 말하였다.

"아름다운 코린나, 제발 프랑스어로 말씀해주세요. 당신에게 정말 잘 어울릴 테니까요."

이런 찬사에 코린나는 미소로 답하며, 정확한 프랑스어로 유창하게 말하기 시작하였다. 그러나 그녀가 쓰는 프랑스어에는 영국식 억양이 섞여 있었다. 넬빌 경과 델뢰유 백작은 다 같이 깜짝 놀랐다. 예의를 갖추기만 하면 무엇이든지 다 말하여도 상관없으며, 결례란 태도에 있는 것이지 내용에 있는 것이 아니라고 생각하는 델뢰유 백작은 코린나에게 그런 특이함의 이유를 단도직입적으로 물었다. 처음에 그녀는 이러한 느닷없는 질문에 약간 당황하였으나, 곧 정신을 가다듬고 델뢰유 백작에게 이렇게 대답하였다.

"선생님, 보시다시피 저는 프랑스어를 영국인에게 배웠어요."

그는 웃으면서 끈덕지게 다시 질문하였다.

코린나는 더욱 당황하며, 겨우 이렇게 말하였다.

"저는 4년 전부터 로마에 살고 있지만, 제 친구들이나 저에게 많은 관심을 보여주셨던 분들 중 어느 누구도 저의 과거에 대해 묻지 않았어요. 그것에 대해 말하는 것이 저에게 고통스럽다는 사실을 그분들은 처음부터 알고 계셨기 때문이에요."

코린나의 이 말로 델푀유 백작의 질문은 끝이 났다. 그러나 코린나는 그의 기분을 상하게 하지는 않았을지 근심이 되었다. 더군다나 그가 넬빌 경하고 매우 가까운 사이로 보였기 때문에 코린나는 더욱 안절부절못하였다. 그럴 이유는 없겠지만 혹시 그가 그의 친구에게 자신에 대해서 나쁘게 말을 하면 어쩌나 하는 염려에서 그녀는 백작에게 잘 보이기 위해 신경을 쓰기 시작하였다.

이때 카스텔 포르테 공이 그의 친구이면서 코린나의 친구이기도 한 몇 명의 사람들과 함께 도착하였다. 그들은 마음씨가 착하고 명랑한 사람들로 태도도 매우 훌륭하였고 다른 사람들과 허물없는 대화를 나누어서 모두에게 깊은 환대를 받았다. 그만큼 그들은 감수성이 탁월하였다. 이탈리아인은 게으르기 때문에 사교계에서나 혹은 다른 방법으로서도 그들이 지니고 있는 재기를 잘 나타내지 못한다. 그들의 대부분은 은둔 생활 중에도 부여받은 지적 능력을 키우지 않는다. 그저 손쉽게 그들이 얻을 수 있는 것을 열광적으로 즐길 뿐이다.

코린나는 매우 명랑한 정신의 소유자였다. 그녀는 프랑스인의 통찰력으로 재미있는 이야깃거리를 찾아내었고, 이탈리아인의 상상력으로 그것을 표현하였다. 그러나 그녀의 모든 말에는 선의가 섞여 있었다. 그녀에게서는 어떤 타산적인 것도, 적대적인 것도 찾아볼 수 없었다. 왜냐하면 매사에 냉철한 성격은 상처를 주지만 반대로 상상력은 언제나 선량함을 지니기 때문이다.

오스왈드는 코린나에게서 우아함 그 자체를 보았다. 그 우아함은 그에게 완전히 새로운 것이었다. 지난날 그가 겪은 처절하고 끔찍한 역경은 아주 사랑스럽고 아주 재치 있는 어느 프랑스 여인과의 추억에 연결되어 있었다. 그러나 코린나는 어느 면으로 보나 그녀와 닮은 데는 없었다. 코린나의 대화에서는 예술에 관한 열정, 세계에 관한 지식 등, 섬세한 사고와 깊은 감성, 그리고 모든 분야에 관한 재능이 축적되어 있었다. 그렇다고 해서 그녀의 사고가 불완전하고 경솔한 사색을 하는 것도 아니면서, 발랄함과 명석함의 매력이 돋보이고 있었다. 오스왈드는 놀랍기도 하고 매혹되었으며 불안한 동시에 끌리기도 하였다. 그는 어떻게 한 사람이 코린나가 가지고 있는 것 모두를 한꺼번에 가질 수 있는지 도무지 이해가 되지 않았다. 대조적이라고 할 만한 이토록 많은 자질들이 섞여 있는 것은 일관성이 없기 때문인지, 혹은 우수하기 때문인지 알 수가 없었다. 우수에 젖었는가 하면 곧 쾌활해지고, 깊은 생각에 잠기는 듯이 보이는가 하면 곧 우아한 여인으로 변모하고, 놀라운 지식과 사상을 피력하는 대화를 이끌다가 곧 남자의 마음을 사로잡는 여인의 교태로 옮아가는 것은 이 모든 것을 느끼기 때문일까, 아니면 이 모든 것을 차례로 잊어버리기 때문일까? 그러나 그 교태에는 그녀가 자존심과 엄격한 자제심을 더하고 있어 더할 나위 없는 기품이 흘렀다.

　　카스텔 포르테 공은 코린나에게 푹 빠져 있었다. 또 코린나가 교제하는 모든 이탈리아인들은 그녀에게 세심하고 마음에서 우러나오는 배려와 존경의 감정을 표현하였다. 그들이 그녀에게 날마다 보내는 찬양은 축제의 곡과도 같이 매일매일의 그녀의 생활에 흐르고 있었다. 코린나는 사랑을 받아 행복하였다. 그러나 그것은 따뜻한 곳에서 살고 쾌적한 소리를 듣고 기분 좋은 인상만을 대하기 때문에 오는 행복이었다. 생동감이 넘치고 변화무쌍한 표정에는 모든 것이 나타났지만, 깊고 심각한 사랑의 감정을 그녀의 얼굴에서 찾아볼 수는 없었다. 오스왈드는 그 얼굴을 조용히 보고 있었다. 코린나는 그의 존재로 활기를 띠었고, 그의 마음에 들고 싶다는 소망이 생겼다. 그렇지만 그녀의 이야기가 한창 활기를 띨 때, 오스왈드의 침착한 모습에 놀라 그녀는 몇 번이나 말을 멈추었다. 그가 속으로 그녀를 인정하는지 비난하는지, 또 영국인의 사고를 갖고 있는 그가 여성이 그토록 성공을 거둔 것에 박수를 보낼 수 있는지 알 수 없었기 때문이었다.

오스왈드는 코린나가 발산하는 매력의 포로가 되어, 여자는 나서지 말고 그늘 속에 숨어 있어야 한다는 스스로의 생각조차 잊어버렸다. 대신 그는 과연 그녀에게 사랑받을 수 있을까, 또 자신만을 돋보이게 할 수는 없을까 하는 생각에 잠겨 있었다. 마침내 그는 넋을 잃고 마음이 동요되었다. 그가 떠날 때 그녀는 매우 정중하게 또 와주기를 청했지만, 하루 종일 그를 사로잡은 두려움의 감정 때문에 그는 그녀의 집에 가지 않았다.

때때로 그는 아주 젊었을 때 저지른 용서받지 못할 잘못과 이 새로운 사랑을 비교해보다가 몸서리를 치며 이 비교를 몰아내곤 하였다. 왜냐하면 과거에 그를 매료시켰던 것은 수완, 그것도 거짓이 섞인 수완이었지만, 코린나의 진심을 의심할 수는 없었기 때문이었다. 그녀가 발산하는 매력은 마력에서 나오는 것인가, 시적 영감에서 나오는 것인가? 그녀는 아르미다[21]인가, 사포인가? 그토록 찬란한 날개를 가진 천사를 잡으려 해도 될 것인가? 그는 마음을 정할 수 없었다. 그러나 어쨌든 그는 이런 독특한 존재를 만들어낸 것은 사회가 아니라 하늘이며, 그녀의 재기는 모방할 수 없고 그녀의 개성은 흉내낼 수 없는 것이라고 느꼈다.

"오, 아버지."

오스왈드는 말하였다.

"만약 아버지께서 코린나를 아셨다면, 당신은 그녀를 어떻게 생각하셨을까요?"

제 2 장

델푀유 백작은 평소의 습관대로 아침에 넬빌 경을 찾아왔다. 지난 밤에 코린나의 집에 오지 않은 것을 비난하면서, 그는 이렇게 말하였다.
"만약 경께서 오셨다면 무척 좋아하였을 텐데요."
"그건 또 왜요?"
하고 오스왈드가 되물었다.
"왜냐하면 어제 저는 코린나가 당신에게 관심이 아주 많다는 사실을 확인하였기 때문이죠."
"또 섣부른 말씀을 하시는군요."
라며 넬빌 경이 말을 가로막았다.
"도대체 당신은 제가 그런 경솔한 생각을 할 수도 없고 또 하기 싫어한다는 것을 모르세요?"
그러자 델푀유 백작이 말을 하였다.
"당신은 제가 지닌 통찰력을 경솔하다고 말씀하시는군요? 제 판단이 빠르다고 해서 그만큼 판단력이 없다는 말씀이세요? 당신네들이 모두 인간의 수명이 5세기나 되었던 족장[22]의 태평 세대에 살게끔 만들어져 있다면, 확실히 저희 프랑스인들의 수명은 적어도 4세기는 깎여 있죠."
"알겠어요."
하고 오스왈드는 대답을 하였다.
"그래 그 재빠른 통찰력으로 무엇을 관찰하셨어요?"
"코린나가 당신을 사랑한다는 사실이죠. 어제 저는 그녀의 집에 갔었어요. 물론 그녀는 저를 아주 반갑게 맞아주긴 했어요. 그러나 그녀는 문을 뚫어지게 쳐다보더군요. 혹시라도 당신이 나를 따라오는지 보려고 말이에요. 그녀는 잠깐 화제를 돌리는 듯하더니, 워낙 활달하고 솔직한 성격이어서, 대뜸 왜 당신이 함께 오지 않았는지 묻더군요. 저는 당신 흉을 보았죠. 그렇다고 설마 저를 미워하지는 않으시겠죠. 저는 당신이 어두운 성격이고 이상한 사람이라고 말했어요. 칭찬도 했지만 그것은 생략하도록 하고요."

"그분은 마음의 슬픔을 갖고 계시군요!"

하고 코린나는 제게 말했어요.

"틀림없이 가까운 분을 잃으셨을 거예요. 어느 분의 상(喪)을 당하셨어요?"

"부친의 상이지요, 부인."

하고 저는 말했어요.

"아버지를 잃은 지 1년도 더 지났고, 또 우리 모두가 어버이를 먼저 보내는 것이 자연의 법칙이련만, 그가 그토록 오래 깊은 슬픔에 잠겨 있는 것을 보면 남이 알지 못하는 무슨 각별한 사연이 있는 것 같아요."

"아!"

하고 코린나가 다시 말하였어요.

"겉으로 고통이 다 비슷해 보인다 해도 모든 사람에게 다 똑같은 것은 아니에요. 그분은 아버지와 보통 사이가 아니었겠죠. 그런 생각이 드네요."

"친애하는 오스왈드, 이 마지막 말을 하면서 그녀의 목소리는 매우 부드러웠어요."

"그것이 당신이 말씀하시는 관심의 증거인가요?"

하고 오스왈드가 말하였다.

"사실,"

델뫼유 백작이 말을 받았다.

"저라면 그것으로도 충분히 사랑받는다고 믿겠지요. 그러나 당신은 더 많은 증거를 원하실 테니까, 좋아요. 더 드리겠어요. 제일 확실한 것을 마지막에 남겨두었으니까요. 카스텔 포르테 공이 도착하여 당신의 이야기인 줄도 모르고 당신이 안코나에서 한 일을 모두 이야기했어요. 두 번의 이탈리아어 공부 덕택에 제가 그나마 알아들은 바에 의하면, 그는 매우 열정적으로 상상력을 가미하여 이야기하더군요. 하긴 외국어에 프랑스어가 하도 많이 섞여 있으니까 우리는 외국어를 배우지 않아도 대충은 이해할 수 있지요. 게다가 제가 알아듣지 못한 것은 코린나의 표정이 다 설명해주었어요. 그녀의 마음이 동요되고 있는 것이 훤히 보였지요! 그녀는 한마디라도 놓칠세라 숨을 죽이고 있었어요. 그 영국인의 이름이 무엇이냐고 물으며 너무도 불안해하는 모습에서, 그녀가 당신이 아닌 다른 사람의 이름이 나올까봐 두려워하고 있는 것을 쉽게 알 수 있었어요.

카스텔 포르테 공은 그 영국인이 누구인지 모른다고 대답했어요. 그러자 코린나가 갑자기 저를 향해 돌아서더니

"선생님, 혹시 그분이 넬빌 경 아니세요?"

하고 소리치는 거예요.

"맞아요, 부인. 바로 그분이죠."

하고 제가 대답했어요. 그러자 코린나는 막 눈물을 흘리더군요. 이야기를 듣는 동안에는 울지 않았는데, 그렇다면 이야기보다 그 이름에 무언가 그녀를 더 감동시키는 것이 있지 않았겠어요?"

"그녀가 울었다고요?"

넬빌 경이 소리쳤다.

"아, 내가 왜 그곳에 가지 않았던가!"

그리고 그는 갑자기 입을 다물고 눈을 내리깔았다. 그러자 남성다운 그의 얼굴에 아주 섬세한 수줍음이 비쳤다. 그는 델푀유 백작이 그의 내밀한 기쁨을 알아채고 방해할까봐 두려워서 서둘러 말하였다.

"안코나에서 있었던 일 이야기라면, 백작님, 그 영광은 당신의 것이지요."

델푀유 백작이 웃으며 대답하였다.

"당신과 함께 그 자리에 있었던 매우 잘생긴 프랑스인에 대해서도 분명히 이야기가 나오긴 했어요. 하지만 저말고 어느 누구도 이 이야기에 귀를 기울이지 않더군요. 아름다운 코린나는 우리 둘 중에 당신을 더 좋아하고, 더 성실하다고 믿고 있어요. 사실 당신이 더 성실하지는 않을 텐데. 어쩌면 저보다 당신이 그녀를 더 슬프게 할지도 몰라요. 하지만 여자들이란 무언가 그럴듯하기만 하면 고통도 마다하지 않으니까요. 그러니 그녀에겐 당신이 적격이에요."

넬빌 경은 델푀유 백작의 한마디 한마디에 상처를 받았다. 그러나 그에게 뭐라고 할 것인가? 그는 절대로 언쟁을 하지 않는다. 또 남의 이야기를 경청하여 자기의 견해를 수정하지도 않았다. 그는 일단 말을 한 번 하고 나면, 더 이상 신경을 쓰지 않았다. 가장 좋은 방법은 그처럼 가능한 한 빨리 그 말들을 잊어버리는 것이었다.

제 3 장

그날 저녁 오스왈드는 전혀 새로운 기분으로 코린나의 집에 도착하였다. 그가 오기를 기다리고 있는 것은 아닐까 하는 생각이 들었다. 사랑하는 사람과 말없이 통하는 첫 교감의 매력이여! 추억이 희망과 섞이기 전, 애정이 말로 표현되고 느낌이 웅변으로 표현되기 전, 이러한 첫 순간들에는 무엇이라고 말할 수 없는 막연하고 신비한 상상력이 있게 마련이다. 그것은 행복보다는 변하기 쉽지만, 그보다 훨씬 더 청순한 것이다.

오스왈드는 코린나의 방으로 들어가면서 자신이 그 어느 때보다도 더 수줍어하는 것을 느꼈다. 그녀가 혼자 있는 것을 보고, 그는 고통스럽기까지 하였다. 그녀가 사람들 가운데 둘러싸여 있는 모습을 오랫동안 쳐다보길 바랐는지도 모른다. 먼저 말을 걸기 전에 그는 어떤 식으로든 그녀의 호감을 받고 있다는 확신을 얻기를 바랐을 것이다. 만약 그가 당황하여 머쓱해지기라도 한다면 코린나 역시 머쓱해질 것이라고 생각되었기 때문이다.

그의 이러한 심중을 눈치챘는지, 그렇지 않으면 그녀도 비슷한 마음에서 거북한 분위기가 되지 않도록 대화를 이끌고 싶어서였는지 그녀는 갑자기 넬빌 경에게 로마의 유적을 구경하였느냐고 물었다.

"아니요."

하고 오스왈드는 대답하였다.

"그렇다면 어제는 무엇을 하셨어요?"

코린나가 미소지으며 말을 꺼내었다.

"하루 종일 집에 있었어요."

오스왈드가 대답하였다.

"제가 로마에 온 이래, 당신을 만난 때를 제외하고는 쭉 혼자 지내었어요."

코린나는 안코나에서 그가 한 행동에 대해 이야기하기 위해 이렇게 말을 꺼내었다.

"어제 제가 들은 바로는……"

그리고 그녀는 잠시 멈추었다가 다시 말하였다.

"이 이야기는 모두 오신 후에 말씀드리도록 할게요."

넬빌 경의 태도에는 코린나를 압도하는 위엄이 있었다. 더구나 그녀는 그에게 그의 고귀한 행동을 상기시키면서 그녀가 너무 감격하고 있는 것을 보이기가 두려웠다. 단둘이 있는 것이 아니라면, 그렇게까지 마음의 충동을 눈치채지 않게 할 수 있을 것 같았다. 오스왈드는 코린나의 겸손에, 또 고의는 아니지만 이 겸손의 이유와는 모순되는 솔직성에 깊은 감동을 받았다. 그러나 그는 감동하면 할수록 그의 느낌을 표현하기가 어려웠다.

그래서 그는 갑자기 일어나 창문 쪽으로 걸어갔다. 그리고 이런 행동이 코린나에게는 납득되지 않을 것이라는 생각이 들자 더욱 당황하여 말없이 제자리로 돌아왔다.

코린나는 이야기를 하면서 오스왈드보다 더 침착하였지만, 그럼에도 당황하기는 마찬가지였다. 평정을 유지하기 위해 기분 전환으로, 옆에 놓여 있던 하프에 손을 대어 손이 가는 대로 일관성 없이 몇 곡을 연주하였다. 이 절묘한 음악 소리는 오스왈드의 심금을 울리면서 그에게 어느 정도의 용기를 불어넣는 듯하였다. 어느새 그는 코린나를 쳐다보고 있었다. 아! 그 눈동자에 비치는 숭고한 영감에 감동되지 않고 그녀를 바라볼 수 있는 사람이 있을까? 그녀의 빛나는 눈빛에서 그를 향한 호의를 읽고 오스왈드가 말을 꺼내려고 하는 순간, 카스텔 포르테 공이 들어왔다.

그는 넬빌 경과 코린나가 마주앉아 있는 광경을 보고 기분이 언짢았으나, 본인의 습관대로 내색하지는 않았다. 그의 이러한 습관은 이탈리아인 특유의 격한 감정과는 사뭇 다른 것으로, 오히려 그의 경우에는 타고난 너그러움과 온화함 때문이었다. 그는 자신이 코린나의 첫번째 애정의 대상이 아니라는 사실을 인정하였다. 이미 젊음도 지나갔다. 그는 재치가 넘쳤고 예술에 조예가 깊었으며, 그것으로 방해받지 않고 인생을 즐길 수 있을 정도의 상상력도 지니고 있었다. 어차피 그는 매일 밤 코린나와 함께 지내고 싶었기 때문에 설령 코린나가 결혼을 하였다고 해도, 남편의 허락을 받아 매일같이 그녀를 방문하였을 것이다. 이런 사정이니 코린나가 다른 사람과 연결되었다고 해서 그가 불행할 이유는 없었다. 이탈리아에서는 자존심에 상처를 입었다고 해서 그다지 마음 아파하지 않는다. 그래서 자유롭게 만나다가 질투 때문에 연적을 칼로 찌르든지, 아니면 여자의 좋은 말상대로 두번째 역할을 하든지 둘 중 하나이다. 그러나 어쨌든 무시를 당할까봐 마음에 드는 관계를 끊는 사람은 찾아보기 힘들다. 이 나라에서는 자존심이 사교계를 좌우하지 않는다.

델푀유 백작과 매일 밤 코린나의 집에 오는 단골 손님들이 모여들었고, 화제는 카피톨리노 언덕에서 그토록 영광스러운 모습으로 즉흥시를 읽던 코린나의 재능으로 흘러갔다. 그리하여 사람들은 코린나에게 그녀 자신은 그것에 대해 어떻게 생각하느냐고 묻기에 이르렀다.

카르텔 포르테 공이 말하였다.

"영감과 분석을 동시에 받아들일 수 있는 예술가로서의 자질을 갖추고 있고, 자기 자신을 객관적으로 볼 수 있는 사람을 만나기란 흔한 일이 아닙니다. 따라서 저희는 할 수 있으면 천재성의 비밀을 저희에게 밝혀달라고 간청하는 바입니다."

그러자 코린나가 말을 받았다.

"남쪽 나라에서 즉흥시의 재능을 지니는 것은 별로 색다른 것이 아니에요. 그것은 마치 다른 나라의 의회 연설이나 톡톡 튀는 생동감 있는 대화에 비유될 수 있어요. 오히려 우리나라에서는 산문으로 이야기하는 것보다 즉흥시를 짓는 편이 더 쉬울지도 몰라요. 시의 언어는 산문의 언어와 달라서 첫 구절부터 표현에 주의가 요구되지요. 말하자면 그 표현이 시인과 청중의 거리를 떨어뜨려놓는 것이에요. 우리들 사이에 시가 높이 평가되는 것은 단지 이탈리아어의 부드러움 때문이 아니라 오히려 여운을 남기는 이탈리아어 음절이 발음되는 강한 진동 때문이에요. 이탈리아어에는 사상과는 별도로 단어의 발음 자체가 기쁨을 주는 음악적인 매력이 있어요. 다른 나라의 말에는 대개 무언가 회화적인 데가 있으며 표현하려고 하는 것을 묘사하지요. 여러분은 운율적이며 다채로운 이 언어가 예술에 둘러싸여 아름다운 하늘 아래에서 태어나는 것을 느끼실 거예요. 따라서 다른 어느 곳보다도 이탈리아에서는 사상에 깊이가 없고 비유가 새롭지 않은 말에도 쉽게 사람들의 마음을 끄는 힘이 있어요. 시는 다른 예술과 마찬가지로 감성과 지성을 사로잡아요. 제가 감히 말씀을 드린다면, 저는 이제까지 참다운 감동과 참신한 착상이 저를 고무시키지 않을 때 즉흥시를 지어본 적이 없어요. 다른 분들에 비하여 제가 우리의 매력적인 언어에 대한 자만심에만 의존하지 않았기를 바래요. 우리의 언어는 말하자면 그 자체만으로도 즉흥시의 전주곡이 될 수 있으며, 리듬과 하모니의 매력만으로도 생생한 기쁨을 줄 수 있으니까요."

코린나의 친구 한 명이 끼여들었다.

"그렇다면 당신은 즉흥시를 짓는 재능이 우리의 문학에 해가 된다고 생각하시는군요. 당신의 이야기를 듣기 전에 저도 그런 생각을 해보았는데, 말씀을 듣고 보니 새삼 그런 생각이 드네요."

코린나는 말하였다.

"저는 이러한 용이함과 문학의 풍부함 때문에 평범한 시가 많다는 말씀을 드린 것뿐이에요. 그러나 저는 이런 풍요로움을 이탈리아에서 맛볼 수 있는 것이 기뻐요. 우리의 평야가 수많은 산물로 덮여 있는 것을 볼 때 기쁜 것과 마찬가지로, 이러한 풍부한 자연이 저는 자랑스러워요. 특히 저는 대중들 앞에서 즉흥시를 읊는 것을 좋아하는데, 그 이유는 그것을 통해 그들이 지닌 상상력을 볼 수 있기 때문이에요. 그리고 이런 기쁨은 우리나라에서만 가능한 일이에요. 상상력 덕분에 사회의 최하층까지도 무언가 시적인 것을 가지고 있고, 이 때문에 어느 경우에도 저속한 것에 대해 느끼지 않을 수 없는 혐오감을 갖지 않게 되거든요. 우리나라의 시칠리아 사람들은 나그네를 태우고 배를 저으면서 자기네들의 사랑스러운 사투리로 인사를 건네지요. 길고 달콤한 작별 인사를 할 때, 하늘과 바다의 청명한 숨결은 마치 에오리언 하프를 울리는 바람과도 같이 인간의 상상력을 건드리는 듯하고, 운율과도 같은 시가 자연의 산울림처럼 울려퍼지게 되죠. 제가 즉흥시를 짓는 우리의 재능을 높이 평가하는 단 한 가지 이유는 이 재능이 비웃기를 좋아하는 사회에서는 불가능한 것이기 때문이에요. 말하자면, 이렇게 말할 수 있을 거예요. 시인이 그런 모험을 하기 위해서는 즐거움을 애써 비판하려 들지 않고 그냥 즐길 줄 아는 남쪽 나라 사람들의 선량함이 필요하다고. 즉석에서 연달아 지어나가는 창작물에 필요한 재능은 단 한마디의 야유에도 사라지고 말기 때문에, 청중들은 시인과 일체가 되어 생동하여야 하고 시인 역시 청중들의 갈채에서 영감을 얻어야 하거든요."

그때까지 잠시도 코린나에게서 눈을 돌리지 않고 침묵을 지키고 있던 오스왈드가 드디어 입을 열었다.

"그런데 부인, 당신께서는 당신의 시들 중에서 어떤 시를 더 좋아하세요? 사색적인 시인가요, 아니면 즉흥적인 영감으로 빚어진 시인가요?"

존경 이상의 깊은 애정의 빛을 담은 흥미진진한 시선으로 코린나가 대답하였다.

"경, 그 점에 대해서는 오히려 경의 의견을 듣고 싶어요. 그러나 제 생각을 말해보라고 하신다면, 저에게 즉흥시는 활기찬 대화와 같은 것이라고 말씀드리고 싶어요. 저는 어떤 주제에도 구애받지 않아요. 저는 저의 시를 듣고 있는 사람들이 갖고 있는 관심이 저에게 일으키는 인상에 몸을 맡길 뿐이며, 이 분야에서 제가 지니는 재능의 대부분을 친구들에게 빚지고 있어요. 저는 가끔 대화에도 열정적인 관심을 보여요. 예를 들면 정신적인 존재인 인간과 인간의 숙명·목표·의무·애정 등 거창하고도 숭고한 주제로 이야기를 나눌 때 그래요. 때로는 그러한 관심 덕분에 제가 가진 실력 이상으로 높이 올려지기도 하고, 자연과 제 마음속에서 사색만으로는 나오지 않는 기발한 진실과 생동감 넘치는 표현을 발견하기도 하죠. 그때 저는 초자연적인 열광을 느끼면서, 제가 원래 낼 수 있는 소리보다 더 나은 소리가 제 입에서 흘러나오는 것을 느껴요. 종종 시의 리듬을 무시하고 제 생각을 산문으로 표현하는 일도 있어요. 때로는 제가 아는 다른 여러 나라말로 된 아름다운 시를 인용하기도 해요. 그 숭고한 시 구절들은 저의 마음에 새겨져 있으므로 저의 것이기도 하죠. 또 때로는 제가 말로 표현하지 못한 감정과 생각을 소박하고 민속적인 화음과 곡조로 담아 하프로 연주할 때도 있어요. 결국 제가 스스로를 시인이라고 느끼는 순간은 단지 조화로운 운율이나 아름다운 문장을 선택했을 때도 아니고, 또 이미지를 잘 결합시켜서 청중을 사로잡았을 때도 아니에요. 저의 영혼이 고양된 저 높은 상태에서 이기주의와 저속함을 천하게 여기게 될 때, 그리하여 비로소 즉흥시를 짓는 행위가 더욱 손쉬워지는 바로 그런 때랍니다. 그때가 저의 시가 가장 좋아지는 순간이에요. 제가 감탄할 때, 제가 경멸할 때, 사사로운 감정이나 개인적인 이유에서가 아니라 인류의 존엄과 세계의 영광을 위하여 증오할 때, 저는 시인인 셈이죠."

그 순간 코린나는 자신이 이야기에 너무 열중하고 있음을 알아차렸다. 얼굴을 약간 붉히며 넬빌 경을 돌아보고는 이렇게 말하였다.

"보시다시피 저는 제 마음에 와 닿는 주제에 접근할 때마다 가슴 벅찬 감동을 느껴보지 않은 적이 없어요. 그런데 바로 이 감동이 예술에서는 이상적인 미, 고독한 영혼에서는 종교, 영웅들 사이에서는 관용, 또 인간들 사이에서는 헌신의 근원이 되는 것이에요. 저 같은 여자는 귀국에서는 찾아보시기 힘들 텐데, 그 점 양해하여주세요."

그러자 넬빌 경이 대답하였다.

"누가 당신과 같을 수 있겠어요? 그토록 특별한 여성에게 규범을 적용할 수 있겠어요?"

델푀유 백작은 코린나가 말한 것을 모두 이해하지 못했지만 완전히 매료되어버렸다. 특히 그녀의 태도·음성·발성법이 그를 매혹시켰다. 프랑스인이 아닌 사람의 기품에 감동되어본 것은 처음이었다. 그러나 사실 그가 코린나에 대하여 가지는 생각의 대부분은 그녀가 로마에서 대성공을 거둔 것과 궤도를 같이하고 있었다. 그는 그녀에게 감탄하면서도 여론에 좌우되는 그의 습관을 버리지 못하였다.

그는 넬빌 경과 함께 나왔다. 돌아오는 길에 그는 말하였다.

"친애하는 오스왈드, 제가 그토록 매력적인 여성에게 아첨하지 않은 것은 잘한 일이었지요?"

"그러나 그녀의 마음에 들기가 쉽지 않다는 소문도 들리더군요."
라고 넬빌 경이 대답하였다.

"그렇게들 말하던데요."

하고 델푀유 백작은 말을 이었다.

"그러나 믿을 수 없어요. 독신 여성이 자립적으로 예술가의 삶을 꾸려가면서 남자들의 마음을 사로잡지 않을 리 없잖아요."

넬빌 경은 이 말에 기분이 상했다. 델푀유 백작은 그것을 눈치채지 못하였는지, 아니면 생각을 정리하고 싶었는지 계속 말을 이었다.

"그렇지만 여자의 정조 면에서, 코린나를 다른 여자들처럼 취급하여 못 믿는다는 것은 아니에요. 분명히 그녀는 수많은 감정을 눈동자에 담고 있으며, 또 이것을 적극적으로 표현하는데, 이 점은 당신네 나라에서나 우리나라에서 여자로서 몸가짐이 곧다고 할 수는 없는 것이죠. 그러나 보통 여자를 판단하는 척도로 그토록 탁월한 지성과 깊은 교양과 날카로운 재치를 지닌 사람을 판단해서는 안 되겠죠. 그녀의 자연스러운 몸가짐과 여유 있는 대화에도 불구하고 제가 그녀에게서 위엄을 느낀다면 믿으시겠어요? 어제는 그녀가 당신에게 관심을 가지고 있는 걸 잘 알면서도 적당히 저의 마음을 고백하여보려고 시도해보았죠. 아무렇게나 해석될 수 있는 말이었어요. 들어주어도 좋고, 안 들어주어도 상관없으니까요. 그런데 코린나는 차가운 시선으로 저를 바라보았고, 그 바람에 저는 그만 얼어붙어버렸지 뭐예요. 그렇지만 예술가이며 시인인 이탈리아 여성, 결국 어느 쪽이나 사람들에게 위안을 주는 여성인데 너무 기죽을 것은 없다고 봐요."

그러자 넬빌 경이 말을 받았다.

"그녀의 이름은 모르겠지만, 몸가짐에서는 기품이 흐르더군요."

"아! 이것은 소설에서 읽은 것이지만,"

하고 델푀유 백작이 말하였다.

"가장 아름다운 것은 숨기는 법이다. 그러나 현실에서 사람들은 자신을 명예롭게 하는 모든 것을 다 말하고, 심지어 그 이상을 말하기까지다."

그러자 오스왈드가 끼여들었다.

"서로가 드러난 인상밖에 생각하지 못하는 몇몇 사회에서는 그럴

지도 모르죠. 그러나 삶의 방식이 내면적인 사회에서는 감정에 비밀이 있듯이 어쩔 수 없는 곡절도 있을 거예요. 코린나와 결혼하려고 하는 사람만이 알 수 있을……"

"코린나와 결혼을!"

델푀유 백작은 갑자기 웃음을 터뜨리며 말을 가로막았다.

"아, 그런 생각은 해본 적도 없어요! 제 말씀을 잘 들으세요, 넬빌 경. 만약 경께서 어리석은 짓을 하시려거든 앞뒤 잘 재고 저지르세요. 하지만 결혼이란 다른 무엇보다도 서로 적합해야죠. 당신 눈에는 제가 경박하게 보이실지 모르겠지만, 그러나 일상 생활에 있어서는 제가 훨씬 분별이 있을걸요!"

"저도 그렇게 생각해요."

라고 넬빌 경이 대답하였다. 그리고는 한마디도 더 하지 않았다.

사실 그는 델푀유 백작에게 경박함에는 이기주의가 내포되어 있는 경우가 많고, 이 이기주의는 결코 감정의 과오, 늘 타인을 위해 자신을 희생하는 이러한 과오에 빠질 리 없다고 말해줄 수도 있었다. 경박한 사람들은 자신의 이익을 좇는 데 능란할 소지가 많다. 왜냐하면 사생활에서나 공적 생활에서, 이른바 정치학이라고 하는 모든 것 안에서는 종종 갖고 있는 자질보다는 갖고 있지 않은 자질에 의해 성공하는 경우가 많기 때문이다. 열정이나 의견, 감수성이 없어도, 약간의 재치와 이런 보배로운 단점이 결합하면, 이른바 돈과 지위로 대표되는 사교계의 생활을 할 수 있고 또 적당히 잘 유지할 수도 있다. 그럼에도 넬빌 경은 델푀유 백작의 농담으로 인하여 마음이 아팠다. 그는 백작의 말들을 물리치려고 노력하였다. 그러나 그 말들은 좀처럼 그의 뇌리에서 사라지지 않았다.

제4부
로마

제 1 장

    2주가 흘러가는 동안 넬빌 경은 코린나의 사교계에 푹 빠져 있었다. 그는 오로지 그녀의 집에 가기 위해서만 외출하였다. 그녀 이외에는 아무것도 보이지 않았고, 아무것도 찾지 않았다. 그리고 말로 표현하지는 않았지만 하루 종일 매순간 자신의 감정을 그녀에게 확인시켜주었다. 이탈리아인의 격렬하면서도 아부 섞인 찬사에 익숙해 있는 그녀이지만, 오스왈드의 태도에서 보이는 위엄과 차가운 모습, 자신도 모르게 나타나는 감수성은 커다란 위력으로 그녀의 상상력을 자극하였다. 그는 자신이 베푼 관대한 행동이나 불행에 대해서 이야기할 때에, 언제나 두 눈에 눈물이 가득 고였다. 그리고 항상 그의 감정을 감추려고 하였다. 코린나는 오랫동안 느끼지 못했던 존경의 감정을 그에게 갖게 되었다. 그녀는 아무리 특출한 재기를 갖춘 사람에 대해서도 놀란 적이 없었는데, 그가 지닌 높은 기품과 위엄에는 깊이 감동되었다. 넬빌 경은 이러한 장점 외에도 말솜씨에 품위가 있었고, 평상시의 작은 행동 하나에도 우아함이 깃들여 있어 대부분의 로마의 대귀족들이 보여주는 무례함을 동반한 친밀함과는 대조가 되었다.

    오스왈드의 취미가 여러 면에서 코린나와 다른데도 불구하고 두 사람은 놀라울 정도로 서로 잘 이해하였다. 넬빌 경은 완벽한 통찰력으로 코린나의 생각을 알아내었고, 또 코린나는 넬빌 경의 얼굴 표정이 조금만 변하여도 그의 마음속에서 무슨 일이 일어나고 있는지 알아차렸다. 이탈리아인들의 정열적인 감정 표현에 익숙해 있는 코린나로서는 그가 자존심을 해치지 않는 범위에서 수줍게 나타내는 이러한 호감이라든가, 한번도 고백한 적은 없으나 변함없이 보여주는 애정에서 이제까지 전혀 느껴보지 못한 새로운 느낌을 받았다. 그녀는 전보다 더 온유하고 순수한 분위기를 느꼈으며, 그 순간마다 무언지 모를 애틋한 행복감에 젖게 되었다.

어느 날 아침 카스텔 포르테 공이 찾아왔다. 슬픈 표정을 하고 있기에 그녀가 이유를 물었다.

그는 이렇게 말하였다.

"저 스코틀랜드인이 우리에게서 당신의 사랑을 빼앗아갈 것만 같아요. 그가 당신을 먼 곳으로라도 데려가면 어쩌죠!"

코린나는 잠시 동안 아무 말도 하지 않고 있다가 대답하였다.

"분명히 말씀드리지만, 그분은 저에게 사랑한다는 말씀을 하신 적이 없는걸요."

"그렇지만 당신은 그렇게 믿고 계시잖아요."

하고 카스텔 포르테 공은 대답하였다.

"그분이 그런 말씀을 하시든 안 하시든 모두 다 당신의 관심을 끌려는 술책이에요. 사실 당신께서 안 들어보신 말씀이 어디 있겠어요? 또 당신께 바쳐지지 않은 찬사가 어디 있겠어요? 당신께서 한번도 들어보지 못한 찬사 말이에요. 넬빌 경의 성격에는 감정을 드러내지 않는 무언가 모호한 데가 있어요. 그래서 당신은 우리를 판단하듯이 그를 온전히 판단할 수 없어요. 당신은 이 세상 어느 누구보다도 분명하고 이해하기 쉬운 분이에요. 당신이 은밀하고 신비로운 성격을 좋아하고 빠져드는 것은 있는 그대로를 기꺼이 내보이는 당신의 정직성 때문이에요. 어떤 것이든 미지의 것에 대해 당신은 다른 사람들이 당신에게 보여주는 그 어느 감정보다도 더 호감을 갖는 것 같아요."

코린나는 미소를 지었다.

"그렇다면 공께서는 제 마음이 은혜를 모르고, 제 생각이 변덕스럽다는 말씀이세요? 그렇지만 넬빌 경께서는 제가 새삼 말씀드릴 필요도 없이 명백한 장점을 갖고 계신 것 같아요."

그러자 카스텔 포르테 공이 대답하였다.

"저도 동감이에요. 그는 자존심이 강하고 관대하며 재기가 넘치고 감수성도 꽤 많지만 왠지 우울해 보여요. 제 생각이 틀리지 않다면, 그와 당신의 취미는 조금도 같지 않아요. 그가 가까이에서 당신의 매력에 빠져 있는 한 당신은 그 점을 알 수 없을 테지만, 만약 그가 멀리 떠나간다면 그를 잡을 길이 없을 거예요. 시련이 생기면 그는 지치고 말 것이며, 슬픈 일을 당하면 그의 영혼은 절망하고 결단을 내리지 못할 테니까요. 더구나 당신은 대부분의 영국인이 얼마나 조국의 전통과 관습에 구속받고 있는지 잘 아시잖아요."

이 말에 코린나는 아무 말도 하지 않고 한숨을 내쉬었다. 어린 시절 겪은 일들의 쓰라린 추억이 되살아났다. 그러나 그날 저녁 그녀는 그 어느 때보다도 더 그녀에게 열중해 있는 오스왈드를 다시 만났다. 카스텔 포르테 공과 이야기를 하고 마음속에 남은 것은 오직 넬빌 경으로 하여금 이 나라가 천부적으로 지닌 모든 종류의 아름다움을 사랑하게 함으로써 그를 이탈리아에 붙잡아두고 싶다는 욕망뿐이었다. 이러한 뜻에서 그녀는 다음과 같은 편지를 썼다. 로마에서 사람들이 영위해나가는 자유로운 삶은 이러한 행동을 허용하였다. 특히 코린나는 사람들의 빈축을 살 정도로 지나치게 솔직하고 충동적인 성격이었지만, 독신의 삶을 품위 있게 유지해나갈 줄 알았고, 활발하면서도 겸손을 지킬 줄 알았다.

코린나가 넬빌 경에게

1794년 12월 15일

제가 너무 자신감을 갖는다고 생각하실지, 혹은 이런 자신감을 가질 만하다고 생각해주실지 모르겠군요. 저는 어제 경께서 로마를 구경하신 적이 없으며 우리 미술의 걸작품도, 또 상상력과 감수성의 힘을 빌려 역사를 말해주는 고대 유적도 보신 적이 없다고 하는 말씀을 들었어요. 그래서 저는 감히 여러 세기를 거쳐 내려온 견학 코스를 안내해드려야겠다는 마음을 먹게 되었어요.

물론 로마에는 높은 학식을 갖추고 있어 경께 훨씬 도움이 될 학자들도 쉽게 찾아보실 수 있으시겠죠. 그러나 제가 무조건적으로 사랑하는 이 도시를 경께서도 좋아하시게 할 수만 있다면, 저의 서툰 안내를 시작으로 하여 경 스스로도 로마를 공부하실 수 있을 거예요.

많은 외국인들이 런던이나 파리에 가는 것처럼 대도시의 향락을 찾아 로마로 오지요. 그러나 감히 고백하자면 로마는 지루하기 짝이 없어요. 아마 대부분의 사람들이 그렇게 말할 거예요. 그러나 로마에는 결코 고갈되지 않는 매력이 있는 것 또한 사실이에요. 경께서 그 매력을 맛보시길 제가 감히 바랄 수 있을까요?

아마도 이곳에서는 세상의 정치적 관심 같은 것은 잊으셔야 할 거예요. 그러한 관심도 의무나 종교적 감정에 결부되어 있는 것이 아니라면 곧 실망스러운 것이 되고 말 테니까요. 또 다른 나라에서 말하는 사교계의 즐거움도 체념하시지 않으면 안 돼요. 대개 그러한 즐거움은 상상력을 고갈시키는 것이죠. 로마에서는 고독하면서도 동시에 즐거운 생활을 누릴 수 있는데, 이러한 생활은 우리에게 천부적으로 주어진 모든 것을 마음껏 계발시켜주는 것이에요. 거듭 말씀드리지만, 저의 조국에 대한 이러한 사랑을 용서하세요. 이 사랑 때문에 경과 같은 분께서도 저의 나라를 사랑해주시기를 바라는 것이니까요. 경께나 저에게나 모두 손해가 되지 않는, 이탈리아 여자가 드릴 만하다고 생각되는 호의를 영국식의 엄격함으로 판단하지 말아주세요.

코린나

오스왈드는 이 편지를 받고 뛸 듯이 기뻤으며, 기쁨을 감추려 해도 소용이 없었다. 기쁨과 행복이 함께한 어렴풋한 미래가 엿보였다. 상상력·사랑·열광, 인간의 마음속에 있는 숭고한 모든 것이 코린나와 로마 구경을 함께한다는 매혹적인 계획과 결부되어 있는 것 같았다. 이번만큼은 생각에 잠기지 않고 곧장 밖으로 나와 코린나를 만나러 갔다. 가는 길에 하늘을 쳐다보았다. 하늘은 맑았고, 인생이 즐거워졌다. 참회와 두려움은 희망의 구름 사이로 사라졌다. 오랜 세월 슬픔에 젖어 있던 심장도 고동치며 기쁨에 떠는 것이었다. 그는 이러한 행복감이 오래 지속되지 않으면 어쩌나 하고 걱정하였다. 그러나 순간적이라는 바로 그 느낌이 오히려 그가 느끼는 행복감을 최고조에 달하게 해주었다.

"경께서 와주셨군요?"

넬빌 경이 들어오는 것을 보고 코린나가 말하였다.

"정말 감사합니다!"

그리고 그녀는 손을 내밀었다. 오스왈드는 손을 잡고 부드럽게 입 맞추었다. 그는 이 순간에 평소와는 달리 수줍음을 느끼지 않았다. 그 수줍음 때문에 그는 더없이 사랑하는 사람에게 가끔씩 고통스럽고 쓰라린 생각을 품었던 때가 있었다. 처음 만난 이후 코린나와 오스왈드 사이에는 친밀한 감정이 우러나오고 있었는데 코린나의 편지로 인하여 더욱 탄탄해졌다. 두 사람은 모두 만족하였고, 서로에게 다정하면서도 고마운 마음을 품게 되었다.

코린나가 말을 건네었다.

"오늘 아침엔 판테온과 성 베드로 대성당을 보여드릴게요."

그리고 미소를 지으며 덧붙였다.

"저와 함께 로마를 구경하는 것을 허락해주실 거라고 어느 정도 기대는 하고 있었어요. 말들도 준비해놓고, 당신이 오실 때만 기다렸는데, 경계서 나타나신 거예요. 모든 준비가 완료되었으니, 자, 떠나시지요."

오스왈드는 말하였다.

"참으로 놀라운 분이세요. 당신은 도대체 누구세요? 서로 상반되는 듯이 보이는 그 많은 매력들을 모두 어디에 지니고 계시는 거예요? 섬세한가 하면 명랑하고, 깊이와 기품이 있고, 자연스러움과 겸손을 겸비한 당신이 혹시 환영은 아니시겠죠? 당신은 당신과 만나는 사람의 인생에 초현실적인 행복을 안겨주는 존재이신가요?"

이 말을 듣고 코린나가 응수하였다.

"아! 무언가 좋은 일을 해드릴 수 있는 힘이 있다면, 제가 그걸 포기하리라고 생각하시면 안 돼요."

그러자 오스왈드는 북받치는 감정으로 코린나의 손을 잡고 말하였다.

"저에게 호의를 베풀고 싶으시더라도 조심하세요. 2년 전쯤부터 어떤 강력한 존재가 저의 마음을 움켜쥐고 있어요. 친절한 당신 덕분에 어느 정도 안심하고 당신 곁에서 숨을 돌린다고 하여도, 어차피 저의 운명으로 돌아가야 하는 때가 오면 저는 어떻게 하죠? 어떻게······"

코린나가 도중에 끼여들었다.

"오늘 제가 경께 일으키는 이 느낌이 지속적인 것인지 알기 위해서 시간에 맡기도록 해요. 또 운명에 맡기도록 해요. 우리의 마음이 잘 통하는지, 우리의 사랑이 순간적인 것은 아닌지도 알아보아야 할 테니까요. 어쨌든 우리의 정신과 감정을 고양시킬 수 있는 모든 것을 보러 가기로 해요. 행복한 순간을 놓쳐서는 안 되잖아요."

이 말을 마치고 코린나는 계단을 내려갔고, 넬빌 경은 그녀의 대답에 놀란 채 그 뒤를 따랐다. 그녀에게는 적당한 기분이나 순간적인 이끌림이 있는 듯하였다. 그녀가 자신의 생각을 표현하는 말투에 경박함이 보이는 것 같아 그는 마음이 상했다.

그는 아무 말 없이 코린나의 마차에 앉았다. 코린나는 그의 생각을 알아채고 말을 걸었다.

"저는 인간의 마음이 사랑이나 억제할 수 없는 정열을 항상 느끼는 것도, 그렇다고 전연 느끼지 않는 것도 아니라고 생각해요. 처음에는 사랑의 감정을 느꼈다가도 상대를 깊이 관찰하다 보면 사라져버리는 수가 있죠. 현혹이 되는가 하면 환멸에 빠지기도 하고, 또 열렬히 사랑을 하지만 뜨거워지는 것이 빠르면 그만큼 식는 것도 빠를 수 있지요."

그 말을 듣고 오스왈드는 쓸쓸하게 말하였다.

"연애에 대하여 조예가 깊으시군요."

코린나는 이 말에 얼굴을 붉히고 잠시 침묵하였다. 이어 그녀는 놀라울 정도로 솔직함과 기품이 어우러진 태도로 말을 꺼내었다.

"저는 감수성이 예민한 여자가 스물여섯 살이 되기까지 사랑의 환상을 모르고 살아왔다고는 생각하지 않아요. 제가 한 번이라도 행복을 맛본 적이 있는지, 또 사랑을 바칠 만한 상대를 만났는지 하는 것이 문제가 되겠죠. 저는 당신께 관심을 가질 권리가 있어요."

이 말과 코린나의 억양에 넬빌 경의 마음에 걸려 있던 검은 구름이

다소 걸렸다. 그럼에도 그는 마음속으로 혼자 중얼거렸다.

'과연 매력이 있는 여자다. 그러나 어차피 이탈리아 여자가 아닌가. 모르긴 하지만 아버지께서 나에게 정하여주신 영국인 아가씨라면 분명히 지니고 있을 수줍고 순진한 마음은 아니다.'

이 영국인 아가씨란 넬빌 경 부친의 절친한 친구의 딸인 루실 에저몬드를 말하는 것이었다. 그러나 오스왈드가 영국을 떠날 때에 그녀는 결혼하기에 너무 어린 나이였고, 장래에 그녀가 어떤 모습으로 성장할지도 알 수 없었다.

제 2 장

오스왈드와 코린나는 우선 판테온으로 갔다. 그곳은 오늘날 *산타 마리아 델 라 로톤다*라는 이름이 붙어 있었다. 이탈리아에서는 도처에 그리스도교가 고대 로마의 다신교를 계승하고 있었다. 판테온은 로마에서 완전하게 보존되고 있는 유일한 신전이며, 그 전모에서 고대인의 건축미와 그들의 신앙에 고유한 특징을 볼 수 있는 유일한 것이다. 오스왈드와 코린나는 판테온 앞 광장에서 걸음을 멈추고 신전의 현관과 그것을 떠받들고 있는 기둥들을 정신없이 쳐다보았다.

코린나는 넬빌 경에게 판테온이 실제보다 훨씬 커 보이도록 건축되었다는 점을 알려주었다.

그녀는 다음과 같이 말하였다.

"성 베드로 대성당에 가보시면 당신은 전혀 다른 인상을 받으실 거예요. 처음에는 실제보다 작게 느끼실 거예요. 판테온이 더 크게 보이는 착각이 일어나는 것은 분명히 기둥들 사이에 공간이 넓고 공기가 잘 통하기 때문이에요. 그러나 뭐니 뭐니 해도 성 베드로 대성당이 장식으로 꽉 차 있는데 반하여 이곳에는 장식이 거의 없기 때문이지요. 고대의 시도 이와 마찬가지로 큼직한 덩어리만 묘사해주면, 그 사이사이의 간격은 청중의 상상력이 메우고, 전개를 보완시켜나가죠. 어떤 장르에서나 우리 현대인은 너무 말을 많이 하는 것 같아요."

코린나는 계속하였다.

"이 신전은 아우구스투스[23]가 총애하는 신하인 아그리파가 친구라기보다는 오히려 주인에게 바친 것이에요. 그러나 이 주인은 겸손하여 신전의 헌납을 거절하였죠. 그러자 아그리파는 이 신전을 지상의 신인 권력자 대신에 올림포스의 모든 신들에게 바치기로 하였어요. 판테온의 정상에는 청동으로 만든 마차가 있고, 그 위에 아우구스투스와 아그리파의 동상이 있어요. 문을 중심으로 사방에 똑같은 동상이 다른 형태로 서 있어요. 신전의 정면에는 지금도 *아그리파의 봉헌*이라고 적혀 있어요. 아우구스투스는 인간의 정신을 존중하였으며, 그렇기 때문에 그가 생존하였던 시기를 아우구스투스 시대라고 말하죠. 그 시대의 여러 장르의 걸작은, 말하자면 그의 영광이 내뿜는 빛이라고 할 수 있어요. 그는 문예를 닦는 천재들을 칭찬할 줄 알았어요. 그렇기 때문에 후세까지 그의 영광이 잘 보존되어 있는 것이에요."

"신전 안으로 들어가보세요."

코린나가 말하였다.

"보시는 바와 같이 거의 모두 옛날 모습 그대로 발견된 채로 남아 있어요. 위에서 들어오는 저 빛은 어떤 신들보다 더 거룩한 신의 상징이라고 해요. 이교도는 항상 상징적인 이미지를 좋아했어요. 하긴 종교에서는 말보다 이런 식의 언어가 더 잘 어울리는 것 같기도 해요. 이 대리석의 광장 위로 종종 비가 내리기도 하지만, 기도대 위에는 태양이 비치고 있죠. 얼마나 평온한 광경이에요! 이 건축물 안에 축제의 기운이 넘치잖아요 이교도들은 삶을 신성화하였고, 그리스도교인들은 죽음을 신성화했어요. 이것이 두 종교의 정신이에요. 그러나 로만 가톨릭교는 북방에 비하여 그렇게 어둡지 않아요. 성 베드로 대성당에 가시면 아시게 될 거예요. 판테온의 성역 안에는 널리 이름이 알려진 예술가들의 흉상이 있어요. 그것들은 예전에 고대의 신들을 안치해놓았던 알코브를 장식하고 있어요. 카이사르의 제국이 무너진 이래 이탈리아에는 정치적 독립이 전혀 없었기 때문에 이곳에 정치가나 위대한 지도자는 없어요. 우리들의 유일한 영광은 상상력의 재능이에요. 경께서는 이와 같이 스스로의 재능을 영광스럽게 생각할 줄 아는 민족이라면 좀더 고귀한 운명을 지닐 만하다고 생각하지 않으세요?"

오스왈드가 대답하였다.

"저는 모든 나라에 대해 엄격한 편이에요. 어떤 숙명이라도 감수해야겠죠."

"가혹하시군요. 아마도 이탈리아에서 사시다 보면 마치 자연이 살아 있는 제물처럼 장식되어 있는 이 아름다운 나라에 대한 애정이 싹트실 거예요. 그러나 우리나라의 예술가들이나 영광을 사랑하는 사람들의 희망은 이곳에 한 자리를 얻는 것이라는 사실을 제발 기억해주세요. 저는 제 흉상이 놓일 자리를 정하였어요."

그녀는 아직 비어 있는 알코브 중의 하나를 가리키며 말하였다.

"제 흉상이 저 곳에 안치된 후에 오스왈드 당신께서 이곳에 다시 찾아오실지도 모르죠! 그때……"

오스왈드는 급히 말을 막고 이렇게 말하였다.

"젊음과 미모로 빛나는 당신이 불행과 고통에 짓눌려 이미 한 발을 무덤 속에 들여놓고 있는 저에게 어떻게 그런 말씀을 하실 수 있어요?"

그러자 코린나는

"아, 한순간의 폭풍우가 미처 고개를 쳐들지 못한 꽃을 순식간에 망칠 수도 있답니다."

라고 대답하였다. 이어

"오스왈드, 사랑하는 오스왈드, 당신은 왜 행복하지 못하세요? 어째서……"

하고 질문하였다.

"묻지 말아주세요."

오스왈드는 이렇게 대답하고는 다시 말하였다.

"당신에게는 당신의 비밀이 있고, 저에게는 저의 비밀이 있어요. 서로 침묵을 지키도록 해요. 그게 아니라 당신은 제가 저의 불행에 대해서 말할 때 얼마나 고통스러운지 모르세요."

코린나는 아무 말도 하지 않았다. 성전을 나서며 그녀의 발걸음은 더 느려졌고 눈빛은 꿈꾸는 사람 같았다.

그녀는 문 아래에 멈추어 섰다.

"저기에,"

하고 코린나는 말하였다.

"굉장히 아름다운 반암(班岩)으로 만든 납골 단지가 있었죠. 지금은 라테란 대성전[24]에 옮겨졌어요. 그 안에는 아그리파의 유해가 들어 있고, 그를 기려 세워진 동상의 발 밑에 놓여 있어요. 고대인들은 소멸이라는 개념을 미화하기 위한 배려를 많이 하였기 때문에 그것이 가져오는 불길하고 무서운 것을 쫓아버리는 방법을 알고 있었어요. 그들의 무덤은 훨씬 장대하고, 허무한 죽음과 찬연한 삶의 대비가 그렇게까지 강렬하지 않아요. 사실 이교도들의 내세에 대한 믿음은 그리스도교인들처럼 강하지 않으므로, 그들은 죽음에 맞서, 우리가 영원한 신의 품안에 안심하고 위탁한다는 발상과 싸웠어요.

　오스왈드는 한숨만 내쉴 뿐 아무 말도 하지 않았다. 우울한 생각은 자기 자신이 불행하지 않을 경우에 많은 매력을 지닌다. 그러나 마음이 괴로움에 몹시 시달릴 때, 전에는 어느 정도 감미로운 몽상만을 연상시켰던 말도 더 이상은 전율 없이 도저히 들을 수 없는 말이 되어버린다.

제 3 장

　성 베드로 대성당에 가기 위해서는 산 안젤로 다리를 건너야 한다. 코린나와 넬빌 경은 걸어서 그 다리를 건넜다.
　"이 다리 위에서였어요."
라며 오스왈드가 말을 꺼내었다.
　"카피톨리노에서 돌아오면서, 이곳에서 처음으로 당신의 생각을 오랫동안 하였지요."
　그러자 코린나는,
　"카피톨리노의 대관식 덕분에 친구가 생기게 되리라고는 생각도 못했어요."
라고 말을 받았다.
　"그러나 저는 명예를 추구하면서, 늘 마음 한구석에 그 명예로 인하여 사랑도 얻기를 바라고 있었어요. 이러한 기대조차 없다면 여자에게 명예가 무슨 소용이 있겠어요!"
　"조금만 더 이곳에 있도록 해요."
라고 오스왈드가 말하였다.
　"몇 세기를 버텨온 역사의 그 어떤 추억도 당신을 처음 본 그날을 상기시켜주는 이곳만 못하니까요."

"틀린 생각인지는 모르겠지만,"

하고 코린나는 말하였다.

"진정 위대한 힘으로 영혼에게 말을 걸어오는 고대의 유적을 함께 바라보고 있으면 서로 더 친해지는 듯한 느낌을 받아요. 로마의 건축물은 냉정하지도 않고 침묵하지도 않아요. 천재에 의해 설계되었고, 중요한 역사를 기념하기 위하여 바쳐진 것이에요. 이 세상의 고귀하고 아름다운 모든 것을 느낄 수 있는 기쁨을 맛보기 위하여, 오스왈드, 당신과 같은 분을 정말로 사랑해보고 싶어요."

"그래요."

하고 넬빌 경은 말하였다.

"하지만 당신을 이렇게 바라보고 있으면, 또 당신의 이야기를 듣고 있으면 다른 어떤 좋은 것도 필요하지 않은걸요."

코린나는 매력적인 미소로 감사의 마음을 전달했다.

성 베드로 대성당으로 가는 길에 그들은 산 안젤로 성 앞에서 멈추었다.

코린나는 말하였다.

"보셔요. 이 건물은 외관이 매우 독창적이에요. 고트족이 요새로 변경시킨 이 하드리아누스의 묘지는 그 두 가지의 목적을 충족시키는 이중의 특징을 지니고 있어요. 우선 이것은 죽은 자를 위해 세워진 것으로 견고한 성벽에 둘러싸여 있어요. 그런데 살아 있는 사람들이 그 바깥을 요새로 만듦으로써 거기에 적대적 요소를 가미한 것이에요. 요새란 묘비의 침묵과 고귀한 무용성과는 대단히 대조적인 것이죠. 꼭대기에는 칼을 뽑아든 청동의 천사가 보이잖아요.(5) 그런데 안에는 참혹한 감옥으로 되어 있어요. 하드리아누스로부터 오늘에 이르기까지 모든 로마의 역사적 사건은 이 유적과 결부되어 있어요. 벨리사리우스[25]는 이곳에서 고트족과 싸웠는데, 그 역시 침입자들만큼이나 야만적이었기 때문에 이 건물 안을 장식하고 있던 흉상들을 적을 향해 던졌어요. 크레센티우스,[26] 아르날도 다 브레샤,[27] 니콜라 디 리엔초[28](6)와 같은 로마의 자유의 옹호자들이 종종 희망의 상징으로 거명되는데, 오랫동안 한 황제의 묘지 안에 보호되어 있었어요. 저는 수많은 유명한 사건과 관련된 저 돌들이 좋아요. 세계를 지배한 자의 사치인 장대한 무덤이 좋은 거예요. 지상의 모든 낙과 모든 사치를 다 누리고, 죽기 오래 전부터 자신의 죽음에 대해 관심을 기울이는 것을 두려워하지 않는 남자에게는 무언가 위대한 면이 있어요. 영혼은 삶의 경계를 넘어가자마자 곧 정신적인 사고, 사심이 없는 감정으로 가득 차게 되거든요."

코린나는 계속하였다.

"이곳에서도 성 베드로 대성당이 보일 뻔했어요. 그곳으로 이어지는 기둥이 여기까지 연장될 계획이었으니까요. 미켈란젤로의 웅대한 계획은 그랬죠. 자신의 사후에라도 그것이 완성되길 바랐어요. 그러나 현대인들은 후세의 일은 생각하지 않아요. 일단 열광을 우습게 여기고 나면 돈과 권력만 남을 뿐 모든 것을 버리게 되고 마니까요."

"당신이야말로 그 감정을 되살릴 분이세요!"

하고 넬빌 경은 소리쳤다. 그리고는,

"제가 맛보는 이 행복을 누가 전에 느껴보았겠어요? 당신이 보여주시는 로마, 당신의 상상력과 재능으로 설명되는 *로마는 감정으로 생기를 얻는 하나의 세계이지요. 로마가 없다면 세계 자체가 사막일 뿐이에요.*(7) 아, 코린나! 저는 요즘 저의 운명과 심경에 비해 과분하게 행복해요. 이후에 어떻게 될까요?"

라고 말하였다.

코린나는 부드럽게 대답하였다.

"모든 진실한 사랑은 신으로부터 오지요. 오스왈드, 신께서 주신 것을 어찌하여 신께서 지켜주시지 않겠어요! 우리를 주재하는 분은 그 분이신데."

그때 성 베드로 대성당이 그들 앞에 모습을 드러내었다. 이 건물은 인간이 이제까지 세운 것 중 가장 크다. 왜냐하면 이집트의 피라미드도 높이에 있어서는 이보다 못하기 때문이다.

"가장 아름다운 것을 맨 나중에 보여드려야 했는지도 모르겠어요. 하지만 그것은 제 방식이 아니에요."

하고 코린나가 말하였다.

"저는 미술을 이해하기 위해서는 생생하고 깊은 감동을 일으키는 미술품부터 감상하지 않으면 안 된다고 생각해요. 이 감정을 일단 느끼고 나면 이른바 새로운 사상의 영역이 열리게 되고, 그렇게 되면 처음에 받은 인상을 얼마만큼이라도 상기시켜주는 모든 것을 좋아하든지 비판하든지 할 수 있지 않겠어요. 커다란 결과를 얻기 위해서 조심스럽고 신중하게 모든 절차를 밟는 방식은 제가 좋아하는 방식이 아니에요. 절차를 밟아 숭고한 것에 도달하는 것이 아니니까요. 단순히 아름다운 것과 숭고한 것 사이에는 상당한 거리가 있어요."

오스왈드는 성 베드로 대성당 앞에 도착하자 전에는 한번도 느껴보지 못한 기이한 감동을 느꼈다. 인간이 만든 작품을 보고 자연의 경이에서 느끼는 것과 같은 감명을 받아보기는 처음이었다. 현재 이 지상에서 창조라고 하는 신의 즉각적인 업적을 특징짓는 위대함의 성격을 지니는 것은 유독 예술 작품이다. 코린나는 오스왈드가 놀라는 모습을 보고 재미있어하였다.

그녀는 이렇게 말하였다.

"당신에게 이 건축을 보여드리기 위해서 태양이 환히 빛나는 대낮을 택하였어요. 달빛 아래에서 바라보는, 더 내면적이고 종교적인 즐거움은 나중으로 미루기로 하죠. 그보다 먼저 가장 화려한 축제, 웅장한 자연으로 장식된 인간의 천재성을 구경해보셔야 할 것 같아서요."

성 베드로 대성당의 광장은 멀리서는 아무것도 없는 듯이 보이지만 가까이에서 보면 육중한 기둥들로 둘러싸여 있었다. 지면이 교회의 문까지 약간 오르막으로 되어 있는 까닭에 광장이 더욱 그렇게 보인다. 높이 80피에[29]의 성 베드로 성당의 둥근 지붕 아래에서는 그다지 높아 보이지 않는 오벨리스크가 광장의 중앙에 서 있다. 오직 오벨리스크의 외적인 모습만이 상상력을 만족시키는 무언가를 지닌다. 그 꼭대기는 눈에 보이지 않을 정도로 높이 솟아 있어 인간의 위대한 사상을 하늘에까지 전하는 듯하다. 이 유적은 칼리굴라[30]의 욕장을 장식하기 위해 이집트로부터 가져와서 식스투스 5세[31]가 성 베드로 대성당 아래로 이전시킨 것이다. 몇 세기를 거쳐 현존하는 이 건축물은 그 어느 것도 그것을 거스르지 못하는 존경의 마음을 불러일으킨다. 인간은 너무도 스스로를 허무한 존재로 느끼기 때문에, 부동의 존재 앞에서 감동한다. 오벨리스크의 측면으로부터 약간 떨어진 곳의 두 개의 분수에서 쉴새없이 물줄기가 솟았다가 공중에서 폭포가 되어 떨어지고 있다. 전원에서 들어보던 이 물소리는 이 안에서 전혀 새로운 인상을 자아낸다. 그러나 이 인상은 엄숙한 성당의 외관이 자아내는 인상과 잘 조화되어 있다.

흔히 인간의 모습이나 자연에 존재하는 사물을 모방하는 회화와 조각은 우리의 마음속에 완벽하게 명석하고 명확한 사고를 일깨운다. 그러나 아름다운 건축물의 유적은, 소위 일정한 의미라는 것을 가지고 있지 않기 때문에, 그것을 바라볼 때 생각을 아주 멀리 이끄는, 계산도 목적도 없는 몽상에 사로잡히게 된다. 물소리는 이러한 모든 막연하고 심오한 인상에 어울린다. 건축물이 정돈되어 있듯이 물소리는 한결같다.

영원한 운동과 영원한 휴식*²

은 서로 비슷한 데가 있다. 시간이 그 힘을 발휘할 수 없는 곳은 바로 이 장소이다. 왜냐하면 시간은 꼼짝 않고 서 있는 이 석조 성당을 움직이지도 못하고, 뿜어오르는 샘을 고갈시키지도 못하기 때문이다. 이 분수에서 다발로 치솟는 물은 가볍게 구름처럼 퍼져서, 맑게 갠 날에는 햇빛이 거기에 아름다운 색깔의 작은 무지개를 만들어놓는다.

"잠깐만 여기에서 기다려주세요."
라고 코린나는 성당으로 들어가는 문 밑에까지 와 있는 넬빌 경에게 말하였다.

"문을 덮고 있는 커튼을 올릴 때까지 기다려주세요. 이 성소에 가까이 오니 가슴이 두근거리지 않으세요? 안으로 들어가는 순간에 무언가 엄숙한 일이 일어날 것 같은 기대감이 생기지 않으세요?"

코린나는 스스로 커튼을 들어올리고 넬빌 경이 지나갈 수 있도록 붙들고 있었다. 그 자세가 너무도 아름다워 오스왈드의 시선은 우선 그녀에게로 향했다. 단지 얼마 동안이라도 오직 그녀만을 조용히 쳐다보고 있는 것이 즐거웠다. 그러나 성당 안에 들어가 보니 거대한 둥근 천장 아래에서 받은 감명이 너무도 심오하고 종교적이어서 사랑의 감정만으로는 그의 마음을 완전히 채울 수 없었다. 그는 코린나와 나란히 천천히 걸었다. 서로 아무 말도 하지 않았다. 그곳에서는 모든 것이 침묵을 요구하고 있었다. 아주 조그만 소리도 아주 멀리까지 울리기 때문에, 거의 시간이 멈춘 듯한 이 장소에서는 그 어떤 말도 반복할 가치가 없어 보이는 것이다! 비록 힘없이 울려퍼지는 소리일망정 불쌍한 사람들의 기도 소리만이 이 넓은 장소에서 유일하게 깊은 감동을 주고 있었다. 이 거대한 천장 아래 노인 한 명이 눈물을 흘리며 힘겨운 걸음으로 아름다운 대리석 위를 걸어오는 소리가 들리면, 그의 고귀한 영혼으로 하여금 그토록 많은 고통을 감내하게 해주는 절뚝거리는 육체가 저 사람을 위대하게 만들며, 고통을 숭배하는 그리스도교야말로 이 지상에서 인간이 거치는 여정에 대한 진정한 비밀을 간직하고 있는 것이 아닌가 하는 생각이 들게 된다.

코린나는 생각에 잠겨 있는 오스왈드를 깨우고 이렇게 말하였다.

"아마도 당신은 독일이나 영국에서 고딕식의 교회를 보시고 이 교회보다 훨씬 어두운 인상을 받으셨겠지요. 북방 민족이 믿는 그리스도교에는 무언가 신비한 것이 있어요. 우리나라의 그리스도교는 외적인 물체를 통하여 상상력에 호소해와요. 미켈란젤로는 판테온의 둥근 천장을 보고 '나는 저것을 허공에 매달아놓겠다' 고 말했다고 해요. 또 실제로 성 베드로 대성당은 교회 위에 세워진 사원이에요. 이 건축물의 내부가 상상력에 미치는 효과를 보면 고대 종교와 그리스도교의 결합 같은 것이 있어요. 저는 제 영혼이 예전에 지녔던 평화를 되찾기 위하여 이곳으로 자주 산책을 오곤 해요. 이러한 유적을 바라보는 일은 같은 곳에서 끊임없이 반복되는 음악을 듣는 것과 같아요. 당신이 다가오면 당신에게 도움을 주기 위해 기다리고 있는 음악 말이에요. 우리나라가 영광을 받을 자격이 있는 것은 이 교회를 지은 사람들의 인내와 용기, 헌신 덕분이에요. 그들은 자신들에게 돌아올 아무런 이득도 없이 이 건축물의 완성을 위해 150년이라는 세월과 많은 돈과 노력을 아낌없이 바쳤어요.(8) 많은 고귀하고 관대한 사상의 상징인 하나의 건축물을 국민에게 바치는 일은 공공 도덕적인 면에서 보더라도 하나의 공헌이겠지요."

그러자 오스왈드가 대답하였다.

"네, 이곳에 와 보니 예술은 위대함을 지니고 있고, 상상력과 창의력은 천재성으로 가득하군요. 그런데 인간 자체의 존엄성은 어떻게 지켜지고 있나요? 대부분의 이탈리아 정부들이 시행하고 있는 제도라는 것이 어떠하며, 정부는 얼마나 허약한지요! 또 비록 허약하지만 이 정부는 얼마나 국민에게 위압적인가요!"

코린나가 말을 가로막았다.

"다른 나라의 국민들도 저희와 같은 고난을 겪었어요. 그러나 그들은 저희에 비해 다른 운명을 꿈꾸게 해주는 상상력을 갖지 못했어요.

우리들은 노예다. 그러나 항상 전율하는 노예다.
Servi siam, si, ma servi ognor frementi

라고 우리의 현대 작가 중에 가장 자랑스러운 알피에리[32]는 말하고 있어요. 우리의 아름다운 예술 안에는 영혼이 가득하기 때문에, 언젠가는 우리들의 기질도 천재에 필적하게 되겠지요."

코린나는 계속하였다.

"보세요. 무덤 위에 세워진 조상들, 모자이크 그림들, 우리의 위대한 거장들의 걸작을 꾸준히 충실하게 복제한 작품들이에요. 저는 성 베드로 대성당의 세부는 살피지 않겠어요. 왜냐하면 이 다양한 아름다움이 전체적인 인상을 흐리는 수가 있을 테니까요. 바로 다름아닌 인간 정신의 걸작이 여분의 장식과도 같아 보이는 건축물이란 대체 무엇일까요! 이 성당은 마치 별세계와도 같아요. 우리는 이곳을 추위와 더위를 피할 수 있는 은신처로 생각하지요. 이곳에서는 여기만의 독자적인 계절이 있거든요. 즉 영원한 봄으로서, 절대로 외부 기온의 영향을 받지 않아요. 지하의 교회는 이 성전 안뜰 아래에 세워져 있어요. 역대의 교황들과 가령 즉위 후의 크리스티나,[33] 왕조가 쓰러진 후의 스튜어트가의 왕들[34] 같은 외국의 군주들도 이곳에 매장되어 있어요. 오래 전부터 로마는 고국에서 추방된 자들의 은신처였어요. 로마 자체가 왕좌에서 추방된 것이 아니겠어요! 로마의 그런 면이 로마와 같이 왕위를 박탈당한 왕들을 위로하여주는 것이에요."

도시는 함락당하고
제국은 소멸하고
인간은 죽어야 함에 격분한다![*3]

"이곳에 서보세요."
둥근 천장의 바로 아래에 놓인 제단 옆에서 코린나가 넬빌 경에게 말을 건네었다.

"철창 너머로 우리 발 아래에 있는 죽은 자들의 교회를 직접 보실 수 있어요. 그리고 눈을 들면 둥근 천장의 꼭대기가 겨우 보일 듯 말 듯 해요. 아래에서 이 천장을 올려다보면 두려운 마음이 들어요. 마치 머리 위에 매달려 있는 심연을 보는 것 같아요. 일정한 도를 넘는 모든 것은 한계를 지닌 피조물인 인간에게 어쩔 수 없는 공포감을 유발시켜요. 우리가 알고 있는 것도 모르는 것과 마찬가지로 설명이 되지 않아요. 우리는 알 수 없는 새로운 것들에 놀라고 우리의 능력을 시험받으면서도 소위 말해 일상 생활의 불확실한 것에 습관이 되어 있다고 말할 수 있겠지요.

이 교회 전체는 고대의 대리석으로 장식되어 있어요. 이 교회의 돌은 지난 시대에 대해서 저희들보다도 더 잘 알고 있어요. 이것은 유피텔의 동상인데, 사람들이 머리 위에 후광을 두르고 성 베드로라 하였어요.

전반적으로 이 성당에서는 비관적인 교의와 화려한 의식이 완벽하게 혼합되어 표현되고 있어요. 사상의 근저에는 슬픔이 있지만 그것을 표현하는 데에는 남국 특유의 유연성과 격렬함이 있어요. 의도는 엄격하지만 해석은 매우 부드럽다고 해야 할까요, 아니면 그리스도교의 이론에 이교의 형상이 덧붙여졌다고 해야 할까요. 어쨌든 인간이 신을 향한 경배에서 보여줄 수 있는 화려함과 엄숙함이 멋지게 결합되어 있어요.

경이로운 미술품들로 장식되어 있는 무덤들은 죽음을 두려운 모습으로 보여주지 않아요. 석관에 춤과 놀이를 조각한 고대인들과 똑같다고 할 수는 없지만, 천재의 걸작품들 덕분에 관을 바라보면서 다르게 생각할 수 있어요. 걸작품들은 바로 다름아닌 죽음의 제단에서조차 불멸을 상기시키니까요. 그것이 불러일으키는 감탄의 마음에 자극받은 상상력은 북방에서처럼 언제나 무덤에 뒤따라다니는 침묵과 냉기를 느끼지 않아도 되지요."

오스왈드는 말을 꺼내었다.

"분명히 우리는 죽음을 슬픔으로 에워싸고 싶어하지요. 또 그리스도교가 선포되기 이전에도 우리네 고대 신화인 오시안[35]의 시들을 보면, 무덤 곁에서는 애도의 말과 장송곡밖에는 흘러나오지 않아요. 그런데 이곳의 당신들은 죽음을 잊고 즐기려 하는군요. 이탈리아의 아름다운 하늘의 힘으로 저도 그렇게 될 수 있을지 모르겠네요."

그러자 코린나가 다시 말을 받았다.

"그렇다고 해서 우리들이 경박한 성격과 얄팍한 정신을 가지고 있다고 오해하진 마세요. 자만심만이 사람을 경박하게 만들죠. 저희는 게으르다 보니 낮잠을 자고 잠시 생활을 잊기도 하지만 마음을 조리거나 애태우진 않아요. 불행히도 저희는 일상의 활기찬 열광보다 더 크고 강력한 열광이 아니라면 이 게으름에서 탈피할 수가 없는 거예요."

이 말을 마치고 코린나와 넬빌 경은 교회의 문 가까이로 다가왔다.

"마지막으로 한번 더 이 웅장한 교회를 보고 가시죠."

하고 그녀는 넬빌 경에게 말하였다.

"인간은 교회의 물질적인 상징만을 인식할 수 있지만, 사실 교회 앞에서 인간은 얼마나 하찮은 것인지요! 인간 자신은 허무하게 사라져 버리고 천재성만이 살아남지만, 유한한 인간은 얼마나 많은 부동성과 영구성을 예술 작품에 부여하는지요! 이 교회는 무한의 상징이에요. 이 성당으로 인하여 생기는 감정, 되새기는 사상, 생각이 미치는 과거나 미래의 영원한 세월은 끝이 없어요. 그리고 이 경내를 벗어날 때, 우리는 천국의 진리로부터 속세의 관심사로, 종교적 영원으로부터 가벼운 시대의 공기로 옮겨가게 되죠."

그들이 교회 밖으로 나왔을 때 코린나는 넬빌 경에게 오비디우스의 『변신』이 문에 저(低)부조로 표현되어 있다고 알려주었다.[36]

"로마에서는 예술이라면 이교도에서 따온 이미지들도 문제 되지 않아요. 훌륭한 천재성이란 언제나 영혼에 종교적 감명을 주는 것이기 때문에, 우리는 다른 종교의 모든 걸작들을 그리스도교를 찬양하는 데 사용하지요."

오스왈드는 이 설명에 미소를 지었다.

"경, 제 말씀을 들어보세요."

하며 코린나는 계속하였다.

"상상력이 왕성한 국민들은 그 감정 안에 선의를 많이 가지고 있어요. 괜찮으시다면 내일은 카피톨리노 언덕을 보여드리고 싶어요. 그외에도 몇몇 코스를 더 권하여드리고 싶은데, 그 코스들을 다 보시고 나서 떠나시겠지요? 혹시……"

그녀는 말을 너무 많이 하지 않았는가 하는 염려에서 입을 다물었다.

"아니에요, 코린나."

하고 오스왈드가 대답하였다.

"아니에요, 저는 수호천사가 저 하늘 높은 곳에서 제게 내려주는 이 행복의 광채를 결코 포기하지 않겠어요."

제 4 장

이튿날, 오스왈드와 코린나는 더 많은 친근감을 느끼며 평온한 마음으로 출발하였다. 그들은 함께 여행하는 친구 사이가 되었으며 *우리*라는 표현을 쓰기 시작하였다. 아! 얼마나 가슴 벅찬 말인가, 사랑의 감정이 빚어낸 이 *우리*라는 말은! 수줍지만 강렬하게 표현되는 고백이 이 말 속에는 담겨 있다.

"그럼 카피톨리노 언덕으로 가시죠."

하며 코린나가 말했다.

"네, 그렇게 해요."

하고 오스왈드도 응답하였다. 간단한 말이었지만 그 목소리는 모든 것을 말하고 있었다. 그의 억양은 그토록 부드럽고 달콤하였다!

"일곱 개의 언덕을 쉽게 바라볼 수 있는 곳은 현재 우리들이 서 있는 바로 이 카피톨리노 언덕 위에서예요. 이 모든 언덕을 하나씩 돌아볼 수 있어요. 이 중 역사적 흔적을 지니지 않은 것은 하나도 없어요."

우선 코린나와 넬빌 경은 예전에 성스러운 길, 혹은 개선의 길이라고 불리던 길을 따라 걸었다.

"당신이 탄 마차가 저곳을 지나갔어요?"

하고 오스왈드가 코린나에게 물었다.

"네."

하고 그녀는 대답하였다.

"그런 마차가 지나가서 고대로부터 쌓인 먼지가 놀랐을 거예요. 그러나 로마공화국 이래 이 길은 죄 많은 역사로 얼룩져 있기 때문에 길에 대한 존경심이 많이 줄었어요."

그리고 나서 코린나는 현재의 카피톨리노 언덕의 계단 아래로 걸어 왔다. 고대의 카피톨리노 언덕의 출입문은 포룸에서 시작되었다.

"제가 바라는 것은,"

하고 코린나가 말을 꺼냈다.

"이 계단이 스키피오[37]가 영광스럽게 중상을 물리치고 그가 거둔 승리를 신들에게 돌리기 위하여 신전을 향해 올라간 계단과 같았으면 하는 것이에요. 그러나 이 새 계단, 이 새로 된 카피톨리노는 한때 세계 로부터 존경받던 로마 원로원 의원이라는 화려한 이름을 지닌 온화한 고관을 맞이하기 위하여 옛 카피톨리노의 폐허 위에 세워진 것이에요. 지금 이곳에는 이름들만 남아 있어요. 그러나 그 이름들의 조화, 그것들의 옛 위엄은 언제나 즐거움과 슬픔이 얽혀 있는 충격 같은 기분 좋은 감정을 불러일으켜주어요. 언젠가 제가 만난 한 가여운 여인에게 어디에 사느냐고 물었더니 그녀는 제게 *탈페이아의 바위*[38]라고 대답하더군요. 옛날부터 이 말에 결부되어 있던 사상은 없어졌지만 이 말은 여전히 상상력에 호소하는 무엇인가를 지니고 있어요."

오스왈드와 코린나는 카피톨리노의 계단 아래에서 걸음을 멈추고 현무암으로 된 두 마리의 사자를 바라보았다.(9) 이집트로부터 운반되어 온 것인데 이집트의 조각가는 사람의 얼굴보다 동물의 얼굴을 포착하는 데 더 많은 재능이 있었다. 카피톨리노의 사자는 의젓하고 평화로웠으며 얼굴 표정은 힘 속에 감추어진 진정한 평화의 상징이었다.

휴식을 취하고 있는 사자와도 같이[*4, 39]
단테

이 사자들과 멀지 않은 곳에 팔과 다리가 잘린 로마의 상이 있는데, 현대의 로마인들은 이것이 현재 그들의 로마를 있는 그대로 보여주는 상징이 되리라고는 생각지도 못하고 그 자리에 놓은 것이다. 이 상은 머리도 다리도 없으나, 남아 있는 몸과 옷의 주름은 여전히 고대의 아름다움을 간직하고 있었다. 계단 위에는 카스토르와 폴리데우케스[40]라고 추측되는 두 개의 초대형 동상, 그리고 마리우스의 전승 기념비, 또한 로마의 세계를 측정하는 데 필요한 이정표, 여러 가지 기념물에 둘러싸여 조용히 아름다운 자태를 드러내는 마르쿠스 아우렐리우스[41]의 기마 상이 있다. 이와 같이 이곳에는 모든 것이 존재한다. 디오스쿠로이[42]로 상징되는 초창기, 사자로 상징되는 공화국, 마리우스[43]에 의한 내전, 그리고 마르크스 아우렐리우스에 의한 황제들의 시기.

현재의 카피톨리노 쪽으로 가면 좌우에 승전의 신 유피텔과 카피톨리노의 유피텔 신전의 폐허 위에 세워진 두 개의 교회가 보인다. 현관 앞에는 나일 강과 테베레 강, 두 개의 강이 하나로 합쳐진 샘이 로물루스의 암컷 늑대와 함께 있다. 사람들이 테베레 강에 대해 말할 때에는 언제나 영광과 결부해서다. *테베레 강변으로 데려다주세요. 테베레 강을 건넙시다*라고 말하는 것은 로마의 즐거움의 하나이다. 이런 말로 사람들은 역사를 생각하고 죽은 자들을 부활시키는 것 같다. 광장 쪽에서 카피톨리노 언덕으로 가다 보면 오른쪽에 마멜티노 감옥이 있다. 처음에 이 감옥들은 안쿠스 마르키우스[44]에 의해 건설되어 당시에는 보통의 죄수들을 수용하는 곳이었다. 그런데 세르비우스 툴리우스[45]는 정치범을 수용하는 더 잔혹한 감옥을 지하에 짓게 하였다. 이들은 선의의 범죄를 저지른 것이기에 더 미움을 샀는지도 모른다. 유구르타[46]와 카틸리나[47]의 공범자들은 이 감옥에서 생을 마쳤다. 성 베드로와 성 바오로도 이 감옥에서 생을 마쳤다. 카피톨리노의 반대쪽에는 탈페이아의 바위가 있다. 바위 밑에는 오늘날 *위로의 병원*이라고 불리는 병원이 있다. 고대의 엄격한 정신과 그리스도교의 사랑이 여러 세기를 거쳐 로마에서 이와 같이 관련을 맺고 있고, 우리 눈앞에 펼쳐져 옛날을 되돌아보게 한다.

카피톨리노의 탑 위에 올라갔을 때, 코린나는 오스왈드에게 일곱 개의 언덕을 보여주고, 로마의 시가지를 보여주었다. 로마는 먼저 팔라티노의 언덕, 그 다음 일곱 개의 언덕을 둘러싸고 있는 세르비우스 툴리우스의 벽, 마지막으로 오늘날까지 로마의 대부분을 둘러싸고 있는 아우렐리우스의 벽으로 갈라져 있었다. 코린나는 티불루스[48]와 프로페르티우스[49]의 시를 읊었다. 그것은 힘없는 초창기에 세계의 여왕이 출현하는 영광스러운 모습을 그린 것이다.(10) 팔라티노의 언덕은 한때 그곳 하나만으로도 로마 전체를 의미했다. 그러나 그 후 황제들의 궁전이 국가 전체가 되고도 남을 공간을 채웠다. 네로 시대의 시인이 이 경구를 썼다. *로마는 이제 한 개의 궁전에 지나지 않을 것이다. 로마인들아 웨이이의 거리로 가라. 만일 이 궁전이 아직 웨이이까지 차지하고 있지 않다면.* [#5]

일곱 개의 언덕은 높이 깎아 세운 산이라는 이름으로 불리던 예전에 비해 훨씬 낮아졌다. 현재의 로마는 옛날보다 40피에[50]나 높아졌다. 일곱 개의 언덕들을 갈라놓던 계곡은 날이 갈수록 건물 잔해에 의해 거의 묻히고 말았다. 그러나 특히 신기한 것은 깨진 단지 더미가 두 개의 언덕*6을 이루고, 또 문명의 진보라기보다는 오히려 문명의 잔해가 산과 계곡을 같은 수준으로 만들고 또 물질과 정신적인 면에서 자연에 의해 산출되는 기복을 없앰으로써 현대의 상징같이 되어 있는 점이다.

세 개의 다른 언덕*7은 유명한 일곱 개 안에 포함되지는 않지만 로마의 경치를 돋보이게 하기 때문에 로마는 그 자체로 그 성벽 안에서도 가장 훌륭한 경치를 감상할 수 있는 유일한 곳이다. 그곳에는 폐허와 건축물, 전원과 사막이 뚜렷하게 공존하고 있어서 모든 측면의 로마를 관찰할 수 있고, 언제나 그 상반된 전망 안에서 놀랄 만한 경치를 감상할 수 있다.

오스왈드는 코린나가 안내한 카피톨리노 언덕의 정상에 서서 고대 로마의 유적을 바라보며 지칠 줄을 몰랐다. 역사책을 읽고 그것에 흥미를 느껴 생각에 잠겨 있는 것도 아무렇게나 흩어져 있는 이곳의 돌멩이들이나 새 집과 함께 섞여 있는 폐허를 바라보는 일보다 더 우리의 마음을 감동시키지는 못한다. 시각은 마음을 움직이는 대단한 힘을 가지고 있다. 로마의 유적을 보고 나면 마치 고대 로마의 시대에 살았던 것처럼 그들의 존재를 믿게 된다. 머리로 하는 기억은 학습에 의해 얻어진다. 상상력을 통한 기억은 우리의 생각을 활성화시키고 우리가 배운 것을 실제로 체험하게 해주는 좀더 직접적이며 내밀한 감정에서 생긴다. 물론 사람들은 고대의 잔해들 속에 섞여 있는 모든 현대적 건물을 불쾌하게 여길 것이다. 그러나 누추한 지붕 옆에 서 있는 문의 기둥들과 그 사이로 보이는 교회의 작은 창문, 시골의 일가족이 모여 있는 묘지, 이런 것들은 뭐라 표현할 수는 없지만 위대하고 단순한 사상이 공존한다는 느낌을 주고 지속적으로 우리의 눈길을 끌어 그것을 발견하는 기쁨을 준다. 우리들이 살고 있는 유럽의 대부분의 도시의 외관은 모두 공통점이 있고 평범하다. 거기에다가 로마는 다른 도시보다 훨씬 빈곤과 타락의 비참한 양상을 보여주고 있다. 그러나 갑작스럽게 나타나는 부서진 기둥 하나, 반쯤 파손된 부조 한 개, 고대 건축가가 도저히 파괴할 수 없는 공법으로 다듬은 돌덩이들은 보는 이들로 하여금 인간에게 신의 계시라고 할 수 있는 영원의 힘이 있으며, 스스로 지닌 그 힘을 일깨우고 다른 사람의 힘을 고무시키는 일을 게을리 하지 말아야 함을 깨우쳐 준다.

좁은 성벽으로 둘러싸이고 놀라운 일을 그토록 많이 겪어온 이 포룸은 위대한 인간 정신의 감동적인 증거이다. 로마 말기, 세계가 영광을 잃은 지도자들의 압제 아래에 있을 때는, 몇 세기를 통털어도 역사에 겨우 몇몇 사건만이 남아 있음을 알 수 있다. 이 조그만 공간의 포룸, 당시 마을 중앙에 매우 좁게 둘러싸여 있었으며 주민들이 그 주변에서 영토를 차지하기 위해 다투었던 이 포룸은 기억을 더듬어보면 이 시대의 가장 아름다운 천재들을 점유하고 있지 않았던가? 그러니 용감하고 자유로운 국민에게 영원히 명예 있을지라, 천재들이 후손의 시선을 끌지 않는가!

코린나는 넬빌 경에게 로마에는 공화국 시대의 흔적은 거의 없다고 알려주었다. 상수도나, 하수도로 건설된 지하수도가 유일하게 공화국과 이에 앞선 왕들의 사치였다. 공화국 시대의 것으로 우리에게 남겨진 것은 실용적인 건축물, 위인들을 추모하는 묘비들, 그리고 아직까지 존속해 있는 몇몇 벽돌로 된 신전들뿐이다. 로마인이 그들이 짓는 대형 건축물에 처음으로 대리석을 사용한 것은 시칠리아 정복 이후의 일이었다. 하지만 설명하기 힘든 묘한 감동을 맛보기 위해서는 커다란 전투가 있었던 곳을 보는 것으로 충분하다. 순례에서 얻는 신앙의 힘은 이와 같은 영혼의 성향 때문에 생길 것이다. 어떤 분야에서든지 이름이 알려진 나라는 위대한 인물이나 기념물은 없어졌어도 상상력에 많은 영향을 준다. 사람들의 시선을 끌었던 것은 이미 없어졌지만 추억의 매력이 아직 그곳에 남아 있는 것이다.

포룸에는 웅변술로 로마인을 통치하였던 그 유명한 단상을 이미 흔적도 찾아볼 수 없다. 그러나 아우구스투스가 그의 주변에 떨어진 벼락을 맞지 않고 피하였을 때 천둥의 신 유피텔을 찬양하여 건립한 신전의 기둥 세 개가 아직 남아 있다. 원로원이 그 공적에 보답하기 위하여 셉티미우스 세베루스[51]에게 세워준 개선문. 그의 두 아들 카라칼라와 게타의 이름이 개선문의 정면에 새겨져 있었는데, 카라칼라가 게타를 암살하였을 때 그의 이름은 지워졌으며, 지금까지도 지워진 글씨의 흔적이 남아 있다. 멀리 파우스티나[52]를 모신 신전, 즉 마르쿠스 아우렐리우스의 맹목적 단점을 보여주는 건축물이 있고, 원래 비너스를 모신 곳으로 공화국 시대에 팔라스[53]에 바쳐진 신전이 있다. 좀더 떨어진 곳에는 하드리아누스 황제에 의해 건립된, 해와 달에게 바쳐진 신전의 폐허가 보인다. 이 황제는 그리스의 유명한 건축가인 아폴로도로스[54]를 질투하여, 자신이 지은 건축물의 비례를 비난하였다는 이유로 그를 죽음으로 몰아넣었다.

광장의 반대편에는 더욱 고귀하고 더욱 순수한 추억을 위해 바쳐진 몇몇 기념물들의 폐허가 보인다. 로마인들에게 적 앞에서 절대로 도망치지 말 것을 가르친 유지의 신 유피텔의 것으로 보이는 신전의 기둥들. 크루티우스[55]가 뛰어내렸다고 하는 연못에서 멀지 않은 곳에 있는, 수호신 유피텔 신전의 잔재인 기둥 한 개. 화합을 위해서 또 승리를 위해서 세워졌다고 하는 신전의 기둥들. 어쩌면 정복 민족들이란 화합과 승리라는 두 개념을 혼동하고 그들이 세계를 정복할 때에만 진정한 평화가 있다고 생각하는 것은 아닐까? 팔라티노 산기슭에 티투스[56]의 예루살렘 정복을 기념하여 바쳐진 훌륭한 개선문이 있다. 로마의 유대인들은 절대로 이 문을 지나가지 않는다고 한다. 문을 피하기 위하여 그들이 다니는 좁은 길이 있다. 유대인들의 명예를 위하여 이 이야기가 사실이기를 바랄 뿐이다. 오랜 세월 지속되는 기억은 오래 지속되는 불행이라는 말이 있다.

그 근처에 콘스탄티누스의 개선문이 있다. 그것은 *평화의 수호자*라고 불리는 콘스탄티누스[57]에게 바치는 기념물을 장식하고 싶어한 그리스도교 신자들이 트라야누스[58]의 포룸에서 가지고 온 부조들로 꾸며져 있다. 이 시기에는 이미 예술이 쇠퇴하였으므로 새로운 공적을 찬양하기 위하여 과거를 약탈하였던 것이다. 아직 로마에 있는 이런 개선문들은 영광에 대한 경의를 표하기 위한 것이다. 뿐만 아니라, 이렇듯 사람들은 영광에 대한 경의를 표할 수 있게 된다. 승리자가 지나가면서 음악과 찬사의 소리에 동시에 취하고, 그 순간 최고조에 달한 감동을 느낄 수 있도록 개선문 위에는 플롯과 트럼펫 연주자들을 위한 좌석이 마련되어 있다.

이들 개선문 건너편에는 베스파시아누스[59]가 세운 평화의 신전의 잔해가 있다. 이 신전은 내부가 청동과 금으로 장식되어 있었기 때문에 화재가 났을 당시 불에 타 녹은 금속들이 포룸까지 흘러내렸다. 마침내 로마의 가장 아름다운 폐허인 콜로세움은 역사의 전부를 포함하는 숭고한 성벽을 마무리짓는다. 금과 대리석이 벗겨져나간 석재만이 남아 있는 이 굉장한 건축물은 야수와 싸우는 검투사들의 투기장으로 사용되었다. 자연스러운 감정이 자유롭게 발휘될 수 없었던 반면, 로마인들은 이와 같이 강한 감정에 열광하게 되었고 기만당하였던 것이다. 콜로세움에는 두 개의 출입문이 있었다. 하나는 승리자를 위한 문, 다른 하나는 죽은 자를 실어 내보내는 문[*8]이었다. 단순한 구경거리를 위해 인간의 삶과 죽음을 미리 정하여놓다니, 얼마나 인간을 경멸하는 짓인가! 로마의 제일가는 황제였던 티투스가 로마인들에게 콜로세움을 바쳤다. 경탄을 자아낼 만한 이 유적에는 웅장함과 천재성이 서려 있기 때문에 진정한 위대함을 보고 있다고 착각하게 된다. 원래는 고귀한 혈통의 대가를 기념하는 건축물에만 바쳐야 하는 경탄을 예술의 걸작품에 부여해버리는 잘못을 저지르는 것이다.

오스왈드는 코린나처럼 무조건 감동받지는 않았다. 서로 뽐내고 서 있는 네 개의 회랑, 존경의 마음과 연민의 감정을 동시에 일으키는, 화려하면서도 낡은 이들 네 개의 건물을 바라보면서, 그는 여기에서 오직 주인의 사치와 노예들의 피만을 볼 뿐이었다. 그래서 그는 그 목적에는 개의치 않고 부여받은 모습에 위용을 자랑하고 있는 예술품에 반감을 품고 있었다. 코린나는 이런 그의 태도를 고쳐주기 위하여 노력하면서 이렇게 말하였다.

"이탈리아의 역사적 건축물을 바라보실 때에 당신의 엄격한 도덕과 정의의 원칙을 적용하시는 것은 곤란해요. 언젠가도 말씀드렸지만, 대부분의 유적들은 고대 로마의 영광스러운 미덕의 시대를 상기시키는 것이 아니라, 고대 양식의 화려함·우아함·세련된 미를 일깨우는 것이니까요. 그 이후의 건축물에서 보이는 거대한 호화로움 속에서도 초기의 위대한 도덕성의 흔적이 있다고 생각하지 않으세요? 로마인의 타락 그 자체가 압도적이니까요. 자유의 상실로 경이의 세계가 덮여버리고, 완전한 아름다움을 창조한 천재는 잊혀져가는 참다운 위엄으로 인간을 위로하려고 하고 있어요. 동방의 쾌락을 맛보려고 하는 사람들에게 개방되어 있는 이 거대한 목욕탕을 보세요. 코끼리를 끌고 와서 호랑이와 싸우도록 한 저 원형 경기장, 이 경기장을 순식간에 물바다로 만든 저수로, 이번에는 노예들이 이 수로에서 싸우죠. 전에는 사자가 등장했던 곳에 사자 대신 악어가 나타나는 거예요. 그들 스스로의 자만에 의한 사치야말로 로마인의 사치라고 할 수 있어요! 로마인들의 무덤을 장식하기 위하여 아프리카의 망령들로부터 약탈하고 이집트에서 가지고 온 오벨리스크, 한때 로마에 있었던 일군의 조각들은 아시아 독재 군주들의 쓸데없는 사치라고만 볼 수 없어요. 세계의 승리자인 로마는 예술 작품에 외적인 양식을 부여해요. 이 웅장함 안에는 무언가 초자연적인 것이 있어요. 따라서 그것이 지닌 시적인 광채는 그것이 지닌 유래와 목적을 잊게 하죠."

오스왈드는 코린나의 열변에 납득이 가지는 않았지만, 감탄을 금할 수 없었다. 그는 모든 점에서 윤리적인 판단을 하려 했고, 예술의 마술적인 힘만으로는 만족할 수 없었다. 그때 코린나는 바로 이 경기장에서 박해받던 그리스도교 신자들이 그들의 신앙을 굳게 지키려다가 희생 제물이 된 사실이 생각났다. 그래서 넬빌 경에게 그들의 유해를 모신 제단과 속세의 권력을 상징하는 거대한 폐허 밑에서 회개하는 자들이 걸어가는 십자가의 길을 가리키며, 이 순교자들의 유해가 마음에 아무런 감흥도 일으키지 않는지 물어보았다.

"물론."

하고 그는 소리 높이 말하였다.

"고통과 죽음에 맞서 싸우는 강한 정신력과 의지력에 놀라지 않을 수 없어요. 어쨌든 희생은 정신과 사고의 어떤 충동보다 더 아름답고 어려운 것이에요. 강렬한 상상력은 천재성이라는 기적을 만들어낼 수는 있지만, 참된 덕이 완성되는 것은 오직 자기 생각이나 감정에 충실할 때뿐이거든요. 말하자면 우리의 마음속에서 천상의 힘이 결국 유한한 존재인 인간을 이길 때에 덕이 완성된다고 볼 수 있어요."

숭고하면서도 단순한 이 말에 이상하게도 코린나는 마음이 동요되었다. 그녀는 넬빌 경을 쳐다보았다가 시선을 아래로 떨구었다. 그 순간 그는 그녀의 손을 잡고, 그의 가슴에 얹었다. 그러나 그녀는 이런 남자라면 그가 선택한 견해와 원칙, 의무를 지키기 위해서 다른 사람들과 자기 자신을 제물로 바칠 수 있을 것이라는 생각에 몸이 떨려왔다.

제 5 장

코린나와 넬빌 경이 카피톨리노와 포룸을 보고 난 후, 일곱 개의 언덕을 다 돌아보는 데에는 이틀이 걸렸다. 옛날의 로마인들은 일곱 언덕을 기념하여 축제를 벌였다. 성벽으로 둘러싸인 이들 언덕은 로마의 독특한 아름다움의 하나이다. 조국을 사랑하는 그들이 이 기이한 언덕을 얼마나 기쁜 마음으로 기념하였는지 짐작하기란 어렵지 않다.

오스왈드와 코린나는 전날 카피톨리노 언덕을 보았으므로, 팔라티노 언덕에서부터 산책을 시작하였다. 황제들의 궁전은 황금관이라 불리고 언덕 전체를 차지하고 있었다. 이 언덕에는 현재 이 궁전의 폐허밖에는 남아 있지 않다. 아우구스투스, 티베리우스,[60] 칼리굴라, 네로[61]가 이 궁전의 사면을 건축하였는데, 무성한 식물들로 뒤덮인 석재들이 아직까지 남아 있는 전부이다. 그곳에서는 자연이 인간이 만들어낸 것을 지배하고 있었으며, 아름다운 꽃들이 궁전의 폐허를 달래주고 있었다. 제정과 공화정 시대의 호사스러움은 다만 공공 건축물에서만 볼 수 있을 뿐이다. 개개인의 집은 매우 작고 소박하다. 키케로,[62] 홀덴시우스,[63] 그라쿠스 형제[64]가 이 팔라티노 언덕에서 살았는데, 로마의 쇠퇴기에 이 언덕은 한 사람이 살기에도 충분치 않을 정도였다. 고대 로마 말기의 몇 세기 동안 국가는 그 국가를 다스리는 통치자의 시대로 지칭되는 익명의 군중에 불과하였다. 이곳에서 아우구스투스의 문 앞에 심어져 있던 두 그루의 월계수, 전쟁의 월계수와 평화가 가져오는 예술의 월계수는 이제 찾아볼 수 없다. 이 두 월계수는 모두 사라지고 말았다.

팔라티노 언덕에는 아직 리비아 비(妃)[65]의 욕실이 몇 개 남아 있다. 그곳에는 당시에 유행하던 것으로 천장에 보석을 마구 박아놓은 장식을 볼 수 있다. 또한 색채가 아직까지 완벽하게 보존된 그림들도 볼 수 있다. 색이란 원래 변하기 쉬운 것인데 그대로 보존되었다는 사실이 보는 사람을 놀라게 하고, 지난 시대로 돌아가게 만든다. 리비아 비가 아우구스투스의 수명을 줄인 게 사실이라면, 그 시도가 이루어진 것은 이 욕실 중의 하나에서일 것이다. 가장 가까운 사람에게 배반당한 제왕의 시선이 어쩌면 이 그림들 중 하나에 머무르고 있는지도 모른다. 그림 속의 우아한 꽃들이 아직까지 남아 있다. 노년기에 도달한 그는 인생에 대해서, 그 호화로움에 대해서 무엇을 생각했을까? 그는 자신의 추방과 영광을 기억했을까? 그는 두려웠을까, 아니면 내세에 대한 희망을 가졌을까? 인간에게 모든 것을 드러내주는 마지막 생각, 이 세계의 주인의 마지막 생각이 아직도 둥근 천장 아래를 방황하는 것일까?(11)

아벤티노의 언덕은 다른 어느 언덕보다도 고대 로마 초기의 흔적을 갖고 있다. 티베리우스가 세운 궁전 바로 건너편에 그락쿠스 형제의 부친이 건립한 자유의 신전의 폐허가 남아 있다. 아벤티노 언덕 기슭에는 세르비우스 툴리우스가 노예로 태어나 왕이 된 것을 신에게 감사하기 위하여 힘센 운명의 신에게 바친 신전이 있었다. 로마의 성벽 외에도 베토리아가 아들 코리올라누스[66]를 저지하였을 때 여인들의 운명을 관장하는 신에게 바친 신전의 폐허가 있다. 아벤티노 언덕과 마주보며 자니코로의 언덕이 있고, 이 위에 포르센나[67]가 군대를 주둔시켰다. 호라티우스 코클레스가 로마와 통하는 배후의 다리를 폭파시킨 것은 이 언덕 앞에서이다. 이 다리의 기초가 아직도 남아 있다. 강변에는 벽돌로 지은 개선문이 있는데, 매우 소박하기도 하고, 그가 해낸 공적만큼이나 위대하기도 하다. 이 문은 호라티우스 코클레스에 경의를 표하기 위하여 건설되었다고 한다. 테베레 강의 한가운데 타르퀴니우스[68]의 들에서 수확한 밀 다발로 만들어진 섬이 보인다. 로마인들이 거기에 액운이 붙어 있다고 믿어서 집어가지 않았기 때문에 밀 다발은 오랫동안 강 위에 드러나 있었다. 오늘날에는, 다른 사람이 절대 가져가지 못하도록 값이 나가는 물건에 저주의 말을 붙이지는 않을 것이다.

아벤티노의 언덕 위에 귀족을 위한 겸손의 신전과 평민을 위한 겸손의 신전이 자리잡고 있다. 이 언덕 기슭에는 베스타[69]의 신전이 보인다. 여러 번 테베레 강의 범람의 위험이 있었지만,[*9] 이 신전은 지금까지 거의 완벽하게 남아 있다. 이 근처에 채무자들을 가두는 감옥의 폐허가 있는데, 그곳에서 있었던 아름다운 효행의 일화는 널리 알려져 있다.[70] 클레리아와 그 수행원들이 로마인과 합류하기 위하여 테베레 강을 건넌 곳도 바로 이곳이다.[71] 아벤티노 언덕은 다른 언덕들이 상기시키는 쓰라린 추억들의 마음을 쓰다듬어준다. 언덕의 모습도 그곳에 얽혀 있는 추억만큼이나 아름답다. 이 언덕 기슭의 강가는 아름다운 강변(*pulchrum littus*)이라는 이름이 붙어 있다. 로마의 웅변가들이 포럼에서 나와 산책을 하던 곳이 바로 이곳이다. 카이사르와 폼페이우스가 단순한 시민의 자격으로 만났던 곳도, 또 그들이 키케로를 체포하려고 하였던 곳도 이곳이다. 당시 키케로의 독자적인 연설은 그들에게 자신들의 군사력보다도 더 중요했다.

시는 이 체류를 더 아름답게 해준다. 베르길리우스는 괴물 카쿠스의 동굴이 아벤티노 언덕 위에 있다고 하였다. 역사상으로 위대한 고대 로마인들은 시인들이 그들의 기원신화를 영웅담으로 꾸며놓아 더욱 위대하다.

끝으로 아벤티노 언덕을 내려가다 보면, 현대에 고대를 재현시키기 위하여 헛되이 애를 쓴 니콜라 디 리엔초의 집이 나타난다. 이 기억은 다른 것들에 비하면 희미한 것이긴 하지만 오랫동안 생각을 하게 만든다. 퀴리날레 언덕은 친위대와 외국인 군대가 주둔한 유적이 있는 것으로 주목을 끈다. 이들 군인들을 수용하기 위하여 건설된 건물의 유적에서 *외국인 군대의 성스러운 수호신에게라*는 글이 발견되었다.

수호신에 의하여 그 힘이 유지되었던 사람들에게 수호신은 정말 성스러운 존재이다! 이러한 고대 병영의 잔재를 보고 알게 되는 것은 병영이 수도원을 본따서 건축된 것이 아니라 수도원이 병영을 모방하였다는 사실이다.

사람들은 에스퀼리노 언덕을 *시인들의 언덕*이라고 불렀다. 왜냐하면 마에케나스[72]가 이 언덕에 궁전을 갖고 있었고 호라티우스,[73] 프로페르티우스,[74] 티불루스[75]도 이곳에 살았기 때문이다. 근처에 티투스, 트라야누스의 공동 목욕탕의 유적이 있다. 라파엘로가 티투스의 공동 목욕탕에 있는 프레스코화의 아라베스크 모양을 본떴다고 한다. 라오콘의 무리가 발견된 곳도 이곳이다. 더운 나라에서는 시원한 물이 좋다. 목욕하는 장소에서는 화려한 사치와 상상력의 한없는 즐거움을 누리는 것을 좋아했다. 로마인들은 회화나 조각의 걸작품들을 이곳에 전시하였다. 그들은 등불 빛으로 그것들을 감상하였다. 건물의 구조상 햇빛이 들어오지 않았기 때문인데, 이런 식으로 남국의 찌는 듯한 태양 광선으로부터 작품을 보호하려 했던 것 같다. 아마도 이 광선이 주는 영향 때문에 고대인들은 이 햇빛을 아폴론의 창이라 불렀다. 열기에 대한 고대인들의 극심한 주의를 살펴보면, 당시의 날씨는 오늘날보다도 더 타는 듯이 더웠는지도 모른다. 파르네스 헤라클레스, 여신 플로라, 디르케의 조각 군상이 놓여 있던 곳은 카라칼라의 공동 목욕탕 안이었다. 오스티아의 근처에 있는 네로의 목욕탕 안에는 벨베데레[76]의 아폴론이 있다. 이 고상한 얼굴을 보면서도 네로가 너그러운 마음을 갖지 못하였다니!

로마에 남아 있는 공중 오락용의 건물은 공동 목욕탕과 원형 경기장 두 종류뿐이다. 마르켈루스 극장 이외에 극장은 없는데, 그 잔해는 아직 남아 있다. 플리니우스[77]는 얼마 지속되지 못하였던 극장 안에 360개의 대리석 원주와 3000개의 조각이 있었다고 말한다. 로마인들은 때로는 지진에도 견디어낼 정도로 집을 튼튼하게 지었다. 또 어떤 때에는 축제가 끝나면 부수고 말 건물에 엄청난 공사비를 기꺼이 쏟아부었다. 그들은 이와 같이 여러 형태로 시간을 농락하였다. 로마인들은 그리스인들처럼 연극에 대한 열정을 갖지 않았다. 로마의 미술은 그리스의 작품과 예술가에 의해 꽃피울 뿐이다. 로마의 위대함은 상상력의 걸작에서보다는 건축의 웅장한 아름다움에서 더 잘 나타난다. 이 놀라운 사치, 엄청난 부에는 위엄을 갖춘 품격이 있다. 그것은 이미 자유가 아니고 권력인 것이다. 사람들은 공중 목욕탕으로 사용되었던 건물을 속주라고 불렀다. 그곳에는 전국에 있는 여러 산물, 여러 점포가 모여 있었다. 아직 그 잔해가 남아 있는 *키르쿠스 막시무스*라는 이름의 원형 경기장은 황제의 궁전에 아주 가깝게 붙어 있었기 때문에 네로는 궁전의 창문에서 경기의 신호를 보낼 수 있었다. 원형 경기장은 3000명을 수용할 수 있을 정도로 규모가 컸다. 거의 국민 모두가 경기의 순간을 함께 즐겼다. 이런 거대한 축제는 예전에는 영광을 위해서 모였던 것처럼 재미를 위해 모이는 일종의 대중의 습관이라고 할 수 있다.

퀴리날레 언덕과 비미날레 언덕은 붙어 있는 까닭에 잘 구별되지 않는다. 살루스티우스[78]와 폼페이우스[79]의 집이 이곳에 있었다. 그리고 현재 교황이 기거하고 있는 곳도 이곳이다. 로마에서는 현재와 과거를 대조해보지 않고는, 또한 그 다양한 과거를 서로 대조해보지 않고는 한 발짝도 나아갈 수 없다. 그러나 인간의 역사가 끊임없이 변하는 것을 보고서 자신이 살고 있는 시대에 일어나고 있는 일을 차분하게 바라보는 법을 배우게 된다. 그리고 조상들의 업적을 온통 뒤집어놓은 지난 수세기 앞에서 동요한다는 자체가 부끄러워진다.

그 경사면이든 그 꼭대기이든 일곱 개의 언덕 근처에 가면 많은 종각이 보인다. 오벨리스크, 트라야누스의 원주, 안토니우스의 원주, 그 위에서 네로가 로마의 불타는 모습을 내려다보았다고 하는 콘티의 탑, 또한 내려다보고 있는 모든 것을 내려다보는 성 베드로 대성당의 둥근 지붕. 하늘을 향해 솟은 이 모든 기념물 때문에 공중은 번잡해 보이고, 공중의 마을이 지상의 마을을 엄숙하게 내려다보고 있는 듯이 보인다.

로마 시내로 다시 돌아오는 길에 코린나는 옥타비아[80]의 문 아래를 지나가게 하였다. 이 여성은 몹시 사랑하였고 또 그 만큼 고통을 많이 받았다. 그리고 나서 그들은 *사악한 길*을 건너갔는데, 이 길은 비열한 툴리우스[81]가 말들로 하여금 부친을 밟아 죽이고 지나간 자리이다. 멀리 아그리피나[82]가 자신이 독살한 남편 클라우디우스를 위하여 지은 신전이 보인다. 마지막으로 아우구스투스의 무덤 앞을 지나게 된다. 무덤의 경내는 현재 동물의 투기장으로 사용되고 있다.

"고대사의 몇몇 흔적을 서둘러 보여드렸어요."

하고 코린나는 넬빌 경에게 말하였다.

"그러나 당신은 학문적이면서도 시적이시니까, 사고와 상상력에 호소하는 이와 같은 탐구에서 얻어지는 즐거움을 이해하실 테지요. 로마에는 역사와 유적 사이에 새로운 관계를 발견하는 것을 유일한 일로 여기는 귀재들이 많이 있어요."

"이보다 더 흥미를 느꼈던 답사는 없었어요."

하고 넬빌 경이 대답하였다.

"다만 제가 좀 편안히 이 일에 전념할 수 있었으면 하는 마음이 드는군요. 이런 종류의 지식은 책에서 얻는 것보다 훨씬 실감이 나네요. 마치 발견한 것이 다시 살아나고, 흙 속에 묻혀 있던 과거가 다시 나타나는 것 같아요."

그러자 코린나가 말하였다.

"아마도, 고대의 시기에 대한 이 정열은 헛된 선입견이 아닐 거예요. 우리들은 개인의 이해가 인간의 모든 행동의 유일한 원리인 것같이 느껴지는 시대에 살고 있어요. 도대체 어떤 공감, 어떤 감정, 어떤 정열이 개인적인 이해에서 나올 수 있단 말인가요! 그런 것보다는 오늘날에 헌신과 희생, 영웅주의를 꿈꾸어보는 것이 훨씬 즐거울 거예요. 누가 뭐래도 그런 것들은 예전부터 이미 있어왔고, 아직도 지상에 그것들의 영광스러운 자취가 남아 있으니까요."

제 6 장

코린나는 마음속으로 오스왈드의 마음을 사로잡았다고 좋아하였다. 그녀는 성격상 느낀 바를 감추지 않고 표현하는 기질을 지녔지만, 그의 진중하고 엄격한 성격을 알고 있었기 때문에 그를 향한 관심을 노골적으로 표현하지 않았다. 그녀는 잘 모르긴 해도 두 사람 사이의 감정과 무관한 이야기를 주고받을 때에도 그 목소리에 서로의 애정을 드러내는 말투가 숨어 있고, 서로의 시선이나 생각 없이 주고받는 애수 어린 말 속에도 마음속 깊이 파고드는 사랑의 은밀한 고백이 표현되어 있다고 믿었다.

어느 날 아침 코린나는 오스왈드와 산책 나갈 준비를 하고 있는데 그로부터 편지 한 장을 받았다. 그 편지는 어느 정도 격식을 갖추어 쓴 것으로 건강 상태가 나빠서 며칠 동안 나갈 수 없다는 내용이었다. 코린나는 불안하고 마음이 답답해졌다. 우선 그가 중병이 아닌가 하여 걱정이 되었다. 그러나 저녁에 델푀유 백작을 만났더니 그는 오스왈드가 지병인 우울증 때문에 아무도 만나고 싶어하지 않는다고 하였다.

그러면서 백작은

"저라도 그런 상태라면 사람을 만나지 않아요."

라고 말하였다.

이 *저라도*라는 말이 코린나의 귀에 몹시 거슬렸다. 그렇지만 백작은 그녀에게 넬빌 경의 소식을 전해줄 수 있는 유일한 사람이었기에 그가 그런 눈치를 채지 못하도록 조심하였다. 적어도 겉으로 경솔해 보이는 이 남자는 그가 아는 것은 모두 말할 것이라는 생각이 들어 오스왈드에 관하여 물었다. 그러나 갑자기 백작은 오스왈드로부터 아무 이야기도 듣지 못한 것을 묘한 표정으로 감추려고 하였는지, 아니면 묻는 말에 대답하지 않는 것이 현명하다고 판단해서인지 궁금해서 못 견뎌하는 코린나에게 태연한 침묵으로 대답을 거부하였다. 코린나는 그녀가 말을 건네면 누구나 할 것 없이 모두 대답을 해주었는데, 어찌하여 델푀유 백작에게는 자신의 설득이 효과가 없는 것인지 이해할 수 없었다. 이 세상에서 제일 꺾기 어려운 것이 자존심이라는 사실을 그녀는 몰랐단 말인가?

오스왈드의 마음에 어떤 일이 벌어지고 있는지 알기 위하여 코린나는 무슨 방법을 쓸 수 있을까? 그에게 편지를 써보는 것은 어떨까? 편지를 쓰려면 얼마나 많은 절제가 필요한가! 그런데 코린나는 자연스럽게 빠져들 때 특히 사랑스러웠다. 넬빌 경을 만나지 못한 채 사흘이 지났고, 그녀는 불안해서 죽을 지경이었다.

"도대체 내가 무슨 짓을 한 것일까?"

그녀는 혼잣말을 하였다.

"그가 나를 떠나가다니. 나는 그에게 사랑한다는 말을 한 적이 없다. 이탈리아에서는 관대하게 보아주지만, 영국에서는 절대 용서받지 못할 그런 잘못을 저지르지 않았다. 그런데 그것을 눈치채었을까? 아무리 그렇기로서니 나를 믿어주지 않는 까닭은 또 무엇인가?"

오스왈드가 코린나를 멀리한 이유는 오직 그가 코린나의 매력에 너무 강하게 이끌렸기 때문이었다. 비록 루실 에저몬드와 결혼하기로 약속이 되어 있지는 않았지만, 그는 그녀를 며느리로 삼고 싶어하는 부친의 의도를 잘 알고 있었으며 그의 뜻에 따르리라고 다짐하고 있던 터였다. 돌이켜보면 코린나는 진짜 이름이 무엇인지 알려져 있지도 않았을 뿐 아니라 몇 년 동안 너무도 독립적인 생활을 해오고 있었다. 이런 사람과의 결혼을 부친은 허락하지 않을 것이다. (넬빌 경은 이렇게 생각하였다.) 또 그는 부친에게 지은 죄를 이런 식으로 속죄해서는 안 된다는 사실을 잘 알고 있었다. 이것이 그가 코린나를 멀리한 이유였다. 그는 로마를 떠나면서 그녀에게 편지를 쓸 계획을 세웠고, 스스로 그런 결심을 하도록 강요하였다. 그러나 그에게는 결단력이 부족하였고 그녀의 집에 가지 않는 선에서 그쳤다. 또한 이틀째부터는 이런 희생도 매우 고통스럽게 여겨졌다.

코린나는 이제 오스왈드를 더 이상 보지 못한다는 생각에 충격을 받았다. 어쩌면 그는 그녀에게 작별 인사도 없이 떠나버릴지도 모른다는 생각이 들었다. 언제라도 그로부터 떠난다는 통지가 올 것만 같았고, 이러한 두려움으로 인해 그녀의 신경은 극도로 날카로워져 있었다. 갑자기 그녀는 행복과 자유가 그 아래에서 부서지고 마는, 독수리의 발톱과도 같은 정열에 자신이 사로잡혔다는 느낌이 들었다. 넬빌 경이 찾아오지 않는 집에 가만히 앉아 있을 수가 없어, 그녀는 그와 마주칠지도 모른다는 희망에 로마의 정원을 몇 번이고 헤매곤 하였다. 그녀는 이런 식으로 괴로운 시간을 버티었다. 이리저리 발 가는 대로 돌아다니다 보면 그를 만나는 행운을 갖게 될지 누가 아는가. 코린나의 탁월한 상상력은 그녀가 지닌 재능의 근원이기도 하였지만, 이런 상상력이 그녀의 타고난 감수성과 합쳐져 자주 그녀를 괴롭히기 때문에 스스로를 불행하게 하기도 하였다.

그의 냉혹한 부재가 계속된 지 나흘째 되던 날 저녁, 달빛이 아름답게 흐르는 밤이었다. 로마는 이러한 밤의 정적에 싸여 있을 때 특히 아름다웠다. 그때 로마는 그 명성 자자한 유령들만이 살고 있는 도시 같았다. 여자 친구의 집에 다녀오는 길이었던 코린나는 슬픔으로 가슴이 메어와 마차에서 내려 트레비 분수 옆에서 잠시 쉬었다. 이 거대한 분수가 로마의 한가운데에서 폭포수가 되어 떨어지는 모습은 평화로운 장소에 고동치는 생명의 상징처럼 느껴졌다. 이 폭포가 멈추었을 때, 로마인들은 깜짝 놀라 어안이 벙벙했을 정도였다. 사람들은 다른 도시에서는 마차 소리를 듣고 싶어하지만, 로마에서는 이 거대한 분수의 물소리를 듣고 싶어한다. 그 소리는 마치 이곳에서 영위하는 몽환적인 삶의 없어서는 안 될 동반자와도 같은 것이다. 코린나의 모습이 수면에 떠올랐다. 그 물이 하도 맑아서 여러 세기 동안 사람들은 그 물을 *처녀수*라고 불러왔다. 거의 같은 시각에 같은 장소에 들른 오스왈드는 물 위에 비치는 연인의 사랑스러운 얼굴을 보았다. 너무나도 큰 충격을 받은 그는 처음에는 자신이 부친의 환상을 보는 듯한 착각에 자주 빠지듯이, 이번에는 코린나의 환상을 보는 것이 아닐까 하는 생각을 하였다. 좀더 잘 보기 위하여 그가 물 위에 몸을 굽히자, 이번에는 바로 그 자신의 얼굴이 코린나의 얼굴 옆에 나타나는 것이 아닌가. 그녀는 그를 알아보고는 소리를 지르며 그에게 달려가 팔짱을 끼었다. 마치 그가 다시 사라지는 것을 두려워하는 듯한 태도였다. 너무도 강렬한 충동에 몸을 맡기긴 했지만, 넬빌 경의 성격을 생각하고는 자신의 감정을 이렇게 솔직히 노출시킨 사실에 얼굴을 붉혔다. 그래서 오스왈드를 붙들고 있던 한 손을 떼면서, 다른 손으로 눈물을 감추기 위해서 얼굴을 가렸다.

"코린나,"

하고 오스왈드가 말하였다.

"사랑스런 코린나, 제가 없어서 당신은 불행하셨군요!"

"아! 네. 그런 걸 알고 계시면서 왜 저를 괴롭히셨어요? 제가 그럴 만한 행동을 했나요!"

하고 그녀는 말하였다.

"아니에요. 별말씀을."

하고 넬빌 경은 큰소리로 말하였다.

"하지만 제 마음이 자유롭지 못하고 근심과 후회로 가득할 뿐인데, 어떻게 제가 당신을 이 두려움에 흔들리는 마음속으로 끌어들일 수 있겠어요? 어떻게……"

"저희가 살 시간이 얼마나 있다고."

하고 코린나가 말하였다.

"저희가 앞으로 살아갈 시간은 많지 않아요. 괴로움이라면 제 마음 속에도 있어요. 저를 부탁해요."

"당신에게도 슬픔이 있으세요?"

하고 오스왈드는 말했다.

"그토록 화려한 생애와 성공을 거두고 그토록 활기찬 상상력을 가진 당신이 슬픔을 갖고 계시단 말씀이에요?"

"그만하셔요."

하고 코린나가 말하였다.

"당신은 저를 모르세요. 제가 가진 능력 중에 가장 큰 것은 고통을 버티는 능력이에요. 저는 행복하게 살기 위해 태어났죠. 저는 자신이 있고 상상력도 풍부해요. 그러나 저의 이성을 뒤흔들고 저를 죽음으로 몰고 갈 정도로, 뭐라고 표현할 수 없을 정도로 격렬한 고통이 제게 있어요. 다시 한번 말씀드리겠는데, 저를 부탁해요. 제가 명랑하고 변덕스러워 보이지만, 겉모습이 그럴 뿐이에요. 제 마음속에는 슬픔의 심연이 있기 때문에 스스로를 보호하기 위해 사랑에 빠지지 않도록 노력하고 있어요."

코린나의 이 말은 오스왈드를 깊이 감동시키는 힘을 지니고 있었다.

"내일 아침에 당신을 만나러 가겠어요. 믿어주세요, 코린나."

하고 오스왈드가 말하였다.

"약속하시는 거죠?"

숨기려 해도 숨길 수 없는 불안한 마음으로 그녀가 말하였다.

"네 약속할게요."

넬빌 경은 이렇게 큰소리로 말하고 사라졌다.

제5부
묘지 · 교회 · 저택

제 1 장

이튿날, 오스왈드와 코린나는 만나게 되자 서로 어색함을 느꼈다. 코린나는 그녀가 느꼈던 사랑에 대하여 더 이상 확신을 가질 수 없었다. 오스왈드는 자신에게 불만이었다. 그는 자신의 성격이 나약하다는 것을 알고 있었다. 그런데 이 나약함은 마치 폭군에게 반항하듯이 자신의 감정에 반항하여 그의 속을 태우는 것이었다. 두 사람 모두 서로간에 느끼는 감정에 대해서는 언급하지 않으려고 노력하였다.

"오늘은 좀 엄숙한 코스를 권해드릴게요."

하고 코린나가 말하였다.

"틀림없이 마음에 드실 거예요. 우리가 보았던 폐허의 건축물들 사이에서 살았던 사람들의 마지막 안식처인 묘지를 보러 가시면 어떨까요."

"그렇게 하죠."

하고 오스왈드가 대답하였다.

"지금 저의 심경을 너무도 잘 헤아리시는군요."

그가 하도 슬픈 어조로 이 말을 하였기 때문에 코린나는 그에게 말을 붙일 엄두가 나지 않아 잠시 동안 침묵하였다. 그러나 용기를 내어 오스왈드의 고통을 위로해주기를 바라는 마음에서 그들이 함께 보는 모든 것에 관심을 돌리며 이렇게 말하였다.

"경께서도 알고 계시겠지만, 고대인들은 무덤이 살아 있는 사람들의 용기를 꺾기는커녕, 오히려 그들은 젊은 사람들로 하여금 고명한 사람들의 추억을 더듬어 무언중에 그들의 행실을 모방하도록 무덤을 도로변에 놓아둠으로써 새로운 경쟁 의식을 불러일으킬 수 있다고 생각하였어요."

"아!"

하고 오스왈드는 한숨을 쉬며 말하였다.

"전 그들이 슬퍼하지만 후회하지 않는 점이 부러워요."

"당신은 후회를 하고 계시군요."

하고 코린나가 소리를 높였다.

"당신이! 아! 당신에게 있어서 후회란 좀더 많은 미덕이나 양심의 가책, 극도의 섬세함일 뿐이겠지요."

"코린나, 코린나, 그 말은 그만두기로 해요."

하고 오스왈드가 말을 막았다.

"당신의 이 행복한 나라에서는 어두운 생각도 밝은 하늘로 사라지고 말겠지요. 그러나 우리들 마음속에 깊이 파고든 괴로움은 우리의 존재 전체를 뒤흔들고 마니까요."

"당신은 저를 잘 알지 못하세요."

하고 코린나가 말하였다.

"이미 말씀드렸다시피, 본래 저는 행복을 꽤나 즐기는 성격을 타고나긴 했지만, 아마 당신보다 더 큰 괴로움을 겪고 있을 거예요. 만약에······"

그녀는 말을 끝맺지 않고 화제를 바꾸었다.

"제가 오직 바라는 것은 잠시 동안 경의 기분을 풀어드리는 것뿐이에요. 그뿐이에요."

코린나의 부드러운 대답에 넬빌 경은 감동하였다. 오스왈드는 천성적으로 흥과 열정이 넘치는 코린나의 눈빛이 수심에 차 있는 것을 보면서, 원래 쾌활하고 온화한 마음을 가진 사람을 괜히 슬프게 만들었다고 자책하고는, 그녀의 마음을 돌려보려고 노력하였다. 그러나 코린나는 오스왈드가 무슨 계획을 세우고 있는지 모르는 데에서 오는 불안감, 말하자면 그가 떠나갈지도 모른다는 불안감 때문에 이전의 침착함을 완전히 잃고 있었다.

그녀는 넬빌 경을 아피아 가도의 옛 흔적이 남아 있는 교외로 안내했다. 이 도로의 유적은 로마의 평야 한가운데에 있으며, 양쪽에 묘지가 있고 성벽 밖의 수마일까지 끝없이 펼쳐져 있다. 고대 로마인들은 시체를 시내에 매장하는 것을 허락하지 않았다. 오직 황제의 묘지만이 허용되었다. 그런데 푸블리우스 비블리우스라고 하는 한갓 시민이 세상에 알려지지 않은 덕행에 대한 보상으로 이러한 혜택을 입었다. 사실 현대인들은 다른 누구보다도 그의 덕행을 더욱 찬양하고 있다.

아피아 가도로 가기 위해선 예전에 *카페나*라고 불리던 산 세바스티아누스[83] 문으로 들어간다. 키케로에 의하면 이 문을 지나서 처음 보이는 묘지들은 메텔루스 가문, 스키피오 가문, 세르빌루스 가문의 것이라고 한다. 스키피오 일가의 묘지는 같은 곳에서 발견되어 그 후 바티칸으로 옮겨졌다. 유골을 옮기고 유적에 손을 대는 일은 신성 모독이나 다름없다. 상상력은 우리가 생각하는 것보다 훨씬 더 도덕과 결합되어 있다. 도덕을 모욕해선 안 된다. 눈을 가로막는 수많은 무덤들 중 몇몇에 확실하지는 않지만 추측하여 누구의 묘라는 것을 지정하여놓았다. 그러나 바로 이 불확실성 때문에 그 중 어느 하나도 그냥 무관심하게 넘어갈 수 없는 감동을 불러일으킨다. 농부의 집이 그 안에 있는 경우도 있다. 왜냐하면 로마인들은 친구나 유명한 동포의 유골 단지를 설치하는 데에 넓은 땅과 건물을 할애했기 때문이다. 로마인은 감정과 생각에 광대한 땅을 바치는 것을 비생산적이라고 생각하여 사방을 비옥한 평야로 덮으려고 하는 실용주의의 엄격한 원칙을 갖고 있지 않았다.

아피아 가도 근처에 공화국이 명예와 덕을 기려 세운 성당이 있다. 한니발[84]을 되돌려보낸 신에게 봉헌한 또 다른 성당도 있다. 에게리아의 샘[85]은 누마[86]가 덕을 지닌 사람의 신성과, 고독 속에서 찾은 양심을 탐구하러 간 곳이다. 이 묘지 주변에 덕의 유적만이 아직까지 남아 있는 듯하였다. 고명한 고인들이 잠들어 있는 이 장소 옆에 죄 많은 세기의 유적은 보이지 않았다. 이들은 숭고한 추억들이 어지럽지 않게 퍼져 있는 엄숙한 장소에 둘러싸여 있었다.

로마 주변의 평야의 모습에는 특기할 만한 것이 있다. 그곳엔 나무도 집도 없으므로 그것은 분명히 사막이라고 해야 옳을 것이다. 그러나 그 땅은 끊임없이 힘차게 자라는 야생 식물로 덮여 있다. 이러한 기생 식물들은 묘지 안으로 들어와 폐허를 장식하고 오직 죽은 자들을 위해서만 그곳에 존재하는 듯이 보인다. 킨키나투스[87]가 밭을 가는 데 쟁기를 사용하지 않은 이래, 거만한 자연이 인간의 모든 노력을 거부하는 것 같기도 하다. 자연은 기분 내키는 대로 식물을 만들어내면서, 산 자들이 자연의 풍요를 누리는 것은 좀체로 허락하지 않는다. 이 경작되지 않고 있는 평야는 농민이나 행정가, 또는 땅에 대하여 애착을 갖고 인간의 편리를 위하여 활용하려는 모든 사람들에게는 실망을 줄 것이다. 그러나 삶과 마찬가지로 죽음에 마음을 쓰는 몽상가들은 현재의 흔적이 없는 로마의 평야를 바라보는 것을 좋아한다. 이 땅은 죽은 자들을 아끼며 꽃과 식물들로 이들을 사랑스럽게 덮어준다. 이 꽃과 식물들은 유해와 떨어져 결코 높이 자라는 법이 없이 땅 위를 기면서 마치 유해를 애무하는 듯이 보인다.

오스왈드는 다른 어느 곳보다도 이곳에서 고요함을 맛볼 수 있었다. 그곳에서는 고통이 그에게 드리우는 그림자로 인해 그토록 마음이 괴롭지 않았다. 이 대기와 태양, 초록의 매력을 나누어 갖는 느낌이었다. 코린나는 넬빌 경이 감동받는 모습을 보고 약간의 희망을 품었다. 그러나 그녀는 오스왈드가 그것으로 위로받았다고 안심하지 않았다. 더구나 그의 마음에서 부친을 잃은 슬픔이 지워지는 것을 바랄 수는 없었다. 그러나 후회의 감정 안에도 부드럽고 조화로운 무엇인가는 있다. 이제까지 슬픔밖에 느껴보지 못한 사람에게 그것을 알려주는 것이 그에게 해줄 수 있는 유일한 배려였다.

"이 무덤 앞에서 잠깐 쉬도록 해요."

하고 코린나가 말하였다.

"거의 온전하게 보존된 것은 이 무덤뿐이에요. 이것은 이름있는 로마인의 무덤이 아니라 케이킬리아 메텔라[88]라는 젊은 여자의 무덤이에요. 그녀의 아버지가 이 무덤을 세워주었어요."

"얼마나 행복할까요!"

하고 오스왈드가 말하였다.

"아버지의 팔에 안겨서 죽고, 생명을 주신 분의 품속에서 죽음을 맞는 사람은! 이런 경우에는 죽음마저도 그 날카로움이 무디어지는군요."

"네."

하고 코린나는 감동하여 대답하였다.

"고아가 아닌 것보다 더 행복한 일이 어디 있겠어요! 보셔요. 여자의 무덤인데도 이 비석 위에 무기가 조각되어 있어요. 영웅의 딸은 부친의 전리품을 자신의 무덤 위에 가질 수 있거든요. 무구(無垢)와 힘의 결합은 훌륭해요. 이러한 로마 여성의 위엄을 고대의 어느 저작보다도 잘 묘사하고 있는 것으로서 프로페르티우스의 비가가 있어요. 그 위엄은 기사도 시대에 여자들이 누렸던 광채보다도 더 당당하고 순수하죠. 젊어서 죽은 코르넬리아는 남편에게 작별의 말과 매우 감동적인 위로의 말을 건네요. 그녀가 하는 어느 말에서도 가족의 유대 안에 있는 존중과 성스러움이 느껴져요. 구김 없는 인생의 숭고한 명예가 라틴 사람의 이 장엄한 시에, 세계의 지배자로서 품위 있고 준엄한 시에 묘사되어 있어요. 네 하고 코르넬리아는 말해요. *혼례부터 화형에 이르기까지 저의 인생에는 아무런 오점도 없어요. 저는 이 두 개의 불꽃 사이에서 깨끗하게 살았어요.*(12) 얼마나 기막힌 표현인가요!"

하고 코린나는 소리쳤다.

"얼마나 숭고한 이미지예요! 자신의 생애에 이토록 완벽한 일관성을 갖출 수 있었고, 무덤에 오직 그 추억만 가지고 갈 수 있는 이 여자의 운명이 참으로 부러워요! 하나의 인생은 그것으로 충분해요."

이 말을 끝낸 코린나의 두 눈엔 눈물이 가득했다. 쓰라린 감정과 견디기 힘든 의심이 오스왈드의 마음을 사로잡았다.

"코린나."

하고 그는 큰소리로 말하였다.

"당신의 민감한 마음에 손을 얹어, 혹시 자책하는 일은 없나요? 만약 제가 마음대로 행동할 수 있고 당신에게 저를 바칠 수 있다면, 과거에 저의 연적은 없었나요? 저의 선택에 대하여 자랑스러워해도 될까요? 잔혹한 질투로 인하여 저의 행복이 짓밟히는 일은 없을까요?"

"저는 자유의 몸이에요. 그리고 저는 당신을 사랑해요. 전에는 한 번도 이렇게 사랑해본 적이 없어요."

하고 코린나는 대답하였다.

"그 이상 무엇을 바라세요? 당신을 알기 전에 누군가를 좋아한다고 착각할 수도 있었다는 것까지 고백해야 하나요? 남자의 마음속에는 감정 때문에, 혹은 감정의 착각 때문에 저질렀을지도 모르는 잘못을 너그럽게 용서해주는 마음은 없나요?"

이렇게 말을 끝내자 그녀의 얼굴은 수줍음으로 붉어졌다. 오스왈드는 몸이 떨렸지만, 아무 말도 하지 않았다. 그녀의 눈빛에는 후회와 수줍음이 서려 있었는데, 이러한 그녀의 모습을 보고 그녀를 엄격하게 판단할 수는 없었다. 또 한줄기 빛이 하늘로부터 내려와 죄를 용서해주는 듯이 보였다. 그는 그녀의 손을 잡은 후 가슴에 쥐었다. 그는 아무 말도 하지 않고 아무 언질도 주지 않은 채, 그녀 앞에 무릎을 꿇고 모든 것을 약속하는 사랑의 시선으로 그녀를 뚫어지게 쳐다보았다.

"제 말씀을 들어보세요."

하고 코린나는 넬빌 경에게 말하였다.

"우리, 앞날의 계획 같은 것은 세우지 말아요. 인생에서 가장 행복한 순간은 우연이 가져다주는 은혜의 순간뿐이에요. 무덤에 둘러싸인 이곳에서 앞날을 믿을 수 있겠어요?"

"아니요."

하고 넬빌 경은 큰소리로 말하였다.

"우리를 갈라놓을지도 모르는 미래 같은 것은 믿지 않아요.! 당신 없이 지낸 지난 나흘 동안 이제는 당신 없이 살 수 없다는 것을 너무도 잘 알게 되었어요."

코린나는 이 다정한 말에 아무 대답도 하지 않았지만, 그 말들을 가슴속에 차곡차곡 담아두었다. 그녀의 마음을 가득 채우고 있는 감정에 대한 대화를 늘려가면서, 코린나는 그와 좀더 친해져서 이별이 불가능해지기 전에 오스왈드가 앞으로의 계획을 털어놓을까봐 걱정이 되었다. 일부러 그의 관심을 밖으로 이끌어내려고 한 적도 종종 있었다. 마치 자신의 정신의 매력이 승리를 거둘 때까지 운명이 결정되는 순간을 뒤로 미루기 위해, 수천 개의 여러 가지 이야기들로 사랑하는 사람의 마음을 잡아두려고 한 아라비아의 이야기 속에 나오는 왕비와도 같이.

제 2 장

아피아 가도 근처에서 오스왈드와 코린나는 납골당을 구경하였다. 그곳에서는 노예들과 주인들이 함께 묻혀 있고, 한 남자, 혹은 한 여자의 보호 아래 살았던 모든 사람들이 한 무덤 안에 함께 있는 것을 볼 수 있었다. 예를 들어 리비아 비의 여자 노예들, 그녀들은 지난날 왕비를 치장하는 일에 봉사하던 노예들로 왕비를 위해 시간과 싸워 얼마간의 매력을 지켜나갔지만, 지금은 왕비의 옆에 놓인 조그만 유골함에 들어 있었다. 한 유명한 고인 옆에 이름없는 여러 고인들이 모여 있는 모습이 보이는데, 주인의 유해는 그의 수행원들 못지않게 조용하기만 하였다. 그곳에서 멀지 않은 곳에 맹세를 지키지 않아 베스타 여신을 모시는 무녀들이 생매장당한 벌판이 보인다. 본래 관용을 베푸는 종교가 광신적으로 변한 특이한 예이다.

"카타콤베에는 모시지 않겠어요."

하고 코린나가 넬빌 경에게 말하였다.

"묘한 우연이지만, 그것은 이 아피아 가도 지하에 있어요. 무덤이 무덤 위에 있는 셈이지요. 그러나 박해받은 그리스도교인들의 이 은신처는 왠지 어둡고 섬뜩하여 그곳을 다시 찾을 용기가 나질 않아요. 그토록 마음을 파고드는 비애는 바깥 세상에서는 느낄 수 없는 것이에요. 그것은 무덤 옆의 독방으로, 죽음의 공포 옆에서 사는 삶의 형벌이에요. 이렇게 완전히 태양과 자연으로부터 떨어져서 신을 찬양하는 마음 하나로 지하의 생활을 견디어낼 수 있었던 사람들을 향해 존경의 마음이 들지 않을 수 없어요. 그러나 그곳에서는 마음이 편하지 않기 때문에 어떤 좋은 일도 마음에 일어날 수가 없어요. 인간은 창조의 일부에 지나지 않기 때문에 인간은 정신적 조화를 우주 전체에서, 운명의 통상적인 질서에서 찾아야 해요. 과격하고 무서운 예외는 사고에 충격을 줄 수는 있겠지만 상상력을 지나치게 위축시켜 정상적인 정신 상태는 거기에서 얻을 것이 없지 않겠어요. 차라리 케스티우스[89]의 피라미드을 보러 가시면 어떨까 싶어요."

코린나는 계속하였다.

"이곳에서 죽은 신교도는 모두 이 피라미드 주변에 묻히죠. 따라서 이곳은 너그럽고 자유로운 조용한 안식처예요."

"그렇게 하죠."

하고 오스왈드가 대답하였다.

"저의 동포 중 몇 명도 그곳에서 최후의 안식처를 찾았어요. 가시죠. 어쩌면 저도 이런 식으로 당신 곁을 영원히 떠나지 않을지도 모르지요."

이 말에 코린나는 몸을 떨었다. 그래서 넬빌 경의 팔에 기대어 있던 손이 가늘게 떨렸다.

"저는 많이 나아진 것 같아요."

하고 그는 다시 말을 이었다.

"당신을 알고 난 후부터 훨씬 좋아졌어요."

그러자 코린나의 얼굴은 평상시와 같이 부드럽고 온화한 기쁨을 나타내며 밝게 빛났다.

케스티우스는 로마인들의 놀이를 담당하고 있었다. 그의 이름은 역사에는 남아 있지 않지만 그 무덤으로 유명하다. 무덤을 감싸안고 있는 거대한 피라미드로 그의 생애가 어떠했는지 알 수는 없지만 적어도 그것은 그 죽음만은 잊혀지지 않도록 했다. 아우렐리아누스[90]는 이것이 로마 공격을 위한 요새로 사용되는 것을 막기 위해 둘레에 벽을 쌓았는데, 그 벽은 쓸모없는 폐허가 아니라 현대 로마의 실제적인 성벽으로서 아직까지 남아 있다. 피라미드는 그 형태로 보아 화형대 위에서 타오르는 불꽃을 닮았다고 한다. 분명한 것은 그 신비스러운 형태가 시선을 끌고, 어떤 각도에서도 그림 같은 특징을 지닌다는 점이다. 이 피라미드의 정면에 데스타치오 언덕이 있는데, 이 산 밑에는 여름에 향연을 벌이는 아주 시원한 동굴이 있다. 로마에서는 묘지가 보이는 곳이라고 해서 향연에 지장을 주지 않는다. 이탈리아의 아름다운 들판에 띄엄띄엄 보이는 소나무와 시프레 나무도 묘지의 엄숙한 기억을 되새기고 있다. 이 명암의 대비가 호라티우스의 시구와도 같은 인상을 주고 있다.

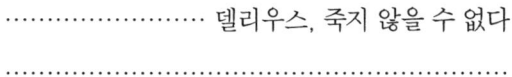 델리우스, 죽지 않을 수 없다

이 지상, 그대의 집, 그리고 그대가 사랑하는 아내와 헤어지지 않으면 안 된다.[*10]

이것은 지상의 모든 쾌락에 바친 시의 한가운데 있는 시구이다. 고대인은 항상 죽음에 대한 생각을 쾌락과 연결시켜 느끼고 있었다. 사랑이나 축제 등이 죽음에 대한 생각을 불러일으키고, 인생의 짧음이 삶의 기쁨을 증대시키는 것이다.

코린나와 넬빌 경은 묘지 순례를 끝내고 테베레 강으로 돌아왔다. 테베레 강은 예전에 선박으로 덮여 있었고 언덕에는 궁전이 있었다. 예전에는 또한 강의 범람을 전조로 여기고 있었다. 그것은 로마의 예언자이며 수호신이기도 하였다.(13) 이제 강은 망령들 사이를 흐르고 있는 듯하다. 물은 고적하다 못해 푸르스름하다! 가장 아름다운 기념 건조물이, 가장 훌륭한 조각상들이 테베레 강에 던져지고 강물 바닥에 숨겨졌다. 그것을 찾기 위하여 언젠가 그 강의 수로를 바꾸어야 하는 것은 아닐까? 그러나 그곳에, 우리 바로 앞에 천재들의 걸작품이 있고, 자세히 들여다보면 물 밑바닥에 그러한 것들이 보일지도 모른다는 생각이 들면, 로마에서 여러 가지 모습으로 끊임없이 나타나는, 무엇이라고 설명할 수 없는 감동을 맛보게 된다. 또 그 감동은 사고로 하여금 다른 곳에서는 아무 말도 건네지 않는 물리적인 사물과 대화를 하게 만든다.

제 3 장

라파엘로는 현대 로마의 거의 전부가 고대 로마의 잔해로 세워졌다고 말하였다. 이곳에서 고대의 유적에 강한 감동을 받지 않고 한 발짝도 옮길 수 없는 것은 분명하다. 근래 수세기 동안의 건축물을 통하여 플리니우스가 영원의 벽이라고 말한 것이 보인다. 로마의 건물은 거의 전부가 역사의 흔적을 갖고 있다. 그 건물에서 각 시대의 양상이라고 할 만한 것이 식별될 수 있다. 고대 로마인들보다도 더 오래되었고, 건물의 견고성과 설계의 독특한 면에서 이집트인과 닮은 에트루리아인 시대로부터 오늘에 이르기까지, 또 17세기 이탈리아 시인들처럼 기교를 부리던 기사 베르니니에 이르기까지 로마에서는 예술·건축·유적의 여러 가지 특성 안에서 인간의 정신을 엿볼 수 있다. 우리들은 작품을 통하여 중세와 메디치가의 찬란한 세기를 볼 수 있으며, 현재 우리의 눈앞에 있는 것들을 연구함으로써 그 시대의 천재를 이해하게 된다. 예전에 로마는 몇 명의 전문가들 외에는 알 수 없는 신비한 이름을 가지고 있었다. 아직도 이 도시의 비밀에 접근하기 위해선 입문 과정이 필요한 것 같다. 로마는 단순하게 주거가 모여 있는 곳이 아니라 다양한 상징으로 형상화된, 여러 형태로 나타난 세계의 역사이다.

코린나는 넬빌 경과 함께 우선 현대 로마의 건물을 보러 가기로 하고, 그 안에 보관되어 있는 회화와 조각의 놀라운 소장품들은 다음으로 미루기로 하였다. 어쩌면 그녀는 이유는 모르겠지만 로마를 다 알게 되는 기회를 뒤로 미루고 싶었는지도 모른다. 왜냐하면 벨베데레의 아폴론 상과 라파엘로의 회화를 감상하지 않고 누가 로마를 떠나겠는가! 오스왈드를 떠나지 못하게 하는 이 계략은 그 효력이 매우 약한 것일지언정 그녀의 마음에 들었다. 자신의 감정과는 달리 좋아하는 것을 뒤로 미루게 되는 것은 자존심 때문일까? 모르겠다. 그러나 사랑하면 할수록 마음에 품은 애정에 자신이 없어진다. 그렇기 때문에 우리에게 소중한 대상의 현존을 보장해주는 이유가 무엇이든 간에 기꺼이 받아들이게 된다. 어떤 종류의 자존심에는 종종 자만심이 끼여 있다. 만약 코린나의 매력처럼 누구에게나 칭찬받는 매력의 진정한 장점이 있다면, 그것은 남에게 사랑을 받아서 갖는 애정보다도 주는 애정에 보람을 느끼는 것이리라.

코린나와 넬빌 경은 로마의 수많은 교회 중에서 가장 주목할 만한 교회들부터 돌아보기 시작하였다. 이들에는 모두 고대의 호화스러운 장식이 되어 있었다. 그러나 이 아름다운 대리석, 이교의 신전에서 빼온 축제의 장식물에는 어둡고 색다른 무엇인가가 섞여 있었다. 반암과 화강암의 원주들은 로마에 너무 흔하기 때문에 그것에 별다른 가치를 두지 않고 아낌 없이 사용되었다. 공의회가 열렸던 곳으로 유명한 라테란 대성전에는 대리석 원주들이 엄청 많이 있는데, 그 중에는 장식 기둥을 만들기 위하여 석고 반죽을 뒤집어씌워놓은 것들도 몇 개 있다. 이러한 자산들이 얼마나 많이 무관심 속에 방치되어 있는가!

이러한 원주들 중 몇 개는 하드리아누스의 묘지 안에, 다른 것들은 카피톨리노 언덕에 있었다. 카피톨리노 언덕에 있는 이들의 기둥머리에는 로마 민족을 구한 거위들의 그림이 아직도 붙어 있다. 이 원주들은 고딕식의 무늬를, 또 몇몇은 아라비아식의 무늬를 떠받치고 있었다. 아그리파의 유골 단지에는 어느 교황의 유해가 간직되어 있다.[91] 왜냐하면 고인 자신이 다른 고인에게 자리를 양보하였고, 무덤 역시 살아 있는 사람들의 집처럼 주인이 바뀌었기 때문이다.

라테란 대성전 근처에 예루살렘에서 로마로 옮겨왔다고 하는 성스러운 계단이 있다. 그것은 무릎을 꿇고 올라가야만 한다. 카이사르 자신도 클라우디우스[92]도 카피톨리노 언덕의 유피텔 신전으로 통하는 계단을 무릎을 꿇고 올라갔다. 라테란 대성전 옆에는 세례당(洗禮堂)이 있고 이곳에서 콘스탄티누스가 세례를 받았다고 한다. 광장의 한복판에 오벨리스크가 보이는데, 이것이 아마도 이 세상에 존재하는 가장 오래된 건축물일 것이다. 트로이 전쟁 시대의 오벨리스크! 야만족 캄비세스[93]도 그것에 경의를 표하여 한 도시의 화재를 멈추게 할 정도로 존중한 오벨리스크! 어느 왕이 그것을 위해 외아들을 인질로 보낸 오벨리스크! 로마인들이 이집트의 오지로부터 이탈리아까지 그것을 기적적으로 운반하여왔다. 그들은 이것을 찾으러 가서 바다로 운반하기 위하여 나일 강의 흐름을 바꾸었다. 이 오벨리스크는 몇 세기 동안 그 비밀을 지키고 있으며, 오늘날까지 최고의 학자들의 연구로도 풀지 못하는 상형문자들로 덮여 있다. 인도인, 이집트인, 고대의 또 고대가 이러한 기호로 인하여 우리에게 모습을 드러낼 것이다. 로마의 찬란한 매력, 그것은 단지 역사적 건축물들의 실제적인 아름다움만이 아니라 그러한 건축물이 사색을 자극하며 고취시키는 관심에 있다. 이러한 종류의 관심은 새로 연구하면 할수록 날마다 증가한다.

로마의 가장 특이한 교회 중 하나, 그것은 라테란 대성전이다. 외관은 짓다 만 창고 같지만, 내부는 너무도 아름다운 대리석으로 너무도 완벽한 모습을 갖춘 80개의 원주로 치장되어 있어, 파우사니아스[94]가 묘사한 아테네 신전에 속하는 것인가 하고 생각이 될 정도이다. 키케로는 말하였다. 우리들은 역사의 유적에 둘러싸여 있다고. 그 당시 그가 그렇게 말하였다면, 오늘 우리는 뭐라고 말하여야 될까?

현대 로마의 교회 안에는 고대 로마의 원주·동상·부조들이 넘쳐난다. 그렇기 때문에 어떤 교회(산 아그네스)에서는 부조를 뒤집어 계단의 발판으로 사용하고 있으며, 거기에 무엇이 그려져 있는지 알려고도 하지 않을 정도이다. 만약 원주나 대리석, 또는 조상들을 그것들이 발견된 장소에 돌려놓는다면 지금의 로마는 얼마나 놀라운 모습을 지닐 것인가! 고대 도시의 거의 전부가 그대로 서 있을 테지만, 오늘날의 사람들이 감히 그곳을 산책하겠는가?

대귀족의 저택은 몹시 넓고, 곳에 따라서는 매우 수려하며 거의 모두가 압도적이다. 그러나 내부 장식이 잘되어 있는 곳은 거의 없고, 다른 곳에서는 사교 생활의 완벽한 즐거움을 위해 만들어놓은 저 우아한 거실 같은 것은 생각도 할 수 없다. 로마 왕족의 이 거대한 거처는 인기척 없이 적막하다. 이 저택에 살고 있는 오늘의 게으른 주인은 눈에 띄지 않는 골방에 들어앉아 외국인들이 그 멋진 회랑을 걸어다니게 놓아둔다. 그곳엔 레오 10세 시대의 아름다운 회화들이 모여 있다. 오늘날

이 로마의 대귀족들은 조상들의 굉장한 사치와는 무관하다. 그들의 조상들이 로마 공화국의 엄격한 미덕과 무관하였던 것처럼. 벌판의 집들은 이 세상에서 가장 훌륭한 저택들 한가운데에 사는 사람들의 이러한 고독감과 무관심에 대해 더 많은 생각을 갖게 해준다. 사람들은 주인이 있건 말건 개의치 않고 그 넓은 정원을 산책한다. 잡초가 오솔길에 무성하고, 이 황폐해진 오솔길에는 옛날 프랑스에서 유행하였던 낡은 취향을 좇아 나무들이 정교하게 손질되어 있다. 이렇듯 필요한 것을 소홀히 하고 쓸모없는 데에 애착을 갖다니 정말로 이상한 일이랄 수밖에! 이탈리아의 로마나 다른 도시에 가 보면 고대 예술의 고상한 소박함에 익숙해진 로마인들이 기교를 부린 장식에 대해 취미를 갖고 있는 사실에 놀라게 된다. 그들은 우아하고 사용하기 편리한 것보다도 오히려 화려한 것을 좋아한다. 어떠한 경우에도, 그들에게 사교의 관습이 없는 것은 장점이 되기도 하고 단점이 되기도 한다. 그들에게 사치는 쾌락이 아니라 상상력을 위함이다. 서로 고립되어 있으므로 야유의 정신이 가정에까지 침입하는 것을 두려워하지 않아도 된다. 저택의 안과 밖이 대조적인 것을 보면서 이탈리아의 대귀족들은 대부분 지나가는 사람들을 놀라게 해주기 위하여 집을 가꾸는 것이지 친구들을 받아들이기 위한 것은 아닌 듯한 생각이 든다.

교회와 저택들을 둘러본 후에 코린나는 멋진 나무들 외에는 별다른 치장을 하지 않은, 매우 아름다운 한적한 정원인 멜리니 별장으로 안내하였다. 그곳에서는 멀리 아펜니노 산맥이 보인다. 맑은 공기가 산들을 채색하여 산들이 가깝게 다가와 보이는 것이 그림 같다. 오스왈드와 코린나는 얼마 동안 그곳에 머물러서 황홀한 하늘과 고요한 자연을 맛보았다. 남쪽 나라에서 살아본 적이 없는 사람은 이 색다른 고요에 대해 알 수가 없다. 더운 날에는 아주 약하게 지나가는 실바람조차 느낄 수 없다. 가장 연약한 풀잎까지도 꼼짝 않고 있다. 동물들 역시 햇빛 때문에 기운을 차리지 못한다. 한낮, 파리의 윙윙대는 소리도 매미 우는 소리나 새가 지저귀는 소리도 들리지 않는다. 아무도 잠깐이라도 쓸데없이 움직여 기운을 빼려 하지 않고 모두가 잠들어 있다. 폭풍우가, 또 정열이 야성적인 자연을 흔들어 깨워 깊은 잠에서 빠져나올 때까지.

로마의 정원에는 많은 상록수가 있는데, 그 때문에 겨울에도 따뜻한 나라로 착각하기가 십상이다. 특이한 자태를 뽐내는 소나무들은 넓고 꼭대기 부분이 무성하고, 서로 빼곡하게 붙어 있어 공중에 푸른 벌판을 만들고 있기 때문에, 어느 정도 높은 곳에 올라가 바라보면 경치가 그만이다. 낮은 나무들은 이 푸른 천장을 피하여 배치되어 있다. 로마에는 종려나무가 두 그루밖에 없는데, 두 그루 모두 수도원 뜰에 있다. 그 중 하나는 멀리서 바라볼 수 있게 높은 곳에 심겨져 있다. 아프리카를 대표하는 이것, 이탈리아보다 더 찌는 듯한 남쪽 나라에서 온 이 표상은 많은 생각과 색다른 인상을 주는데, 이것을 쳐다보는 것도 또 가끔 마주하는 것도 언제나 즐겁다.

"당신은,"

하고 코린나가 주변의 들판을 바라보며 오스왈드에게 말하였다.

"이탈리아의 자연이 다른 곳보다 더 몽환적이라고 생각하지 않으세요? 자연은 이곳에서 훨씬 더 인간과 많은 관련을 맺고 있고, 창조주는 자연을 피조물과 자신 사이의 언어로 사용하고 있어요."

"그렇군요."

하고 오스왈드가 대답하였다.

"정말 그런 것 같아요. 그러나 당신이 제 마음속에 일으키는 깊은 감동 때문에 제가 보는 모든 것에 느낌을 부여받게 되는 것은 아닐까요? 당신이 외계의 사물들이 야기하는 사색과 감동에 대하여 알려주셔서, 제 마음속에서만 갇혀 살고 있던 저에게 상상력을 일깨워주셨어요. 그러나 당신이 가르쳐주시는 세계의 이러한 매력도 당신의 눈빛만큼 아름답지 않고, 당신의 목소리만큼 감동적이진 않군요."

"오늘 당신의 그 마음이 제가 살아 있는 동안 변치 않으시기를 바라겠어요. 아니면 당신의 마음이 변하시기 전에 죽을 수 있다면 좋겠어요!"

하고 코린나가 말하였다.

오스왈드와 코린나는 보르게제 별장에서 로마 순례를 일단락지었다. 그곳은 로마의 모든 정원과 저택 중에서 자연과 미술품이 가장 세련되고 화려하게 조화되어 있어 장엄함을 보여주는 곳이다. 그곳에는 모든 종류의 나무들과 멋진 분수가 있다. 믿을 수 없을 정도로 많은 조각품들과 도자기, 고대의 석관이 남쪽의 생기 있는 자연과 썩 잘 조화를 이루고 있었다. 그곳에는 마치 고대인의 신화가 살아나는 것 같다. 샘의 요정 나이아스들은 물가에, 님프들은 그들에게 어울리는 숲속에, 무덤은 낙원의 그늘에 자리잡고 있다. 아스클레피오스의 조상은 섬 한복판에 있고, 비너스가 그늘에서 나오는 것 같다. 오비디우스와 베르길리우스[95]가 이 아름다운 곳을 산책하고 있으며, 아직도 아우구스투스의 시대라고 생각하고 있을지도 모른다. 저택을 둘러싸고 있는 조각의 걸작품들은 그 저택에 언제나 새롭고 호화로운 면모를 부여한다. 멀리 나무들 사이로 로마 시내와 성 베드로 대성당, 들판과 긴 아치형 통로가 보인다. 아치형 통로는 고대 로마를 둘러싸고 있던 산들로부터 물을 운반하던 수로의 흔적이다. 모든 것들이 사색과 상상, 몽상을 위해 그곳에 있다. 가장 순수한 감각이 영혼의 기쁨과 합쳐져, 완벽한 행복이 무엇인지 알려준다. 그러나 이토록 매력적인 장소에 사람이 살고 있지 않는 이유를 물으니 여름 동안에 나쁜 공기(*la cattiva aria*)가 불어와 사람이 살 수 없다는 것이다.

　이 나쁜 공기로 말하자면 로마를 포위하고 있다. 그것은 해마다 조금씩 거리를 좁혀 들어와 그토록 매력적인 장소를 그것의 지배하에 둔다. 시내 주변의 들판에 나무가 없는 것이 공기가 나쁜 이유의 하나인 것은 사실이며, 아마도 그러한 이유로 고대 로마인들은 숲을 여신에게 바쳤을 것이다. 그래야만 주민들이 숲을 소중히할 테니까. 지금은 많은 숲들이 훼손되었다. 오늘날에도 이런 식의 명예가 숲의 황폐를 막아줄 수 있을 정도로 성역화된 장소가 실제로 존재할 수 있을까? 나쁜 공기는 로마 주민의 재앙이며, 그로 인해 도시의 인구가 감소할 위협마저 느껴진다. 그러나 그 때문에 로마의 성벽 안에 훌륭한 정원이 만들어졌는지도 모를 일이다. 밖으로는 해로운 영향의 아무런 징후도 느낄 수 없다. 사람들은 맑게 느껴지는 매우 상쾌한 공기를 마시고 있다. 대지는 평화롭고 비옥하다. 밤이 오면 기분 좋은 선선한 공기가 하루 종일 찌는 듯한 더위에 시달린 사람들을 쉬게 하여준다. 그런데 이 모든 것이 죽음이라니!

　오스왈드는 코린나에게 말하였다.

　"저는 이런 불가사의하고 눈에 보이지 않는 위험이 좋아요. 매우 달콤한 느낌의 형태 아래 숨어 있는 이러한 위험 말이에요. 만약 죽음이 제가 믿고 있는 바와 같이 더욱 행복한 삶에의 부름이라면, 꽃의 향기, 아름다운 나무의 그늘, 저녁의 선선한 바람이 저 세상의 소식을 왜 우리에게 전해주지 않겠어요? 분명 정부는 인간의 삶을 보호하는 데에 온갖 방법을 다 동원해야겠지요. 그러나 자연은 상상력만이 침투할 수 있는 비밀을 지니고 있어요. 저는 일 년 중의 가장 아름다운 계절에 위험을 당할 수 있음에도 불구하고, 로마의 주민이나 외국인들이 로마를 싫어하지 않는 이유를 잘 알 것 같아요."

제6부
이탈리아인의 생활과 기질

제 1 장

우유부단한 오스왈드의 성격은 연속된 불행으로 더욱 심해져, 스스로 돌이킬 수 없는 짓을 저지를까봐 걱정하게 되었다. 그는 망설이기만 하다 끝내 코린나에게 그녀의 이름과 운명에 얽힌 비밀에 대해 물어보지 못한 채, 나날이 그녀를 향한 사랑을 키워가고 있었다. 그녀를 만나게 되면 언제나 그의 가슴은 뛰었다. 사교계에서 그는 단 한순간도 그녀의 곁을 떠나지 못했다. 그는 그녀의 한마디 한마디에 깊이 감동되었다. 그녀는 매순간 자신이 느끼는 슬픔과 기쁨을 얼굴 표정에 그대로 드러내고 있었다. 그는 그토록 그녀를 경배하고 사랑하면서도, 이런 여성이 영국의 생활 방식에 얼마나 어울리지 않는지, 또 작고한 부친이 정하여 준 배필과는 얼마나 다른지 생각하였다. 또한 그는 코린나에게 말할 때에 이런 생각 때문에 생기는 불안과 근심을 감출 수 없었다.

코린나는 그 점을 매우 잘 알고 있었다. 그러나 넬빌 경과 관계를 끊는 일은 너무도 많은 고통을 수반하는 일이었기에, 그녀는 두 사람 사이의 일에 관한 한 결정적인 설명을 들으려고 하지 않았다. 그리고 그녀는 원래 용의주도한 성격이 아니었기 때문에, 앞으로 어떤 일이 일어날지 알 수 없어도 현재에 만족하고 있었다.

그녀는 사교계와의 접촉을 끊고 오직 오스왈드에 대한 생각에만 잠겨 있었다. 그러나 결국에는 그가 그들의 장래에 관하여 아무 말도 하지 않는 것에 상심하여, 그녀는 꼭 참석하여달라고 간곡히 부탁을 받아오던 무도회의 초대에 응하기로 마음먹었다. 로마에서는 사정에 따라 사교계를 떠났다가 다시 나타나는 일 같은 것은 아무런 문제도 되지 않는다. 이곳에서는 다른 나라에서 소위 험담이라고 하는 것에 별로 관심이 없다. 다른 사람의 연애나 야심에 방해가 되지 않는다면, 각자가 남에게 알리지 않고 자기가 하고 싶은 대로 행동한다. 로마인들은 자기 나라 사람들이 무슨 행동을 하는지 전혀 관심이 없고 오히려 그보다는 유럽인들의 집합 장소가 된 이 도시를 왕래하는 외국인들의 행동에 더 관심이 많은 편이다. 코린나가 무도회에 간다는 사실이 알려지자, 넬빌 경은 기분이 상하였다. 얼마 전부터 그녀 역시 그와 같은 우울증의 증세를 보이는 듯하였다. 그러나 그는 갑자기 그녀가 춤에 매우 몰두하는 것 같은 느낌을 받았다. 그녀는 춤에 소질이 있었으므로 무도회에 대한 기대로 그녀의 상상력은 한층 부풀어 있는 것 같았다. 코린나는 경솔한 사람이 아니었다. 그러나 그녀는 날이 갈수록 오스왈드를 사랑하는 마음이 더해지는 것을 느끼고는 어떻게 해서든지 그것을 딴 데로 돌려보려고 노력하였다. 그녀는 경험에 의하여 정열적인 성격의 사람에게는 반성이나 희생보다는 기분 전환이 더 효과가 있으며, 이성은 강요에 의해서가 아니라 스스로 그렇게 할 수 있을 때 자기 자신을 극복할 수 있다는 사실을 알고 있었다.

코린나는 무도회에 가려는 계획을 책망하는 넬빌 경에게 이렇게 말하였다.

"아무래도 이 세상에서 제 인생을 채워주실 분이 당신밖에 안 계신지 알아보아야겠어요. 예전에 제가 좋아하던 것에 아직도 제가 즐거움을 느끼는지, 아니면 당신을 향한 감정이 다른 모든 관심과 생각을 능가하는지 알아보고 싶어요."

"그렇다면 당신은 이제 저를 사랑하지 않으시려고요?"

하고 오스왈드가 물었다.

"아니요."

하고 코린나는 대답하였다.

"그렇지만 이렇게 오직 하나의 애정에 기꺼이 순종할 수 있는 것은 가정 생활에서만이잖아요? 저는 제가 선택한 인생의 광채를 유지하기 위해서 저의 재능·정신·상상력을 필요로 해요. 이런 식으로 당신을 사랑하는 것은 괴로워요. 너무도 괴로워요."

"그렇다면 당신은 이런 명예와 영광을 저를 위해서 버리지 못하시겠다는 말씀이군요……"

라고 오스왈드가 말하였다.

"제가 당신을 위해 그런 것들을 버리든 안 버리든 당신이 무슨 상관이세요!"

하고 코린나가 말하였다.

"저희들의 운명이 아직 서로 결합된 것도 아닌데, 제가 누려야 할 이런 종류의 행복을 영영 시들어버리게 해서는 안 되겠죠."

넬빌 경은 아무런 대답을 하지 않았다. 왜냐하면 자신의 생각을 표현하려면 앞으로 어떻게 하겠다는 의지도 아울러 말해야 하는데, 아직 그는 아무런 결심을 하지 못하고 있었기 때문이었다. 그래서 그는 한숨만 쉴 뿐, 그곳에 가는 것이 몹시 괴로웠지만 말 없이 코린나를 따라 무도회장에 갔다.

그가 큰 모임에 가는 것은 불행을 당한 이래 처음이었다. 그는 연회의 시끌벅적함에 너무도 우울해져서 무도회장의 옆방에 가서 오랫동안 손으로 머리를 받친 채, 코린나가 춤추는 모습을 보려고 하지 않았다. 그는 무도곡들을 듣고 있었는데, 즐거운 것은 아니었지만, 모든 음악이 그렇듯이 몽상에 잠기게 해주었다. 델푀유 백작이 도착하였다. 그는 무도회가 열린다는 사실에 황홀해하고 있었는데, 사람들이 북적대는 이런 사교계가 그에게 프랑스를 생각하게 해주었기 때문이다.

그는 넬빌 경에게 말하였다.

"로마에서 유명하다는 유적에 관심을 가지려고 나름대로 노력을 해보았지만 아름다운 것이라고는 아무것도 발견할 수 없던데요. 가시덤불에 덮여 있는 유적에 감탄하는 것이야말로 편견이 아니고 무엇이겠어요. 파리에 돌아가면 이 점에 대한 저의 의견을 말할 생각이에요. 이탈리아에 대한 이런 편견도 끝날 때가 되었으니까요. 오늘날 그 형태가 거의 고스란히 남아 있는 유럽의 어느 유적도 로마의 기둥 더미들이나 오랜 세월에 때 묻은 부조들보다야 낫겠죠. 로마의 유적은 학식의 힘을 빌려서야 겨우 경탄할 수 있잖아요. 그런데 저는 어려운 공부를 많이 해야 얻을 수 있는 즐거움은 그 자체로 별 볼일이 없는 것이라고 생각해요. 파리의 경치에 매혹되기 위하여 머리를 싸매고 공부하는 사람은 없을 테니까요."

넬빌 경은 아무 대답도 하지 않았다. 델푀유 백작은 화제를 바꾸어 로마에서 어떤 인상을 받았냐고 물었다.

"지금 무도회가 열리고 있는데,"

하며 오스왈드는 말하였다.

"너무 다른 대화를 나누는 것은 실례가 아닐까요. 또 당신도 아시다시피, 별로 드릴 말씀도 없네요."

"잘됐군요."

하고 델푀유 백작이 말을 받았다.

"제가 당신보다 명랑하다는 점은 저도 인정해요. 그렇다고 제가 당신보다 덜 현명하다고 할 수는 없겠죠? 제가 가볍게 보이기는 해도, 저 나름대로의 철학이 있다는 점은 알아주세요. 인생은 이렇게 살아야 한답니다."

"옳으신 말씀이세요."

하고 오스왈드가 말하였다.

"그러나 천성인 것을 어떻게 하겠어요. 백작님이 그러신 것도 그렇게 하려고 생각하셔서 되는 것은 아니잖아요. 당신의 생활 방식이 당신에게만 적합한 것은 그런 이유에서죠."

델푀유 백작은 무도회장에서 코린나의 이름이 호명되는 것을 듣고는, 무슨 일인가 하여 들어가보았다. 넬빌 경은 문 있는 곳까지 갔다. 마침 뛰어난 미모를 지닌 나폴리의 아말피 공이 코린나에게 우아하고 독창성이 넘치는 나폴리의 춤인 *타란텔라*를 같이 추자고 청하는 중이었다. 코린나의 친구들도 그녀에게 춤을 추어달라고 부탁하였다. 그녀는 지체 없이 청을 받아들였다. 청을 받아들이기에 앞서 거절부터 하는 관습에 젖은 델푀유 백작으로서는 깜짝 놀랄 일이었다. 그러나 이탈리아에서는 이런 종류의 멋은 통하지 않는다. 모든 사람들이 각자 하고 싶은 일을 즉각 하는 것이 더 인기를 얻는 길이라고 생각하였다. 코린나는 그런 관습 때문이 아니더라도 그런 자연스러운 방법을 택했을 것이다. 그녀가 무도회를 위하여 입은 옷은 우아하고 경쾌한 것이었다. 머리는 이탈리아식으로 비단 망 속에 가지런히 묶어 올렸으며, 눈은 기쁨으로 빛나고 있었다. 이런 그녀의 모습은 다른 어느 때보다도 더 매력적이었다. 오스왈드는 이러한 그녀의 모습을 보고 마음이 흔들렸다. 그는 자기 자신과 싸워야 했다. 그는 코린나의 매력에 사로잡히는 자신에게 분개하였다. 코린나가 그토록 매력적으로 보이는 이유는 그녀가 그의 마음에 들기 위해서가 아니라 오히려 그로부터 벗어나기 위한 것이라는 생각 때문에 그는 그녀의 매력이 원망스러웠다. 그러나 누가 우아한 매력에 저항할 수 있겠는가? 설령 그녀가 오스왈드의 존재를 무시하고 흠뻑 자기 기분에 취해 있었다고 하더라도 그녀는 여전히 매력적이었을 것이다. 그럼에도 그런 태도는 분명 코린나가 취할 태도가 아니었다. 그녀는 넬빌 경을 알아보자 얼굴을 붉혔다. 그를 쳐다보는 눈빛에는 애정 어린 부드러움이 가득하였다.

아말피 공은 춤을 출 때 캐스터네츠를 사용하였다. 코린나는 시작하기 전에 모여 있는 사람들에게 두 손으로 고마움이 가득한 인사를 하였다. 그리고는 가볍게 몸을 돌려 아말피 공이 그녀에게 건네주는 탬버린을 받았다. 그녀는 탬버린을 울리며 춤을 추기 시작하였다. 그녀의 몸놀림은 유연하고 우아하였으며 수줍은 동시에 관능적이었다. 그것은 마치 힌두교의 무녀들이 인도인들의 상상력을 불러일으키는 힘을 연상케 하였다. 그때 무녀들은 춤을 춤으로써 이른바 시인이 되고, 관중에게 보여주는 특징 있는 스텝과 매력적인 자태로써 여러 가지 감정을 표현하는 것이다. 코린나는 고대의 회화나 조각에 나타난 자태들을 두루 잘 알기 때문에 팔을 가볍게 움직이며 탬버린을 어느 때에는 머리 위로, 어느 때에는 한쪽 손으로 앞에 놓는가 하면, 다른 손으로는 믿지 못할 정도의 묘기로 방울을 울리기도 하였는데, 그 모습은 헤르쿨라네움[96]의 무희를 연상케 하였고, 계속해서 데생과 회화에 대한 많은 새로운 아이디어를 제공하는 것이었다.(14)

그것은 스텝이 우아하고 매우 까다로운 프랑스식의 무용이 아니고 좀더 상상력과 감정에 가까운 재능이었다. 정확하고 부드러운 동작이 음악의 특징을 그때그때 표현하였다. 코린나는 춤을 추면서 보고 있는 사람들의 마음에 그녀가 느끼는 바를 전달하였다. 마치 즉흥시를 지을 때처럼, 또 하프를 연주하거나 그림을 그릴 때처럼. 그녀에게는 모든 것이 언어였다. 연주자들은 그녀를 바라보면서 그들의 예술적 재능을 더 잘 표현할 수 있었다. 무어라 말할 수 없는 정열적인 환희와 섬세한 상상력이 지금의 이 마술적인 춤을 관람하는 모든 사람들을 동시에 마비시킨 후, 이 세상에 없는 행복을 꿈꿀 수 있는 이상적인 삶 속으로 그들을 옮겨놓고 있었다.

코린나가 추고 있는 나폴리의 무용에는 여자가 무릎을 꿇고, 남자가 그녀의 주인이 아니라 승리자로서 여자의 주변을 도는 순간이 있다. 이때 코린나의 매력과 기품이란! 무릎을 꿇고 있지만 그녀는 여왕이었다! 그리고 그녀가 자신의 심벌즈의 음을 공중에 울리면서 몸을 일으켰을 때, 그녀는 생명·젊음·아름다움을 향한 열광에 불타고 있는 듯이 보였다. 그녀가 행복하기 위해서 어느 누구도 필요로 하지 않는다는 것을 잘 알 수 있을 것 같았다. 아! 그는 이렇게 필요없는 존재였다. 오스왈드는 그것이 두려웠다. 마치 코린나의 성공 하나하나가 그를 그녀로부터 멀리 떨어뜨려놓기라도 하는 듯이, 그는 코린나를 연모하며 한숨 쉬는 것이었다! 마지막에, 이번에는 남자가 무릎을 꿇고 여자가 그 주변에서 춤을 추었다. 이 순간 코린나는 최고의 경지에 도달한 듯이 보였다. 두세 번 빙빙 도는데 그녀의 몸놀림은 가벼웠고 장화를 신은 발은 바닥 위를 번개처럼 빠르게 날아올랐다. 한 손으로 탬버린을 흔들어 올리면서 다른 손으로 아말피 공에게 일어나라고 손짓하였을 때, 모든 남자들은 공과 같이 무릎을 꿇기를 소망하였다. 넬빌 경을 제외한 모든 남자들이. 그가 몇 발짝 뒷걸음질치는데, 델피유 백작이 코린나에게 칭찬의 말을 하기 위하여 몇 발짝 앞으로 걸어왔다. 그곳에 모여 있던 이탈리아인들은 그들의 열광을 나타내기 위해 일부러 애쓰진 않았지만, 자연스럽게 그들이 느낀 바를 표현하였다. 그들은 사교계와 이 사교계가 자극하는 자존심에 익숙한 사람들이 아니다. 또한 그들의 행동이 일으키는 효과에도 관심이 없다. 그들은 허영심 때문에 그들의 즐거움을 체념하는 일도 없고, 칭찬을 받기 위해 마음먹은 일을 절대 등한시하지 않는다.

코린나는 그녀가 거둔 성공에 매료되어, 모든 사람들에게 매우 소박하면서도 정중한 감사의 인사를 하였다. 그녀는 성공을 거둔 것을 기뻐하였고, 마치 어린아이들이 그렇게 하듯이 그것을 숨기지 않았다. 그러나 그녀를 온통 사로잡고 있는 것은, 사람들 사이를 뚫고 지나가 오스왈드가 기대고 서 있는 문까지 가고 싶은 마음뿐이었다. 기어코 그녀는 그곳까지 가서 잠깐 걸음을 멈추고 그의 말을 기다렸다.

"코린나."

그는 당황하고 기쁘고 고통스러운 마음을 감추느라 애쓰며 그녀에게 이렇게 말하였다.

"코린나, 정말 인기가 있고, 대성공을 거두시는군요! 그러나 당신을 둘러싸고 있는 이렇게 열광적인 팬들 중에 든든하고 믿을 수 있는 친구가 있으세요? 평생의 반려자가 있으세요? 그리고 당신의 영혼은 허무한 박수의 울림으로 충분하세요?"

제 2 장

코린나는 인파에 밀려 넬빌 경의 말에 대답할 수가 없었다. 모두가 만찬을 먹으러 갔고 각각의 *기사*가 모시는 부인 옆에 앉았다. 한 외국 여성이 왔지만 빈자리가 없었고, 넬빌 경과 델푀유 백작 이외의 어느 누구도 자리를 양보하려 들지 않았다. 로마의 남성이 자리를 양보하지 않는 것은 예절을 모르거나 이기적이어서가 아니다. 잠시라도 그들이 모시는 부인의 곁을 한 발짝이라도 떠나서는 안 되는 것이 로마의 대귀족들이 지키는 명예요 의무인 것이다. 어떤 남자들은 앉지도 못한 채 연인의 의자 뒤에서 혹시 그녀가 시킬 일이 없을까 하고 대기하고 있었다. 부인들도 자기의 기사하고만 이야기를 한다. 외국인들이 이 주변을 돌아다녀도 소용없는 일이다. 아무도 그들에게 말을 건네지 않는다. 왜냐하면 이탈리아 여인들은 교태를 부릴 줄 모르며, 연애를 할 때 자존심을 내세울 줄을 모르기 때문이다. 그녀들은 그녀들이 사랑하는 사람의 마음에 들고 싶다는 소망밖에 없다. 마음이나 눈으로 유혹하기 이전에 머리로써 유혹하는 일은 결코 없는 것이다. 그래서 때로는 순식간에 이끌린 사랑도 진지한 헌신으로 이어지며 영원히 지속되기도 한다. 이탈리아에서는 정절을 지키지 못할 경우 여자보다 남자가 더 비난을 받는다. 여러 지위에 있는 서너 명의 남자가 한 여자를 따르고, 그녀는 때로는 그들을 받아들이는 집의 주인에게 남자들의 이름조차 알리지 않고 데리고 가기도 한다. 한 사람은 사랑하는 사람, 또 한 사람은 사랑을 받기 위해 매달리는 사람, 세번째는 짝사랑하는 사람(*il patio*)이다. 그는 완전히 무시를 당하면서도 숭배자로서 그녀를 섬기는 일을 허락받는다. 그렇지만 이들 연적들은 함께 사이좋게 지내고 있다. 서민들에게만 아직도 싸움하는 습관이 남아 있다. 일정 기간 관찰해보면 이 나라에는 소박함과 부패, 거짓과 진실, 선량함과 복수심, 약한 것과 강한 것이 기묘하게 결합되어 있는 사실을 알게 된다. 즉 그들의 장점은 허영을 위해서는 아무 행동도 취하지 않는다는 점이며, 단점은 사랑이나 야심, 재산을 위한 것이라면 무슨 짓이든지 가리지 않고 한다는 점이다.

이탈리아에서 신분의 구분은 일반적으로 명백하지 않다. 귀족적인 편견이 그다지 받아들여지지 않는 이유는 철학 때문이 아니라, 기질이 솔직하고 생활 습관이 간편하기 때문이다. 게다가 사회가 어느 무엇에 관해서도 준엄한 비판을 내리지 않고 받아들이기 때문이기도 하다.

밤참을 먹은 후, 모두가 게임을 하였다. 어떤 여자들은 룰렛을, 다른 여자들은 조용한 휘스트를 즐겼다. 조금 전까지만 해도 시끌벅적하던 방에서 단 한마디도 말소리가 흘러나오지 않았다. 남쪽 나라의 사람들은 극도로 난리법석을 피우다가도 종종 깊은 휴식으로 옮아가곤 한다. 지칠 줄 모르는 활동에 따르는 게으름 역시 그들의 성격이 보여주는 대조적인 일면이다. 여하튼 한번 보고 섣불리 판단해선 안 될 사람들이다. 왜냐하면 장점과 정반대의 단점이 그들에게 있으므로. 혹시 어느 순간에 그들이 신중해 보이더라도, 다른 순간에는 매우 대범해 보일 수도 있다. 그들이 무기력하게 보인다면, 그것은 그들이 일을 하고 난 후이거나 다시 일을 하기 위해 준비하고 있는 경우일 것이다. 요컨대 그들은 사교계에서 마음을 상하는 일이 없이 모든 힘을 결정적인 상황을 위하여 자신에게 축적해놓는다.

오스왈드와 코린나가 참석하고 있던 이 모임에서는 거액의 돈을 게임에서 잃은 남자들도 있었지만, 그들의 표정에서 털끝만큼도 그런 기색을 찾아볼 수 없었다. 바로 이 남자들이 별로 중요하지 않은 이야기를 할 때에 그야말로 풍부한 표정으로 멋진 몸짓을 해가며 이야기했을 것이다. 그러나 감정이 어느 정도 격해지면 그런 눈치를 보이지 않도록 대부분 침묵과 부동의 자세로 자신의 감정을 감춘다.

넬빌 경은 무도회의 일로 마음이 괴로웠다. 그는 활발하게 열광을 나타내는 이탈리아인들 때문에 코린나의 관심이 일시적이라도 그에게서 멀어졌다고 생각하였다. 그 생각에 그는 매우 불행하였지만 자존심 때문에 그 사실을 숨기려 하였고, 화려한 조명을 받는 코린나를 추켜세우려고 하는 태도를 모르는 척하였다. 게임을 같이하자는 권유를 받았지만 그는 코린나와 마찬가지로 그 제안을 거절하였다. 코린나는 그녀에게 오라는 손짓을 하였다. 오스왈드는 많은 사람들이 주시하는 가운데 이렇게 둘이서만 시간을 보낸다면 코린나의 평판에 해가 되지 않을까 걱정하였다.

"진정하세요."

하고 코린나는 말하였다.

"아무도 우리의 일에 신경쓰지 않아요. 이곳에서는 마음에 드는 사람 이외에는 만나지 않아요. 절차도 명확하게 정해져 있지 않고 눈치를 볼 필요도 없어요. 호의적인 예절로 충분하죠. 너나할 것 없이 누구나 서로 눈치보는 것을 싫어하거든요. 물론 이곳은 당신이 영국에서 경험하신 바와 같은 자유가 보장되는 나라는 아니지만, 이곳의 사람들은 사회적으로 완전히 독립되어 있어요."

"말하자면 사회적인 관습을 중요하게 생각하지 않는다는 이야기이군요."

하고 오스왈드가 말을 받았다.

"어쨌든,"

하고 코린나가 끼여들었다.

"어떤 위선도 없다는 말씀이에요. 라 로슈푸코는 이렇게 말했어요. 바람기 있는 여자의 단점 중 가장 훌륭한 단점은 바람기가 있다는 점이다 라고요. 실제로 이탈리아 여자의 단점이 무엇이든 간에 그녀들은 거짓의 도움을 바라지 않아요. 이곳에서는 결혼이 너무 존중되지 않는다고 하지만, 그것도 부부의 합의 사항이지요."

"솔직한 것은 진실하기 때문이 아니라 세상의 여론에 개의치 않기 때문이겠죠."

라고 오스왈드는 대답하였다.

"이곳에 도착하였을 때, 저는 공녀에게 보내는 소개장을 가지고 있었어요. 저는 그것을 전하기 위해 하인에게 주었지요. 그랬더니 그는 이렇게 말하는 것이었어요. *나으리, 지금은 이 편지가 아무 소용이 없을 거예요. 아가씨께서는 사랑에 빠져 있기 때문에 아무도 만나지 않을 테니까요.* 그는 사랑에 빠진 상태를 마치 일상의 다른 일처럼 예사롭게 말하고 있었고, 그 사랑이 특별하기 때문에 이런 식으로 공표를 하는 것도 아니었어요. 그녀는 이런 식으로 여러 번 사랑을 하게 되겠죠. 또 그때마다 다른 사람들도 그 사실을 다 알게 될 테고요. 이 점에 관해 여자들은 전혀 비밀을 지키지 않더군요. 마치 영국의 여자들이 남편 이야기를 할 때처럼, 자기가 사귀는 남자에 관하여 당당하게 털어놓아요. 수치심을 모르는 이 바람둥이 여자에게 심오한 감정도 섬세한 감정도 찾아볼 수 없다고 생각할 수밖에 없어요. 그래서 사랑밖에 생각하지 않는 이 나라에 연애소설이 없는 것이에요. 왜냐하면 이곳에서 사랑은 너무 속도가 빠르고 공개적이며 어떤 종류의 진전도 없기 때문에 사랑의 풍속도를 진정으로 그려보려고 해도 첫장에서 시작해 첫장에서 다 끝나기 때문이죠. 미안해요, 코린나."

넬빌 경은 그녀에게 고통을 안겨주고 있는 것을 눈치채고 큰소리로 말하였다.

"당신은 이탈리아 여성이에요. 이렇게 생각하면 마음이 누그러지긴 해요. 그렇지만 당신이 비할 데 없이 아름다운 이유는 여러 나라의 매력을 모두 겸비했기 때문이에요. 당신이 어느 나라에서 성장하셨는지는 모르겠지만, 이탈리아에서만 살지 않으셨던 것은 분명해요. 어쩌면 영국에서 성장하셨는지도 모르죠 …… 아! 코린나, 만약 그것이 사실이라면 어찌하여 그 수줍고 조심스러운 성역을 떠나 정절도 사랑도 모르는 이곳으로 오셨어요? 사람들은 공기를 마시듯 사랑을 하죠. 그러나 그 사랑을 가슴속 깊이 받아들일까요? 사랑이 아주 중요한 역할을 하는 시는 매혹적이고 상상력에 차 있어요. 선명하고 관능적인 색상의 훌륭한 풍경들로 꾸며져 있어요. 그러나 영국의 시에 정취를 주는, 우수를 띤 부드러운 감성이 이탈리아인에게도 있을까요? 오트웨이[98]의 벨비데라와 그 남편의 장면에 비할 만한 것이 무엇이 있어요? 셰익스피어의 로미오에 그리고 무엇보다도, 결혼 생활에서 느껴지는 사랑의 행복을 고귀하고 감동적으로 묘사한 톰슨의 봄 노래의 경탄할 만한 시 구절에 비할 만한 것이 있을까요? 이탈리아에 그런 결혼이 있긴 있나요? 가정 생활의 행복이 없는 곳에 사랑이 존재할 수 있을까요? 관능적인 정열이 목표로 하는 것이 소유이듯이, 정신적인 정열이 목표로 하는 것은 행복 아닐까요? 마음과 정신의 자질로 선호도가 정해지지 않는다면, 젊고 아름다운 여성은 모두 똑같지 않나요? 그런데 이러한 자질을 갖춘 여성들이 결국 무엇을 바라나요? 결혼이지요. 즉 결혼은 모든 감정과 사고의 결합이에요. 합법적이지 못한 사랑은 불행하게도 우리나라에도 있습니다만, 그것 역시 감히 말해본다면 결혼과 유사한 것이에요. 자기 집에서 맛보지 못한 내밀한 행복을 찾는 것이니까요. 영국에서는 부정마저도 이탈리아의 결혼보다 더 도덕적이에요."

그의 말이 엄격하여서, 코린나는 깊은 상처를 받았다. 그녀는 두 눈에 눈물이 고여와, 바로 일어나 방에서 나왔고 갑자기 집으로 돌아갔다. 오스왈드는 코린나의 마음을 상하게 한 것을 후회하였다. 그러나 그는 코린나가 무도회에서 성공을 거둔 사실에 화가 나 있었기 때문에 아무리 자제하려고 하여도 저절로 말이 나와버렸던 것이다. 그는 뒤를 쫓아 그녀의 집에 갔지만, 코린나는 그를 만나주지 않았다. 다음날 아침에 다시 가보았지만 소용이 없었고 방문은 굳게 닫혀 있었다. 넬빌 경을 계속 만나주지 않는 것은 코린나의 성격에 맞지 않았지만, 그녀는 그가 이탈리아 여성에 대하여 갖고 있는 생각에 몹시 충격을 받았다. 이 말을 듣고 자신을 이끄는 감정을 가능한 한 덮어버려야겠다고 결심하게 되었다.

오스왈드는 코린나가 이번만큼은 평소에 보여주었던 자연스러운 태도를 지니지 않는다고 생각하면서, 무도회 때의 불만을 더하여갔다. 따라서 그는 자신이 행여 애정에 사로잡히게 될까봐 두려워 그 애정에 저항할 만반의 준비를 하고 있었다. 그의 신조는 엄격하였고, 사랑하는 여자의 과거를 덮고 있는 비밀은 그에게 커다란 고통을 주었다. 코린나의 몸가짐은 매력이 넘친다고 생각되었으나, 때때로 지나치게 모든 사람의 마음에 들기 위해 들떠 있는 것같이 보이기도 하였다. 화술과 태도는 대단히 기품이 있고 절도가 있었으나, 의견은 지나치게 관대하였다. 결국 오스왈드는 그녀에게 매혹되고 이끌렸지만, 그리움과는 반대되는 생각도 마음속에 지니고 있었다. 이러한 상황은 때때로 고통을 수반하기도 한다. 자기 자신에게도, 타인에게도 싫증이 나게 되며, 마치 괴로워하기라도 해야 되듯이 몹시 괴로워하게 되고, 혹은 마음을 찢어놓는 두 감정 중 하나가 완전히 승리하도록 억지를 부려서라도 해석을 내려야 하기 때문이다.

이러한 상황에서 넬빌 경은 코린나에게 편지를 썼다. 편지는 신랄하였으며, 깎듯이 예의를 차린 것이었다. 자신도 그렇게 느꼈지만, 알지 못할 충동에 이끌려 보내고 말았다. 마음의 갈등으로 인하여 몹시 괴로웠기 때문에 어떻게 해서라도 이 상황에서 벗어나야겠다고 생각하고 있었다.

델푀유 백작이 와서 그가 믿지 못할 소문을 전해주고 갔는데, 어쩌면 그 이야기 때문에 편지 내용이 더 날카로워졌는지도 모를 일이었다. 코린나가 아말피 공과 결혼한다는 소문이 로마에 퍼져 있다는 것이었다. 오스왈드는 그녀가 그 사람을 사랑하지 않는 것을 알고 있었다. 그러니 그 소문은 무도회에서 함께 춤춘 사실만으로 났을 것이었다. 그러나 그가 면회를 거절당한 날 아침에는 코린나가 그 사람을 맞아들이고 있는 것은 아닐까 하는 의심이 생겼다. 질투를 표현하자니 자존심이 허락하지 않았고, 이탈리아인을 욕하며 마음속의 울분을 풀었다. 그는 코린나가 이탈리아 여자이기 때문에 그녀를 열렬히 사랑할 수 없었다.

제 3 장

코린나에게 보내는 오스왈드의 편지

1795년 1월 24일

저를 안 만나주시는군요. 그저께 저희가 나눈 대화 때문에 기분이 많이 언짢으신가 봐요. 당신은 이제 이탈리아인만 맞아드리겠다고 작정하신 것 같군요. 외국인을 맞아들인 잘못에 대한 보상을 하고 싶으시겠지요. 그러나 저는 당신께 이탈리아 여성에 대한 저의 의견을 솔직하게 말씀드린 것에 대해 후회하지 않아요. 저는 저의 임의대로 당신을 영국인이라 생각하고 마음껏 말씀드리겠어요. 만약 당신이 당신 주변에서 배우자를 고르려고 하신다면, 당신은 행복도 품위도 얻지 못할 거예요. 이탈리아인 중에 당신께 적합한 남자는 없어요. 결혼하는 조건으로 그 사람이 당신에게 어떤 칭호를 준다고 해도 그것은 당신에게 합당치 않으니까요. 이탈리아의 남자는 여자보다 한결 못한 것 같아요. 왜냐하면 남자들은 여자들이 갖고 있는 단점을 가졌을 뿐만 아니라, 그들만의 단점 또한 지니고 있으니까요. 당신은 어떻게 해서든지 힘든 일을 피하면서 행복에만 매달리는 남쪽 나라의 주민들을 사랑할 수 있다고 저에게 말씀하시려는 것인가요? 당신이 제게 말씀해주신 것이지만, 왜 지난번에 극장에서 보시지 않았어요? 사랑한다고 떠벌리던 아내를 일주일 전에 잃어버린 남자를. 이곳에서는 죽은 사람이나 죽음에 대한 생각으로부터도 되도록 빨리 벗어나려고 하는 것 같더군요. 장례식은 사제들에 의해 거행되죠. 마치 사랑의 마음이 *충성스러운 기사*에 의해 지켜지듯이. 의식과 관례는 미리 정해져 있고, 후회나 정열과는 아무런 상관도 없는 듯해요. 결국 그것이 사랑을 망치며, 여자는 남자에게 어떤 존경의 감정도 품지 않게 돼요. 남자들이 여자들을 아무리 떠받들어도 그녀들은 고맙게 생각하지 않아요. 왜냐하면 남자들의 성격에 단호함이 있는 것도 아니고, 생활을 위한 착실한 직업이 있는 것도 아니기 때문이에요. 자연으로 보나 사회 질서로 보나 그들이 가장 아름다운 모습을 지니기 위하여서는 남자가 보호자로서 여자를 지켜주여야 해요. 또 보호자는 그가 지켜나가는 여자의 연약함을 열렬히 사랑하고, 고대 로마에서 가문의 수호신과도 같이 자기 집에 행복을 가져다주는 무력한 신을 모시지 않으면 안 돼요. 그런데 이곳에서는 마치 여자가 황제이며 남자는 후궁 같군요.

　　남자들에게는 여자들의 특징인 친절과 기품이 있어요. 이탈리아 격언에 *위장할 줄 모르는 자는 살아날 수 없다*는 말이 있더군요. 이것은 바로 여자에게 합당한 격언이 아니겠어요? 하긴 군대나 자유로운 교육이 없는 국가에서 어떻게 남자가 위엄과 힘을 목표로 스스로를 형성해 갈 수 있겠어요? 그래서 그들은 요령 있게 머리를 회전시키죠. 그들은 인생을 한 판의 장기처럼 생각하는데, 그 안에서는 승부가 전부이겠죠. 그들에게 남아 있는 고대 로마의 흔적은 표현과 호화로운 외형에서 볼 수 있는 거창함뿐이에요. 그러나 기초가 없는 이러한 위대함 한편에, 그들의 취미는 저속하고 가정 생활이 무자비하게 무시되고 있는 것을 종종 볼 수 있죠. 코린나, 당신이 다른 어느 국민보다도 더 좋아하는 국민이 바로 이런 국민이란 말씀이세요? 그들의 박수갈채가 당신에게 그토록 필요한 나머지, 울려퍼지는 *브라보*의 환호 이외에는 다른 어떤 인생도 적막하게 느껴지시는 거예요? 누가 당신을 저 소란에서 끌어내어 행복하게 해줄 수 있다고 장담할 수 있겠어요? 당신은 참 알 수 없는 분이에요. 깊은 감수성, 경쾌한 취미, 독립심과 자존심을 지녔으면서도 기분전환을 필요로 하고 그것에 이끌려가니까요. 단 한 사람만을 사랑할 수 있으면서도, 당신은 또 모든 사람의 사랑을 필요로 하니까요. 당신은 번갈아 걱정을 주고 안심시키는 마법사인가요? 숭고한 모습으로 나타났다가 당신 홀로 기거하는 이곳에서 홀연히 모습을 감추어 군중 안으로 사라지고 마는 당신은 마법사 같아요. 코린나, 코린나, 당신을 사랑하지만, 동시에 불안해하지 않을 수도 없군요!

오스왈드

이 편지를 읽고 코린나는 오스왈드가 이탈리아인에 대하여 적어놓은 불쾌한 편견 때문에 상처를 받았다. 그렇지만 그가 무도회의 일로, 또 만찬 이후에 그녀가 만나주지 않은 일로 화가 나 있는 사실에 행복하였다. 이 생각이 들자 편지 때문에 생긴 아픔이 훨씬 덜하여졌다. 그를 다시 보고 싶은 마음이 간절하였다. 재산으로 말하자면 그녀 역시 그만큼 지니고 있었고, 또 본명을 밝히더라도 넬빌 경의 가문보다 못할 것이 전혀 없었건만, 그녀 측에서 그와 결혼을 원하는 것으로 보이는 것은 견딜 수 없었다. 하지만 그녀가 영위하는 특이하고 자유로운 삶과 결혼은 거리가 먼 것이었다. 혹시 그녀가 사랑에 눈이 멀어 영국인과 결혼하여 이탈리아를 포기할 경우 그녀가 겪게 될 모든 괴로움을 잊어버리지 않는 이상, 그녀는 결혼 생각을 하지 않을 것이 분명하다.

사람은 마음에 관계되는 일이라면, 무슨 일에라도 자존심을 버릴 수 있다. 그러나 사회의 관습이나 이해 관계가 어떠한 형태로든지 장애물로 나타나고, 사랑하는 사람이 자기와 결합됨으로써 어떤 희생을 치러야 하는지 알게 되면, 그때는 자기가 자존심을 버렸다는 사실을 나타낼 수 없다. 그럼에도 코린나는 오스왈드와 절교할 엄두를 내지 못하고, 앞으로 그와 만나더라도 그녀의 감정을 숨길 수 있다고 믿고 싶었다. 따라서 그녀는 그에게 편지를 써서 이탈리아 국민에 대한 그의 부당한 비난에 대해서만 대답하고, 마치 그것이 유일한 관심사인 듯이 대화하겠다는 원칙을 세웠다. 분명, 지성이 뛰어난 여성이 냉정함과 자존심을 되찾는 제일 좋은 방법은 피난처와 같이 생각 안에 숨는 것일 것이다.

코린나로부터 넬빌 경에게

1795년 1월 25일

당신의 편지가 저에 관한 이야기뿐이었다면 설명하려고 하지 않았을 거예요. 제 성격은 파악하기 아주 쉬워서, 저를 이해하지 못하는 사람은 저를 아무리 설명해도 알 수 없을 테지요. 영국 여성이 가진 완벽한 겸손의 미덕과 프랑스 여성의 완벽한 우아함의 비결은 때로는 그 두 나라 여성의 마음을 반쯤 감추는 데 유용할 것이라는 생각이 들어요. 당신은 저를 신기하게 생각하셨죠. 그것은 제가 제약받지 않는 천성을 지녔기 때문이에요. 그 때문에 때로는 여러 감정과 정반대의 생각을 조화시키지 않은 채로 있는 그대로 보여드리게 되는군요. 왜냐하면 이 조화란, 만약 그런 것이 존재한다면, 위선일 수밖에 없기 때문이에요. 진지한 성격과는 앞뒤가 안 맞는 것이죠. 그러나 저는 당신께 저에 관한 것이 아니라, 당신이 그토록 맹렬하게 공격하시는 불운한 국민에 대해 말씀드리려고 해요. 당신이 이러한 악의를 품게 된 것은 제가 저의 친구들을 사랑하기 때문이 아닌가요? 당신은 저를 너무 잘 아시고 계시잖아요. 그런데 질투를 하시다니요. 당신이 질투 때문에 그 정도로 이성을 잃으셨다면, 그야말로 저로서는 드릴 말씀이 없네요. 당신이 이탈리아인에 대해서 말씀하시는 이야기는 외국인들이 모두 한결같이 하는 이야기이며, 첫인상에 지나지 않아요. 여러 시대에 걸쳐 그토록 위대하였던 이 나라를 평가하기 위해서는 좀더 꿰뚫어보아야 해요. 어떻게 이 나라의 국민이 로마인의 통치하에 세계에서 제일가는 군사력을 지닐 수 있었고, 중세에 공화 제도 아래에서 그들이 누리는 자유로 모두의 부러움을 살 수 있었으며, 16세기에는 문학과 학문, 예술 분야에서 빛을 낼 수 있었을까요? 이 국민은 모든 형태로 영광을 추구하여오지 않았던가요? 그런데 지금은 그렇지 않다면, 당신은 왜 이 나라의 정치 상황을 비난하지 않으세요? 다른 정치 상황에서는 지금과는 사뭇 다른 국민이 아니었던가요?

잘못된 생각인지는 모르겠지만, 저는 이탈리아인의 과오가 그들의 운명이라는 생각이 들어 그 점에 동정이 갈 뿐이에요. 어느 시대를 막론하고 외국인들은 이 아름다운 나라를 정복하고 분열시켰으며, 자신들의 야망의 대상으로서 눈독들여왔어요. 이제 와서 그 외국인이 이탈리아의 정복당하고 분열당한 모습을 보고 험담을 하다니요! 유럽은 이탈리아인으로부터 예술과 학문을 계승받았어요. 그 유럽이 이탈리아의 현재 상황을 들이대고, 군사력도 정치적 자유도 없는 국민에게 허락된 최후의 영광인 학문과 예술의 영광을 이러쿵저러쿵하다니요.

정부가 국민의 기질을 조성하는 것은 사실이에요. 당신은 이탈리아 국내에서만도 각 도시마다 상이한 풍습이 있음을 유의해 보셨을 것이에요. 피에몬테는 조그마한 나라이지만, 이탈리아의 다른 어느 곳보다 군인 기질이 있어요. 자유 의식을 가지고 있던, 다시 말해 자유로운 기질의 군주가 있었던 피렌체인은 견문이 넓으며 온화해요. 베네치아인과 제노바인은 정치 사상에 소질을 보이는데, 그 이유는 그들에게 공화주의적 귀족 정치가 있었기 때문이에요. 밀라노인은 좀더 진지하죠. 북방 민족은 오래 전부터 이런 기질을 지니고 있었으니까요. 그런가 하면 나폴리인들은 성급해서 싸움이 잘 붙곤 해요. 아마도 그들은 여러 세기 동안 매우 불완전한 정부 아래에 통합되어 있다가 결국 자신들의 정부를 싸워서 쟁취하였기 때문일 거예요. 군사적으로나 정치적으로 별 볼일 없는 로마의 귀족은 무지하고 게으를 수밖에 없어요. 그러나 직업과 책임을 갖고 있는 성직자의 정신은 귀족의 정신보다 훨씬 앞서 있어요. 교황 정부는 출신에 의한 차별을 인정하지 않고 오로지 선거에 의해서만 성직자의 서열을 정하므로 그 때문에 사상이 아니라 관습에 일종의 관대함이 생기는 것이에요. 그리고 이 관대함이 야심도, 사회에서 아무런 역할을 맡을 가능성도 없는 사람들에게 로마를 가장 살기 좋은 곳으로 만들어주는 것이지요.

　　남방 민족은 북방 민족에 비하여 제도에 쉽게 적응하는 편이에요. 그들에게는 빨리 체념해버리는 무감각이 있어요. 게다가 자연이 그들에게 많은 즐거움을 가져다주니까 사회가 그들에게 혜택을 주지 않아도 그들은 쉽게 위로받아요. 과연 이탈리아에는 많은 부패가 있고, 다른 나라에 비해서 문화가 세련되지 않은 것이 사실이에요. 이 나라 사람들은 정신이 예민한데도 불구하고 어딘가 야성적인 데가 있어 보여요. 이 예민함은 마치 사냥꾼이 먹이를 재빨리 포획하는 예민함과 닮아 있어요. 게으른 사람은 으레 잔꾀를 부리지요. 그들은 필요에 따라서는 분노도 감출 수 있는 차분함을 습관적으로 지니고 있어요. 순간적으로 일어난 일을 숨길 수 있는 것도 평상시의 습관적인 태도에서 오는 것이니까요.

　　이탈리아인들은 사적인 관계에서 성실하고 충실해요. 그들 사이에 이해 관계나 야심은 크게 영향을 미치지만, 교만이나 허영심은 별로 그렇지 않아요. 계급의 차이에도 거의 관심이 없어요. 사교계라는 것이 없고, 살롱도, 유행도, 세부적으로 영향을 주는 나날의 사소한 삶의 방식도 없어요. 그들은 일상 생활에서 그런 척한다든가, 질투하는 습관을 갖고 있지 않아요. 자기의 적과 경쟁자를 속이는 것은 상대와 전투 상태에 있다고 여기기 때문이에요. 그렇지만 우호 관계에 있을 때에 그들은 자연스럽고 진실성이 있어요. 당신이 불평을 하는 추문의 원인도 따지고 보면 바로 이 진실성에서 나온 것이죠. 여자들은 끊임없이 연애에 관한 이야기를 주고받으며, 또 남의 연애 이야기를 듣고는 유혹에 휘말리는 등, 자기의 감정을 감추지 않아요. 그 여자들은 연애 사건에서조차 순정 같은 것을 갖고 있는 듯해요. 사회에서 웃음거리가 된다는 것 따위에는 눈도 깜짝하지 않죠. 어떤 여자들은 무식해서 글도 쓸 줄 모르지만 그 사실을 공공연하게 말하고 다녀요. 그 여자들은 아침에 받은 연애 편지의 답장을 자신의 대리인(*il paglietto*)을 시켜 커다란 종이에 신청서 형식으로 쓰게 하죠. 그런가 하면 이번에는 교육을 받은 여자들 가운데에서 한림원의 교수로서 휘장을 어깨에 두르고 공중 앞에서 강의를 하는 사람을 보세요. 만약 당신이 그 때문에 웃기라도 한다면 그녀들은 당신에게 이렇게 말할 거예요. *그리스어를 알고 있으면 안 되나요? 직업을 갖고 생계를 유지하는 것이 뭐가 잘못되었어요? 아무것도 아닌 간단한 일에 왜 그렇게 웃으세요?*

끝으로 좀더 예민한 이야기를 해보도록 하지요. 왜 남자들이 그토록 군인 기질을 보이지 않는지 제가 맞혀볼까요? 그들은 연애나 원한에 아주 쉽게 목숨을 걸어요. 이러한 이유로 단두로 찌르고 찔리는 이야기엔 아무도 놀라지 않으며 겁먹는 일도 없거든요. 타고난 정열이 그들에게 목숨을 걸라고 명령하면 그들은 죽음도 두려워하지 않아요. 진실을 말씀드리자면, 그들은 정치적 이해 관계보다 인생을 더 사랑한다고 할 수 있어요. 그들에겐 조국이 없기 때문에 정치적 이해 관계는 그들의 관심을 끌지 못하죠. 또한 세상의 여론도, 그 여론을 만들어내는 사교계도 없는 이 나라에선 기사도적인 명예가 별 영향을 끼치지 못해요. 이러한 모든 공권력의 무질서 상태에서 여성이 남성에게 커다란 영향을 주는 것은 당연한 일이죠. 그래서 아마도 여성이 남성을 존경한다든지 감탄할 수 없는 것 같아요. 그럼에도 여성을 대하는 그들의 몸가짐은 조심성이 있고 헌신적이에요. 영국에서는 가정적인 미덕이 여성의 명예이며 행복이겠지요. 그러나 결혼이라는 신성한 결합 외에 사랑이 존속하는 나라가 있다면, 그런 나라들 중에 여자의 행복이 가장 중요하게 취급되는 곳은 이탈리아예요. 이곳에서 남자들은 불륜의 관계에 대한 도덕을 갖고 있어요. 어쨌든 간에 그들은 의무의 분담에 있어서 공평하고 관대해요. 연애 관계를 청산할 때에도 그들은 여자들이 더 많은 희생을 하고 더 많은 것을 잃었다고 생각하여 그들의 잘못이 더 크다고 자책하지요. 마음의 재판정 앞에서 그들은 제일 나쁜 일을 한 자의 죄가 가장 무겁다고 생각하고 있어요. 남자들은 냉정하여 잘못을 저지르고, 여자들은 마음이 약하여 잘못을 저지르지요. 엄격하면서도 동시에 타락한 사교계는 과오로 불행이 야기된 경우 가차없기 때문에 자연 여자들에게 가혹해질 수밖에 없지만, 사교계가 없는 나라에서는 본성적인 선량함이 가장 많은 영향력을 발휘하는 것이에요.

이탈리아에서는 위엄이라든가 존경이 별 힘을 지니지 못할 뿐더러 다른 곳보다 훨씬 소홀하게 취급된다는 점을 저도 인정해요. 사교계도 세상의 여론도 없기 때문이에요. 그렇지만 이탈리아의 남자가 신의가 없다는 평에 대해서, 저는 사람들이 제일 순박한 나라가 이탈리아라고 말하고 싶어요. 이탈리아인의 자랑인 이 순박함은 정도가 지나쳐서, 이

나라를 홍보하는 외국인조차 이토록 환대를 받는 나라는 이 세상 어디에도 없을 거예요. 이탈리아 남자들은 지나치게 칭찬을 하는 성향이 있다고 욕을 먹지요. 대개의 경우 계산에 의한 것은 전혀 아니고, 그저 기쁘게 해주려는 정성에서 진심으로 친절하게 말을 건네는 것뿐이에요. 그렇지만 그들이 비상 사태에 처했을 때, 예를 들어 우정 을 위해서 위험이나 역경에 용감하게 대처하지 않으면 안 되는 경우에, 그들이 그 우정을 충실히 지킬까요? 소수의, 극히 소수의 사람만이 그럴 수 있겠지요. 그러나 이러한 일이 적용되는 경우가 어디 이탈리아뿐이겠어요.

이탈리아 남자들은 동양의 태만한 생활 습관을 지니고 있어요. 그러나 한번 그들의 정열에 불이 붙으면, 그렇게 끈질기고 적극적일 수가 없어요. 하렘의 여자처럼 무기력한 여자들에게도 갑자기 더할 나위 없는 헌신을 바치게 되지요. 이탈리아 남자의 기질과 상상력에는 불가사의한 것이 있는데, 거기에서 당신은 뜻밖의 관용과 우정을 보기도 하고 증오와 복수의 음침하고 무서운 행동에 직면하기도 해요. 이곳에서는 어느 경우에도 경쟁심은 없어요. 삶은 아름다운 하늘 아래에서 꿈을 꾸며 자는 잠일 뿐이에요. 그러나 이러한 남자들에게 어떤 목표를 주면, 그들이 여섯 달 안에 무엇이든지 배우고 무엇이든지 이해하는 것을 보시게 될 거예요. 여자들도 마찬가지죠. 대부분의 남자들이 여자들이 말하는 것을 듣지 않는다면, 그 여자들이 왜 공부를 하려고 하겠어요? 지성을 닦으면, 정신적으로 고립이 될 텐데 말이에요. 그러나 이 같은 여자들도 훌륭한 남자를 사랑하게 되면, 곧 그 남자에 어울리는 여자가 되고 말아요. 이곳에서는 모든 것이 잠자고 있죠. 아직 아무것에도 큰 관심을 갖지 못한 나라에서는 차라리 휴식을 취하고 무관심한 것이 사소한 일에 쓸데없이 우왕좌왕하는 것보다 낫다고 할 수 있어요.

강력한 행동과 다양한 삶에 의해 사상이 새로워지지 않는 한, 그러한 곳에서 문학은 활기를 잃게 마련이에요. 그런데 어느 나라가 문학과 예술에 관하여 이탈리아만큼 칭찬을 받은 적이 있을까요? 어느 시대에나 교황·왕족·민중이 훌륭한 화가·시인·작가에게 최고의 찬사를 보내온 것을 우리 역사는 잘 말해주고 있어요.(15) 재능에 대해서 보이는 이 사람들의 열광이, 솔직하게 말씀드리자면 저를 이 나라에 묶어두는 첫째 원인이에요. 이탈리아에서는 다른 곳에서처럼 타고난 천재성을 괴롭히고 숨통을 죄는 둔화된 상상력, 사람을 실망시키는 정신, 어디에서나 넘쳐흐르는 범용성을 찾아보기 힘들어요. 청중 사이에서 좋은 생각과 감정, 행복한 표현이 불이 붙듯 퍼져나가죠. 이곳에서 재능은 그 자체로 첫번째 선망의 대상이 되어요. 페르골레시[99]는 『스타바트 마테르』 때문에 죽음을 당하였고, 조르지오[100]는 공공 장소에서 그림을 그려야 할 때에 갑옷을 입고 무장을 하였어요. 우리들은 다른 나라 사람들이 권력에 대하여 그런 감정을 느끼는 것과 마찬가지로 재능에 대하여 심한 질투의 감정을 품어요. 이 질투는 그 대상을 비하시키지 않아요. 미워하고, 추방하고 죽일 수는 있겠죠. 그렇지만 질투의 감정에는 언제나 광적인 예찬이 섞여 있기 때문에 그것을 박해한다는 것은 그것을 고무시키는 일이 되기도 하거든요. 결국 이렇게 좁은 영토 안에, 모든 종류의 장애와 예속의 한가운데 있는 삶을 보면서 이 민족에게 강한 관심을 갖지 않을 수 없는 것이에요. 이들은 상상력으로 그들이 갇혀 있는 한계에서 빠져나와 부족한 공기를 탐욕스럽게 빨아마시니까요.

  이러한 한계가 크다는 사실을 저는 부정하지 않겠어요. 현재 이탈리아의 남자들에게서는 군대를 가진 자유 국가의 국민이 갖추고 있는 위엄과 자부심을 찾아볼 수 없어요. 또 저는 그러한 국민의 기질이라면 여자들에게 더욱 열정과 사랑을 불어넣을 수 있을 것이라고 감히 생각해보아요. 그러나 단호하고 고귀하며 엄격한 남자는 여자를 행복하게 해줄 수 있는 자질은 갖추지 못하고, 여자로부터 사랑받을 자질만을 갖고 있는 것은 아닐까요?

코린나

제 4 장

코린나의 편지를 읽고 오스왈드는 그녀와 헤어지려고 하였던 일을 다시 한번 후회하였다. 그가 써 보낸 신랄한 말을 반박하는 정신적 위엄과 당당한 고요함에 감동되었고, 존경스러운 마음이 스며들었다. 이와 같이 훌륭하고 솔직하고 거짓이 없는 훌륭한 태도는 보통의 정도를 넘는 것 같았다. 코린나는 그가 인생의 반려자로 마음속에 상상하고 있던 연약하고 겁 많은, 어떤 일도 결정하지 못하고, 의무감도 감정도 없는 여인이 아니라는 사실을 다시 한번 잘 알게 되었다. 그가 만났을 때 열두 살이었던 기억 속의 루실은 반려자에 대한 그의 생각에 잘 어울렸다. 그러나 코린나와 비교가 될까? 재능과 감성을 겸비한 다채로운 자질을 지닌 사람에게 법이나 일반 규범을 적용시킬 수 있을까? 코린나는 자연이 낳은 기적이었다. 그러나 오스왈드가 그런 여자의 관심의 대상이 되었다고 우쭐거릴 수 있을지는 몰라도, 이 기적이 오스왈드에게 도움을 주는 것은 아니지 않는가? 그녀의 이름이 무엇이며, 이제까지 그녀가 살아온 인생이 어떤 것이며, 만약 그가 그녀에게 같이 살자고 하면 그녀는 앞으로 어떤 계획을 세울 것인가? 모든 것이 아직 불분명하였다. 아무리 오스왈드가 코린나에게 느끼는 열광 때문에 그녀와 결혼할 결심을 한다고 하여도, 종종 이제까지의 코린나의 생활이 흠잡을 데 없는 것이 아닐 수도 있다는 의문과 더불어 분명 이런 결혼을 부친이 허락하지 않앉을 것이라는 생각이 다시 한번 그의 마음을 흔들어놓아 그를 너무도 괴로운 근심 속에 빠뜨렸다.

그는 코린나를 알기 이전과 같이 괴로움에 짓눌려 있지는 않았으나, 그렇다고 해서 커다란 잘못에 대한 속죄에 생활의 전부를 바치던 때의 평안함도 느낄 수 없었다. 전에는 아무리 괴로운 것일지라도 추억에 젖는 일이 두렵지 않았으나, 이제는 그의 마음속 깊이 숨어 있던 생각이 밖으로 드러나게 될까봐 오랫동안 깊은 생각에 잠기는 일이 두려워졌다. 그는 그녀가 답장을 써준 데에 대하여 고마움도 전하고, 그가 쓴 편지에 대해 사과도 할 겸, 코린나를 찾아갈 생각이었다. 그때 젊은 루실의 친척인 에저몬드 씨가 들어왔다.

그는 착실한 신사이며, 그의 영지가 있는 웨일스 공국에 살고 있었다. 그는 오늘날의 영국을 형성하고 있는 여러 원칙과 편견을 갖고 있는 사람이었다. 영국의 현황이 인간의 이성이 용납할 수 있는 것만큼 좋다면 그것은 하나의 선(善)이다. 그래서 에저몬드 씨와 같은 사람들, 말하자면 기존 질서를 옹호하는 사람들은 아무리 강하게 또 아무리 완고하게 그들의 관습과 시각에 집착하고 있어도 견식과 분별을 겸비한 인사로 간주해줄 수밖에 없는 것이다.

에저몬드 씨의 방문 소식을 듣고 넬빌 경은 몸서리를 쳤다. 모든 추억이 한꺼번에 되살아나는 것 같았다. 그러나 곧 그는 루실의 모친인 에저몬드 부인이 그를 비난하기 위하여 친척을 보내 그의 자립을 방해하려는 것이라는 생각이 들었다. 그렇게 생각되자 넬빌 경은 단호한 태도로 극도로 냉정하게 에저몬드 씨를 맞이하였다. 그런데 그는 그를 만나자마자 그런 염려 할 필요가 전혀 없음을 깨달았다. 왜냐하면 에저몬드 씨는 넬빌 경과 관련되는 어떤 계획도 가지고 있지 않았기 때문이다. 그는 많은 운동과 사냥을 하며, 조지 왕이나 옛 영국의 국왕을 위한 축배를 들면서 건강을 위하여 이탈리아를 여행하고 있었다. 그는 세상에서 제일가는 신사였으며, 보통때보다 훨씬 더 재기와 교양을 갖추고 있었다. 그는 어느 누구보다도 영국인다웠다. 의당 그래야 되겠지만, 그토록 티를 내지 않아도 좋으련만 하는 생각이 들 정도였다. 어느 나라에 가도 자신의 습관대로 하고, 영국인들하고만 지내며, 외국인들과는 대화하는 일도 없었다. 그들을 무시해서가 아니라 외국어를 하는 데에 대한 혐오 같은 것 때문이었으며, 또 쉰 살이 넘도록 수줍음 때문에 새로운 친구를 사귀는 일이 어려웠기 때문이었다.

"만나뵙게 되어 반갑습니다."

하고 그는 넬빌 경에게 말하였다.

"이 주일 후에 저는 나폴리에 갈 생각인데, 경께서도 함께 가시지 않으시겠어요? 저의 연대가 곧 승선한다니까, 제가 이탈리아에 머무는 날도 얼마 남지 않은 듯하여 그렇게 하신다면 좋을 것 같군요."

"당신의 연대?"

하고 에저몬드 씨의 말을 따라하면서 넬빌 경은 얼굴을 붉혔다. 그의 연대가 이 시기에는 편성되어 있지 않았으므로, 그는 일 년 동안의 휴가를 받았다는 사실을 까맣게 잊고 있기라도 했다는 듯이. 그러나 그가 얼굴을 붉힌 것은 행여 자신이 코린나 때문에 의무를 잊을 수도 있다는 생각이 들어서였다.

"당신의 연대는 그렇게 빨리 출동하지는 않겠지요."

하고 에저몬드 씨는 하던 말을 계속하였다.

"그러니 이곳에서 아무 걱정 마시고 건강을 회복하세요. 제가 출발하기 전에 경께서 마음에 두고 계시는 제 사촌 여동생을 만나보고 왔어요. 전보다 더 예뻐졌더군요. 일 년 후에 경께서 귀국하실 때쯤이면 틀림없이 영국에서 제일 아름다운 아가씨가 되어 있을 거예요."

넬빌 경은 침묵을 지켰고, 에저몬드 씨 측에서도 아무 말이 없었다. 그들은 간단하게 다정한 몇 마디의 말을 더 주고받았으며, 에저몬드 씨는 밖으로 나가려다가 돌아서서 이렇게 말하였다.

"그런데 경께서 저를 위해 수고해주신다면 고맙겠어요. 그 유명한 코린나를 아신다지요. 원래 저는 새로운 친구를 사귀는 것을 좋아하지 않지만, 그녀에게 대단히 관심이 끌리는군요."

"원하신다면, 코린나에게 당신을 모시고 가도 되는지 물어보겠습니다."

"그렇게 해주세요. 부탁합니다."

하고 에저몬드 씨는 말하였다.

"저희 앞에서 그녀가 즉흥시를 짓고 노래하고 춤추는 모습을 한 번 꼭 보고 싶군요."

그러자 넬빌 경이 말하였다.

"코린나는 그런 식으로 자기의 재능을 외국인에게 보이는 여자가 아니에요. 모든 면에서, 당신이나 저와 대등한 여자입니다."

"오해를 해서 죄송합니다."

라고 에저몬드 씨는 말하였다.

"제가 코린나 외의 다른 이름을 모르고, 또 스물여섯 살의 그녀가 가족도 없이 혼자 살고 있다는 사실밖에는 그녀에 대해 아는 게 없어서, 그만 그녀가 자신의 재능으로 생계를 꾸려가며 그 재주를 알릴 기회를 갖는 것을 아주 기꺼워하는 여자인 줄로만 생각했어요."

넬빌 경은 흥분하여 대답하였다.

"그녀는 경제적으로 완전히 자립하여 있습니다. 정신적으로는 더더욱 그렇고요."

에저몬드 씨는 곧 코린나에 관한 이야기를 그치고, 오스왈드가 그녀에게 관심이 있는 것을 눈치채고는, 그녀의 이름을 발설한 데에 대하여 후회하였다. 영국 남자들은 진정한 사랑에 관련된 모든 것에 대해서 이 세상에서 가장 조심성이 많으며, 또 배려할 줄 아는 사람들이다.

에저몬드 씨가 떠나자, 혼자 남게 된 넬빌 경은 제 분에 못이겨 소리치지 않을 수 없었다.

"코린나와 결혼을 해야겠다. 앞으로 어느 누구도 그녀를 얕잡아보지 못하도록 내가 그녀의 보호자가 되어주어야겠다. 지위이든, 이름이든, 줄 수 있는 것은 다 주도록 하자. 그녀는 이 지상에서 그녀만이 줄 수 있는 행복으로 나를 채워주겠지."

그는 이런 마음가짐으로 서둘러 코린나의 집에 갔으며, 희망과 애정이 뒤섞인, 여느 때보다도 더 부드러운 감정을 갖고 집 안에 들어갔다. 그러나 원래 타고난 수줍은 성격 탓에 그는 우선 마음을 가라앉히기 위해 의미 없는 이런저런 이야기를 하다가, 에저몬드 씨를 데려와도 괜찮은가를 묻게 되었다. 에저몬드라는 이름을 듣자, 그녀는 눈에 띄게 혼란스러워하며, 단호하게 오스왈드의 청을 거절하였다. 그는 무척 놀라 이렇게 말하였다.

"그토록 많은 사람을 받아들이시는 당신 댁에서 제 친구의 이름이 거절당하리라고는 생각하지 못했는데요."

"섭섭하게 생각하지 마세요."

하고 코린나가 대답하였다.

"당신의 부탁을 받아들일 수 없는 확실한 이유가 있어서예요."

"그 이유를 저에게 말씀해주시면 안 될까요?"

하고 오스왈드가 말하였다.

"그럴 수 없어요."

하고 코린나는 큰소리로 말하였다.

"절대로 말씀드릴 수 없어요!"

"그렇다면……"

하고 오스왈드는 말하였다. 코린나의 감정이 격해 있으므로 그는 입을 다물고, 밖으로 나가려고 하였다. 그러자 코린나는 눈물에 젖어 영어로 말하였다.

"제발, 제 마음에 상처를 주고 싶지 않으시다면, 가지 마세요."

그 말의 어조가 오스왈드의 마음을 심하게 흔들었다. 그는 코린나로부터 조금 떨어진 곳에 앉아, 거실을 환하게 하여주는 순백의 대리석 꽃병에 머리를 기대었다. 그리고 다짜고짜 이렇게 말하였다.

"당신은 참 무정한 여인이세요. 제가 당신을 사랑하는 것을 아시면서, 하루에 스무 번도 더 당신에게 청혼하고 저의 생애를 바치려고 하는 것을 아시면서, 당신이 누구신지 제게 알려주시지 않으니! 제게 말씀해주세요, 코린나. 제발 제게 말씀해주세요."

하고 그는 마음을 감동시키는 어조로 손을 잡으며 되풀이하여 애원하였다.

"오스왈드."

하고 코린나는 울부짖었다.

"오스왈드, 당신은 지금 저에게 얼마나 큰 고통을 주시는지 모르실 거예요. 만약에 제가 이성을 잃고 당신께 모든 것을 말씀드린다면, 그렇게 한다면, 당신은 저를 더 이상 사랑하지 않으시겠죠."

"뭐라고요! 당신에게 고백하실 게 있다는 말씀이세요?"

하고 그는 말하였다.

"저에게는 당신에게 어울리지 않을 만한 것은 어떤 것도 없어요. 전에 우리들 사이에 있던 취미나 견해의 차이도 이젠 없을 거예요. 저에게 제 이야기를 하도록 강요하지 마세요. 아마 언젠가는, 언젠가는, 당신이 정말로 저를 사랑하시게 되고, 만약에 …… 아! 뭐라고 말씀드려야 좋을지."

코린나는 말을 계속하였다.

"모든 것을 다 아시게 되겠지만, 제 이야기를 들으실 때까지는 저를 버리지 마세요. 하늘에 계신 당신 아버지의 이름으로 제게 약속하세요."

"제발 그 이름만은 말하지 마세요."

하고 넬빌 경은 큰소리로 외쳤다.

"그분께서 우리를 결합시켜주실지, 아니면 떨어뜨려놓으실지 어떻게 아세요! 당신은 아버지께서 우리의 결혼에 찬성하신다고 생각하세요? 그렇게 생각되신다면, 제게 그것을 증명해주세요. 그렇게 되면 저는 더 이상 흔들리지도, 괴로워하지도 않을 테니까요. 언젠가 제가 겪은 슬픈 이야기를 해드리지요. 그러나 지금 제가 어떤 상태에 있는지, 당신이 저를 어떤 상태에 밀어넣었는지 좀 보세요."

진짜로 그의 이마엔 식은땀이 가득했고, 안색은 창백했으며, 마지막 말을 겨우 마치며 입술을 떨고 있었다. 코린나는 그의 곁에 앉아 손을 잡고, 그를 조용히 달래었다.

"오스왈드."

하고 코린나는 말하였다.

"에저몬드 씨에게 노섬벌랜드[101]에 계시지 않았는지, 적어도 지금부터 5년 전에 그곳에 계신 적이 없는지 여쭤보아주세요. 그곳에 계시지 않았다면 모시고 와도 좋아요."

이 말에 오스왈드는 똑바로 코린나를 쳐다보았다. 그녀는 눈을 아래로 내리뜨고, 아무 말도 하지 않았다. 넬빌 경은 그녀에게 대답하였다.

제6부 이탈리아인의 생활과 기질

"분부대로 하죠."

그리고 그는 떠났다.

집에 돌아와 그는 코린나의 비밀에 관하여 열심히 이것저것 억측해보았다. 그녀가 오랫동안 영국에서 지내었고, 그녀의 이름과 가족이 그곳에서 알려져 있는 것이 분명한 듯하였다. 그러나 그녀는 무슨 이유로 그 사실을 그에게 숨기는 것이며, 그곳에 정착하고 있었다면, 그녀는 왜 영국을 떠났던 것일까? 여러 가지 의문이 오스왈드의 마음을 심하게 뒤흔들었다. 그는 코린나의 과거에 아무런 흠이 없을 것이라고 확신하고 있었다. 그러나 그는 그녀가 다른 사람들의 눈에 잘못이 있는 사람으로 비치게 될까봐 걱정하였다. 그녀를 위해 그가 가장 두려워한 것은 영국에서의 비난이었다. 다른 나라에서의 비난 같은 것은 아무래도 좋았다. 그러나 그의 뇌리에서 부친에 대한 기억은 조국에 대한 생각과 너무나 긴밀히 연결되어 있었으므로, 두 감정 중 어느 하나가 고조되면 다른 하나도 따라서 고조되는 것이었다. 오스왈드는 에저몬드 씨가 작년에 처음으로 노섬벌랜드에 갔다고 들었다. 그래서 그날 밤 바로 코린나의 집에 데려가기로 약속하였다. 그는 에저몬드 씨가 코린나에 대해 품고 있는 편견에 대하여 귀띔해주려고 먼저 도착하였다. 그래서 그는 그녀에게 에저몬드 씨에게 냉정하고 조심성 있는 태도를 취하여 그로 하여금 자신이 오해하고 있었다는 사실을 깨닫게 하여줄 것을 부탁하였다.

그러자 코린나는 이렇게 대답하였다.

"허락하여주신다면, 저는 다른 사람을 대하는 것과 똑같이 그분을 대하고 싶어요. 원하신다면 즉흥시도 짓겠어요. 어쨌든 있는 그대로의 저를 보여드리고 싶어요. 저의 스스럼없는 행동에서 그분은 정신의 품위를 느끼실 것이고, 또 제가 조심스러운 태도를 억지로 꾸미지 않는다는 사실을 아시게 되겠지요."

"그렇게 하세요, 코린나."

하고 오스왈드는 대답하였다.

"맞아요. 당신의 말씀이 옳아요. 아! 당신이 지닌 훌륭한 천성을 아무것도 아닌 것과 바꾸려 하다니, 큰일날 뻔했군요!"

이때 에저몬드 씨가 다른 손님들과 함께 도착하였다. 모임의 처음부터 넬빌 경은 코린나 곁을 떠나지 않았다. 애인 겸 보호자로서의 관심을 보이며, 그녀를 치켜세울 만한 말은 다하였다. 자기 만족을 위해서 그렇게 한 것이 아니라, 그녀에 대한 존경심을 사람들에게 보여주려는 마음이 역력했다. 그러나 그는 그의 근심이 쓸데없었던 것임을 알고는 기뻐하였다. 코린나는 완전히 에저몬드 씨를 매료시키고 말았다. 그녀의 재기와 매력으로서만이 아니라 진지한 인간은 정직한 인간이기도 하다는 느낌을 주어서 그의 마음을 사로잡았다. 그는 그가 선택한 주제로 즉흥시를 짓는 은혜를 베풀어달라고 그녀에게 겸손하면서도 조급하게 청하였다. 그녀는 즉각 승낙하였고, 이러한 친절을 얻어내는 일이 그리 어려운 일이 아님을 보여주었다. 그러나 그녀는 오스왈드가 신경을 많이 쓰고 있는 이 손님이 오스왈드에게 그녀에 대한 이야기로 영향력을 행사할 수 있다고 생각하니, 오스왈드와 같은 나라에서 온 이 사람의 마음에 들고 싶은 강렬한 욕구에 난생 처음으로 갑자기 부끄러워졌다. 그녀는 시작하려고 하였다. 그런데 떨려서 말이 이어지지 않는 것을 느꼈다. 그녀가 영국인 앞에서 당당하지 못한 것을 보고 오스왈드는 가슴이 아팠다. 코린나는 그가 눈을 내리뜨고 눈에 띄게 불안해하는 모습을 보고, 그가 어떤 생각을 하고 있는지 신경이 쓰여, 점점 더 즉흥시를 짓는 데에 필요한 안정을 잃어가고 있었다. 결국에는 말을 더듬게 되고 그녀의 말이 감정이 아니라 기억에서 나오고 있으며 실제로 그녀의 생각과 느낌을 표현하고 있지 않다는 사실을 깨닫자, 그녀는 갑자기 말을 멈추고 에저몬드 씨에게 이렇게 말하였다.

"용서하세요. 오늘은 부끄러워 재능이 나오지 않는군요. 이런 일은 처음 있는 일이에요. 제 친구들은 모두 알겠지만, 전혀 평상시의 저답지 않은 일이에요."

그녀는 한숨을 쉬며 덧붙였다.

"하긴 이런 일이 또 있을지도 모르지요."

오스왈드는 눈물이 날 정도로 연약한 코린나의 모습을 보고 깊은 감동을 받았다. 그때까지 그는 상상력과 천재성이 언제나 그녀의 감정을 능가하고 그녀가 매우 좌절했을 때에조차 그녀의 영혼을 일으켜세우는 것을 보아왔다. 이번에는 감정이 정신을 전적으로 굴복시키고 있었다. 그럼에도 불구하고 오스왈드는 코린나의 명예를 자신의 명예라고 생각하고 있었기 때문에, 그녀의 고통을 방관하는 것이 아니라 같이 괴로워했다. 그러나 그에게는 그녀가 언젠가 또다시 그녀다운 눈부신 광채를 발휘하리라는 확신이 있었기 때문에, 그는 방금 그가 목격한 감미로운 감상에 젖어들었다. 그리고 사랑하는 사람의 그러한 모습은 어느 때보다도 더욱 그의 마음을 강하게 사로잡았다.

제7부
이탈리아 문학

제 1 장

넬빌 경은 에저몬드 씨가 코린나의 이야기를 기쁘게 들어주기를 간절히 바랐다. 그녀의 이야기는 즉흥시의 가치를 충분히 지니고 있었다. 그 다음날 같은 일행이 그녀의 집에 모였다. 그녀의 이야기를 유도하기 위하여 그는 화제를 이탈리아 문학으로 몰고 갔다. 그는 영국에는 참다운 시인과 정력으로 보나 감수성으로 보나 이탈리아가 자랑하는 시인보다 훨씬 훌륭한 시인이 많다는 말을 하며, 그녀의 격하기 쉬운 성미를 자극하였다.

"무엇보다도,"

하고 코린나는 대답하였다.

"외국 분들은 대부분 우리나라의 일류 시인밖에는 알고 계시지 않아요. 말하자면 단테, 페트라르카, 아리오스토, 구아리니,[102] 타소, 메타스타시오[103]이지요. 그러나 이탈리아에는 캬브레라,[104] 구이디,[105] 필리카야,[106] 파리니[107]도 있고, 이외에도 사나차로,[108] 폴리치아노[109] 등 유창한 라틴어로 시를 쓴 시인들이 있어요. 그들은 모두 그 시 구절 안에서 색채를 말의 울림에 결부시키고 있어요. 그들은 말로 표현하는 그림 안에 미술과 자연의 아름다움을 재능 있게 표현할 줄 알아요. 물론 우리나라 시인에게서 깊은 우수라든가 여러분들의 시인들을 특징짓는 인간에 대한 통찰 같은 것을 찾아보기는 어려울지도 몰라요. 그러나 그러한 유의 우수함은 시인보다는 철학자에게 적합한 것이 아닐까요? 이탈리아인들의 화려한 멜로디는 심상보다는 외적인 것들의 광채에 더 잘 어울리지요. 이탈리아어는 슬픔보다는 분노를 표현하는 데에 적합한데, 그 이유는 심사숙고된 감정은 형이상학적인 표현을 필요로 하는 반면에, 복수하고 싶은 욕망은 상상력을 자극하며 괴로움을 밖으로 돌리기 때문이에요. 체사로티[110]는 오시안의 시 번역 중 가장 훌륭하고 격조 높은 번역을 하였어요. 그러나 그것을 읽으면 거기에 나오는 단어 자체가 환기시키는 어두운 사념과는 대조적인 축제의 분위기가 있어요. *맑은 시냇물, 아름다운 평야, 시원한 나무그늘*이라는 우리나라의 듣기 좋은 말이 진짜로 시냇물 소리와 다채로운 색이라도 되듯이 이끌리는 것이에요. 귀공께서는 이 이상 시에 대해서 무엇을 바라세요? 왜 나이팅게일이 부르는 노래의 뜻을 물으세요? 나이팅게일은 노래의 뜻을 설명하기 위해서 다시 노래하는 수밖에 없어요. 노래가 만들어내는 인상에 몸을 맡기는 외에는 그것을 이해할 길이 없지요. 시 구절의 운율, 조화로운 리듬, 짧은 두 음절로 구성되어 있는 간결한 말미, 이 두 음절의 음은 즈드루치올리 *Sdruccioli*[111]라는 명칭이 가리키듯이 미끄러져 때로는 춤의 가벼운 걸음걸이와 같을 때가 있어요. 때때로 더 무거운 리듬은 천둥소리나 칼날의 번쩍임을 연상시키죠. 결국 이탈리아의 시는 상상력의 산물이며, 우리는 시에서 모든 형태의 즐거움을 찾을 뿐이에요."

넬빌 경이 대답하였다.

"이탈리아 시의 아름다움과 단점에 대해서는 정말 설명을 잘해주셨어요. 하지만 아름다움은 없고 단점만 보이는 산문에 대해서는 어떻게 설명하시겠어요? 운문에서 막연한 것은 산문에서는 내용이 없는 것이 되지요. 귀국의 시인들이 멜로디와 이미지로 치장할 줄 아는 그 많은 범용한 생각들이 지칠 정도로 힘이 있는 산문에서는 차갑게 변하고 말아요. 오늘날 많은 이탈리아의 산문 작가가 미사여구의 장황하고 과장된 말을 많이 쓰고 있는 것을 보면, 모두 주문에 따라 틀에 박힌 문장을 관습적으로 쓰고 있는 것을 알 수 있어요. 그들은 글을 쓰는 것이 자기의 개성과 사고를 표현하는 것이라는 사실조차 짐작하지 못하는 것 같아요. 그들에게 문체는 인공적인 직물이며, 그들의 영혼과는 아무 상관도 없는 끼워맞춘 모자이크예요. 수공예품이 손으로 만들어지듯, 이 모자이크는 펜으로 만들어지지요. 그들은 하나의 사상을 발전시키고, 주석을 붙이고 부풀려서 어떤 감정을 과대 평가하는 비결을 과용한다고 말할 수 있어요. 그 정도가 하도 심하기 때문에, 우리는 마치 흑인 여자가 긴치마 밑에 커다랗게 부풀린 속치마를 입은 프랑스 여자에게 하는 것처럼 묻고 싶어지지요. 부인, 이 모두가 부인의 몸매이신가요? 라고. 이렇게 화려한 어휘들 안에는, 과연 어디에 사실이 있는 걸까요? 진실한 표현이라면 이런 것들을 허무한 유혹처럼 떨쳐버리겠지요."

"귀공께서는,"

하고 코린나가 힘있게 반박하였다.

"마키아벨리,[112] 보카치오,[113] 그리고 그라비나,[114] 필란제리,[115] 또 현재는 체사로티, 베리,[116] 베티넬리,[117] 그외에도 글쓰고 생각할 줄 아는 많은 다른 인물들을 간과하고 계셔요.(16) 그러나 지난 수세기 전부터 불행한 상황으로 인하여 이탈리아는 독립을 빼앗겼고, 저희는 진실에 대한 어떠한 관심도, 또 진실을 말하는 가능성까지도 잃게 되었어요. 그 결과 사상에는 감히 접근할 생각도 하지 못한 채, 말로 만족하는 습관이 붙었지요. 글로써는 그러한 상황에 아무런 영향도 줄 수 없었다는 점을 확실히 알고 있었기 때문에, 재능을 보여주기 위해서만 썼던 것이에요.

그것이야말로 머지않아 정신 자체를 잃고 마는 가장 확실한 방법이지요. 왜냐하면 사람들이 많은 사상과 만나는 것은 숭고하고 가치 있는 목적을 위해서 노력을 기울일 때이기 때문이에요. 산문 작가가 국민의 행복을 위해 어떤 분야에서도 영향을 미칠 수 없고 돋보이기 위해서만 글을 쓸 경우, 결국 수단이 목적이 되어버린 경우, 우회하는 수밖에 없고 앞으로 나아갈 수가 없어요. 이탈리아인들이 새로운 사상을 두려워하는 것은 사실이지만, 게으름 때문이지 문학적 창의성이 없기 때문이 아니에요. 그들의 성격·명랑함·상상력에는 많은 독창성이 있어요. 그런데 심사숙고하는 수고를 기울이지 않기 때문에 일반적으로 하는 그들의 생각이 공통되는 것이에요. 그들의 웅변 역시 말로 할 때에는 매우 활기차지만, 글로 쓸 때에는 부자연스럽게 되고 말아요. 더구나 남쪽의 사람들은 산문을 거북하게 생각하고, 진정한 생각을 운문으로밖에 표현하지 않아요. 프랑스 문학은 반대예요."

하고 코린나는 델푀유 백작을 쳐다보며 말하였다.

"프랑스의 산문 작가는 시인보다 더 웅변적이며 시적일 때가 많으니까요."

"말씀대로 그래요."

하고 델푀유 백작이 대답하였다.

"우리나라에는 그 분야에 진짜 대가들이 있지요. 보쉬에, 라브뤼에르, 몽테스키외, 뷔퐁을 능가할 자는 없으니까요. 특히 처음 두 사람은 루이 14세 시대 사람인데, 합당한 찬사가 없을 정도이며, 우리는 될 수 있는 한 그들의 완벽한 모델을 따라야 해요. 외국 분들도 우리와 같이 열심히 따르시라고 말씀드리고 싶어요."

"그렇게 생각하기는 힘들군요."

하고 코린나가 말하였다.

"민족성, 독창적인 감정과 정신을 잃는 것이 전세계에 도움이 되다니요. 제가 감히 말씀드린다면, 델푀유 백작님, 백작님의 나라에서조차 문학의 정통성이라고 부를 수 있는 바로 그것이 시기 적절한 개혁을 방해해서, 결국에 가서는 프랑스 문학을 고갈시키게 될 것이에요. 천재란 기본적으로 창조하는 사람이며, 개인적으로 그 천재성을 타고 태어나죠. 자연은 두 개의 잎사귀가 서로 닮기를 원치 않았고, 인간의 정신에는 더욱 많은 다양성을 주었어요. 모방은 죽음을 뜻해요. 그것은 한사람 한사람으로부터 본래의 존재를 빼앗아가니까요."

"아름다운 이방인이시여, 당신은 행여 우리가 우리의 문학 안에 게르만족의 야만성과 영국 작가 영의 「밤」과 이탈리아인, 스페인인의 콘체티 Concetti[118]를 받아들이길 바라시는 것은 아니시겠죠? 그렇게 모두가 뒤섞이고 나면 프랑스 문체의 취미와 우아함은 어떻게 되겠어요?"

하고 델푀유 백작이 말했다.

그때까지 입을 다물고 있던 카스텔 포르테 공이 말했다.

"제 생각에는 우리 모두가 서로를 필요로 하고 있는 것 같아요. 모든 나라의 문학은 그것을 알아보는 사람에게 새로운 사고의 영역을 펼쳐보여주지요. 카를 5세[119]는 *4개 국어에 능통한 사람은 네 사람의 가치가 있다*고 말하였어요. 그 정치의 대가가 정무에 대해서 이렇게 판단한다면, 어찌하여 그것이 문학에 적용되지 않는다고 할 수 있겠어요! 외국인 모두가 프랑스어를 알고 있어요. 따라서 그들의 시야는 외국어를 모르는 프랑스인보다 넓다고 볼 수 있어요. 왜 프랑스인은 외국어를 배우기 위해 노력하지 않으세요? 그렇게 되면 자신들의 탁월한 점을 보존할 수 있고, 때로는 결함을 발견할 수도 있을 텐데요."

제 2 장

델푀유 백작이 말을 이었다.

"우리가 누구에게도 배울 것이 없다는 점은 적어도 인정해주셔야 죠. 프랑스의 연극은 단연 유럽의 제일이에요. 설마 영국인들도 셰익스피어를 가지고 우리에게 대적할 엄두를 내진 않겠죠."

"실례이지만,"

하고 에저몬드 씨가 가로막았다.

"영국인들의 생각은 다르죠."

그는 이 말만 하고 침묵을 지켰다.

"그렇다면 저로서는 할말이 없군요."

델푀유 백작은 묘한 경멸을 담은 미소를 지으며 말을 계속하였다.

"각자 나름대로의 생각이 있으니까요. 그러나 결국 연극 예술에서 우리가 제일이라고 단언하는 것은 절대로 자만에서 오는 것은 아니라고 생각해요. 솔직히 말씀드리면 이탈리아인들은 이 세상에 연극이라는 예술이 있다는 사실조차 알지 못해요. 그들에게는 음악이 전부이며, 희곡 같은 것은 아무것도 아니죠. 만약 어느 희곡에서 제2막의 음악이 제1막의 것보다 더 좋다면, 그들은 제2막부터 시작해요. 만약 그것이 서로 다른 두 희곡의 제1막이더라도, 그들은 이 두 개를 같은 날 상연하고, 또 이 둘 사이에 산문으로 된 희극의 한 막을 집어넣어요. 대개 거기에는 최고의 교훈이 들어 있는데, 그 교훈들이란 너무 오래되어 우리 조상들조차 이미 외국에 돌려보낸 격언들로 구성되어 있죠. 그런데 이탈리아의 음악가는 시인을 제 마음대로 해요. 어떤 음악가는 시인에게 그가 쓰는 아리에타[120]에 *페리치타 felicità*[121]라는 말이 없으면 노래할 수 없다고 선언하기도 해요. 테너는 톰바 *tomba*¹²²라는 말을 요구하죠. 세번째 가수는 *카테나 catène*¹²³라는 말 외에는 룰라드¹²⁴가 되지 않는다고 해요. 불쌍한 시인은 극의 상황을 가능한 한 이러한 다양한 기호에 맞추어 정리해야 해요. 그뿐이 아니에요. 무대 위에 곧바로 등장하길 원치 않는 거장들도 있어요. 그들의 등장을 좀더 효과적으로 하기 위하여 그들은 구름 속에서 나타나든지, 궁전의 계단 꼭대기에서 내려와야 해요. 감동적인 장면이든 거친 장면이든, 배우가 아리에타를 노래할 때에는 관객이 보내는 박수갈채에 답하여 인사해야 해요. 먼젓번에는 『세미라미스』¹²⁵에서 니누스의 망령이 아리에타를 노래한 다음, 연기를 하는 배우가 망령의 의상으로 관중석을 향해 큰절을 하더군요. 그 때문에 유령의 무서움이 훨씬 줄어들고 말았어요.

이탈리아에서는 모든 사람이 극장을 가곡과 발레의 음악을 듣기 위해 모이는 커다란 홀로 여기고 있어요. 제가 발레 음악밖에는 듣지 않는 곳이라고 말한다고 해도 맞을 텐데, 관중석이 조용해지는 것은 그때뿐이니까요. 그런데 이 발레라는 것도 악취미의 걸작이죠. 이거야말로 그로테스크한 춤의 풍자인데 그것은 그렇다 치더라도 저는 이 발레에서 뭐가 좋은지 모르겠어요. 우스꽝스러울 뿐이에요. 발레로 된 징기스칸을 본 일이 있어요. 흰 담비 모피로 몸을 두른 채 온통 숭고한 감정에 넘쳐 있더군요. 왜냐하면 그는 자기가 정복한 왕의 아들에게 왕관을 넘겨주고, 한 발로 그를 높이 쳐들어올렸기 때문이에요. 군주를 왕좌에 앉히는 새로운 방식이지요. 저는 또 흥미진진한 3막짜리 발레 『쿠르티우스의 헌신』을 보았어요. 쿠르티우스¹²⁶는 아르카디아의 양치기 의상으로 긴 시간 애인과 춤추고 난 후 무대 한복판에서 진짜 말에 올라타 노랑색 명주와 금색의 종이로 되어 있는 불구덩이 속에 뛰어드는 것이었어요. 그런데 그것은 심연이기보다는 사막 같은 모습을 하고 있더군요.

결국 저는 발레로 로물루스로부터 카이사르에 이르기까지 로마사의 요약을 본 셈이에요."

"말씀하신 대로예요."

카스텔 포르테 공이 조용히 대답하였다.

"그러나 백작께서는 음악과 춤에 관한 것밖에는 말씀하시지 않으시는데, 어느 나라에서도 그런 것을 연극이라고 하지는 않죠."

"이런 경우는 더 가관이에요."

델쾨유 백작이 끼여들었다.

"비극이나 또는 적어도 *해피엔드*라고 할 수 없는 드라마의 경우죠. 그때는 상상을 초월할 만큼 지독한 5막이 되거든요. 이런 종류의 희곡에서는 2막에서부터 남자가 애인의 오빠를 죽이고, 3막에서는 애인의 뇌를 무대에서 불태우고, 4막은 온통 매장 장면으로 채워져 있어요. 4막과 5막의 사이에 남자 애인의 역할을 맡았던 배우가 다음날 상연될 광대놀이를 관중석에다 대고 점잖게 알려주질 않나, 그리고는 5막에 다시 등장하여 권총 자살을 하죠. 비극 배우들은 그 연극들의 냉랭한 톤과 거대한 규모에 딱 들어맞아요. 그들은 이 하기 힘든 연기를 눈도 깜짝하지 않고 해내죠. 배우가 부산하게 움직일 때에는 꼭 설교사가 소란을 피우는 것 같아요. 왜냐하면 사실 설교단이 무대보다 더 소란하니까요. 이 배우들이 비장미 안에서 죽은 듯이 조용히 있는 게 얼마나 다행인지 몰라요. 왜냐하면 작품에도, 또 장면에도 흥미로운 것은 아무것도 없기 때문에 배우가 소리를 내면 낼수록 더 우스꽝스럽게 되니까요. 혹시 이 우스꽝스러움이 재미있을지는 몰라도 사실 단조로울 뿐이에요. 이탈리아에서 희극이 비극보다 많은 것도 아니에요. 이 부문에서도 역시 프랑스가 제일이죠. 진정한 이탈리아의 단 하나의 장르는 광대극이지요. 장난꾸러기이고 음식을 탐하며 비겁한 하인, 인색하거나 사랑에 빠진 잘 속아 넘어가는 늙은이, 이거야말로 광대극의 주제 아니겠어요. 이런 것들을 만들어내는 데에는 그다지 많은 노력이 필요치 않지만, 『타르튀프』나 『인간 혐오가』[127]는 좀더 힘이 든다는 사실을 인정하셔야지요."

델푀유 백작의 이러한 공격은 듣고 있는 이탈리아인들을 불쾌하게 하였다. 그러나 그들은 별로 개의치 않았다. 델푀유 백작은 대화에서 선의를 보이기보다는 재기를 자랑하려고 하였다. 그의 본성인 친절은 몸에 배어 있었지만, 이야기하는 내용에는 자만이 그득하였다. 그 자리에 있던 카스텔 포르테 공과 이탈리아인들은 델푀유 백작에게 반박하고 싶어 조바심이 났다. 그러나 그들은 코린나가 다른 누구보다도 그들의 입장을 변호할 것이라고 믿고 있었고, 또 그들은 대화에서 튀는 걸 별로 좋아하지 않았기 때문에 반론을 코린나에게 맡기고 마페이,[128] 메타스타시오, 골도니,[129] 알피에리, 몬티[130] 등 잘 알려진 이름을 드는 것에 그쳤다. 코린나는 먼저 이탈리아에 연극이 없다는 점을 시인하였다. 그러나 그것은 나름대로의 사정이 있었기 때문이며 재능이 없어서가 아니라는 점을 증명하려고 하였다.

"풍속의 관찰에 의하여 만들어지는 희극은 많은 사람들로 구성되는 화려한 사교계가 일상 생활의 중심이 되는 나라에만 존재해요. 이탈리아에는 뜨거운 열정과 게으른 기쁨밖에는 없어요. 그리고 뜨거운 열정은 원색적인 범죄와 악덕만을 낳고, 모든 성격의 특징들을 지워버리죠. 그런데 이상적인 희극이라는 것은 말하자면 상상력에 의한 것이며, 또 어느 시대에나 어느 나라에나 적합한 것인데, 그것이 만들어진 곳이 이탈리아예요. 광대 아를레키노, 꾀 많은 가난뱅이 브리겔라, 호색한 판타로네[131]와 같은 인물은 언제나 같은 성격으로 모든 연극에 출연하죠. 어떤 관계에서나 그들은 가면을 쓰고 있고, 얼굴을 보이지 않아요. 말하자면 그들의 용모는 어떤 유형의 인간상의 얼굴이고, 어느 개인의 얼굴은 아니라는 뜻이죠. 어쩌면 현대 광대극의 작가들은 이미 정해진 역할을 장기의 말과 같이 생각하기 때문에 그것을 창조하는 장점을 갖고 있지 않은지도 몰라요. 그러나 이런 것들이 최초로 창조된 것은 아마도 이탈리아 덕분일 거예요. 또 유럽의 이 끝에서 저 끝까지, 어린아이들과 동심으로 돌아가는 어른들을 즐겁게 해주는 이 환상적인 인물들은 이탈리아가 만들어낸 것이며, 따라서 희극 예술은 이탈리아인의 것이죠.

인간의 심정에 관한 관찰은 문학에 있어서 마르지 않는 원천이에요. 그러나 사색보다 시에 더 적합한 나라들은 철학적 아이러니보다는 기쁨의 도취에 더 쏠리지요. 인간의 이해에 기반을 둔 농담에는 무언가 슬픈 게 있어요. 진정 악의 없는 즐거움은 상상에서 나오는 것뿐이에요. 이탈리아인이 그들과 관련을 맺고 있는 인간에 대해 잘 알지 못하고, 마음속에 감추어둔 생각을 그 어떤 이보다도 모른다는 말이 아니라, 행동할 때에는 가지고 있던 재능을 문학에는 사용하지 않는다는 말이에요. 아마도 이탈리아인들은 그들이 발견한 것을 일반화시킨다든가, 통찰한 것을 공표하는 걸 싫어할 거예요. 그들은 성격적으로 진중하고 본심을 숨기는 데가 있어요. 그렇기 때문에 개인적인 관계에 있어서 스스로 세운 행동 지침을 희극으로 표면화시키지 않도록 하고, 실생활의 상황에 도움이 되는 과묵함을 정신적인 허구에 의하여 드러내고 싶어하지 않는 것이겠지요.

그런데 마키아벨리는 숨기기는커녕 죄 많은 정치의 비밀을 모두 폭로해버렸어요. 그 사람 때문에 이탈리아인들이 인간의 마음에 대하여 갖고 있는 이해가 얼마나 지독한지 알게 되었어요. 그러나 그러한 깊이는 희극의 원동력이 되지 않고, 말하자면 사교계의 즐거움만이 희극 무대 위에서 인간을 묘사하는 법을 알고 있다고 해야겠지요. 이탈리아에서 가장 사교계가 많은 베네치아에서 살고 있었던 골도니의 희곡 작품을 보면 다른 작가에게서는 보통 볼 수 없는 세심한 관찰이 있어요. 하지만 그의 희곡은 단조로워요. 같은 장면이 반복되어 나오는데, 그 이유는 등장인물이 그다지 다양하지 않기 때문이에요. 그의 수많은 작품들은 대개 연극 작품의 예에 따른 것 같고, 실생활에 따른 것은 아니에요. 즉 이탈리아가 지니는 명랑함의 진정한 특징은 조소가 아니고 상상이거든요. 풍속의 묘사가 아니라 시적인 과장이지요. 이탈리아를 즐겁게 하는 것은 아리오스토이지 몰리에르가 아니에요.

골도니의 라이벌인 고치의[132] 작품은 독창성이 있고, 보통의 희극과는 달라요. 그는 이탈리아적인 재능으로부터 자유로운 편에 속하고, 요정 이야기를 상연하고, 시의 경이로움에 익살극·광대극을 섞고자 하였어요. 어느 것에서도 자연을 모방하지 않고, 마치 공상적인 요정 이야기처럼 즐거움의 환상에 몸을 맡겨 온갖 방법을 다 동원해서 정신을 이 세상에 일어나는 일 너머로 이끌어가는 것이에요. 그는 그 시대에 경이적인 성공을 거두었어요. 아마도 그는 이탈리아인의 상상력에 가장 잘 맞는 장르의 희극 작가일 거예요. 그런데 이탈리아에서 어느 것이 희극이고, 어느 것이 비극인지를 확실히 알기 위해서는 어디에든 극장과 배우가 있어야 할 텐데, 극장을 갖기를 원하는 수많은 소도시는 결국 모아놓은 돈을 다 써버리게 되죠. 국가가 분할이 되어 있다는 사실은 보통 자유와 행복에는 도움이 되겠지만 이탈리아에는 해로운 일이에요. 이탈리아를 좀먹는 편견과 싸우기 위해서는 지성과 권력의 중심부가 필요하겠지요. 설상가상으로 많은 경우 각국의 정부 당국은 개인의 충동을 억압하였어요. 이탈리아에서 만약 정부가, 분단된 여러 국가와 고립된 사람들의 무지에 대항하여, 또 이 풍토의 고질인 게으름에 대항하여 몽상에 빠져 있는 이 국민 모두에게 활기를 넣어준다면, 이탈리아에서 정부의 권위는 좋은 것으로 받아들여질 거예요."

코린나는 이런 다양한 생각과 또 다른 여러 가지 것들에 관하여 재기 넘치게 자세히 이야기하였다. 그녀는 집요하지 않은 경쾌한 대화의 빠른 진행 방식에 익숙하였고, 모든 사람의 말에 골고루 귀기울여 즐겁게 해주었다. 다만 그녀는 종종 저명한 즉흥시인으로서 재능을 발휘할 수 있는 분야에서는 열심히 이야기에 참여하였다. 여러 번 그녀는 카스텔 포르테 공에게 도움을 청하곤 했는데, 그때마다 그는 그 주제에 대한 자신의 의견을 피력하였다. 그러나 그녀는 이야기를 워낙 잘 진행시키고 있었기 때문에 모두가 즐겁게 그녀의 이야기에 귀를 기울이고 있었고, 누구도 이야기에 끼여들 엄두를 내지 못하였다. 에저몬드 씨는 줄곧 코린나를 쳐다보며 경청하였다. 그는 그녀에 대한 감탄의 감정을 표현하고 싶었지만, 일부러 표현하지 않아도 그녀가 알아주겠지 하는 마음에서 간신히 작은 소리로 몇 마디 칭송의 말을 하였을 뿐이었다. 그러나 비극에 관한 코린나의 생각을 너무도 알고 싶었기 때문에 수줍은 성격에도 불구하고 용기를 내어 물어보았다.

"저,"

하고 그는 말하였다.

"이탈리아 문학에는 특히 비극이 빠져 있다는 생각이 드는데요. 이탈리아의 비극과 저희 나라의 비극은 어린아이와 어른의 사이보다도 더 멀리 떨어져 있는 것 같아요. 왜냐하면 어린아이들은 몸이 잘 움직이고 가볍지만 솔직한 감정을 가지고 있는 반면, 이탈리아의 비극에는 감동을 파괴하는 무엇인가 부자연스럽고 방대한 데가 있기 때문이에요. 그렇지 않으세요, 넬빌 경?"

그는 많은 사람들 앞에서 용감하게 말을 꺼낸 사실에 스스로도 놀라, 넬빌 경 쪽을 향해 도움을 청하는 시선으로 바라보면서 말을 계속하였다.

"당신 말씀에 전적으로 동의해요."

하고 오스왈드는 대답하였다.

"메타스타시오는 사랑의 시인으로 칭찬받고 있지만, 그는 모든 지방과 모든 상황에서 사랑의 정열을 똑같이 취급하고 있어요. 아름다움과 조화로움에 의해서이든, 특히 그 아리에타를 극에서 따로 떼어내어 부를 때 그 첫 소절의 아름다운 서정에 의해서이든, 잘된 아리에타에는 박수를 보내야 해요. 그러나 역사와 인간의 정열을 가장 훌륭하게 파헤친 셰익스피어라는 시인을 가진 우리로서는 메타스타시오의 거의 모든 연극에 등장하는 두 쌍의 연인을 참을 수 없어요. 이름은 아킬레스일 때도 있고, 틸키스일 때도 있고, 브루투스이기도 하고, 코릴라스라고 할 때도 있지만, 그것은 모두 관객의 마음을 겉으로만 스쳐가는 식으로 사랑의 슬픔과 고통을 똑같은 방법으로 노래하고, 사람의 마음을 폭풍우처럼 뒤흔드는 감정을 무미건조하게 그리고 있어요. 저는 알피에리의 개성에 대하여 깊은 존경을 품고 있으므로, 그의 작품에 대하여 몇 말씀 드려보겠어요. 그의 희곡의 의도는 매우 숭고할 뿐더러, 표현되어 있는 감정도 작가의 의도를 잘 보여주고 있으므로, 그 비극은 문학 작품이라는 관점에서는 비난을 받고 있지만 연극이라는 면에서는 언제나 칭송을 받고 있어요. 그러나 저는 그의 몇몇 작품은 메타스타시오의 작품이 부드러우면서 단조로운 것만큼 강하면서 단조롭다는 생각이 들어요. 알피에리의 희곡에는 너무도 많은 에너지와 관대함이 넘쳐나기 때문에, 또는 폭력과 죄악이 너무 많이 강조되어 있기 때문에 거기에서 인간의 본질을 찾아볼 수 없어요. 인간은 결코 그가 묘사하고 있는 정도로 그렇게 나쁘지도 않고 관대하지도 않지요. 대부분의 장면은 악덕과 미덕의 대조로 구성되어 있는데, 이러한 대조가 진실의 정도에 따라 제시되어 있지 않아요. 만약 알피에리의 비극에서 억압받은 사람들이 면전에서 하는 말을 폭군들이 참고 듣는다면, 폭군들을 동정하는 마음이 생길 거예요. 옥타비아의 희곡은 이런 진실성의 결여가 눈에 띄는 작품 중 하나지요. 세네카는 거기에서 끊임없이 네로에게 훈계를 해요. 마치 그가 세상에서 제일 인내심이 많은 사람이고 제일 용기 있는 사람이라도 된다는 듯이. 이 비극에서 세계의 지배자는 관객을 즐겁게 해주기 위하여 모든 장면에서 모욕을 당한 채 가만히 있든가, 화를 내든가 해요. 한마디로 끝내는 것은 그의 마음대로 되는 일이 아니라는 듯이 말이에요. 이와 같은 대화 때문에 세네카의 좋은 대답을 듣게 되고, 관객은 세네카의 장황한 연설이나 작품 안에서 그의 숭고한 사상을 알려고 하겠지만, 이러한 것으로 폭정에 대한 견해를 알려줄 수 있을까요? 폭정을 무서운 모습으로 묘사하는 것이 아니라 단순히 말의 검법을 위하여 그것을 사용하고 있을 뿐이에요. 만약 셰익스피어가 하찮은 질문에 대답할 수 있는 용기도 없이 떨고 있는 사람들에게 둘러싸여 있는 네로를 그린다면, 마음의 동요를 감추고 침착한 척하는 네로와 그 옆에서 아그리피나의 살해를 변명하는 세네카를 그린다면 공포가 훨씬 더 실감나지 않을까요? 작가에 의해 표현되는 성찰로 말할 것 같으면, 각 장면마다의 변명과 진실미가 있는 침묵 그 자체로 관객의 마음에 많은 것을 느끼고 얻게 하는 것이 아닐까요?"

코린나가 그의 이야기를 방해하지 않는 한 오스왈드는 길게 말을 계속할 수 있었다. 코린나는 그의 목소리와 이야기하는 품위 있고 우아한 태도가 마음에 들어 그 동안의 감명을 더 즐기고 싶었다. 시선을 그에게 고정시킨 채 그가 말을 다 마쳐도 눈을 뗄 줄 몰랐다. 그녀에게 이탈리아 비극에 관하여 어떻게 생각하느냐고 조급하게 물어보는 사람들을 향해 그녀는 천천히 몸을 돌렸다. 그리고는 다시 넬빌 경에게 돌아서서 이렇게 말하였다.

"저는 대체적으로 경과 같은 생각이에요. 제가 드리는 말씀은 경에 대한 반론이 아니라, 경의 말씀이 개론적으로 기울어진 감이 있어 몇몇 예외를 들기 위함이에요. 메타스타시오는 극작가라기보다는 서정시인이라고 할 수 있어요. 그는 사랑을 우리의 고뇌나 행복 같은 내면의 비밀로서가 아니라 인생을 아름답게 하여주는 예술의 하나로 그리지요. 보통 우리 이탈리아 시가 사랑을 노래하여왔다고는 하지만, 다른 정열을 표현함에 있어 더한층 깊이와 감수성이 있다고 감히 말씀드리고 싶어요. 이탈리아인은 마구잡이로 연애시를 썼기 때문에 판에 박힌 말들이 생겨났어요. 시인에게 영감을 주는 것은 실제로 경험한 것이 아니라 책에서 읽은 것들이에요. 이탈리아에 실제로 존재하는 연애는 이탈리아 작가가 묘사하는 것과는 다르죠. 정말로 이탈리아적인 정서가 묘사되어 있어 실제의 연애를 잘 알 수 있게 해주는 소설은 제가 알고 있는 한은 보카치오의 『피아메타』뿐이에요. 우리나라의 시인은 감정에 민감하고 과장하는 데가 있어요. 사실, 이탈리아적인 기질의 진짜 특징은 미묘한 말보다 오히려 조용하고 정열적인 행동에서 표현되는 빠르고 깊은 인상에 있거든요. 일반적으로 우리나라의 문학은 우리의 성격과 습관을 나타내지 않아요. 지나친 겸손인지는 모르겠지만, 저희 이탈리아는 너무도 보잘것없는 나라이기 때문에 우리나라의 역사로 이루어진, 아니 적어도 우리 고유의 감정이 배어 있는 비극을 감히 가질 수 없어요.(17)

알피에리는 말하자면 기묘한 우연으로 고대에서 현대로 옮겨진 사람이에요. 그는 행동하기 위해 태어났는데, 쓰는 것밖에는 몰랐어요. 그의 작풍이나 비극 모두가 그러한 모순을 느끼게 해요. 그는 사실 문학을 수단으로 하여 정치적인 목표를 향해 가고 싶어했어요. 이것은 아마도 모든 것 중에 가장 숭고한 목표였을 거예요. 그러나 그것은 그렇다 치더라도, 목표를 갖는 것보다 더 상상력에 의한 저작을 왜곡시키는 일도 없지요. 알피에리는 견문이 넓은 학자나 높은 지식을 지닌 사람들이 많은 나라에서 살고 싶어했지만, 이탈리아의 문학가나 독자는 대체적으로 심각한 것에는 아무 흥미가 없고 오로지 단편과 소설, 마드리갈[133]밖에 좋아하지 않아요. 제 생각에 알피에리는 그의 비극에 엄격한 특징을 갖게 하였어요. 그는 고백을 듣는 배역이라든가 개막을 알리는 신호 등 대사 이외의 것을 모두 없앴어요. 이렇게 해서 그는 이탈리아인의 활기와 타고난 상상력에 고행을 가하려고 했던 것 같아요. 그럼에도 그는 매우 존경을 받았어요. 그는 성격과 정신 면에서 정말 위대한 사람이었고, 특히 로마 사람들은 마치 고대 로마 사람들의 일이 현재의 그들과 상관이라도 된다는 듯이 고대 로마인의 행동과 감정에 대한 그의 찬사에 박수를 보냈기 때문이에요. 그들은 그들의 화랑에 소유한 그림을 애호하듯이 힘과 독립을 애호하였어요. 그래도 알피에리가 이탈리아적인 연극이라고 부를 만한 것, 말하자면 이탈리아의 독특한 가치를 발견할 수 있는 비극을 만들어내지 못한 것은 사실이에요. 뿐만 아니라 그는 그가 그린 나라와 시대의 풍속의 특징을 나타내지 않았어요. 그의 『팟치가의 음모』『비르지니아』『펠리페 2세』에는 사상의 숭고함과 힘이 있어 꽤 볼 만해요. 그러나 여전히 거기에 남아 있는 것은 알피에리의 개성이지 그가 무대에 올린 국민과 나라의 특징은 아니에요. 프랑스의 정신과 알피에리의 정신에는 조금의 유사점도 없지만, 그 둘 모두가 다루고 있는 주제에 자신의 개성을 가미한다는 점에서 닮아 있어요."

델뢰유 백작이 프랑스 정신이라는 말을 듣고 입을 열었다.

"만약 우리들이라면 무대 위에서 그리스인들의 원칙에 부합하지 않는 것과 셰익스피어의 기괴함 같은 것은 볼 수 없을 거예요. 그러기에 프랑스인은 너무나 세련된 취미를 가지고 있지요. 우리의 연극이야말로 세련되고 품위 있는 본보기이며, 이것이 다른 연극과 다른 점이에요. 따라서 우리나라에 외국의 것을 들여온다는 것은 우리를 야만성 속에 집어던지는 것과 다름없어요."

코린나는 미소지으며 말하였다.

"백작님의 나라에 만리장성을 쌓는 것이 좋겠네요. 물론 프랑스의 비극 작가들에게는 그 예를 찾아보기 드문 아름다움이 있어요. 하지만 만약 귀국이 프랑스 이외의 것을 무대에 올릴 수 있게 한다면, 더 새로운 발전이 있을 텐데요. 그러나 우리 이탈리아 연극의 특성은 프랑스 비극의 규칙을 따른다면 많은 것을 잃게 될 거예요. 우리들은 그 규칙을 존중하지도 않을 것이며, 그 제약을 괴로워할 테니까요. 한 나라의 국민은 그들이 지닌 상상력·기질·생활 습관을 가지고 연극을 만들어내지요. 이탈리아인은 미술·음악·회화·무언극, 말하자면 감각에 호소하는 것이라면 무엇이든지 다 좋아해요. 도대체 어떻게 웅변으로 된 간결한 대사만이 연극의 즐거움이 될 수 있겠어요? 프랑스인은 그것에 만족하고 있지만 말씀이에요. 알피에리가 그가 가진 재주를 다 부려 그러한 법칙을 들여오려고 해도 소용없는 짓이었어요. 그 자신도 그의 방식이 너무 엄격하다는 것을 잘 알고 있었으니까요.(18)

마페이의 『메로페』, 알피에리의 『사울』, 몬티의 『아리스토데모』, 비록 비극을 쓰지는 않았지만 특히 단테의 시 같은 것들이 이탈리아에서 극예술이 나가야 할 방향에 대해 지침을 주었다고 생각해요. 마페이의 『메로페』에는 줄거리가 간단하지만 행복한 이미지로 가득한 찬란한 시가 있어요. 이 시가 왜 극작품 안에 들어갈 수 없을까요? 이탈리아에서는 음운이 매우 잘되어 있기 때문에 그 아름다움을 포기하면 다른 어느 나라가 그렇게 하는 것보다 더 큰 과오를 범하게 되거든요. 마음만 먹으면 어느 분야에서나 뛰어났던 알피에리는 『사울』에서 서정시를 아주 훌륭하게 사용하였어요. 가사에 곡을 붙이기 위해서가 아니라, 다비드의 하프로 사울의 격노한 흥분을 가라앉히기 위하여 거기에 알맞은 곡을 붙일 수도 있었겠지요. 이탈리아의 음악은 너무 감미롭기 때문에 이 즐거움이 정신적으로 나른한 기쁨을 주거든요. 따라서 가사와 노래를 분리시킬 것이 아니라 이 둘을 합쳐야 해요. 주인공으로 하여금 노래를 부르게 하여 극의 품위를 떨어뜨릴 것이 아니라, 고대인들처럼 합창을 도입하든지 마치 일상 생활에서 이런 일이 자주 일어나는 것처럼 상황에 따라 음악의 효과를 자연스럽게 결합시키든지 해서 말이죠. 저는 이탈리아 연극에서 상상력의 즐거움을 감소시키기는커녕, 반대로 그것을 높이고 모든 방법으로 그것을 증가시키지 않으면 안 된다고 생각해요. 이탈리아인들이 음악과 대규모의 볼거리가 있는 발레를 좋아하는 것만 보아도, 그들이 풍부한 상상력을 지녔으며 그들이 심각한 주제를 다룰 때에조차 상상력에 의해 고무되고 싶어한다는 것을 알 수 있죠. 알피에리가 그랬던 것처럼, 그것은 주제를 더 엄숙하게 만드는 것과는 다른 문제예요.

이 나라 국민들은 엄숙하고 위엄 있는 것에 박수를 보내야 한다고 믿고 있지만, 금방 본래의 기호로 돌아가고 말아요. 만약 비극을 다양한 장르의 시의 매력과 풍성함으로, 또 영국인이나 스페인인이 지니고 있는 다양한 연극으로 아름답게 할 수 있다면, 이탈리아인도 비극에 만족할 수 있을 거예요.

몬티의 『아리스토데모』에는 단테식의 무섭도록 비장한 데가 있어요. 확실히 이 비극이야말로 칭찬받을 만해요. 많은 장르에서 거장 단테는 비극의 재능을 갖고 있었죠. 만약 이 재능을 어떻게 해서든지 무대에 맞추었더라면, 이탈리아에 커다란 효과를 가져다주었을 텐데. 왜냐하면 이 시인은 영혼의 깊은 곳에서 일어나는 일을 눈앞에 그려내는 법을 알고 있었으며, 그의 상상력은 고뇌를 느끼게 하고 눈에 보이도록 하였으니까요. 만약 단테가 비극을 썼다면, 어른이나 아이, 또 상류층이나 민중을 막론하고 모두 감동시켰을 거예요. 극문학은 대중적이어야 해요. 그것은 대중에게 공적인 행사와 같은 것이며 국민 모두가 그것을 판단해야 하니까요."

오스왈드가 말하였다.

"단테가 살고 있었던 시대에 이탈리아인은 유럽이나 그들 나라에서 정치적인 역할을 다하고 있었어요. 아마도 요즘 여러분의 시대에는 비극이 없다고 할 수 있겠죠. 이 연극이 존재하기 위해서는 심각한 상황이 있어 일상 생활에서 연마된 감정이 무대 위에서 표출되어야 해요. 모든 걸작품 안에서 비극만큼 그 나라의 국민 전체와 연관을 맺고 있는 것도 없어요. 관객이 작가만큼이나 그 극에 기여하니까요. 극적 재능은 국민 정신 · 역사 · 정부 · 풍속, 그리고 결국은 우리가 숨쉬는 공기가 몸을 길러주는 것처럼 매일매일의 생각 속에 들어와 정신적인 존재를 형성하는 모든 것으로 구성되어 있어요. 그런데 기후와 종교 면에서 이탈리아와 유사한 스페인인은 이탈리아인보다 훨씬 비극에 재능이 있어요. 그들의 작품은 역사 · 기사도 · 신앙심으로 가득 차 있고, 독창적이며 활기에 차 있어요. 그러나 비극에서 그들이 거둔 성공은 그들의 영광스러운 역사로 거슬러 올라가는 것이에요. 어떻게 지금에 와서 이탈리아에 한 번도 존재한 적이 없는 비극을 시작할 수 있겠어요?"

코린나가 대답하였다.

"슬프지만 경께서 하신 말씀은 옳은 말씀이세요. 그래도 저는 아무리 외적인 상황이 불리하더라도 이탈리아인들의 정신에 깃들여 있는 자연적인 원동력을 믿고 있으며, 모든 사람이 경쟁 의식을 갖게 되기를 희망하고 있어요. 비극의 경우 특히 우리에게 부족한 것이 배우예요. 억지로 꾸민 듯한 대사는 아무래도 잘못된 어조를 전달하게 되어 있어요. 하지만 명배우가 재주를 발휘하는 데에는 우리나라의 언어보다 더 좋은 것도 없어요. 왜냐하면 말의 울림이 갖는 멜로디가 특징적인 악센트에 매력을 더해주니까요. 그것은 감정의 표현에 뒤섞여지면서 여전히 힘을 잃지 않고 계속되는 음악 같은 것이에요."

카스텔 포르테 공이 말을 가로막았다.

"만약 당신의 의견을 납득시키고자 하신다면, 그것을 저희에게 증명해보이시지 않으면 안 돼요. 직접 비극을 상연하시는 것을 볼 수 있는, 말로 형언할 수 없는 기쁨을 저희에게 주시면 안 될까요. 이탈리아에서, 아니 세계에서 오직 당신만이 갖고 있는 재능을 알 수 있는 더없는 기쁨을, 당신이 누릴 자격이 있다고 생각하는 외국 분들에게 맛보게 해주세요. 그 재능 속에는 당신의 영혼이 깃들여 있으니까요."

코린나는 넬빌 경 앞에서 비극을 상연해 그녀의 매력을 발휘하고 싶은 마음이 간절하였다. 그러나 그의 허락 없이 받아드릴 수 없어서, 애절한 마음으로 그를 쳐다보았다. 그는 그녀의 마음을 알아차렸다. 그녀가 먼젓번에 즉흥시를 읊지 못할 정도로 수줍어했던 사실에 감동받은 바도 있고, 또 한편 에저몬드 씨가 그녀에게 호감을 갖게 되길 바라는 은근한 욕심에 그는 친구들의 간절한 청에 동의하는 뜻을 보였다. 그러자 이제는 코린나도 주저하지 않았다.

"그렇게 하겠어요!"

하고 코린나는 카스텔 포르테 공이 있는 쪽을 쳐다보며 말하였다.

"저는 오래 전부터 제가 번역한 『로미오와 줄리엣』을 상연해보고 싶은 계획을 갖고 있었는데, 원하신다면 그것을 해보겠어요."

"셰익스피어의 『로미오와 줄리엣』을!"

하고 에저몬드 씨가 소리쳤다.

"그렇다면 당신은 영어를 할 줄 아세요?"

"네."

하고 코린나는 대답하였다.

"셰익스피어를 좋아하세요?"

에저몬드 씨가 다시 말했다.

"친구처럼요."

하고 그녀는 대답하였다.

"그는 고뇌의 비밀에 대해 알고 있으니까요."

"당신이 그것을 이탈리아어로 연기해주신다면!"

하고 에저몬드 씨는 소리쳤다.

"그럼 저도 이해할 수 있을 거예요! 넬빌 경, 당신도 이해하실 테지요! 아! 당신은 정말 행복한 남자이세요!"

그 순간 그는 자기가 한 말의 무례함을 깨닫고 얼굴을 붉혔다. 섬세하고 선량한 성격 때문에 이렇게 얼굴이 붉어지는 버릇은 나이가 들어도 없어지지 않았다.

"이렇게 기쁜 일이 또 어디 있겠어요."

그는 당황하며 이렇게 말하였다.

"그런 연극을 볼 수 있다니."

제 2 장

배역이 정해지고, 카스텔 포르테 공의 친척이며 코린나의 친구가 소유하고 있는 저택에서 연극 상연을 위한 연회가 열리기로 결정되어 며칠 만에 모든 준비가 완료되었다. 오스왈드는 코린나의 새로운 성공의 날이 다가옴에 따라 마음속에 불안과 기쁨이 교차하는 것을 느꼈다.

자신도 즐거웠지만, 딱히 누구라고 할 수 없이 그가 사랑하는 사람의 재능을 여러 사람이 볼 일에 질투가 나기도 하였다. 그녀가 갖고 있는 정신과 매력을 그만이 소유하고 싶었다. 그는 코린나가 영국 여성처럼 수줍고 겸손하면서, 그에게만 웅변과 재능을 보여주길 바랐다. 아무리 특출한 남자라 하더라도 여자의 우월함을 순수하게 좋아할 수는 없을 것이다. 여자를 사랑하고 있을 때에는 불안해하며, 사랑하고 있지 않을 때에는 자존심이 상처를 입는다. 오스왈드는 코린나 옆에서 행복하기보다는 황홀하였다 그녀에 대한 감탄의 마음이 들수록 그녀를 사랑하는 마음이 더해갔지만, 그렇다고 해서 장래의 계획을 굳힌 것은 아니었다. 그는 코린나를 마치 나날이 새로운 모습으로 나타나는 현상처럼 바라보았다. 그러나 그녀에게서 느끼는 이 황홀함과 놀라움은 안정되고 평화로운 생활을 하고 싶은 희망과는 멀어져가는 것 같았다. 그래도 코린나는 누구보다도 온순하고 협조적인 여성이었다. 그녀의 화려한 장점이 아닌 보통의 자질만 보더라도 사람들의 호감을 살 수 있을 것이었다. 그러나 그녀는 그것말고도 너무도 많은 재능을 갖고 있었으며, 어떤 분야에서든지 너무 특출하였다. 넬빌 경은 그가 아무리 많은 장점을 지니고 있더라도 그녀만큼은 되지 않는다고 생각하였고, 이 때문에 서로의 애정이 오래갈 수 있을지 걱정하였다. 사랑의 힘으로 코린나가 그의 노예가 된다고 하더라도 소용없는 일이었다. 지배자는 쇠사슬에 묶인 이 여왕이 마음에 걸려 제국의 평화에도 마음을 놓을 수가 없기 때문이었다.

상연 몇 시간 전에 넬빌 경은 코린나를 카스텔 포르테 공녀의 저택으로 안내하였는데, 그곳에 극장이 마련되어 있었다. 태양이 찬란하게 내리쬐고 있었고, 계단의 창으로 로마와 평원이 보였다. 오스왈드는 잠시 코린나를 멈추게 한 후 말하였다.

"이 좋은 날씨를 보세요. 당신을 위해 날이 갠 것 같군요. 성공을 빛내주기 위해서겠죠."

코린나가 대답하였다.

"아! 그것이 정말이라면, 저에게 행복을 가져다주시는 분은 당신이세요. 하늘이 제게 내려주시는 가호는 당신 덕분이에요."

그러자 오스왈드가 말하였다.

"이토록 아름다운 자연을 보고 평화롭고 순수한 마음이 드는 것으로 당신은 충분히 행복하지 않으세요? 지금 마시고 있는 이 공기, 평원이 만들어내는 저 몽상적인 분위기는 당신의 명성으로 시끌벅적한 극장과는 멀리 떨어져 있군요."

"오스왈드."

하고 코린나는 말하였다.

"만약 제가 박수갈채를 받는다면, 그것은 당신이 박수 소리를 들을 거라는 생각에 제가 고무받아서가 아닐까요? 제가 약간의 재주를 보여드릴 수 있다면, 그것은 당신에게 품고 있는 그리움 때문이 아니겠어요? 시·사랑·종교, 말하자면 영혼의 고양과 관계된 모든 것은 자연과 조화를 이루고 있어요. 푸른 하늘을 쳐다보고 제가 느끼는 감명에 몸을 맡길 때, 줄리엣의 마음을 더 잘 알 수 있으며 로미오에 더욱 어울리는 여자가 될 수 있어요."

"그렇고말고요. 천사와도 같은 당신."

넬빌 경은 목소리를 높였다.

"제가 당신의 재능에 질투하고 이 세상에서 당신과 단둘이 살고 싶어하는 것은 마음이 약하기 때문이에요. 세상의 찬사를 받으러 가세요. 자 어서 가요. 그러나 그 사랑의 눈빛, 당신이 지닌 재능보다 훨씬 값진 그 눈빛은 저에게만 보여주셔야 해요."

그리고 나서 두 사람은 그곳을 떠났다. 넬빌 경은 홀 안에 들어가 코린나가 등장하길 기다리며 자리에 앉아 있었다.

　『로미오와 줄리엣』은 이탈리아에서 일어나는 이야기이다. 무대는 베로나에서 전개되고 있다. 그곳에 사랑하는 두 사람의 무덤이 놓여 있다. 셰익스피어는 이 극을 정열적인 동시에 활기가 넘치는 남쪽 나라의 상상력으로 썼다. 그것은 행복 속에서 의기양양하였다가 너무도 쉽게 절망으로, 또다시 죽음으로 옮겨가는 상상력이다. 그는 사람들이 어떤 인상이든 매우 빨리 느끼고, 그것이 어찌 해볼 도리가 없는 천성인 것을 잘 알고 있었다. 열정적인 기후 속에서 정열을 불태워가는 것은 마음이 경박해서가 아니라 자연의 힘 때문인 것이다. 식물의 성장이 빠르다고 해서 흙이 가벼운 것은 전혀 아니다. 셰익스피어는 외국 작가로서 누구보다도 절묘하게 이탈리아 국민의 특징과 그 정신의 풍부함을 파악하였고, 동일한 감정의 표현에 변화를 가져오는 많은 방법을 생각해내었으며, 마음속에서 일어나고 있는 것들을 그리기 위하여 자연의 모든 이미지를 사용하는 동양식 표현을 고안해내었다. 그것은 오시안 같은 사람에서 볼 수 있는 하나의 색조, 혹은 가슴속의 가장 절묘한 현에 부합하는 하나의 음색과는 다른 것이다. 셰익스피어가 『로미오와 줄리엣』에서 사용하는 다채로운 색채로 인해 그 문체에 차가운 여운은 느껴지지 않는다. 그의 문체는 분산되고 반사되고 변화하는 빛이며 다채로운 색채를 만들어내기 때문에 항상 그들 색채의 근원인 빛과 광채를 느끼게 하여준다. 이 작품 안에는 생명의 활기, 이 나라와 이곳에 사는 사람들을 특징짓는 생생한 표현이 들어 있다. 『로미오와 줄리엣』은 이탈리아어로 번역되어 마치 모국어로 돌아온 것 같았다.

　줄리엣이 처음 모습을 나타내는 것은 무도회에서인데, 그곳으로 로미오 몬테규가 자기네 가문의 숙적인 캐퓰렛가의 저택에 들어온다. 코린나는 멋있는, 그러나 그 시대에 걸맞는 야회복을 입고 있었다. 머리에는 보석과 꽃이 우아하게 어우러져 있었다. 처음에 사람들은 코린나를 알아보지 못한 채 놀랐으나 목소리와 얼굴 모습으로 그녀라는 것을 알 수 있었다. 숭고한 그녀의 얼굴은 시적인 표정만을 담고 있었다. 그녀의 등장에 만장의 박수가 울려퍼졌다. 그 순간 코린나는 오스왈드를 발견하고 시선을 그에게 고정시켰다. 그녀의 얼굴에 기쁨의 불꽃, 평화스럽고 활기찬 희망이 보였다. 오스왈드는 그녀를 보고 기쁨과 두려움에 가슴이 떨렸다. 이 지상에서 그 많은 행복은 오래가지 않는다는 느낌이 들었다. 이 예감이 적중되는 것은 줄리엣 쪽인가, 코린나 쪽인가?

로미오가 그녀 곁에 다가와, 그녀의 우아함과 아름다움을 찬미하는 매우 아름다운 영어 시 구절을 이탈리아어로 그렇게나 훌륭하게 번역하여 속삭였을 때, 관객은 그만 로미오에게 반하였다. 그를 순간적으로 사로잡은 정열, 첫눈에 타오르게 된 정열이 모든 사람의 눈에 사실적으로 비친 것이다. 이때부터 오스왈드의 마음은 혼란스러워지기 시작하였다. 모든 것이 명확해지는 듯하였다. 여러 사람 앞에 노출되어 있는 코린나의 모습이 마치 천사같이 생각되어, 로미오에게 코린나에 대한 감정을 물어보고 그와 결투를 벌여 그녀를 빼앗아와야겠다는 생각이 들었다. 무엇인지 잘 알 수 없는 눈부신 그림자가 눈앞을 지나갔고, 그는 혹시 눈이 멀게 되는 것은 아닐까, 정신을 잃는 것은 아닐까 하는 두려운 마음에 잠시 기둥 뒤에 몸을 감추었다. 코린나는 불안해져서 그를 걱정스레 찾으며 이 시 구절을 읊었다.

만남이 너무 일러 그 사람을 알 수가 없었고, 알았을 때에는 이미 너무 늦었구나.

Too early seen unknown, and known too late!

너무나 진지한 어조로 대사를 읊었기 때문에 오스왈드는 그것을 듣고 온몸이 떨려왔다. 코린나가 그들의 개별적인 상황에 덧붙여 말하고 있는 듯한 느낌이 들었기 때문이다.

그는 그녀의 행동이 우아하고, 동작에 기품이 있으며, 말로 표현하지 못하는 것을 표정에 담아내고, 한번도 표현된 적이 없는 마음의 비밀을 폭로하는 데에 감탄을 금하지 못하였다. 참으로 감동하고 영감받은 연기자의 입놀림, 시선, 아주 조그만 몸짓 하나하나는 사람의 마음을 차례차례 밝혀내고 있었다. 예술의 이상은 언제나 인간의 본성을 밝혀내는 것과 관련이 있게 마련이다. 조화로운 시 구절과 매력적인 모습은 현실에서 종종 결핍되기 쉬운 품위와 우아함을 정열에 부여한다. 이와 같이 하여서 모든 감정이나 마음의 움직임은 그 진실성을 잃지 않고 상상에 스며든다.

제2막에서 줄리엣은 로미오와 이야기를 나누기 위하여 정원의 발코니에 모습을 나타내었다. 코린나의 장식품 중에서 이제는 꽃밖에 남아 있지 않았고, 그것도 얼마 안 가서 없어지고 말았다. 밤을 나타내기 위하여 조명을 낮춘 무대에서 코린나의 얼굴에 부드럽고 감동적인 빛이 비치고 있었다. 그녀의 목소리는 화려한 축제에서보다 더 잘 어울렸다. 하늘의 별을 향하여 쳐든 손은 그녀의 이야기를 들어줄 만한 단 한 명의 증인에게 도움을 요청하는 것 같았다. 그녀가 로미오! 로미오! 하고 되풀이하였을 때, 오스왈드는 그녀의 마음속에 있는 사람이 그라는 것을 알면서도 다른 사람의 이름이 공중에 울려퍼지는 감미로운 어조에 질투를 느꼈다. 오스왈드가 발코니의 정면에 앉아 있고, 로미오 역을 맡은 배우는 어두운 곳에 몸을 숨기고 있었기 때문에 코린나는 이런 황홀한 시 구절을 낭독하면서 오스왈드 쪽으로 시선을 향할 수 있었다.

참으로 멋진 몬테규 님, 제 사랑이 지나쳤어요.
당신은 제 행동을 경솔하다고 여기시겠지요.
그러나 저를 믿어주세요, 로미오 님, 제가 좀더 진실할 거예요,
자기의 마음을 숨길 줄 아는 여자들보다.
……………………………………
……………………………………
…………………………… 그러니 저를 용서하세요.
In truth, fair Montague, I am too fond,
And therefore thou may'st think my haviour light:
But trust me, gentleman, I'll prove more true,
Than those that have more cunning to be strange.
……………………………………
……………………………………
………………………………… therefore pardon me.

"용서하세요! 제 사랑을 용서하세요! 당신을 알게 된 저를 용서하세요!"라고 말하는 코린나의 눈에는 간절한 소원이 가득하였다. "고귀한 로미오 님! 훌륭한 몬테규 님!" 하고 말할 때에 그녀에게는 연인에 대한 존경과 자신의 선택에 대한 자부심이 넘쳐흘렀다. 이 말에 오스왈드는 자랑스러웠고 또 기쁘기도 하였다. 감동한 나머지 숙이고 있던 머리를 들어보니, 이 세상의 왕이라도 된 듯한 기분이었다. 생명의 모든 보배를 지니고 있는 마음을 사로잡고 있었으니까.

코린나는 오스왈드가 감명받는 것을 보자, 그에게 기적을 행할 수 있는 한 사람으로서 점점 더 감동이 벅차오르는 것을 느꼈다. 동이 터오고, 줄리엣이 로미오의 출발을 알리는 종달새의 울음 소리를 들었다고

생각한 순간, 코린나의 어조는 이 세상을 초월한 아름다움을 띠었다. 그것은 사랑을 속삭이는 말이었지만, 거기에서는 종교적인 신비, 몇몇 하늘의 상징, 하늘로 돌아간다는 전조, 지상에 유배되었다가 천상의 조국으로 곧 불려갈 자의 천상적인 고뇌 같은 것이 느껴졌다. 아! 코린나는 얼마나 행복하였던가. 그녀의 마음을 주기로 결정한 사람 앞에서 훌륭한 비극의 숭고한 배역을 해낸 오늘. 이런 날에 비한다면 얼마나 많은 나날들이 시들해 보이는가!

만약 넬빌 경이 코린나와 함께 로미오 역할을 하였다면, 그녀가 맛본 즐거움이 별것 아니었을지도 몰랐다. 대문호의 시 구절을 제쳐놓고 그녀 마음이 가는 대로 말했을지도 모르고, 어쩌면 마음이 떨려서 수줍음 때문에 재능을 발휘할 수 없었을지도 모를 일이었다. 또 본심을 털어놓게 될까봐 오스왈드를 쳐다보려고 하지도 않았을 것이다. 결국은 너무도 절실한 현실이 예술의 특권을 무너뜨렸을 것이다. 그녀가 시만이 줄 수 있는 감동을 느꼈을 때, 사랑하는 사람이 그 자리에 그녀와 함께 있다는 것은 얼마나 감미로운 일인가! 아무런 불안도, 현실의 고통도 없이 사랑의 감정을 맛볼 수 있을 때에, 그녀가 표현하는 감정이 개인적인 것도 추상적인 것도 아닐 때에, 또 넬빌 경에게 "제가 얼마나 많은 사랑을 할 수 있는지 보세요!"라고 말하는 것 같을 때에.

이럴 때에는 자기 자신에게 만족할 수 없게 된다. 정열에 이끌리는가 하면 다시 또 수줍음에 이끌리게 되고, 너무도 고통스러운 마음과 무조건적인 순종의 마음이 번갈아 들기 때문이다. 그러나 그녀는 부자연스러운 데가 하나도 없이 완벽해 보였다. 너무 침착성을 잃었다 싶으면 감각적으로 그것을 느끼고 다시 침착해졌다. 결국 마음의 감미로운 몽상 안에서 한순간을 지낸 격으로, 코린나가 비극을 상연하면서 맛본 순수한 기쁨도 바로 이와 같은 것이었다. 그녀는 이 기쁨에 그녀가 얻은 모든 성공과 박수갈채의 기쁨을 보태고 있었다. 또한 그녀는 눈짓으로 그 모든 것을 오스왈드의 발 아래 바치고 있었다. 그녀에게는 그 모든 영광보다 오스왈드의 호평만이 더 소중하였다. 아! 적어도 한순간일망정 코린나는 행복하였다. 그 순간 그녀는 안일과 바꾸어 얻은 영혼의 희열을 맛보았다. 이제까지 그녀가 갈구해왔지만 느끼지 못했던, 그리고 그녀가 일생 그리워하게 될 희열이었다.

3막에서 줄리엣은 비밀리에 로미오와 결혼한다. 4막에서는 부모가 다른 남자와의 결혼을 강요해서, 어느 수도사로부터 얻은 수면제를 마시기로 결심한다. 그런데 그 약을 먹으면 그녀는 마치 죽은 것처럼 보일 것이다. 코린나의 모든 동작, 동요하는 듯한 행동, 떨리는 어조, 생기가 있다가도 곧 아래로 떨구곤 하는 시선은 두려움과 사랑의 처절한 싸움, 살아서 조상의 무덤 안에 묻힐 생각으로 그녀의 머리 속에 떠오르는 무시무시한 상상, 그럼에도 불구하고 어린 소녀로서 당연히 느끼는 공포를 이겨낸 사랑의 열광을 표현하고 있었다. 오스왈드는 그녀를 구하러 달려가고 싶었다. 한번은 그녀는 눈을 들어 열렬히 하늘을 쳐다보고, 어느 인간도 거부할 수 없는 신의 가호를 청하는 모습을 깊이 있게 표현하였다. 또 한번은 그녀가 넬빌 경을 향해 손을 벌리고 도움을 요청하는 듯이 여겨져 그는 정신없이 그 자리에서 일어섰다가 주변 사람들의 놀란 시선에 다시 주저앉고 말았다. 그러나 그는 너무도 감동을 받았기 때문에 도저히 그것을 감출 수 없었다.

5막에서 로미오는 줄리엣이 죽었다고 생각하고, 아직 눈을 뜨지 않은 줄리엣을 무덤에서 끌어올려 멈춘 심장을 누른다. 코린나는 흰옷을 입고, 검은머리가 흐트러진 채로 로미오에게 얼굴을 기대고 있었다. 그 모습은 아름다웠지만 섬뜩할 정도로 음침한 죽음의 실감이 났기 때문에, 오스왈드는 전혀 다른 인상을 보고 마음이 심란해졌다. 코린나가 다른 남자의 품에 안겨 있는 것을 보는 것이 견디기 힘들었다. 또 사랑하는 사람이 이렇게 죽어가는 모습을 보고 있자니 온몸이 떨려오기도 하였다. 말하자면 그는 로미오처럼 절망과 사랑, 죽음과 쾌락이 끔찍하게 교차하는 감정을 맛보았다. 바로 이 감정 때문에 이 장면은 이 극중에서 가장 비통한 장면으로 꼽힌다. 결국 줄리엣이 눈을 떴을 때 그녀의 무덤 아래에는 막 숨을 거둔 연인이 있었다. 관 속에서, 그 어두운 뚜껑 아래에서 내뱉는 줄리엣의 첫마디는 겁에 질려 있지 않았다.

저의 주인님은 어디 계세요? 로미오 님은 어디 계세요?
Where is my lord? Where is my Romeo?

넬빌 경은 이 외침에 신음을 내었다. 그는 에저몬드 씨에게 이끌려 홀 밖으로 나왔을 때에야 겨우 정신이 들었다.
극이 끝나자 코린나는 감격과 피로로 기진맥진되었다. 맨 먼저 오스왈드가 그녀의 방에 들어가니, 코린나는 아직 줄리엣의 의상을 입은 채로 하녀들 틈에 있었는데, 정말 줄리엣과도 같이 실신 상태로 그녀들의 팔에 부축되어 있었다. 오스왈드는 당황한 나머지, 그것이 현실인지 허구인지 구분이 되지 않았다. 그래서 코린나의 발 아래 무릎을 꿇고 로미오의 대사를 영어로 말하였다.

자, 보라, 이것이 마지막 모습이다! 내 품에 안기어라, 이것이 마지막 포옹이다.
Eyes, look your last! Arms, take your last embrace.

아직 정신을 차리지 못한 코린나는 큰소리로 외쳤다.

"세상에! 무슨 말씀이세요? 저를 떠나신다는 말씀이세요? 그런 말씀이세요?"

"아, 아니에요."

오스왈드는 코린나의 말을 가로막았다.

"맹세코 ……"

그때 마침 코린나의 친구들과 숭배자들의 한 무리가 그녀를 만나려고 들어왔다. 그녀는 오스왈드가 무엇을 말하려고 하였는지 걱정이 되어 그를 쳐다보았다. 그러나 야회가 계속되는 동안 내내 그들은 말을 주고받을 수 없었다. 잠시도 둘만이 있을 기회가 주어지지 않았던 것이다.

이탈리아에서 비극이 이토록 큰 효과를 낸 적은 일찍이 없었다. 로마인들은 열광하였고, 번역과 희곡, 여배우 모두를 칭찬하였다. 그들은 이것이야말로 이탈리아인에게 적합한 비극이라고 말하였다. 이 비극은 그들의 관습을 그리고 있으며, 상상력을 마음껏 발휘하여 그들의 영혼을 고무시키고, 수려하면서도 서정적인, 영감을 받은 것이면서도 자연스러운 문체로 이탈리아어의 아름다움을 부각시켰다고 말하였다. 코린나는 이 모든 찬사를 조용하고 성의 있는 태도로 듣고 있었다. 그러나 그녀의 마음은 오스왈드가 말을 꺼냈지만 사람들이 몰려오는 바람에 그친, 그 맹세코…… 라는 말에 머물러 있었다. 이 말에 그녀의 운명의 비밀이 담겨 있을지도 몰랐다.

제8부
조각과 회화

제 1 장

그 일이 있었던 날 밤에 오스왈드는 한숨도 잘 수 없었다. 그 어느 때보다도, 코린나를 위하여서라면 무엇이든 희생해도 좋다는 마음이 들었다. 그녀의 비밀을 묻지 말아야겠다는 생각까지 들었다. 아니 적어도 비밀을 알기 전에 그녀에게 인생을 바치겠다는 성스러운 약속을 하고 싶었다. 몇 시간이나 흘렀을까, 그의 마음에는 불안이 모두 멀리 사라진 듯하였다. 그래서 그는 다음날 쓸 편지를 구상하느라 즐거웠다. 그 편지는 그의 운명을 결정할 것이었다. 그러나 이 행복에 대한 확신, 결심으로 인한 안정감은 오래가지 않았다. 자꾸만 그의 생각은 과거로 돌아가는 것이었다. 사실 그는 그때까지 코린나를 사랑하는 것만큼 다른 여자를 사랑해본 적이 없었고, 그가 처음 선택했던 여자도 코린나와는 비교가 되지 않는다는 사실을 애써 기억해냈지만, 결국에는 그가 생각 없이 행동하게 된 것도, 또 부친의 마음을 아프게 한 것도 모두 다 애정 때문에 생긴 일이라는 생각으로 돌아갔다.

"아!"

하고 그는 소리를 질렀다.

"아들이 조국과 조국에 대한 의무를 잊었다고 아버지는 아직도 격정하고 계신 것은 아닐까?"

"아버지!"

하고 그는 부친의 초상에 말을 걸었다.

"아버지께서는 제가 이 지상에서 두번 다시 만날 수 없는 저의 최고의 벗이셨어요. 이젠 아버지의 목소리조차 들을 수 없군요. 그러나 여전히 제 마음에 깊숙이 와 닿는 무언의 시선으로 제게 말씀해주세요. 하늘에 계시는 아버지께서 당신 자식을 만족스럽게 여기도록 해드리려면 제가 어떻게 해야 하는지 가르쳐주세요. 그렇지만 언젠가는 죽게 마련인 인간도 지치도록 행복을 필요로 한다는 사실을 잊지 마시고, 지상에서 그러셨던 것처럼 하늘에서도 너그럽게 판단하여주세요. 만약 제가 잠시나마 행복해진다면, 만약 제가 저 천사와도 같은 사람과 같이 산다면, 그런 사람을 보호하고 구원할 수 있는 영광을 갖게 된다면, 저는 이로 인해 더 훌륭한 사람이 될 것 같아요."

"그 사람을 구원한다고?"

하고 그는 불쑥 말하였다.

"무엇으로부터? 그녀가 좋아하는 생활, 찬사를 한몸에 받는 생활, 성공, 자립으로부터!"

머리 속에 이런 생각이 떠오르자 그는 이 말씀이 아버님의 말씀인가 하고 깜짝 놀랐다. 교차되는 복잡한 감정 속에서, 우리에게 드는 생각을 하나의 전조로, 그리고 우리가 당하는 고통을 하늘의 알림으로 여기게 되는 미신과도 같은 감정을 느껴보지 않은 자가 어디 있겠는가? 아! 정열과 양심을 모두 갖고 있는 영혼 안에 일어나는 갈등이여!

오스왈드는 극심한 동요 속에 방안을 왔다갔다하다가, 그토록 평화스럽고 아름다운 이탈리아의 달을 쳐다보기 위해서 가끔씩 멈추어 섰다. 자연의 모습은 체념을 가르쳐주지만, 망설임에는 아무것도 해줄 수 없다. 이렇게 하는 동안에 어느덧 날이 샜고, 델푀유 백작과 에저몬드 씨가 찾아와서 그의 건강을 걱정하였다. 밤새도록 걱정을 너무 많이 한 탓에 그의 얼굴마저 변하였던 것이다! 세 사람 사이에 흐르는 침묵을 델푀유 백작이 제일 먼저 깨뜨렸다. 그는 말하였다.

"어제 극이 괜찮았다는 점을 인정하지 않을 수 없군요. 코린나도 훌륭했어요. 저는 그녀가 하는 말의 반은 못 알아들었지만, 어조와 표정으로 전부 이해했죠. 그런 재능을 갖고 있는 사람이 부자이니 그런 애석한 일이 어디 있어요! 만약 그녀가 가난하다면 무대에 오를 테고, 그런 여배우를 갖고 있는 것이 이탈리아로서는 자랑이 될 텐데 말이에요."

이 말을 듣고 오스왈드는 마음이 괴로웠다. 하지만 그것을 어떻게 표현해야 할지 몰랐다. 왜냐하면 델푀유 백작에겐 좀 특별한 데가 있어서 그의 말에서 다소 불쾌한 느낌을 받더라도, 쉽게 화를 낼 수 없기 때문이었다. 서로 위로해줄 수 있는 사람은 분별 있는 사람들뿐이다. 즉 자존심은 자신에 대해서는 그토록 예민하지만 타인에 대해서는 전혀 예민하지 않다.

에저몬드 씨는 예의를 갖춘 말로써 코린나에 대한 칭찬을 아끼지 않았다. 오스왈드는 코린나에 관한 화제를 델푀유 백작의 비위에 거슬리는 칭찬으로부터 돌리기 위하여 영어로 대답하였다. 그러자 델푀유 백작이 말하였다.

"제가 방해가 되는 것 같군요. 저는 코린나의 집으로 가겠습니다. 어제 저녁의 연기에 대한 제 의견을 이야기하면, 기꺼이 들어주겠지요. 몇 가지 조언도 해주고 싶고요. 물론 세부에 관한 것이지만. 하지만 세부가 전체를 만드는 것이지요. 그런데 그녀는 정말 놀라운 사람이에요. 완벽의 경지에 도달하기 위해서는 어느 것도 소홀히 해서는 안 되죠."

그리고 그는 몸을 굽혀 넬빌 경에게 귓속말로 이렇게 말하였다.

"그녀가 좀더 비극을 상연하도록 부추길 생각이에요. 그것이 그녀가 이곳을 지나가는 신분이 높은 외국인과 결혼할 수 있는 가장 확실한 방법이죠. 당신이나 저야 그렇지 않지만, 안 그래요 오스왈드 씨, 우린 매력적인 여자를 하도 많이 봐 익숙하기 때문에 바보짓은 하지 않죠. 독일의 왕자나 스페인의 귀족이라면 몰라도, 그렇지 않아요?"

이 말에 오스왈드는 자기도 모르게 벌떡 일어섰다. 만약 델푀유 백작이 이 행동의 뜻을 알아차렸다면 무슨 일이 일어났을지도 모른다. 그렇지만 백작은 그의 마지막 생각에 스스로 만족스러워하며 가벼운 걸음걸이로 나가버렸다. 그가 넬빌 경의 마음을 상하게 하였다는 생각은 눈곱만큼도 하지 못하였다. 만약 그것을 알았더라면, 아무리 오스왈드와 친한 사이더라도 그대로 넘어가지는 않았을 것이다. 자존심 때문이라기보다는 뛰어난 재치 때문에 델푀유 백작은 자신의 단점을 알지 못하였다. 그는 명예에 관한 것이라면 모든 면에 민감하였으므로, 감수성에 관한 한 그가 모자란다는 생각을 하지 못하였다. 그는 스스로 명랑하고 친절하다고 여기고 있었으며, 현명하게도 그의 운명에 만족하고 인생의 더 심각한 문제에 대해서는 전혀 의구심을 갖지 않았다.

오스왈드가 불안해하는 마음을 에저몬드 씨는 조금도 놓치지 않았다. 델푀유 백작이 나가자 그는 이렇게 말하였다.

"오스왈드, 저는 떠나겠어요. 나폴리로 갈 생각이에요."

"왜 그렇게 빨리 떠나세요?"

하고 넬빌 경은 대답하였다.

"이곳은 제게 맞지 않는 것 같아요."

하며 에저몬드 씨는 말을 계속하였다.

"제 나이 이미 오십인데, 코린나에게 빠지지 않는다고 단언할 수 없거든요."

"만약 그렇다면, 어떻게 되시는데요?"

하고 오스왈드는 물어보았다.

"저런 여자는 웨일스에서는 살 수 없지요."

하고 에저몬드 씨는 대답하였다.

"제 말씀을 들어보세요, 오스왈드. 영국에 알맞은 여자는 영국 여자밖에 없어요. 제가 당신께 충고할 입장도 아니고, 또 제가 본 것에 대해 한마디도 하지 않겠다는 약속까지 드릴 필요야 없겠지만, 그러나 아무리 코린나가 좋더라도 *가정에서 저것이 다 무슨 소용이란 말인가?* 라고 말한 토마스 월폴처럼 생각하게 돼요. 당신도 아시다시피, 우리나라에서는 가정이 전부이죠. 적어도 여자에게는 말이에요. 경의 이탈리아 미인이 당신이 사냥을 가셨거나 의회에 가신 동안 혼자 집을 본다든지, 당신이 테이블을 떠나실 때 디저트에 손을 대지 않고 차 준비를 하기 위해 일어서는 모습을 상상하실 수 있겠어요? 오스왈드, 영국 여성은 가정적인 미덕을 갖추고 있으며, 이것은 딴 곳에서는 찾아볼 수 없는 점이에요. 이탈리아의 남자들은 여자들의 비위를 맞추기만 하면 되죠. 그러니까 애교 있는 여자가 더 좋아요. 그러나 우리나라에서는 남자들이 활동적인 직업을 갖고 있고 여자들은 그늘 속에 묻혀 지내야 하잖아요. 그러니 그런 곳에 코린나를 둔다는 것은 매우 유감스러운 일이에요. 영국의 왕좌라면 몰라도 저의 소박한 집에 두고 싶진 않아요. 넬빌 경, 저는 당신의 훌륭하신 부친께서 그리도 아끼셨던 당신의 모친을 잘 알고 있어요. 제 어린 사촌과 많이 닮으셨지요. 만약 제가 결혼 상대를 택하고 사랑받을 나이라면, 그런 여자를 택하겠어요. 안녕히 계세요, 친애하는 친구. 제가 드린 말씀을 섭섭하게 생각하지 마세요. 저만큼 코린나를 찬양하는 사람도 없을 것이며, 저도 당신 나이라면 그녀의 마음에 들고 싶은 희망을 버리지 않았을 거예요."

이 말을 마치자 그는 넬빌 경의 손을 잡고 마음을 다하여 악수를 한 다음, 오스왈드로부터 한마디 대답도 듣지 않은 채 떠나버렸다. 그러나 에저몬드 씨는 그의 침묵의 이유를 알고 있었으므로, 악수에 오스왈드가 응해준 것만으로도 만족하여 그로서는 거북한 이 대화를 서둘러 끝내고 떠났던 것이다.

그가 했던 말 중에 한마디가 오스왈드의 마음에 충격을 주었다. 그것은 어머니의 추억, 그리고 어머니에 대한 아버지의 깊은 애정의 추억이었다. 그는 미처 열네 살도 못 되어 어머니를 잃었지만, 어머니의 정숙함과 겸손하고 수줍어하는 모습이 깊은 존경심과 함께 떠올랐다.

"미치겠구나!"

혼자 남았을 때 그는 소리쳤다.

"아버지께서 나에게 정해준 신부가 누구인지 알고 싶다. 아버지께서 그토록 사랑하신 어머니의 인상을 기억할 수 있는데, 내가 아버지의 뜻을 모른다고? 그 이상 무엇을 원하는가? 만약 내가 아버지께 다시 한 번 상의드린다면 지금 그분이 어떻게 생각하실지 모르는 체하며 왜 나는 스스로를 기만하는가?"

그러나 전날 그런 일이 있고 난 후, 코린나에게 운을 뗀 말을 계속하지 않고 그녀에게 돌아가는 것은 오스왈드에게 고통스러운 일이었다. 그의 동요와 고통이 하도 극심했기 때문에 이제는 나았다고 생각한 발작이 다시 일어났다. 아물었던 가슴의 혈관이 다시 터진 것이다. 놀란 하인들이 사방으로 도움을 청하고 있는 동안, 그는 죽으면 슬픔도 끝나겠지 하면서 은근히 죽기를 바랐다.

"내가 죽을 수 있는 것은,"

하고 그는 말하였다.

"코린나를 다시 보고 나서, 그녀가 나를 그녀의 로미오라고 불러준

다음일 것이다!"

그러자 그의 두 눈에 눈물이 흘렀다. 부친을 잃은 후, 다른 고통 때문에 그가 울어본 것은 이번이 처음이었다.

그는 예기치 못한 일이 생겨 집에 있게 되었다고 코린나에게 편지를 썼다. 그리고는 우울한 몇 마디의 말을 끝에 써넣었다. 코린나는 아주 당치도 않은 예감으로 이날을 맞고 있었다. 그녀는 오스왈드에게 감명을 준 것이 기뻤고, 사랑받고 있다는 생각에 행복하였다. 왜냐하면 그녀는 자신이 원하는 것이 무엇인지 확실히 모르고 있었기 때문이다. 여러 사정으로 인하여 넬빌 경과 결혼한다는 생각에는 많은 불안이 섞여 있었다. 그녀는 선견지명이 있다기보다는 정열적이었고, 현재에 매여 미래에 대해서 별로 걱정하지 않는 사람이었기 때문에, 많은 고통을 받게 될 그날은 그녀가 살아온 날 중에서 그 어느 때보다도 가장 맑고 가장 청명한 날로 그녀에게 밝아왔다.

오스왈드의 편지를 받고 그녀는 극심한 근심에 사로잡혔다. 그가 위급한 상태에 놓여 있다고 생각하여, 곧장 그에게 달려갔다. 그녀는 모든 사람들이 나와 걸어다니는 시간에 코르소 거리를 지나갔기 때문에 오스왈드의 집에 들어가는 그녀의 모습은 로마 시내의 거의 모든 사람들의 눈에 띄었다. 이런저런 생각할 겨를도 없이 빨리 달려왔기 때문에 오스왈드의 방에 도착하였을 때에는 숨이 차서 한마디도 할 수 없을 정도였다. 넬빌 경은 그녀가 그를 만나러 위험을 무릅쓰고 찾아온 것을 알았다. 영국에서는 여성이, 더구나 미혼이라면 더욱더 평판을 땅에 떨어뜨릴 이 행동의 영향을 짐작하고, 그는 너그러움과 사랑, 고마움의 마음으로 가슴이 벅차올라 기운은 없었지만 일어나서 코린나를 껴안고 소리쳤다.

"사랑스러운 그대여! 절대로 당신을 버리지 않겠어요. 저를 사랑한다고 해서 당신의 평판이 나빠진다면! 제가 만회시켜드리지 않으면 안 될 테지요……"

코린나는 그의 생각을 알아차렸다. 곧 그의 팔에서 살짝 빠져나와 그의 상태가 좋아지는 것을 확인한 다음에 말하였다.

"잘못 생각하고 계세요, 넬빌 경. 당신을 만나러 와도 아무렇지도 않아요. 대부분의 로마 여자들도 제 입장이었다면 왔을 거예요. 저는 당신이 몸이 불편하시다는 것을 알았고, 당신은 외국 분이신데 저밖에 아는 사람이 없으니 당연히 제가 돌봐드려야지요. 저 한 몸만 희생해서 그 예절들을 지킬 수 있다면, 기존의 관습인 예절들을 지켜야 하겠지요. 그러나 위험이나 고통에 빠진 친구에 대한 참되고 깊은 감정이 그보다 우선되어야 하지 않겠어요? 사회의 관습이 사랑하는 것을 용납하면서도 사랑하는 사람을 도우러 뛰어가는 마음의 충동을 억누른다면 여자의 운명이란 도대체 무엇일까요? 그러나 거듭 말씀드리지만, 경, 제가 여기에 왔다고 해서 저의 평판이 나빠진다고 염려하지 마세요. 저는 젊지도 않고 또 저의 재능 덕분에, 로마에서 결혼한 여자들이 누리는 자유를 갖고 있어요. 저는 제 친구들에게 제가 당신을 찾아온 사실을 숨기지 않을 거예요. 그들은 제가 당신을 사랑하는 것을 비난할지 몰라도, 사랑하고 있을 때에 바치는 헌신을 비난하지는 않을 거예요."

너무나 자연스럽고 너무도 진지한 이 말을 듣고 오스왈드의 감정은 복잡하였다. 코린나의 친절한 대답에 감명받았지만, 처음에 했던 그의 생각이 잘못되었다는 사실에 화가 나려고 하였다. 차라리 코린나가 사회에서 말하는 커다란 잘못이라도 저질러서 이 때문에 그가 의무감에서 그녀와 결혼하게 되고, 이렇게 해서라도 그의 종잡을 수 없는 마음에 종지부를 찍게 되었으면 하고 원했는지도 몰랐다. 그는 이탈리아의 자유스러운 풍습이 달갑게 생각되지 않았다. 그것은 그에게 아무런 구속도

가하지 않은 채, 많은 행복을 주면서 그의 고민을 연장시켰다. 이러한 괴로운 생각 때문에 또다시 그에게 위험한 발작이 일어났다. 코린나는 걱정이 되어 참을 수 없었지만, 친절하고 감동적으로 정성을 다해 간호하였다.

저녁이 되어, 오스왈드는 더욱 힘이 드는 모양이었다. 코린나는 그의 침대 곁에 무릎을 꿇고, 두 팔로 그의 머리를 받쳐주었다. 오스왈드보다 코린나가 더 동요하고 있었다. 그는 고통 속에서도 기쁨에 넘쳐 그녀를 바라보았다.

"코린나."

하고 그는 작은 소리로 말하였다.

"저의 아버지의 사색이 담긴 이 책 안에서 죽음에 관한 항목을 읽어주세요."

그리고 코린나의 불안해하는 모습을 보면서 이렇게 말했다.

"제가 죽는다고 생각하지 마세요. 저는 아플 때마다 아버지의 위로를 다시 읽어보아요. 마치 아버지께서 지금 제게 해주시는 말씀 같거든요. 그래서 저는 당신이 저의 아버지가 어떤 분이셨나 알아주셨으면 해요. 그렇게 되면 당신은 저의 괴로움, 저에게 미치는 아버지의 영향력, 그리고 언젠가는 당신에게 고백할 모든 것을 더 잘 이해하시게 될 거예요."

코린나는 오스왈드가 항상 지니고 있던 그 명상록을 손에 들고 떨리는 목소리로 몇 쪽을 읽었다.

'신에게 사랑받는 정직한 사람들, 그대들만이 죽음에 관하여 두려움 없이 말할 수 있을 것이다. 왜냐하면 그대들에게 죽음은 단지 거주지를 옮기는 것일 뿐일 테니까. 그리고 그대들이 떠나려 하는 이곳은 전체 중에 가장 작은 것일 테니까. 아, 우리의 눈앞에서 무한한 공간을 채우고 있는 헤아릴 수 없는 세계여! 신의 피조물들이 이루는 알지 못할 공동체들, 하늘에 흩뿌려 있으며 창공 아래 놓여진 신의 자녀들의 공동체들이여! 우리의 찬미와 그대들의 찬미가 하나로 합쳐지길. 우리는 그대들이 어떤 처분을 받을지 모른다. 지고하신 분의 관용 안에서 받게 될 그대들의 제1의, 제2의, 최후의 몫을 알지 못한다. 그러나 우리는 죽음과 삶에 대해, 과거와 미래에 대하여 이야기하면서, 아무리 멀리 떨어져 살고 있는 존재일지라도 지성과 감성을 지닌 모든 존재에 대해 관심을 갖게 된다. 민중들의 집단, 국민들의 집단, 이 세상 사람들의 집합인 그대들은 우리와 함께 이렇게 말한다. 하늘의 임금, 자연의 통치자, 우주의 신에게 영광 있으라! 불모를 풍요로, 어둠을 현실로, 죽음을 영원한 삶으로 뜻대로 변하게 하는 자에게 영광과 찬미 있으라!

아! 올바른 자의 최후는 분명히 희망적이다. 그러나 이러한 최후를 우리들이나 조상들 중에 본 적이 없다. 두려움 없이 영생 앞에 나설 수 있는 사람이 어디 있는가? 마음을 모아 신을 사랑하고 젊은 시절부터 신을 공경하고 노년에 와서 지난날을 돌아볼 때에 마음에 괴로움이 없는 사람이 어디 있는가? 칭찬과 세상의 보상을 바라지 않고 모든 행동에 있어서 도덕적인 인간이 어디 있는가? 우리들 사이에 찾아보기 매우 힘든 그 사람, 우리에게 모범이 되어줄 수 있는 그 사람은 어디 있는가? 어디에? 어디에 있단 말인가? 만약 그런 사람이 우리 가운데 있다면 우리는 모두 그를 존경할 것이다. 그 사람의 죽음에, 가장 아름다운 죽음의 광경에 입회하게 해달라고 단단히 청하여라. 다시는 일어날 수 없는 무시무시한 죽음의 자리에 있는 그를 주의 깊게 따라가기 위하여 용기로 무장하여라. 그는 죽음을 미리 알고 굳게 믿으며, 그의 눈빛은 평온하다. 그의 이마 위에는 하늘의 후광이 비추고 있는 것 같다. 그는 사도와 함께 말한다. 저는 제가 누구를 믿었는지 알고 있습니다. 이 믿음 때문에 그는 기력이 다해도 활기가 있다. 이미 그의 새로운 조국을 바라보고 있는 것 같다. 그러나 그는 그가 떠나려고 하는 조국을 잊지 않고, 그의 피조물과 그의 신 곁에 있으며, 그의 인생을 매료시킨 감정을 멀리 쫓지 않는다.

 자연의 법칙에 따라 가족 중에 맨 먼저 그의 뒤를 따르는 것은 정숙한 아내이다. 그는 아내를 위로하고 눈물을 닦아주고, 그녀 없이는 상상할 수조차 없는 행복한 나라에서 만나자고 약속한다. 그는 아내에게 그들이 함께 지내온 행복한 나날을 이야기한다. 사랑하는 사람의 예민한 마음을 흩트려놓기 위해서가 아니라, 하늘의 뜻에 대한 서로의 믿음을 증가시키기 위해서. 그는 운명의 반려자에게 그가 언제나 지켜온 아름다운 사랑을 상기시킨다. 그것은 애절함을 더하려는 것이 아니라 위로하여주기 위한 것이다. 또 두 사람의 인생은 같은 줄기에 묶여 있으며, 그들의 결합으로 막연한 미래에 대한 방패, 더 나아가 보증이 되어주리라는 애정 어린 생각을 깊이 새기도록 한 것이다. 그 막연한 미래에서는 지고하신 신의 연민에 매달릴 수밖에 없다. 아! 우리가 거대한 고독에 직면했을 때, 세월이 흘러가는 동안 품고 있던 감정과 흥미가 영원히 사라지려고 하는 때에, 사랑하는 사람의 마음 안에 파고드는 온갖 감동을 정확하게 상상할 수 있을까? 아! 하늘이 그대에게 의지하라고 내려준 그대를 닮은 이 사람, 그대에게는 전부였던 이 사람, 그대에게 시선으로 무서운 작별을 고하고 있는 이 사람이 떠난 뒤에도 살아남지 않으면 안 될 그대, 이제 다른 어떤 말도 존재하지 않게 될 때, 마지막 심장의 고동 소리를 들어보려고 그대는 꺼져가는 심장 위에 손을 얹어볼 것이다. 아! 충실한 연인들이여, 그대들이 두 사람의 유해를 한데 섞어 한 묘지에 함께 묻어달라고 하여도 우리가 그대들을 비난하겠는가? 선량하신 신이여, 그들이 함께 눈뜨게 하소서. 만약 그들 부부 중에 한 사람만이 이런 혜택을 받을 만하여도, 한 사람만이 선택받을 사람이라 하여도, 다른 한 사람은 그 소식이라도 알게 되기를. 행복한 한 사람의 운명이 고하여질 때, 다른 한 사람은 영원한 어둠 속으로 떨어지기 전에 행복한 한순간을 맛볼 수 있도록 천사들의 빛을 보게 되기를.

아! 죽음이 빠른 걸음으로 다가와 사랑하는 모든 것으로부터 떼어놓으려는, 분별 있는 사람의 최후의 날을 그리려 할 때, 우리는 곤혹스러울 것이다.

그는 그의 마지막 유언이 아이들에게 교훈이 될 수 있도록 잠시 기운을 되찾고 힘을 낸다. 그는 아이들에게 이렇게 말한다. 그대의 아버지, 그대의 오랜 친구에게 다가올 임종에 참석하는 것을 두려워하지 말라. 그대보다 먼저 이 세상에 온 사람이 먼저 세상을 뜨는 것은 자연의 법칙이다. 그는 여러분에게 용기를 보여줄 것이다. 그러나 그는 고통 속에서 멀어져간다. 그는 자신의 경험으로 좀더 그대들을 도와주고 싶었고, 젊은 그대들을 둘러싼 위험을 그대들과 함께 헤쳐나가고 싶었다. 그러나 무덤으로 들어가야 할 때에는 어찌할 도리가 없는 것이다. 내가 사라지려고 하는 이 세상을 이제 그대들 스스로의 힘으로 가야 한다. 신이 심어놓은 보화를 그대들이 마음껏 거둘 수 있도록. 그러나 이 세상 자체는 한갓 지나가는 곳이며, 더 오래 머무를 다른 곳이 그대들을 부른다는 사실을 절대 잊어서는 안 된다. 아마도 우린 다시 만날 수 있을 것이다. 나는 나의 신이 지켜보는 가운데 어디에선가 그대들을 위하여 나의 기원과 눈물을 희생물로서 바칠 것이다. 많은 것이 약속되어 있는 종교를 사랑하여라. 아버지와 자녀 사이, 죽음과 삶 사이의 마지막 약속인 종교를 사랑하여라 …… 내 곁에 다가오너라! …… 그대들이 더 잘 보이도록, 신의 종의 축복이 그대에게 내리도록 …… 그는 숨을 거둔다 …… 오, 천사들이여! 그의 혼을 거두어주십시오. 그리고 지상에 그의 행적,

그의 사색과 희망에 대한 추억을 남겨주십시오.(19)'

오스왈드와 코린나는 감격한 나머지 읽다가 자꾸만 중단하곤 하였다. 결국 읽기를 그만둘 수밖에 없었다. 코린나는 오스왈드가 너무 눈물을 많이 흘리는 것이 걱정이 되었다. 오스왈드의 모습에 그녀의 마음이 너무도 흔들려 자기 자신도 눈물이 넘쳐흐르는 것을 눈치채지 못하였다.

"저,"

하고 오스왈드는 그녀에게 손을 내밀며 말하였다.

"저, 사랑스러운 당신. 당신의 눈물이 제 눈물 속에 묻혀버리는군요. 마지막 포옹의 기억이 아직도 저에게 남아 있고, 그 기품 있는 눈빛도 선명한 이 수호천사의 죽음을 당신은 저와 함께 슬퍼해주시는군요. 분명히 아버지께서 저를 위로하여주도록 선택한 사람이 당신일 것이에요. 틀림없이……"

"아니에요. 아니에요."

하고 코린나는 소리쳤다.

"그럴 리 없어요. 아버지께서는 제가 당신에게 적합하다고 생각하지 않으셨어요."

"무슨 말씀을 그렇게 하세요?"

하고 오스왈드가 말을 막았다.

코린나는 마음속에 감추어둔 말을 드러내버린 것에 대해 두려워하며, 필경 부친은 그녀를 적합하게 여기지 않으셨을 것이라고 무심코 새어나온 말을 번복했다! 처음에 한 말로 인해 걱정하던 오스왈드는 이렇게 바뀐 말에 안심이 되어, 코린나와 부친에 관한 이야기를 계속하였다.

의사가 찾아와 코린나는 약간 마음을 놓을 수 있었다. 그러나 의사는 넬빌 경에게 가슴속의 혈관이 아물 때까지 절대 말을 해서는 안 된다고 하였다. 꼬박 엿새가 지나갔다. 코린나는 오스왈드 옆을 떠나지 않고 그가 입을 열려고 하면 친절히 입을 다물게 하며, 단 한마디도 하지 못하도록 하였다. 그녀는 책을 읽어주기도 하고, 음악을 들려주기도 하며, 진지한 이야기이든 농담이든 재미있는 이야기를 찾아 어떻게 해서든지 혼자 대화를 이끄는 등, 지대한 관심을 써서 시간을 변화 있게 보내는 방법을 고안해내었다. 겉으로 보이는 이러한 우아함과 매력이 그녀가 속으로는 느끼고 있지만 넬빌 경에게 숨겨야 하는 불안을 가려주었다. 그러나 그녀는 한순간도 긴장을 풀지 않았다. 그녀는 오스왈드 자신보다도 앞서 그의 괴로움을 감지하였고, 또 그가 괴로움을 용기 있게 참으며 보이려 하지 않는 것도 놓치지 않았다. 그녀는 항상 그에게 도움이 될 만한 방법을 찾아내었고 재빨리 고통을 덜어주었다. 다만 그녀가 그에게 기울이는 정성을 될 수 있는 대로 그가 알아차리지 못하도록 신경을 쓸 뿐이었다. 그럼에도 불구하고 그가 창백해지면 코린나의 입술도 파리해졌고, 도와주려고 하는 손도 떨렸다. 그러나 곧 정신을 차리려고 애썼고, 두 눈에 가득 눈물이 고여 있으면서도 미소를 잃지 않고 있었다. 때때로 그녀는 오스왈드의 손을 그녀의 가슴에 얹어놓아 자신의 생명을 그에게 바치고 싶다고 말하려 하는 듯하였다. 결국 그녀의 간호 덕분에 오스왈드는 쾌유되었다.

이제는 말을 하여도 좋다는 허락을 받았을 때, 그는 코린나에게 말하였다.

"코린나, 왜 제 친구인 에저몬드 씨가 당신이 제 곁에서 간호하시는 모습을 보지 못했을까요! 그렇다면 당신이 선량한 사람일 뿐 아니라 훌륭한 사람인 것을 알았을 텐데. 당신과 함께 사는 가정 생활이 언제나 기쁨에 넘쳐 있을 것이며, 당신이 다른 여자와 다른 점은 다른 여자들이 지니고 있는 모든 덕에다가 매력이라는 장점을 하나 더 갖고 있을 뿐이라는 것을 그도 알았을 텐데. 아니, 이제 되었어요. 저를 찢는 이 갈등은 이제 그만두어야겠어요. 이것 때문에 죽을 뻔하기조차 했는데. 코린나, 당신에게 말씀드리겠어요. 당신은 당신의 비밀을 밝히지 않았지만, 저는 당신에게 저의 모든 비밀을 알려드릴게요. 이제 당신이 우리의 운명을 결정하세요."

코린나가 대답하였다.

"당신과 저의 생각이 같다면, 우리의 운명은 우리가 서로 헤어지지 않는 것이겠지요. 그러나 지금으로서는 제가 당신의 아내가 되는 것을 감히 꿈꿀 수 없다고 말씀드린다면 믿어주시겠어요? 지금 제가 고민하는 것은 이제까지 한번도 고민해본 적이 없던 문제예요. 저의 인생관, 장래에 대한 저의 계획은 날마다 저를 괴롭히고 저를 억누르는 이 감정 때문에 엉망이 되어버렸어요. 그렇지만 우리가 결합할 수 있는지, 또 결합해야 하는지에 대해서는 아직도 잘 모르겠어요."

오스왈드가 다시 말을 받았다.

"코린나, 제가 주저하는 바람에 저를 미워하시는 것은 아닌지요? 제가 비관적인 생각을 하면서 주저하고 있다고 생각하신 것은 아닌지요? 오직 2년 가까이 저를 사로잡고 괴롭혀온 깊은 회한 때문에 제가 결정을 내리지 못하고 있다는 사실을 알아차리지 못하셨어요?"

"알고 있었어요."

코린나는 대답하였다.

"만약 저에 대한 애정이 없다는 이유로 제가 당신을 의심했다면, 지금 제가 당신을 사랑할 수는 없겠죠. 그러나 애정만이 인생의 전부는 아니라고 생각해요. 생활 습관이라든가 추억, 상황이 우리 주위에 정열마저도 떼어버릴 수 없는 얽힘을 만들어내지요. 한번 끊어져도 다시 만들어지는 그런 얽힘을. 그리하여 담쟁이넝쿨은 참나무 가지 끝에 달라

붙어요. 사랑하는 오스왈드, 인생의 순간순간에 이 시간이 우리에게 요구하는 것 이상은 하지 말도록 해요. 지금 제게 필요한 것은 당신이 제 곁을 떠나지 않는 것이에요. 저에게는 당신이 언제 떠나가버릴지도 모른다는 두려움이 늘 따라다녀요. 당신은 이곳에서 이방인이시고, 당신을 이곳에 붙들어둘 것은 아무것도 없잖아요. 만약 당신이 떠나신다고 해도, 아무 할말이 없겠죠. 당신에 대한 추억으로 제 인생에 남는 것은 고통뿐일 테고. 아, 당신과 함께, 오직 당신과 함께 공감하는 이 자연, 이 미술품, 이 시! 어느 것도 제게 말을 걸지 않을 거예요. 저는 언제나 두려움에 떨면서 잠에서 깨어나요. 이렇게 청명한 날을 보면서 그 찬란한 빛에 제가 속고 있는 것이 아닌지, 제 인생의 태양인 당신이 아직 이곳에 계신지 몰라서예요. 오스왈드, 저의 이 공포를 없애주세요. 그 이상 즐겁고 안심할 수 있는 일은 없을 테니까요."

"당신도 알다시피,"

하고 오스왈드는 대답하였다.

"영국인은 조국을 버리는 법이 없어요. 전쟁으로 불려갈 수도 있을 테고, 또……"

"아! 무슨 말씀이세요."

하고 코린나는 큰소리로 말하였다.

"당신은 제게 마음의 준비를 시키시는 것인가요……?"

그녀는 마치 무서운 위험이 닥쳐오기라도 하는 듯이 손발을 떨었다.

"좋아요! 그렇다면 저를 데리고 가세요. 아내로서, 노예로서……"

그러다가 갑자기 그녀는 정신을 다시 가다듬고 말하였다.

"오스왈드, 제게 아무 말씀도 없이 떠나시면 안 돼요. 절대로, 아셨죠? 어떤 나라에서도 형을 받는 죄인에게는 반드시 마음의 준비를 할 수 있도록 몇 시간이 주어진다고 해요. 편지로 알려주셔서도 안 되고, 반드시 당신이 직접 그 말씀을 해주셔야 해요. 당신이 제게서 떠나기 전에 미리 저에게 알리시고, 저의 말씀을 들으셔야 해요."

"그때 제가 그렇게 할 수 있을까요……"

"그럴 수가! 제가 이렇게 부탁을 드리는데도 바로 승낙하시지 않고 망설이시다니!"

"아니에요."

하고 오스왈드는 대답하였다.

"망설이지 않아요. 당신이 원하신다면, 좋아요! 맹세하겠어요. 만약 어쩔 수 없이 떠나야 하는 경우가 오면 반드시 당신에게 미리 알리겠어요. 그 순간이 우리의 인생을 결정지을 테지요."

그러자 그녀는 방밖으로 나갔다.

제 2 장

오스왈드가 병이 난 이후, 코린나는 두 사람 사이에 언쟁이 나지 않도록 세심한 주의를 기울였다. 그녀는 연인의 생활을 되도록 편안하게 해주려고 하였다. 그러나 그에게 그녀의 이야기를 고백하고 싶다는 생각은 전혀 들지 않았다. 그와 이야기를 주고받는 동안에, 그녀가 어떤 사람이었는지, 또 그녀가 무엇을 희생시켰는지 그가 알았을 때 어떤 느낌을 받을지 너무도 잘 알게 되었던 것이다. 그런데 그가 그녀 곁을 떠날지도 모른다는 생각처럼 그녀를 두렵게 만드는 것은 아무것도 없었다.

따라서 그녀는 오스왈드가 격렬한 불안에 휩싸이지 않도록 평소에

하던 다정한 말씨로 돌아와, 그가 아직까지 보지 못한 미술의 걸작품들로써 다시 그의 관심과 상상력을 자극하고, 그렇게 해서 그들의 운명이 밝혀지고 결정되는 순간을 미루어보려고 하였다. 이러한 상황은 사랑 이외의 다른 감정으로는 견디기 어려울 것이다. 하지만 사랑은 흘러가는 시간을 그토록 달콤하게 만들어준다. 또한 사랑은 순간순간을 너무도 많은 매력으로 채워주기 때문에 확실치 않은 미래가 기다리고 있다고 하여도 현재의 시간에 취하게 하고, 단 하루라도 감동과 생각들로 넘쳐 있다면 그 하루를 행복과 고통의 한 세기처럼 받아들이게 하는 것이 아닌가! 아! 영원이라는 것이 이해되는 것은 분명 사랑에 의해서뿐이다. 사랑에는 어떤 종류의 시간 관념도 없다. 사랑은 시작과 끝의 개념을 없애버린다. 사랑하는 사람 없이 살아갈 수 없으므로, 우리는 언제나 그를 사랑해왔다고 믿게 된다. 이별이 괴로우면 괴로울수록 그만큼 그것이 현실로 느껴지지 않는다. 이별은 마치 죽음처럼, 생각보다 자주 거론되는 두려움, 피할 수 없다는 것을 잘 알면서도 올 것 같지 않은 미래가 된다.

코린나는 오스왈드를 즐겁게 해주기 위하여 이것저것 대책을 강구하였지만, 아직까지 조각과 회화는 보류하고 있었다. 드디어 어느 날, 넬빌 경이 회복되었을 때 로마에 최고의 아름다움을 선사하는 조각과 회화를 함께 구경가자고 제안하였다. 그녀는 웃으면서 이렇게 말하였다.

"이탈리아의 조각이나 회화를 모르신다면 부끄러운 일이에요. 그러니까 내일부터는 미술관과 화랑 순례를 시작해야겠어요."

"좋으실 대로 하세요. 저는 아무래도 좋으니까."

하고 넬빌 경은 대답하였다.

"그런데 사실은 말이에요, 코린나, 저를 당신 곁에 잡아두기 위함이라면 그런 이상한 방법을 쓰실 필요는 없어요. 반대로 그것은 제가 당신에게 치르는 희생이 되겠지요. 무엇인가를 보기 위해서는 당신으로부터 눈을 돌려야 될 테니까요."

그들은 먼저 바티칸 미술관부터 갔다. 이 조각의 궁전에서는 다신교에 의해 신격화된 인간의 얼굴을 볼 수 있다. 그것은 마치 영혼의 감정이 오늘날 그리스도교에 의해 신격화된 것과 마찬가지였다. 코린나는 넬빌 경에게 신들과 영웅들의 상이 모여 있는 조용한 방을 보여주었는데, 그 방에서는 마치 영원한 휴식 속에 잠겨 있는 완벽한 아름다움이 스스로의 미에 취하여 있는 듯하였다. 이러한 훌륭한 표정과 모습을 보고 있다 보면, 신이 인간에게 부여한 숭고한 모습에 의하여 뭐라 표현할 수 없는 신의 의도가 인간의 얼굴에 나타난다. 이러한 응시에 의하여 영혼은 열광과 미덕으로 충만한 희망으로 드높여진다. 왜냐하면 아름다움 역시 하나의 세계이며 그것이 어떤 모습으로 나타나건 간에 항상 인간의 마음에 종교적 감정을 불러일으키기 때문이다. 지고의 표정이 영원히 고정되어 있고, 위대한 사상이 이토록 그것에 어울리는 형상을 취하고 있는 이러한 얼굴이야말로 바로 시가 아닌가!

때로 고대의 조각가는 평생 오직 한 개의 조상밖에 제작하지 않았다. 그것이 그의 인생의 전부였다. 그는 그것을 매일 손질하였다. 그가 사랑을 하든, 사랑을 받든, 자연이나 예술품에서 새로운 감명을 받든, 그는 그 추억과 애정에 의해 그가 제작하는 주인공의 모습을 아름답게 꾸몄다. 그는 이런 식으로 자기의 영혼 안에 있는 모든 감정을 시각적으로 표현할 줄 안다. 그토록 냉엄하고 그토록 억압적인 사회 정체 안에서, 현대의 고뇌라고 하는 것에는 좀더 숭고한 무엇인가가 있다. 오늘날 괴로움을 겪지 못한 사람은 느낌이나 생각을 갖지 못한 사람이다. 그러나 고대에는 괴로움보다 더 숭고한 무엇인가가 있었는데, 그것은 다름

아닌 영웅적인 침착성과 개방적이며 자유로운 제도 안에서 발휘될 수 있었던 강한 힘에 대한 동경이었다. 그리스의 아름다운 조각들은 거의 전부가 휴식밖에는 보여주지 않았다. 라오콘과 니오베만이 격렬한 고뇌를 표현하는 유일한 것이었다. 하지만 이 두 개가 연상시키는 것은 하늘의 보복이지 인간의 마음에 생겨난 정열은 아니었다. 고대인들에게 있어서 도덕적인 존재는 그토록 건강한 신체를 지니고 있었으며, 그들은 넓은 가슴으로 자유롭게 숨쉬었고, 정치적인 질서는 그들의 능력과 그토록 잘 조화를 이루었으므로 현대와 같이 불편한 정신 상태는 거의 존재하지 않았다. 그러한 상태는 많은 예민한 사상을 발견하게 하지만, 예술, 특히 조각에 불멸의 대리석에 의해서만 표현될 수 있는 아주 소박한 애정이나 감정의 원형을 제공하는 일이 없다.

고대인의 조각품들에서 우수의 흔적은 찾아보기 어렵다. 유스티니아누스의 궁전에 있는 아폴론의 머리와 죽어가는 알렉산드로스의 또 다른 머리만이 몽환적이고 고통에 찬 영혼의 상태를 보여주고 있다. 그러나 그것은 외관으로 보아 두 개 모두 그리스가 예속 상태에 있던 당시의 것이다. 그때 이미 고대인들에게 있어서 조각, 그리고 같은 정신에서 창작된 시의 걸작들을 만들어낸 자부심이나 영혼의 평화 같은 것은 없어진 지 오래였다.

더 이상 밖에서 양식을 얻지 못하는 사고는 스스로 안에 틀어박혀 분석하고, 활동하고, 내면의 감정을 파헤쳐간다. 그러나 그 사고는 행복이나 혹은 그 행복만이 줄 수 있는 충만한 힘을 상정하는 창조력을 더 이상 갖고 있지 않다. 고대인들에게 있어서조차 석관은 호전적이거나 즐거운 사고밖에는 연상시켜주지 않는다. 바티칸의 박물관에 있는 석관들 중 많은 것들이 무덤 위에 전쟁이나 놀이가 저부조로 조각되어 있는 것들이다. 살아 있을 당시의 활동에 대한 추억은 죽은 자에게 줄 수 있는 가장 아름다운 찬사였다. 힘을 줄이는 것도 깎아내리는 것도 없었다. 정치와 마찬가지로 격려와 경쟁이 예술의 원동력이었다. 재능과 마찬가지로 모든 미덕을 가질 수 있는 여지가 있었던 것이다. 일반 대중은 감탄할 수 있는 능력을 스스로 영광스럽게 생각하였고, 천재에 대한 숭배는 천재들이 쓰는 관을 열망할 수조차 없는 자들에게 할당되었다.

그리스의 종교는 그리스도교와 같이 불행에 대한 위로도, 빈곤에 대한 풍요도, 죽음에 대한 미래도 아니다. 그것은 영광과 승리를 바라고 있다. 그것은 말하자면 인간 예찬이다. 이 소멸하기 쉬운 종교에서 아름다움은 바로 교리에 있다. 예술가들이 인간의 저속하고 잔인한 정열을 그리도록 요청받는다면, 반인반수나 켄타우로스에서와 같이 인간의 얼굴에 약간의 동물적 특징을 더하여 인간의 존엄을 지켰다. 그리고 아름다움에 숭고함을 부여하기 위하여 예술가는 남자와 여자의 조상 안에서, 싸우는 미네르바와 뮤즈를 데려가는 아폴론의 모습 안에서 각각의 성이 지니는 매력, 즉 아름다움에 힘을, 또한 힘에 아름다움을 결합시켰다. 대조적인 두 특질의 행복한 결합으로, 그것 없이는 둘 중 어느 쪽도 완전하지 않다.

코린나는 관찰을 계속하며 잠시 동안 오스왈드를 잠든 조상 앞에 머물게 하였다. 그것은 무덤 위에 놓여 있어 사람들이 아주 쾌적하게 조각 예술을 바라볼 수 있게 되어 있다. 그녀는 오스왈드에게 조상이 하나의 행동을 표현하고 있다고 추정될 때에는 언제나 그 고정된 동작 안에 때때로 비통한 놀라움 같은 것이 일어난다고 가르쳐주었다. 그러나 잠을 자고 있든가 혹은 완전한 휴식의 자세를 취하는 조상은 영원한 평화의 형상을 보여주는데, 이는 놀랍게도 남쪽 나라가 인간에게 주는 전반적인 영향과 완전히 일치하는 것이다. 그곳에서 예술은 마치 자연의 평화스러운 한 장면 같으며, 북쪽 나라에서라면 영혼을 뒤흔들 만한 천재도 이렇게 아름다운 하늘 아래에서는 그저 하나의 자연의 조화인 것같이 느껴질 뿐이다.

오스왈드와 코린나는 동물과 파충류의 조상들이 모여 있는 방을 지나갔다. 티베리우스의 조상이 우연히 이 안뜰 가운데에 있었다. 이러한 배치가 계획적인 것은 아니고, 이 대리석들이 그들의 주인 주위에 자연스럽게 놓인 것이다. 다른 방에는 이집트인들의 슬프고도 엄숙한 유적들이 보관되어 있었다. 그들의 조상이 인간보다 미라를 더 닮아 있는 것으로 보아, 그들은 조용하고 숨막히고 맹목적인 여러 제도 때문에 될 수 있는 대로 삶과 죽음을 동일시한 것 같다. 이집트인들은 인간보다 동물의 모습을 본뜨는 데에 우수하였다. 인간은 그들이 접근할 수 없는 듯한 영혼의 영역인 것이다.

다음은 박물관의 복도로 이어지는데, 그곳에는 걸작이 앞을 다투어 차례차례 나타났다. 단지, 제단, 온갖 종류의 장식이 아폴론, 라오콘, 뮤즈들을 둘러싸고 있었다. 호메로스와 소포클레스를 느끼는 법을 배우게 되는 곳은 이곳에서이다. 다른 곳에서 얻을 수 없는 고대에 대한 이해가 이곳에서 마음속에 펼쳐진다. 여러 민족의 정신을 이해하기 위해서는, 역사를 읽어보아도 소용이 없다. 읽은 것보다는 직접 눈으로 본 것이 사고를 강하게 자극한다. 또한 외적으로 존재하는 대상은 강한 감동을 유발하고, 과거의 연구에 대하여 마치 오늘의 인간과 사실을 관찰하고 있는 듯한 흥미와 생동감을 준다.

그토록 많은 경이로운 것들의 안식처인 멋진 문들의 한가운데에 끊임없이 물을 뿜어대는 분수가 있어, 이 걸작들을 만들어낸 예술가들이 아직 살아 있을 당시인 2000년 전에도 지금과 똑같이 시간이 흐르고 있었음을 조용히 알려주고 있다. 그러나 바티칸 박물관에서 가장 우울한 느낌을 갖게 되는 것은 그곳에 모아놓은 조상들의 잔해들을 바라볼 때이다. 헤라클레스의 상반신상, 몸통에서 따로 떨어진 두상, 유피텔의 한 쪽 발, 그런데 이것은 우리가 알고 있는 어떤 유피텔 상들보다도 더 크고 완벽한 상이었음을 추측하게 해준다. 마치 시간과 천재가 한판 승부를 벌인 전쟁터를 보는 느낌이다. 또한 이렇게 잘려나간 사지는 시간이 승리하고 우리가 패하였음을 증언하고 있다.

바티칸을 나와 코린나는 오스왈드를 몬테 카발로의 초대형 조상들 앞으로 안내하였다. 이 두 개의 조상은 카스토르와 폴리데우케스라고 전해져 내려온다. 두 사람의 영웅이 각자 한 손으로 앞발을 높이 쳐든 격노한 말을 제어하고 있다. 이러한 거대한 형태, 동물을 상대로 한 인간의 이런 투쟁을 보면, 고대인의 모든 작품이 그러하듯, 인간의 타고난 육체적인 힘에 경탄을 금치 못하게 된다. 그러나 일반 민중이 대부분의 육체 운동을 소홀히하고 있는 현사회 체제에서는 느낄 수 없는 무엇인가 숭고한 힘이 이 육체의 힘 안에 있다. 이러한 걸작에서 볼 수 있는 것은, 이를테면 인간이 본래 갖고 있는 동물적인 힘이 아니다. 쉴새없이 전쟁, 그것도 인간과 인간이 치르는 전쟁의 와중에 살았던 고대인에게 육체적 자질과 정신적 자질은 좀더 긴밀하게 결합되어 있었던 것으로 보인다. 지적인 종교가 인간의 영혼 안에 인간의 위엄을 부여하기 전까지, 튼튼한 육체와 관대한 마음, 위엄 있는 모습과 고매한 성격, 커다란 조상과 권위 있는 지도력은 서로 떼려야 떼어낼 수 없는 관념이었다. 신들의 모습이기도 하였던 인간의 모습은 상징과도 같은 것이었다. 헤라클레스의 건장한 거대한 조상이라든가, 이러한 종류의 고대 조상의 모습들은 평범한 삶의 범속한 사상이 아니라, 강력한 의지, 초자연적인 육체의 힘이라는 상징으로 나타나는 신의 의지를 표현하였다.

코린나와 넬빌 경은 그날의 마지막 순서로 현대의 최고 조각가인 카노바[134]의 아틀리에를 보러 갔다. 시간이 늦었기 때문에 그들은 횃불에 비추어 조각품들을 감상하였다. 오히려 이 방법에 의하면 조각품들이 더 잘 보인다. 고대인들은 그런 식으로 조각품들을 감상하였다. 왜냐하면 그들은 그것을 햇볕이 들지 않는 공동 목욕탕에 두었기 때문이다. 횃불의 빛으로 더욱 두드러진 그림자는 대리석의 빛나는 단조로움을 완화시키고, 조각품은 한층 더 감동적인 매력과 활기를 띤 파리한 모습을 나타내었다. 카노바의 아틀리에는 무덤에 적당한 훌륭한 조상이 있었다. 그것은 힘의 상징인 사자에 기대어 고뇌의 정수를 표현하는 것이었다. 코린나는 그 정수를 보고 오스왈드와 어딘가 닮은 데가 있는 듯이 생각되었다. 예술가 자신도 그 사실에 깜짝 놀랐다. 넬빌 경은 그것에는 관심을 보이지 않고 고개를 돌려 연인에게 속삭이듯이 말하였다.

"코린나, 당신을 만났을 때, 저는 이렇게 끝없는 고통에 처한 형을 받고 있었어요. 그러나 당신 때문에 제 삶은 변했어요. 가끔씩 희망이 솟아오르고, 회한밖에는 없던 이 마음이 이제는 설렘으로 두근거린답니다."

제 3 장

당시 로마에는 회화의 걸작품들이 다 모여 있었고, 이런 관점에서 볼 때 이곳의 풍요는 세계의 그 어느 곳도 능가하고 있었다. 다만 이러한 걸작품들이 어디에 소용이 있는가 하는 점에 관해서는 논쟁의 여지가 있을 수 있다. 이탈리아의 위대한 예술가들이 선택한 주제의 성격은 회화가 표현할 수 있는 여러 정열과 성격의 다양성과 독창성에 잘 부합되어 있지 않은가? 오스왈드와 코린나는 이 점에서 의견을 달리하고 있었다. 그러나 그 의견의 차이라는 것도 그들 사이에 존재하는 다른 차이

점들과 마찬가지로 민족·기후·종교의 차이에서 오는 것이었다. 코린나는 회화에 가장 적합한 주제는 종교적 주제라고 단언하였다. 그녀는 회화가 그리스도교의 예술인 것처럼 조각이 이교도의 예술이며, 시에서와 마찬가지로 이러한 예술들에서 고대 문학과 근대 문학을 구별하는 특징을 볼 수 있다고 말하였다. 성화의 화가인 미켈란젤로와 복음서의 화가인 라파엘로의 그림에는 셰익스피어와 라신에서 찾을 수 있는 것과 같은 깊이와 감동이 보인다. 조각은 힘있고 단순한 존재밖에는 표현하지 못한다. 반면 회화는 심상과 체념의 신비를 나타내고, 퇴색되고 마는 물감의 색을 통하여 불멸의 혼을 말하고 있는 듯하다. 또 코린나는 역사적 사건이나 시에서 얻어진 사건이 회화의 소재로 사용된 예는 드물다고 하였다. 이러한 그림을 이해하기 위해서는 인물들의 말을 그들의 입에서 나오는 띠 위에 적은 예전의 화가들의 방식을 따라야 할 것이다. 그러나 종교적 주제는 모든 사람들이 금방 이해할 수 있고, 그것이 무엇을 표현하는지 바로 알게 된다.

코린나는 근대 화가의 표현은 대개 연극적일 경우가 많았고, 그들이 살던 시대를 반영한다고 생각하였다. 거기에서는 안드레아 만테냐,[135] 페루지노,[136] 레오나르도 다 빈치[137]에서 보는 것과 같은 존재의 통일감, 고대의 부동성을 계승하는 자연스러운 존재 방식은 찾아보기 어렵다. 그러나 이 고대적 부동성에는 그리스도교의 특징인 감정의 깊이가 결합되어 있다. 코린나는 라파엘로의 그림들, 특히 초기 작품들에서 보이는 기교 없는 구성에 감탄하고 있었다. 화가가 포즈별로 인물을 정리하지도 않았고 그 인물들이 주는 효과를 계산하지도 않았지만, 모든 인물들이 중심적인 대상을 향하고 있었다. 코린나는 다른 예술에 있어서와 마찬가지로 상상력의 예술에 있어서도 성실성이 천재의 특징이며, 성공을 목표로 한 계산은 대개 영감을 해친다고 말하였다. 그녀는 시에서와 마찬가지로 회화에도 수사학이 있으며, 그것을 그려내지 못하는 화가가 부속적인 장식을 구하고, 찬란한 테마의 모든 위엄을 호사스러운 의상과 눈에 띄는 포즈로 표현하려 한다고 주장하였다. 두 팔로 아기를 안고 있는 소박한 동정녀, 볼세나의 미사에서 열심히 귀를 기울이는 노인, 아테네의 강당에서 지팡이에 기대어 있는 남자, 하늘을 쳐다보는 성 체칠리아는 그 눈빛과 표정의 표현만으로도 훨씬 깊은 감동을 준다. 이러한 자연스러운 아름다움은 날마다 더해간다. 반면 효과를 노리는 그림은 처음 보는 순간이 제일 인상적이다.(20)

코린나는 그녀의 생각을 더 굳히기 위한 견해를 피력하였다. 그리스인과 고대 로마인의 종교 감정, 모든 분야에 있어서 그들의 정신 상태는 현재의 우리들의 것이 될 수 없기 때문에, 그들의 관점에서 창조하는 것, 말하자면 그들의 입장에서 만들어낸다는 것은 불가능하다. 학습에 의해 억지로 모방할 수는 있다. 하지만 외워서 무조건적으로 아는 지식이 많아야 하는 작업에서 어떻게 천재가 그의 재능을 꽃피울 수 있겠는가! 우리 고유의 역사와 종교에 관한 주제에 있어서도 마찬가지이다. 화가들은 그것을 가지고 개인적인 영감으로 삼을 수 있다. 그들은 자신이 그리고 있는 주제를 느끼며, 그들이 본 것을 그린다. 그들의 실제 삶이 또 다른 삶을 상상하는 데 도움을 준다. 그러나 주제를 고대로 옮기면, 화가들은 고대의 책과 조상을 보고 참조해야 한다. 요컨대 코린나는 종교화는 화가의 영혼에 다른 무엇과도 대신할 수 없는 영향을 주고, 화가에게 성스러운 열광을 불러일으키는데, 그것은 천재와 일체가 되어 천재를 변신시키고 힘을 준다고 생각하였다. 또 그러한 열광만이 세상에 대한 혐오와 불공평한 인간 세계로부터 그를 지켜줄 수 있다고 생각하였다.

오스왈드는 몇 가지 점에서 그녀와는 다른 인상을 받았다. 그는 무엇보다도 미켈란젤로가 그렇듯이, 죽음을 면할 수 없는 인간의 모습으로 신을 표현하는 것을 납득할 수 없었다. 그는 사상이 신에게 형태를 부여하려고 해서는 안 되며, 사람의 마음속에는 지고한 존재에까지 이를 정도로 지적이고 지극히 순수한 사상이 있을 수 없다고 믿었다. 또 성서 안에서 따온 주제들에 관해서도 이런 그림들의 표현과 이미지에 부족한 점이 많아 보였다. 종교적 심상이 인간이 경험할 수 있는 가장 내적인 감정이라는 점에는 코린나와 동감이었다. 이 점에서 그는 화가들은 표정과 눈빛의 커다란 신비를 표현할 수 있다고 생각하였다. 그러나 종교는 즉각적으로 그 자체에서 유발되는 것이 아닌 모든 마음의 움직임을 억제하기 때문에, 성인과 순교자들의 모습이 아주 다양할 수는 없다. 겸손한 마음은 하늘에서는 숭고한 것일지 몰라도, 지상에서는 정열의 힘을 죽이고 대부분의 종교적 주제에 필연적으로 단조로움을 주게 마련이다. 미켈란젤로가 그의 굉장한 재능을 가지고 이러한 주제를 그리려고 했을 때, 그는 성인들보다는 유피텔에 가까운 무섭고 힘있는 표현을 예언자들에게 사용함으로써 그들의 정신을 변질시켰다. 또한 그는 단테처럼 종종 이교의 이미지를 사용하였고, 그리스도교의 종교에 신화를 혼합하였다. 그리스도교가 확립되던 시기의 가장 감탄할 만한 상황은 그리스도교를 전파한 사도들의 열악한 입지, 그리스도를 예언한 약속을 오랫동안 기탁받고 있던 유대인들의 굴종과 역경이다. 이 보잘것없는 수단과 위대한 결과의 대비는 정신적으로 매우 아름답다. 그러나 수단만이 나타나는 회화에서 그리스도교의 주제는 영웅이나 신화의 시대에서 끌어온 주제에 비하여 덜 화려하다. 예술 가운데 음악만이 순수하게 종교적일 수 있다. 회화는 소리가 내는 표현과도 같이 몽상적이며 막연한 표현으로는 만족할 수가 없기 때문이다. 색채와 명암의 조화가 회화에서 소위 음악적 효과를 내는 것은 사실이다. 그러나 회화는 인생을 표현하므로 정열을 매우 강하게, 또 매우 다양하게 표현하도록 요구받는다. 물론 특별한 지식이 없는 사람들도 이해할 수 있도록 주제를 잘 알려진 역사적 사실에서 따와야 한다. 왜냐하면 그림이 가져오는 효과라는 것은 다른 모든 미술 장르에서 유발되는 즐거움같이 직접적이고 신속해야 하기 때문이다. 그러나 역사적 주제도 종교적 주제만큼 잘 알려져 있는 것일 때에는 역사적 주제가 표현하는 상황과 감정의 다양성에서 종교화보다도 장점이 있다.

또한 넬빌 경은 상상력과 영혼의 기쁨을 동시에 맛보기 위하여서는 비극의 장면들이나 심금을 울리는 시적 창작물들이 회화로 재현되어야 한다는 생각을 갖고 있었다. 이러한 견해가 어느 정도 매력은 있었지만, 코린나는 이견을 제기하였다. 그녀는 하나의 예술이 다른 예술에 침범하면 서로에게 나쁘다는 확신을 갖고 있었다. 조각이 회화의 군상을 표현하려고 하면, 조각으로서의 장점을 잃고 만다. 회화가 드라마틱한 표현을 하고 싶을 때에도 마찬가지이다. 모든 예술은, 비록 그것이 불러일으키는 효과에 한계가 없을망정, 각각의 표현 방식이 한정되어 있다. 천재는 사물의 본질 안에 있는 것과 대립하려 들지 않는다. 오히려 천재의 우수성은 그것을 간파하는 데에 있다.

"오스왈드."

하고 코린나는 말하였다.

"당신은 예술을 그 자체로 좋아하시는 것이 아니라 그것이 감정이나 지성과 맺는 관계 때문에 좋아하시지요. 당신은 당신에게 마음의 고통을 주는 것에서만 감동을 받으세요. 음악과 시는 그런 경향에 잘 맞아요. 하지만 시각에 호소하는 예술은 아무리 그 뜻하는 바가 이상적이라고 해도, 우리들의 마음이 평정하고 상상력이 전적으로 자유롭게 활동할 때가 아니면 보고 즐길 수 없으며 흥미를 가질 수 없어요. 게다가 그것을 감상하기 위해서 사교계의 우아함 같은 것은 소용이 없어요. 오히려 맑게 갠 날의 아름다운 날씨가 주는 청명함이 필요하겠죠. 외적 대상을 표현하는 예술에서는 자연의 보편적인 조화를 느껴야 해요. 우리들의 마음이 혼란스러우면 그 조화를 우리 안에 가질 수 없게 되고, 불행이 그 조화를 무너뜨리게 되죠."

그러자 오스왈드가 대답하였다.

"제가 예술에서 마음의 고통을 일으키는 것만을 좋아하는지는 모르겠지만, 예술에 육체의 고통이 표현되어 있는 것을 보자니 견디기 힘들군요."

그는 계속하였다.

"회화에서 나타나는 그리스도교의 주제에 대해서 제가 특히 반대하는 것은 아무리 숭고한 열광이 순교자들에게 용기를 북돋운다고 하여도, 피·상처·형벌의 묘사가 불러일으키는 괴로운 감정 때문이에요. 필로크테테스[138]가 아마도 육체적 고통이 허용되는 유일한 비극의 주제일 거예요. 그러나 얼마나 많은 시적인 상황에서 이런 잔인한 고통이 나오나요! 그 고통의 원인이 된 것은 헤라클레스의 화살이에요. 아스클레피오스의 아들이 그것을 치료하게 되죠. 결국 상처는 상처를 입은 사람의 마음속에 일어나는 회한과 거의 동일시되고, 아무런 혐오감도 일으킬 수 없는 것이 되어요. 그러나 라파엘로의 걸작 「그리스도의 변용」은 불쾌한 이미지이며, 도무지 예술의 위엄이라고는 찾아볼 수 없어요. 조형 예술은 우리에게 번영의 우울함과 마찬가지로 고통의 매력을 보여주어야 해요. 각각의 개별적인 상황에서 조형 예술이 표현해야 하는 것은 인간의 운명이 지향하는 이상이에요. 피가 흐르는 상처나 신경 조직의 경련보다 더 상상력을 괴롭히는 것도 없어요. 이러한 그림에서 모방의 정확성은 두려움 없이는 볼 수 없지요. 이러한 모방으로만 구성되어 있는 예술이 우리에게 어떤 즐거움을 줄 수 있다는 말인가요? 예술이 그저 자연을 닮으려고만 하게 되면, 그것은 자연보다 더 무섭든가 덜 아름다운 것이 될 텐데요."

코린나가 말하였다.

"경께서 그리스도교의 주제에서 비통한 주제를 멀리하겠다고 생각하시는 것은 옳아요. 거기에 그런 것이 필요하지는 않아요. 하지만 그럼에도 불구하고 영(靈), 인간의 영혼이 지닌 영이 모든 것을 이겨낸다는 점을 인정하셔야 해요. 도메니키노가 그린 성 히에로니무스의 성체 조배를 보세요. 생명이 꺼진 성자의 몸은 핏기가 없고 살점이 떨어져나갔어요. 그런데도 죽음은 일어서는 것이에요. 바로 이 눈빛에 보이는 것이 영원한 생명이에요. 이 세상의 모든 불행은 종교 감정의 순수한 빛 앞에서 사라지기 위해 거기 있을 뿐이에요. 그래도 오스왈드,"

하고 코린나는 말을 계속하였다.

"모든 점에서 당신과 의견이 같지는 않지만, 우리가 서로 비슷한 면을 갖고 있다는 것을 보여드릴게요. 제 친구 화가들이 저를 위해서 그려준 그림들과 제가 그린 몇몇 데생이 있는 화랑에서 당신이 어떤 그림을 갖고 싶어하실지 추측해보았어요. 그곳에서 당신은 당신이 좋아하시는 그림이 표현하는 주제의 장점과 단점을 아시게 될 거예요. 그 화랑은 티볼리의 별장에 있어요. 보러 가기엔 날씨가 그만인데, 내일 함께 가시지 않겠어요?"

코린나가 오스왈드의 승낙을 기다리고 있어서 그는 대답하였다.

"사랑하는 그대여, 당신은 제 대답을 의심할 수 있으세요? 제가 이 세상에서 당신 이외의 행복이나 그리움을 가질 수 있겠어요? 이렇다 할 일도 관심사도 없는 생활에서 당신의 이야기를 듣고 당신을 만나는 행복만이 제 생활의 전부인걸요."

제 4 장

　그 다음날 그들은 티볼리를 향해 떠났다. 오스왈드는 손수 사륜마차를 몰며 달리는 상쾌함을 즐겼다. 빠른 질주는 그에게 살아 있다는 생동감을 불러일으키는 듯하였다. 이런 느낌은 사랑하는 사람 옆에 있을 때 더욱 감미로운 법이다. 그는 아주 조그만 사고라도 코린나에게 일어나서는 안 될 것이라는 염려에서 극도로 조심하여 마차를 몰았다. 그는 보호자같이 보살폈는데, 이것이야말로 남자와 여자를 이어주는 가장 달콤한 끈인 것이다. 코린나는 대부분의 다른 여자들처럼 길에서 무슨 위험한 일이 생길까봐 조바심하지 않았다. 그러나 오스왈드의 배려가 너무도 따스하게 느껴졌기 때문에, 그가 해주는 안도의 말을 듣기 위해 일부러 무서운 마음이 좀 들었으면 하고 바랄 정도였다.
　후에 알게 될 일이지만 넬빌 경이 연인의 마음에 이같이 큰 영향을 줄 수 있었던 것은 좀 색다른 매력, 말하자면 그의 행동에서 예기치 않게 보이는 상반된 점 때문이었다. 누구나 그의 재치와 우아한 용모에 감탄하고 있었다. 그러나 안정된 점과 변하기 쉬운 점이 묘하게 결합되어 있어 자유자재로 변하면서도 성실한 인상을 주는 그 인품이야말로 모든 사람의 관심을 끌었다. 줄곧 그는 코린나에게만 열중하고 있었다. 그런데 이 열중의 형태도 끊임없이 그 성격을 달리하는 것이었다. 내성적인가 하면 대범하고, 친절한가 하면 매서운 데가 있고, 감정이 깊은 사람으로 보이다가도 신뢰감이 흔들리는 등, 끊임없이 새로운 인상을 심어주는 것이었다. 오스왈드는 마음속으로 초조하였으나 겉으로 내색하지 않기 위해 조심하였다. 그를 사랑하는 사람은 그가 어떤 사람인지 알아내기 위하여 이러한 신비스러운 면에 줄곧 관심을 갖고 있었다. 오스왈드의 단점마저도 그의 매력을 더해주는 것 같았다. 아무리 뛰어난 남자라도 성격이 이처럼 대조적이거나 또 전투적이지 않았더라면, 코린나의 상상을 이토록 사로잡을 수는 없었을 것이다. 그녀는 그녀를 복종하게 만드는 오스왈드에게 경외감을 느꼈다. 그는 좋든 나쁘든 강력한 힘으로 그의 장점들로, 또 제대로 조화되지 않은 이 장점들이 야기하는 불안으로 그녀의 마음을 사로잡았다. 요컨대 넬빌 경이 주는 행복은 안전하지 않았다. 그리고 분명히 코린나의 정열은 바로 이 채워지지 않은 느낌으로 설명이 가능할 것이다. 잃을 염려가 있는 사람이 아니었다면 그녀는 이토록 빠지지도 않았을 것이다. 뛰어난 재치, 강하고 섬세한 감수성은 정말로 비범한 남자를 빼놓고는 모든 것에 다 싫증을 낼 수 있었다. 그런데 그 비범한 남자의 한시도 쉬지 않고 변하는 마음은 마치 하늘과 같아서, 어떤 때에는 개고 어떤 때에는 구름이 잔뜩 끼어 있었다. 항상 솔직하고 마음 씀씀이가 깊으며 열정적인 오스왈드도 가끔은 사랑하는 사람을 단념할 준비가 되어 있었다. 왜냐하면 그는 오랫동안 고통 속에서 지내는 것이 습관이 되어 있어서, 아무리 뜨거운 애정이라도 결국 후회와 고통밖에 남기지 않는다는 사실을 잘 알고 있었기 때문이다.

넬빌 경과 코린나는 티볼리를 향해 마차를 타고 달리는 도중, 하드리아누스의 궁전과 주변의 넓은 정원을 지나갔다. 이 왕자는 그의 정원에 가장 희귀한 작품, 로마인이 정복한 나라의 가장 훌륭한 작품을 모아놓았다. 오늘날에도 그곳에 가면 아직 *이집트*, *인도*, *아시아*라는 이름이 붙은 몇몇 돌들이 여기저기 흩어져 있는 것을 볼 수 있다. 좀더 가면 팔미라의 왕비 제노비아[139]가 숨을 거둔 은신처가 있다. 그녀는 역경에 처하여 엄청난 운명을 버티지 못했다. 여느 남자처럼 명예를 위해 죽지도 못하였고, 여느 여자처럼 사랑하는 사람을 배반하는 대신 죽음을 택하지도 못하였다.

두 사람은 마침내 수많은 유명인, 브루투스, 아우구스투스, 마에케나스, 카툴루스가 살고 있던 곳, 특히 호라티우스가 살던 티볼리에 도착하였다. 특히라고 말하는 이유는 그의 시로 그 장소가 유명해졌기 때문이다. 코린나의 집은 시끄러운 테베로네 폭포 아래에 있었다. 집의 정원에서 정면으로 바라보이는 산의 정상에 시빌라의 신전이 있었다. 고대인들이 높은 곳의 정상에 신전을 지으려고 했던 것은 멋진 생각이다. 신전은 종교적인 사고가 다른 모든 사고를 지배하는 듯이 벌판을 내려다보고 있었다. 그것은 자연이 신의 손으로 만들어졌다는 사실을 보여주면서 자연에 대한 열광을 고취시키고, 세대를 거듭하면서 영원히 자연에 대해 감사하는 마음이 들게 한다. 풍경은 어떤 곳에서 바라보든지 가운데, 혹은 한구석에 신전이 있으면 그림이 된다. 유적이 이탈리아의 들판에 기묘한 매력을 풍겨주고 있다. 유적은 현대 건물처럼 인간의 노동이나 존재를 느끼게 하지 않고, 나무들이나 자연의 일부처럼 느껴진다. 유적은 그것들을 현재의 모습으로 변화시킨, 흘러가는 시간의 상징인 저 멀리 떨어진 급류와 조화를 이루는 것 같다. 이 세상에서 아무리 아름다운 지방이라도 아무런 추억도 간직하지 않고 눈에 띄는 사건의 흔적도 없으면, 역사적인 고장과 비교하여볼 때 별로 흥미가 없어진다. 계시를 받은 여인, 시빌라를 기리는 데에 바쳐진 이곳같이 이탈리아에서 코린나의 거주지로 적합한 데가 또 있을까! 코린나의 집은 매혹적이었다. 그 집은 현대식 취향으로 우아하게 꾸며져 있었으나, 고대적인 아름다움에 적합한 상상력의 매력도 갖추고 있었다. 그 집에서는 가장 고양된 의미에서의 행복, 말하자면 영혼을 숭고하게 하며 사고를 자극하고 재능을 고무시키는 의미에서의 행복에 대한 흔치 않은 예지가 느껴졌다.

오스왈드는 코린나와 산책을 하면서 산들바람이 내는 상쾌한 소리를 들었다. 바람이 꽃을 흔들고 나무를 바스락거리며 일어나는, 마치 자연이 내는 소리와도 같은 화음이 공중에 울려퍼지고 있었다. 코린나는 바람에 울려퍼지는 소리가 에올리언 하프가 내는 소리이며, 향기와 소리가 공중에 꽉 차도록 정원에 있는 몇 군데 동굴에 하프를 놓아두었다고 말하였다. 이 감미로운 곳에서 오스왈드는 그 무엇에도 비교할 수 없는 순결한 감정을 품게 되었다. 그는 말하였다.

"그런데 저는 지금까지 당신 곁에서 행복한데도 회한을 느끼고 있었어요. 그러나 이제는 제가 이 세상에서 더 이상 괴로워하지 않도록 아버지께서 당신을 제 곁에 보내주셨다는 생각이 드네요. 제가 아버지의 마음을 아프게 해드렸는데도 그분은 하늘에서 저를 위해 기도하시고 저를 축복하여주시는군요."

그리고 그는 무릎을 꿇고 소리쳤다.

"코린나, 저는 용서를 받았어요. 제 마음이 티 없이 맑고 부드러운 기분으로 넘쳐흐르는 것을 느낄 수 있어요. 당신은 아무 염려 말고 저와 운명을 함께해도 돼요. 이젠 아무것도 나쁜 일이라곤 없을 거예요."

그러자 코린나가 말하였다.

"물론 그렇긴 하지만, 당분간은 우리에게 허락된 이 마음의 평화를 즐기도록 해요! 운명에 뛰어들지 말아요. 그것과 얽히게 되면, 그것이 주는 것 이상을 얻어내려고 하면, 그 운명은 우리를 괴롭힐 뿐이에요! 아, 사랑하는 당신! 아무것도 바꾸려고 하지 마세요. 우린 이대로 행복하잖아요!"

넬빌 경은 코린나의 이러한 대답에 상심했다. 지금 이 순간 그녀가 그의 말을 믿어준다면, 그가 모든 것을 고백하고 모든 것을 약속하려고 한다는 것을 짐작하였을 것이다. 그것을 피하려고 하는 이런 태도는 그를 슬프게 했고 상처를 주었다. 오스왈드는 코린나가 나름대로의 세심한 배려에서, 그가 감동하고 있는 틈을 이용해 굳은 맹세로 그와 결합할 수 있는 기회를 피한다는 사실을 알아차리지 못하였다. 그런데 마음속으로 그토록 원하면서도 엄숙한 순간을 믿지 못하고, 설레면서도 장래의 희망을 이 행복에서 멀리하는 것이 어쩌면 깊은 사랑의 본질인지도 모른다. 오스왈드는 이러한 것을 판단하려 들지 않고, 코린나가 그를 사랑하면서도 독립을 지키기 위해 돌이킬 수 없는 결합으로 이끄는 모든 것을 조심스럽게 피하려 한다고 생각하였다. 이런 생각은 그에게 더욱 괴로운 마음을 안겨주었다. 그러자 곧 냉정하고 억제된 태도로 한마디도 하지 않고 코린나의 뒤를 따라 화랑 안을 돌았다. 그녀는 즉각 그녀가 한 말의 영향을 눈치챘다. 그러나 그의 자존심이 강한 것을 알고 있었으므로, 느낀 점을 말하려고 하지는 않았다. 그녀는 우선 화랑의 그림들을 보여주고, 그 그림들에 대한 일반적인 생각을 말해주면서 그의 마음을 누그러뜨리려고 하였다. 그래서 그녀의 목소리는 무심하게 말할 때조차도 마음에 스며드는 매력을 띠고 있었다.

그녀의 화랑은 역사화, 시적·종교적 주제화, 풍경화로 이루어져 있었다. 아주 많은 인물들로 구성되어 있는 것은 없었다. 이러한 회화에는 틀림없이 많은 어려움이 따르지만, 즐거움은 덜하다. 거기에서 볼 수 있는 아름다움은 너무 막연하든가, 너무 세부적이었다. 다른 모든 것에와 마찬가지로 예술에 있어서 통일된 관심은 생명의 원칙이지만, 그것이 인물화에서는 단편적이 된다. 처음의 역사화는 로마 조상의 발치에 앉아 깊은 심상에 잠겨 있는 브루투스를 보여준다. 내부에는 노예들이 죽은 두 아들을 들고 있다. 그 자신이 사형을 선고한 것이다. 그림의 다른 쪽에는 어머니와 누이동생들이 절망에 빠져 있다. 다행히 그녀들은 애정을 희생시키는 용기를 발휘하지 않아도 되었다. 브루투스의 가까이에 놓인 로마의 조상은 기발한 아이디어이다. 모든 것을 그 조상이 말해주고 있다. 그러나 만약 설명이 없다면 자기의 아들을 형장으로 보낸 것이 대(大)브루투스[140]라는 것을 어떻게 알 수 있겠는가? 역시 그럼에도 불구하고, 이 그림에 나타나지 않는 사건의 특징을 알 수는 없다. 멀리 훨씬 간소한 로마가 보인다. 건물도 없고 장식도 없지만 조국으로서는 충분히 크다. 왜냐하면 그런 희생을 고취시킬 수 있기 때문이다.

"아마,"

하고 코린나가 말하였다.

"제가 브루투스라는 말씀을 드렸기 때문에 당신은 이 그림을 유심히 보셨을 거예요. 하지만 그 주제가 무엇인지 잘 모르고 보셨을 것 같아요. 역사화에 늘 따라다니다시피 하는 이런 불확실성은 단순 명쾌해야 할 미술의 즐거움에 수수께끼 같은 골칫거리를 섞어놓는 것 같지 않으세요?

제가 이 주제를 택한 것은 조국애가 고취시킨 가장 끔찍한 행위를 보여주기 때문이에요. 이 그림에 필적하는 것은 킨베리족에 의해 사면된 마리우스인데, 킨베리인은 이 위인을 죽일 결심을 하지 못하죠. 마리우스의 얼굴에는 관록이 있고, 킨베리인의 의상과 얼굴 표정에는 품위가 있어요. 그것은 로마 제2기이며, 법이 더 이상 존재하지 않을 때이고, 그러나 천재들이 상황에 커다란 영향을 주는 때였어요. 곧이어 재능과 명예가 불행과 굴욕밖에는 얻지 못하는 시기가 오죠. 세번째 그림에는 그를 위해 구걸하다 죽은 어린 안내인을 등에 업은 벨리사리우스가 그려져 있어요. 눈먼 걸인인 벨리사리우스는 그의 주인에 의해 이런 식의 보상을 받고 있죠. 그가 정복한 이 세계에서 유일하게 그를 버리지 않았던 불쌍한 아이의 유해를 무덤에 들고 가는 것밖에는 할 일이 없었던 것이에요. 이 벨리사리우스의 얼굴은 놀랍도록 잘 그려졌는데, 고대 화가들 이래 이토록 아름다운 얼굴은 아마 없을 거예요. 화가의 상상력은 시인과 같이 모든 종류의 불행을 찾아 모으기 때문에 동정을 살 만한 불행은 얼마든지 있을 줄 알아요. 하지만 이 사람이 벨리사리우스라고 누가 말해주겠어요? 역사를 환기시키기 위해 반드시 역사에 충실해야 할까요? 역사에 충실하여야만 그림이 될까요? 브루투스에게 나타나는 죄악과도 비슷한 미덕을 표현하는 그림에 이어, 마리우스에서는 불행의 씨앗으로서의 명예가 표현되고, 벨리사리우스에서는 저주받은 박해로 보답되는 봉사가 표현되어 있어요. 결국 역사의 사건이 각기 다른 방법으로 말하여주는 인간 운명의 모든 비참한 사건들이죠. 저는 바깥 세상이 박해와 침묵으로만 이루어졌을 때, 예속되고 찢겨진 세계를 위로하여온 종교, 마음 깊은 곳에 생명을 주는 종교를 떠올리면서 억눌린 마음을 조금이나마 어루만져주는 고대의 그림을 두 개 놓아두었어요. 처음 것이 알바니[141]의 그림이에요. 그는 십자가 위에 잠든 아기 예수를 그렸어요. 이 얼굴이 얼마나 온화하고 고요한가 보세요! 말할 수 없이 순수한 사념을 불러일으키지 않나요! 천상의 사랑은 고통도 죽음도 두려워하지 않는다는 듯이 보이지 않나요! 두번째 그림은 티치아노[142]예요. 십자가의 무게에 못이겨 쓰러지는 예수 그리스도를 그린 것이지요. 그리스도의 어머니가 그보다 먼저 와 있어요. 그리스도를 보고 그 앞에 무릎을 꿇어요. 아들의 수난과 천상의 덕을 향한 어머니의 거룩한 경의를 보세요! 그리스도의 눈빛을! 얼마나 신성한 체념이며, 그렇지만 얼마나 큰 고통인가요, 또 그 고통은 얼마나 심금을 울리는 것인가요! 이것이 아마도 제가 소장하고 있는 그림 중에서 가장 아름다운 그림일 것이에요. 저는 언제나 이 그림을 즐겨 보는데, 이것을 볼 때마다 감격하지 않은 적이 한번도 없었어요."

코린나는 계속하였다.

"다음은 네 편의 위대한 시에서 주제를 따온 극적인 그림이에요.

경, 저와 함께 이 그림들이 일으키는 효과에 대해 논해보도록 해요. 첫번째 그림은 엘리기움[143]에 있는 아이네아스[144]를 그리고 있어요. 그가 디도 곁으로 가고 싶다고 마음을 먹는 장면이에요. 분개한 유령은 멀리 사라지며, 죄인을 보고 사랑으로 고동친 심장이 사라진 것을 잘되었다고 생각해요. 유령들의 희미한 색채와 그 주변의 창백한 자연이 아이네아스와 그를 안내하는 시빌라의 생기 있는 모습과 대조적이에요. 그러나 이러한 효과는 화가의 장난이지요. 글로 된 시인의 묘사가 그림으로 된 표현보다 당연히 더 나아요. 여기에 있는 죽어가고 있는 클로린다와 탄크레디[145]의 그림에서도 마찬가지죠. 그것이 감동을 일으키는 것은 클로린다가 자기를 흠모한 적에게 사과한 후 그의 가슴을 찌른 순간을 노래한 타소의 아름다운 시가 생각나기 때문이에요.[146] 대시인이 택한 주제를 그림에서 다루게 되면 아무래도 그림 쪽이 시보다 떨어지게 되어 있어요. 왜냐하면 대시인의 말의 감흥이 대부분 흐려지기 때문이고, 대부분 시인이 고른 상황은 정열과 웅변의 전개에서 최대한의 힘을 발휘하는 반면, 화가들의 노력은 평온한 아름다움이나 간소한 표현, 고상한 태도, 결국 싫증이 나지 않는, 말하자면 눈을 돌리지 않고 바라볼 가치가 있는 휴식의 한때에서 나오는 것이기 때문이에요."

코린나는 계속하였다.

"경, 귀국의 훌륭한 셰익스피어는 세번째 극적인 그림의 주제를 제공하였어요. 그것은 맥베스, 불굴의 맥베스로, 그는 맥더프의 처자를 죽이고 이제 맥더프 본인과 결투를 벌이려 하고 있어요. 마녀들이 예언한 대로 버넘의 숲이 단시네인 쪽으로 옮겨온 것처럼 보여 죽은 어머니의 배에서 나온 사내와 결투하리라는 것을 알게 되지요. 맥베스는 운명에 패하는 것이지, 그의 적에게 패하는 것이 아니에요. 그는 절망한 손으로 칼을 부여잡아요. 자기가 죽으리라는 사실을 알고 있었지만, 그는 인간의 힘이 운명과 싸워 이길 수 없는지 시험해보려는 것이에요. 분명 맥베스의 얼굴에는 무질서와 분노, 혼란과 격정이 훌륭하게 표현되어 있어요. 그렇지만 시인이 표현한 그 많은 아름다움을 포기해서는 안 되겠죠! 마술 때문에 품게 되는 야심으로 인하여 범죄에 빠져들어가는 맥베스를 그릴 수 있을까요? 그가 느끼는 공포를 어떻게 표현할까요? 뻔뻔한 용기로 겨우 달래고 있는 공포를 어떻게 표현할까요? 그를 옭아매는 미신의 특징을 말할 수 있을까요? 위엄을 갖추지 못한 믿음, 그에게 덮쳐오는 지옥의 숙명, 생명에 대한 과소 평가, 죽음에 대한 공포를 표현할 수 있을까요? 모르긴 몰라도 이 남자의 얼굴 모습이 제일 불가사의한 것일 테죠. 그러나 그림 안에 고정된 이 모습은 단 하나의 깊은 감정밖에는 표현하고 있지 않아요. 대비·싸움·여러 사건은 결국 극예술에 속하는 것들이죠. 회화는 차례로 일어나는 것을 거의 표현할 수 없어요. 회화에서는 시간도 움직임도 없으니까요.

    라신의 『페드르』가 네번째 그림의 주제예요."

하고 코린나는 그림을 보이며 말했다.

    "젊고 순진하고 아름다움에 빛나는 이폴리트가 계모의 비열한 비난을 반박하고 있어요. 영웅인 테제는 유죄인 아내를 아직까지 옹호하고 있고, 승리자로서 아내를 포옹하지요. 페드르의 얼굴에는 공포로 얼어붙는 듯한 동요가 보여요. 그런데 유모는 양심의 가책도 없이 죄를 범하라고 선동하고 있어요. 아마도 이 그림의 이폴리트가 라신 작품에 씌어 있는 것보다 더 미남일 것이에요. 희곡에서 그는 고대의 멜레아그로스와 더 닮았어요. 왜냐하면 아리시를 향한 사랑은 그가 지니는 숭고하고 평범한 미덕의 느낌을 전혀 해치지 않으니까요. 그러나 페드르가 이폴리트 앞에서 그녀의 거짓말을 끝내 견지할 수 있었고, 그의 결백에도 불구하고 그가 학대받는 모습을 보며 그의 발밑에 몸을 던지지 않을 수 있다고 생각하세요? 상처받은 여자는 사랑하는 사람이 없을 때에는 그를 모욕할 수 있어요. 그러나 일단 그의 모습을 보게 되면 그녀의 마음에는 사랑밖에 남지 않게 되죠. 작가는 페드르가 이폴리트를 중상한 이후, 한번도 두 사람을 동시에 무대에 올리지 않아요. 화가는 그가 주장하듯이, 모든 대조의 아름다움을 나타내기 위하여 모든 것을 다 같이 그리지 않으면 안 되었어요. 시적인 주제와 회화의 주제에는 그 주제를 둘러싸고 이런 식의 차이가 항상 있게 마련인데, 화가가 시를 읽고 그림을 그리기보다 시인이 그림을 보고 시를 쓰는 편이 더 낫다는 하나의 증거가 아니겠어요? 상상력이란 언제나 생각보다 앞서가게 마련이죠. 인간 정신의 역사가 그것을 증명하고 있어요."

이렇게 코린나가 넬빌 경에게 그림을 설명하고 있는 동안, 코린나는 그가 말문을 열지 않을까 하는 기대에서 몇 번이고 말을 멈추었다. 그러나 그는 마음이 상해서 한마디도 하려고 들지 않았다. 그저 그녀가 감상적인 생각을 말할 때마다 그는 쉽게 감동되는 자신의 모습을 보이지 않기 위해서 그때그때의 기분에 따라 한숨을 쉬든지 고개를 돌리든지 하였다. 코린나는 그 침묵에 가슴을 조이며 두 손으로 얼굴을 가린 채 걸터앉았다. 넬빌 경은 잠시 방안을 왔다갔다하더니, 코린나에게 다가가서 그가 느끼는 불만을 털어놓으려고 하였다. 그러나 그 자신도 어쩔 수 없는 성격상의 강한 자존심 때문에 기분을 누그러뜨릴 수 없었다. 그래서 그는 그림 쪽으로 몸을 돌려 코린나가 그림을 마저 다 보여주기를 기다리는 듯한 포즈를 취하였다. 코린나는 마지막 그림의 효과에 기대하는 바가 있어 침착한 태도를 보이려고 노력하면서 일어서서 말하였다.

"경, 당신에게 보여드릴 세 개의 풍경화가 남아 있어요. 두 개는 몇 가지 흥미로운 생각을 암시하고 있어요. 저는 전원 풍경화를 별로 좋아하지 않아요. 우화나 역사에 관련되어 있지 않은 경우 전원 연애시처럼 밋밋하죠. 이 장르에서 제일 나은 것은 살바토르 로사[147]의 기법이에요. 그것은 이 그림에서 보다시피 바위·급류·수목과도 같은 무생물들을 표현하고 있어요. 생명이 있는 것이라고는 날아가는 새뿐이에요. 인간이 존재하지 않는 자연은 깊은 사색을 일으키게 돼요. 이렇게 버려진 땅이란 무엇일까요? 목적이 없는 신의 작품, 그러나 그럼에도 불구하고 여전히 대단히 아름다운 신의 작품, 그것이 주는 신비스러운 감명은 신에게만 돌려져야 하는 것 아닐까요!

드디어 마지막 두 개의 그림만 남았군요. 저는 이것들이 역사와 시가 풍경과 결합되어 있는 작품이라고 생각해요.(21) 하나는 킨키나투스가 로마 군대를 인솔하기 위하여 농부의 일을 그만두도록 집정관에 의해 권고받는 장면이에요. 이 풍경 속에는 풍부한 식물, 빛나는 하늘, 식물의 모습만 보아도 알 수 있는 자연 전체의 평화로운 공기 등, 남부의 풍요로움이 잘 나타나 있어요. 또 하나의 그림은 이것과 대조적으로 부친의 무덤 위에서 잠자는 케아바의 아들이에요. 그는 사흘 낮과 사흘 밤을 돌아가신 분에게 경의를 표하러 오게 되어 있는 음유 시인을 기다리고 있어요. 그 음유 시인이 멀리 산을 내려오는 모습이 보이네요. 부친의 망령이 구름 위에서 내려다보고 있어요. 들은 안개로 덮여 있고, 바람이 헐벗은 나무들을 흔들고 있어요. 그리고 죽은 가지와 마른 잎새들은 아직도 강풍이 불어가는 쪽으로 휩쓸려 가고 있어요."

이제까지 오스왈드는 정원에서 있었던 일 때문에 마음이 상하여 있었으나, 이 그림을 보고 부친의 무덤이라든가 스코틀랜드의 산들이 생생하게 떠올라 눈물을 글썽였다. 코린나는 하프를 들고 그 그림 앞에서 스코틀랜드의 로망스를 노래하기 시작하였는데, 그 단순한 음조는 마치 계곡에 살랑대는 바람소리와도 같았다. 그녀는 조국과 애인을 떠나는 전사의 작별을 노래하였다. 이제 다시는 *no more*이라는 영어 중에서도 가장 듣기 좋은 감각적인 단어를 코린나는 매우 감동적으로 발음하였다. 오스왈드는 가슴에 벅차오르는 감격으로 어찌할 줄 몰라했고, 두 사람 모두 눈물에 젖었다.

"아!"

하고 넬빌 경은 부르짖었다.

"저의 조국이 당신의 마음에 아무런 감동도 주지 않으세요? 저의 추억들로 가득 찬 이 은둔지로 저를 따라오실 수는 없으세요? 제 인생의 매력이며 기쁨인 당신이 저의 합당한 반려자가 되어주실 수 없으시겠어요?"

"그렇게 하고 싶어요."

하고 코린나는 대답하였다.

"당신을 사랑하기 때문에 그렇게 하고 싶어요."

"제 사랑을 봐서라도, 또 저를 불쌍히 여겨서라도, 이젠 아무것도 감추려 하지 마세요."

하고 오스왈드가 말했다.

"그걸 원하시는군요."

하고 코린나가 오스왈드의 말을 막았다.

"그렇게 하겠어요. 약속할게요. 단 한 가지 조건이 있어요. 다가오는 교회의 성대한 축제 시기 전까지는 약속을 지키라는 요구를 하지 말아주세요. 제 운명을 결정하려는 순간에 하늘의 가호가 그 어느 때보다 필요하지 않겠어요?"

"천만에요."

하고 오스왈드는 큰소리로 말하였다.

"그 운명이 제게 달린 것이라면 아무 걱정 없어요."

코린나가 대답하였다.

"그렇게 생각하시는군요. 그러나 저는 확신이 없어요. 하여튼 부탁 드려요. 저의 약점을 관대하게 보아주시기를."

오스왈드는 미루어달라는 부탁에 거절도 허락도 하지 않고 한숨을 쉬었다.

"이제, 출발해요."

하고 코린나가 말하였다.

"로마로 돌아가요. 이렇게 고독한 곳에서 어떻게 당신에게 아무 말씀도 드리지 않고 지낼 수 있겠어요! 고백을 하면 당신은 저를 떠나시겠지요. 그 시기가 그렇게 빨리 와야 할까요…… 떠나요. 오스왈드, 어떤 일이 일어나더라도 당신은 이곳에 다시 오시겠지요. 저의 시신이 이곳에 묻힐 테니까요."

오스왈드는 감동이 되기도 하고 걱정스러운 마음도 들어서 코린나의 말을 따랐다. 그녀와 돌아오는 도중, 그는 거의 한마디도 하지 않았다. 때때로 두 사람은 사랑스러운 시선으로 서로 바라보았는데, 그것이 모든 심정을 대신하였다. 그러나 그들이 로마의 중심부에 도착하였을 때에 그들의 마음 깊은 곳에 우울한 기분이 퍼져 있었다.

제9부
민중의 축제와 음악

제 1 장

사육제의 마지막 날은 일 년 중에서 가장 시끄러운 날이었다. 그때 로마인들은 기쁨의 열기에 들뜨고 즐거움의 도가니에 빠진 듯한데, 이런 예는 다른 곳에서는 찾아볼 수 없는 것이었다. 도시 전체가 가장을 하였다. 남은 사람이라고는 가장한 사람을 보려고 창가에 서 있는 가면 쓰지 않은 구경꾼 정도였다. 그리고 이 즐거운 놀이는 공적으로나 사적으로 즐기기에 지장 없는, 그 어떤 날로도 지정되지 않은 날을 잡아 시작되었다.

서민의 상상력을 알아볼 수 있는 것은 사육제에서이다. 이탈리아어는 매력이 넘치는데, 그것은 서민이 이야기할 때에도 예외가 아니다. 알피에리는 좋은 이탈리아어를 배우기 위하여 피렌체의 공설 시장으로 간다고 말하였다. 로마도 같은 장점을 갖고 있다. 이들 두 도시는 사람들이 하도 떠들어대기 때문에 거리의 구석마다 정신적인 기쁨이 넘쳐나는 이 세상의 유일한 곳이다.

광대극과 희가극[148]의 작가들에게서 보이는 빛나는 활기는 교육을 받지 못한 사람들에게서도 아주 흔하게 나타난다. 이러한 사육제의 날에는 과장이나 풍자도 허용되며, 가면을 쓴 사람들 사이에서 정말 우스

쾅스런 장면도 벌어지곤 한다.

때로는 이탈리아인의 활발함과 대조를 이루는 묘한 엄숙함이 보이기도 하는데, 그들의 기이한 의상이 그들에게 자연스럽지 않은 위엄을 연출한다고 할 수 있었다. 또 다른 한편 그들은 이러한 가장에 의하여 신화에 관한 독특한 지식을 보여주기 때문에, 로마에서는 고대 전설이 지금까지 널리 알려져 있는 것 같다. 그들은 곧잘 뼈 있고 창의적인 풍자로서 사회의 여러 계급을 조롱한다. 이 국민은 그들의 역사에서보다 그들의 놀이에서 몇 배나 더 뛰어난 듯이 보인다. 이탈리아어는 어떤 쾌활한 어조에도 적합하고 배우기가 쉬워서 말의 뜻을 강조하거나 줄이기 위해, 또 품위 있게 하거나 비틀기 위해서 목소리의 억양을 약간만 변화시키거나 끝의 어미를 조금만 바꾸면 된다. 아이들이 사용하는 이탈리아어는 특히 우아하다. 그 나이 또래의 순진성과 이탈리아어 본래의 심술궂음이 매우 강렬한 대조를 만들어내는 것이다.(22) 요컨대 이탈리아어는 매우 자연스럽게 나오고 표현되며, 그것을 말하는 사람보다 말 자체가 더 지적으로 보이는 언어라고 말할 수 있다.

사육제에서는 호화스러운 것도 좋은 취미도 볼 수 없다. 보편적으로 만연한 혈기 같은 것이 사육제를 상상력의, 오직 상상력만의 바커스 축제와 비슷하게 만들어준다. 로마인들은 사육제의 마지막 날들을 예외로 하면 보통은 매우 어둡고 매우 심각하기 때문이다. 이탈리아인의 성격에는 모든 일에 있어서 깜짝 놀라게 해주는 면이 있다. 그래서 그들은 교활한 사람들이라는 평판을 얻기도 한다. 이 나라에서는 본심을 숨기는 위대한 습관이 있는 듯한데, 이것 덕택에 다양한 속박들을 견디어왔다. 그러나 변신이 빠른 것은 본심을 숨기기 위해서만은 아니며, 종종 불타는 상상력이 그 원인이 된다. 분별 있고 지적인 민족은 쉽게 자기의 생각을 설명하고 앞을 내다본다. 그러나 상상력에 의한 것은 모두 예상

밖이다. 그것은 중간을 생략한다. 아무것도 아닌 사소한 일로 상상력을 해칠 수 있고, 또 가끔은 그것이 가장 활발하여야 하는 일에 무관심할 수도 있다. 결국 상상력 안에서 모든 일은 일어나는데, 상상력을 유발하는 정도에 따라 감동을 측정할 수는 없다.

    예를 들면 왜 로마의 대귀족이 사육제 동안이나 혹은 다른 때에 몇 시간씩이고 코르소 거리의 이 끝에서 저 끝까지 마차를 타고 산책하는데 즐거움을 느끼는지 아무도 모른다. 이 습관을 방해하는 것은 아무것도 없다. 가면을 쓴 사람들 중에는, 아주 우스꽝스러운 의상을 입고 세상에서 가장 재미없는 모습으로 산책하는 사람들이 있는데, 이들은 슬픈 광대나 과묵한 곱추로, 밤새도록 한마디도 하지 않는다. 그러나 그들도 기분 전환을 하기 위해 충실한 이상, 일단 사육제의 기분은 낸 셈이다.

    로마에는 다른 곳에서는 볼 수 없는 가면이 눈에 띈다. 그것은 고대 조상의 모습을 본뜬 가면인데, 멀리서 보아도 완벽한 아름다움을 지니고 있다. 여자들 중에 그것을 벗으면 실물이 훨씬 못한 경우가 종종 있다. 그러나 그럼에도 불구하고 이렇게 생명이 없는 무표정과 밀랍으로 된 움직이는 얼굴은 그것이 아무리 잘 생겼어도 공포 비슷한 분위기를 자아낸다. 대귀족들은 사육제의 마지막 날에 매우 크고 호화로운 마차를 타고 뽐낸다. 그러나 무엇보다도 이 축제의 즐거움은 군중과 혼잡에 있다. 마치 고대 로마의 사투르누스 축제[149]의 추억과도 같이 로마의 모든 계급의 사람들이 한데 어울리는 것이다. 엄격한 경찰이 가면을 쓴 사람들 가운데 공공연히 사륜마차를 타고 열심히 순찰을 돌고 있다. 창문이라는 창문은 모두 장식이 되어 있다. 마을 주민 모두가 거리에 나와 있다. 정말로 민중의 축제인 것이다. 민중이 느끼는 즐거움은 구경이나 그들이 여는 잔치, 그것의 호사스러움에 있는 것이 아니다. 그 축제에는 포도주도 음식물도 넘쳐나지 않는다. 그들은 오직 자유를 마음껏 느끼고, 민중 가운데 섞여서 즐기고 있는 대귀족들 사이에 있어 기쁜 것이다. 서로 다른 계급 사이에 벽이 생기는 것은 즐거움이 세련되어지고 미묘해지기 때문이다. 또한 교육과 완전의 추구 때문이다. 그러나 이탈리아에는 이런 면에서 별로 큰 차이가 없다. 이 나라는 상류 계급의 지적 교양보다 모든 사람들이 타고난 재능과 상상력에 의해서 탁월하다. 그러므로 사육제 동안은 계급이나 예절, 지성이 완전히 섞여 있다. 소란과 혼잡, 계급의 구별 없이 지나가는 마차에 던지는 외침이 모든 인간을 한데 뭉치고, 마치 사회 질서 같은 것은 이제 존재하지 않는다는 듯이 국민을 마구 뒤섞어놓는다.

코린나와 넬빌 경, 두 사람은 모두 꿈을 꾸듯 생각에 잠겨 이런 북새통 속에 도착하였다. 그들은 우선 어안이 없었다. 마음이 완전히 명상적일 때, 이런 소란스러운 놀이보다 더 별나 보이는 것은 없다. 그들은 오벨리스크 근처의 원형 경기장의 계단을 오르려고 민중의 광장에 멈추어 섰는데, 말이 달리는 것이 보였다. 그들이 사륜마차에서 내릴 때, 델 퓌유 백작이 그들을 발견하고 오스왈드에게 이야기하기 위해 가까이 다가왔다.

"이러시면 안 되는데요."

하고 그는 말하였다.

"코린나하고 단둘이 시골에 다녀와 이렇게 공개적으로 사람들 앞에 나타나시다니, 코린나의 체면을 손상시키는 일이에요. 앞으로 어쩌실려고요?"

"저는 그렇게 생각하지 않아요."

하고 넬빌 경은 대답하였다.

"저의 애정으로 그녀의 체면이 떨어지다니요. 그러나 만약 그렇다면, 저는 너무 행복해서 제 인생을 헌신……"

"아! 행복에 관한 것이라면,"

하고 델뢰유 백작이 말을 막았다.

"저는 아무것도 믿지 않아요. 사리에 어긋나지 않을 때에만 행복할 수 있죠. 우리가 무슨 일을 하든 행복은 사회의 영향을 받게 마련이에요. 사회가 인정하지 않는 행동을 해서는 안 돼요."

"그렇다면 언제나 사회의 의견을 좇아 살게 되겠군요."

하고 오스왈드는 대답하였다.

"그리고 우리의 생각이나 느낌은 아무런 소용도 없고요! 만약 그런 식으로 늘 다른 사람들 흉내를 내야 한다면, 개인이 지니는 영혼과 지성은 무엇일까요? 신은 우리에게 그런 사치를 주지 않아도 되었을 텐데."

"옳으신 말씀이에요."

하고 델뢰유 백작은 대답하였다.

"매우 철학적인 생각이에요. 그러나 그런 처세관이 몸을 망치는 법이에요. 애정은 지나가고 여론의 비난만 남게 되죠. 당신은 저를 경박하다고 보실지 모르지만, 저는 세상에서 허용하지 않는 일은 일체 하지 않아요. 실제 행동으로만 가지 않는다면, 서로 만나 즐길 자유는 있죠. 그것이 심각해지면……"

"그러나 심각하다는 것은 바로 사랑하고 행복하다는 뜻이겠죠."

하고 넬빌 경은 대답하였다.

"아니, 아니 그게 아니고."

하며 델뢰유 백작이 말을 막았다.

"제가 말씀드리려는 것은 거역할 수 없는 예의범절이 있다는 뜻이에요. 따르지 않을 경우 이상한 사람으로, 말하자면, …… 아시겠죠, 다른 사람들과는 좀 별난 사람으로 통하게 되는 것이죠."

넬빌 경은 가만히 미소를 지었다. 섭섭하거나 기분 나빠하지 않고 그는 델푀유 백작의 경박한 위엄을 비웃었다. 그에게 그토록 소중한 내용에 대해 델푀유 백작의 의견이 전혀 영향을 주지 않는다는 사실이 처음으로 만족스러웠다. 코린나는 멀리에서 무슨 일이 일어나고 있는지 모두 알아차리고 있었다. 그러나 넬빌 경의 미소가 그녀의 마음을 진정시켜주었다. 델푀유 백작의 이러한 이야기는 오스왈드와 그의 연인을 혼란에 빠뜨리기는커녕 두 사람으로 하여금 축제의 기분에 젖어들게 해 주었다.

경마가 준비되고 있었다. 넬빌 경은 영국 경마와 유사한 것을 볼 것으로 기대하였다. 그러나 바바리[150] 말들이 기수도 없이 홀로 달리는 것을 보고 놀랐다. 이 광경은 이상하게도 로마인들의 관심을 끌고 있었다. 출발할 때에 관중들은 모두 도로의 양쪽에 줄을 섰다. 사람들로 꽉 차 있던 민중의 광장은 한때 텅 비고 말았다. 모두가 오벨리스크 근처의 계단을 오르고, 셀 수 없을 정도로 많은 얼굴과 눈이 일제히 말들이 출발한 울타리를 향했다.

말들은 고삐도 안장도 달지 않은 채, 등만 빛나는 천으로 덮여 정장을 한 마부들에게 끌려왔다. 그들은 말의 우승에 대단한 관심을 갖고 있었다. 말들은 울타리 뒤에 세워져 있었는데, 그것을 뛰어넘으려고 야단들이었다. 그 말들을 막을 때마다 앞발을 높이 들어 울어대고 발을 굴러대었다. 마치 사람에게 이끌려서가 아니라 말 스스로 승리를 차지하려고 서두르는 것 같았다. 말들이 이와 같이 조급함을 보이고 마부가 고함을 치는 그 순간에 울타리가 넘어지자, 정말 극장 못지않은 볼거리가 제공되었다. 말들이 출발하였고 마부들은 말할 수 없이 흥분하여 *길 비키세요, 길 비키세요* 하고 고함을 쳐대었다. 그들은 자기네의 말들이 눈에서 사라질 때까지 몸짓을 하고 소리를 질러대며 응원을 하였다. 말들도 인간처럼 서로 질투가 심하다. 달리는 말굽 아래로 도로 위에 불꽃을 내뿜고 말갈기를 바람에 나부끼며, 이렇게 된 바에야 상을 타야겠다는 갈망에 불타 너무나 급히 달린 나머지 골인 지점에서 죽어버리는 말도 있다. 인간의 열정에 고무되어 달리는 말을 보면 놀랍다. 마치 인간의 생각이 동물의 모습을 하고 나타난 듯하여 보는 사람이 무서워진다. 말이 지나가면 군중은 정렬을 무시하고 소란스럽게 말을 쫓아갔다. 말들은 골인 지점인 베네치아 궁전에 도착하였다. 승리한 말의 마부들이 지르는 함성이란! 일등상을 탄 마부는 그의 말 앞에 무릎을 꿇고 고마움의 표시를 하였다. 그리고 본인으로서는 대단히 심각하지만 구경꾼들에게는 웃음거리를 자아내는 감격스러운 어조로 동물의 수호신인 성 안토니우스[151]의 가호를 비는 것이었다.(23)

보통 경마가 끝나는 것은 해질 무렵이다. 그때부터 다시 경마같이 흥미롭지는 않지만 그만큼 시끌벅적한 다른 행사가 시작된다. 창문에는 밝게 불이 켜진다. 방위병들도 부서를 떠나 거리 전체의 즐거움 속에 합류한다. 모두가 모콜로 *moccolo* 라고 하는 작은 횃불을 들고, 서로 그 횃불을 끄려고 한다. 그때 그들은 죽인다(아마차레 *ammazzare*)라는 말을 되풀이하면서 힘차게 *예쁜 공주를 죽여야 한다! 수도원장을 죽여야 한다!*[152] 라고 외치며 거리의 이 끝에서 저 끝으로 활보하는 것이다.(24) 군중은 이 시간에는 말도 차도 금지되어 있다는 사실을 잘 알기 때문에 마음놓고 사방으로 달려간다. 끝날 무렵에는 소란과 경악밖에 남지 않는다. 그럭저럭 하는 사이에 밤은 깊어간다. 굉음은 서서히 사라진다. 그 다음은 아무 소리도 들려오지 않고 깊은 침묵이 이어진다. 이 밤에는 이제 각자의 생활을 꿈으로 바꾸는 막연한 몽상만 남게 되는데, 서민으로 하여금 그들의 일을, 학자로 하여금 연구를, 귀족에게는 일상의 권태를 잊게 해주는 것이다.

제 2 장

　불행했던 이래로 오스왈드는 음악을 들을 용기가 나지 않았다. 실제로 슬픔에 잠겨 있을 때에 진짜 슬픈 곡 이외에는 슬픔을 달래주는 매혹적인 곡을 두려워하고 있었다. 음악은 잊으려고 하는 기억을 일깨워준다. 코린나가 노래하면 오스왈드는 그 가사에 귀를 기울였다. 그는 코린나의 표정을 바라보았다. 그의 마음을 차지하고 있는 것은 오직 코린나뿐이었다. 그러나 이탈리아에서는 자주 있는 일로, 밤 거리에서 대작곡가의 아름다운 합창 소리가 들리면, 그는 처음에는 멈추어 서서 노래를 듣다가 곧 멀리 도망가곤 했다. 그 이유는 너무도 격렬한 막연한 감정과 함께 고통이 되살아나기 때문이었다. 그런데 로마의 극장에서 굉장한 연주회가 열리게 되어 일류 가수들이 다 모일 예정이었다. 코린나는 넬빌 경에게 함께 가자고 권하였다. 사랑하는 사람이 옆에 있으면 고통을 느끼더라도 덜하지 않을까 하는 희망에서였다.
　코린나가 좌석에 모습을 드러내자 모두가 그녀를 알아보았다. 그녀에게 늘 쏟아지던 관심에 카피톨리노의 추억이 가미되어 박수 소리가 장내에 울려퍼졌다. 이곳 저곳에서 *코린나 만세!*의 외침이 들렸다. 연주자들도 청중의 이러한 반응에 감동되어 승리의 팡파레를 연주하기 시작하였다. 열렬한 환영은 어떤 경우를 막론하고 항상 전쟁과 전투를 상기시키기 때문이다. 코린나는 이렇게 모든 사람들의 칭찬과 호의를 받고 보니 깊은 감동이 밀려왔다. 음악과 박수 갈채, *브라보*를 외치는 고함 소리, 많은 사람들이 모여 하나의 감정을 표현할 때 만들어내는 말할 수 없는 감격으로 벅차오르는 것을 참으려고 하였다. 그러나 두 눈엔 눈물이 넘치고 가슴이 두근거려 터질 듯하였다. 오스왈드는 질투를 느끼고 그녀에게 다가와 작은 소리로 말하였다.

"당신은 이런 인기로부터 멀어져서는 안 되겠군요. 성공이 사랑을 대신해주겠죠. 가슴을 두근거리게 해주잖아요."

이렇게 말을 하고 그는 대답도 기다리지 않은 채, 코린나의 옆 좌석 중에 가장 끝자리에 가서 앉았다. 그녀는 그가 한 말에 크게 당황하였다. 그 순간 그와 함께 확인한 성공에서 맛보았던 기쁨이 모두 사라져버렸다.

연주회가 시작되었다. 이탈리아의 노래를 들어본 적이 없는 사람은 그 음악에 대해서 알 수가 없다. 이탈리아의 노랫소리에는 꽃향기와 맑은 하늘을 연상시키는 부드러움과 달콤함이 있다. 자연이 이러한 음악을 이러한 기후에 맞추어 정한 것이다. 음악은 자연의 반영처럼 느껴진다. 세상은 무수한 형식으로 표현되는 단 하나의 사상이 만들어내는 작품이다. 이탈리아인들은 몇 세기 전부터 음악을 열광적으로 좋아했다. 단테는 「연옥」편에서 그 시대 최고의 가수와 만나게 된다. 그에게 매혹적인 가곡 하나를 청해 듣는데, 황홀해진 영혼은 경비원이 부를 때까지 정신을 잃는다. 그리스도교 신자는 이교도와 마찬가지로 음악의 지배를 사후로까지 넓힌다. 모든 예술 중에 음악은 영혼에 직접 작용한다. 다른 예술은 마음으로 하여금 이런저런 생각을 하도록 유도하지만, 음악만이 존재의 내밀한 근원에 말을 걸고, 기분을 전적으로 바꿔준다. 갑자기 사람들의 마음을 변화시키는 신의 은총은 인간적으로 표현하자면, 멜로디의 힘에 해당된다. 내세에 관한 예감들 중에서 음악을 듣는 동안에 나오는 예감을 무시할 수 없다.

희가극의 음악이 일으키는 활기는 상상력에 작용하지 않는 비속한 활기와는 다르다. 그것이 주는 기쁨 속에는 말로 하는 농담으로는 절대 전할 수 없는 시적인 감성, 상쾌한 몽상이 있다. 음악이란 듣자마자 사라지고 마는 너무도 짧은 동안의 즐거움이므로 활기가 있어도 애수가 끼여든다. 반면 고통을 표현할 때조차도 감미로운 감정을 갖게 하기도 한다. 음악을 들으면 심장의 박동이 빨라진다. 규칙적인 박자가 주는 기쁨은 시간이 흘러가는 사실을 상기시키면서 그것을 즐기고 싶은 욕구를 갖게 한다. 이제 당신의 주위에는 그 어떤 공허함도 침묵도 없게 되고, 인생은 충만해지며 피는 빨리 돌기 시작한다. 자신의 내부에 살아 있는 생명의 활기를 느끼고, 존재 바깥에서 그 생명이 마주칠 수 있는 장애물에 대한 두려움이 사라지는 것이다.

음악은 우리가 영혼을 갖고 있다는 생각을 확인시켜준다. 음악을 들을 때 우리는 숭고한 일에 몸을 바칠 수 있다는 생각을 하게 된다. 음악으로 인하여 우리는 열광을 지닌 채 죽음에까지 이를 수 있다. 그것은 다행히 어떤 비열한 감정도, 책략도, 거짓도 표현할 수 없다. 불행마저도 음악이라는 언어로 표현되면 고통도, 아픔도, 분노도 없어지게 된다. 우리가 진지하고 깊은 애정을 갖게 될 때 심정적으로 느끼는 짐을 음악은 덜어준다. 이 짐은 때로는 인생 그 자체와 혼동이 되기도 한다. 그만큼 인생이란 나날의 고통이라고 할 수 있다. 맑고 감미로운 음악을 들으면 창조주의 비밀을 접하고 인생의 비밀을 아는 듯한 느낌이 든다. 어떤 말로도 이 느낌은 표현되지 않는다. 말이란 원초적인 느낌 다음에 오는 것이기 때문이다. 마치 시인의 발자취를 따라 산문가가 번역을 하듯이. 음악을 이해시킬 수 있는 것은 시선뿐이다. 그대를 뚫어지게 바라보는 사랑하는 이의 시선이 서서히 그대의 마음을 파고들기 시작하면 그대는 너무도 큰 행복을 감당하지 못한 채 결국 시선을 아래로 떨구지 않으면 안 된다. 다른 생명의 빛을 꼼짝 않고 쳐다보려고 하면 그 빛에 자신이 모두 타버릴지도 모르기 때문이다.

이탈리아에서 이중창의 대가들이 내는 완벽한 음의 조화와 놀랄 만한 정확성은 황홀한 느낌을 자아낸다. 그러나 그것을 계속 듣다 보면, 으레 고통의 감정 비슷한 것을 느끼게 되는데, 그 이유는 인간의 본성에 비추어볼 때 그것이 과만한 행복이기 때문이다. 그때 마음은 너무도 완벽한 하모니가 깨질지도 모르는 이중창에 한 개의 악기로 진동하고 있다. 콘서트의 1부가 진행되는 동안 오스왈드는 줄곧 코린나와 떨어져 앉아 있었다. 그러나 속삭이는 듯한 작은 소리로 이중창이 시작되고 목소리보다 더 맑은 음을 느릿느릿 들려주는 관악기가 뒤따르자 코린나는 감격에 못 이겨 손수건으로 얼굴을 가렸다. 그녀는 참지 못하여 눈물을 흘리고 있었다. 아무것도 두려워하지 않고 그녀는 사랑의 느낌에 몸을 맡기고 있었다. 분명히 오스왈드의 모습이 가슴속에 있었을 것이다. 그러나 숭고한 열광이 이 모습에 합쳐져 막연한 생각들이 그녀의 마음속을 어지럽히고 있었다. 그것들을 구분하기 위해서는 각각의 생각들에 한계를 그어야 했다. 예언가는 한순간에 하늘의 일곱 지역을 달려간다고 한다. 이렇게 모든 것을 단번에 파악한 사람은 사랑하는 이 옆에서 아름다운 음악의 운율을 분명 듣고 있었다. 오스왈드는 그러한 능력을 느꼈다. 원망하는 마음도 점차 가라앉고 있었다. 코린나의 우는 모습으로 모든 것이 해명되고 모든 것이 자명해졌다. 그는 가만히 다가갔다. 코린나는 이 지상의 것이 아닌 듯한 음악의 클라이맥스 부분에서 그의 숨소리를 가까이 들었다. 이제는 더 참을 수가 없었다. 이 세상의 그 어떤 슬픈 비극도 두 사람의 마음을 동시에 꿰뚫고 한순간 또 한순간 새롭게 고조되는 깊은 감동 속에 있는 이 내면의 감정보다 더 고통스러울 수는 없었다. 노랫말 같은 것은 이 감동에 비하면 아무것도 아니었다. 가끔씩 사랑 또는 죽음에 관한 가사 때문에 생각에 잠기기도 하지만, 대부분은 막연한 음악의 흐름에 마음을 맡기게 된다. 그래서 누구나 이 운율에서 마치 밤의 맑고 고요한 창공에서처럼 지상에서 원하는 것을 발견하였다고 믿게 되는 것이다.

"나가요."

하고 코린나가 넬빌 경에게 말했다.

"정신을 잃을 것 같아요."

"무슨 일이세요?"

오스왈드가 걱정스럽게 말하였다.

"얼굴이 창백해요. 밖의 공기를 쐬러 가요. 어서요."

그들은 밖으로 나왔다. 코린나는 오스왈드의 팔에 기대었다. 그에게 몸을 의지하고 있다 보니 정신이 좀 들었다. 두 사람은 발코니로 다가갔다. 코린나는 매우 감격하여 연인에게 말하였다.

"오스왈드, 일주일 동안 떨어져 있어야겠어요."

"네에?"

하고 그는 반문하였다. 그녀는 대답하였다.

"해마다 성주간(聖週間)이 다가오면 거룩한 부활 축일을 준비하기 위하여 수녀원에서 며칠씩 지내다 오곤 했어요."

오스왈드는 이 계획에 대하여 아무런 반대도 하지 않았다. 그는 이 시기에 대부분의 로마 여성이 매우 엄격한 신앙 생활을 한다는 것과, 그 탓인지 그외의 시기에는 종교에 그다지 열성적이지 않다는 것을 알고 있었다. 그는 코린나가 그와는 다른 종파이므로 둘이 함께 기도할 수 없는 사실을 기억해내었다. 그는 이렇게 탄식하였다.

"아, 당신이 나와 같은 종교, 같은 나라 사람이라면!"

그는 이러한 기원을 말하고 나서 걸음을 멈추었다.

"우리들의 영혼과 정신도 각기 다른 조국을 갖고 있는 것은 아닐까요?"

하고 코린나가 대꾸하였다.

"그것은 사실이지만,"

하고 오스왈드가 대답하였다.

"그렇다고 해서 떨어지는 것이 괴롭지 않은 것은 아니지요."

그는 앞으로 일주일 동안 만나지 못한다는 생각에 너무도 괴로워서, 코린나의 친구들이 찾아왔는데도 그날 밤 내내 한마디도 하지 않았다.

제 3 장

오스왈드는 코린나가 한 말이 걱정이 되어 이튿날 아침 일찍 코린나의 집으로 갔다. 하녀가 그의 앞에 나타나서 여주인의 편지를 전해주었다. 편지에는 그날 아침 예정대로 수녀원에 머물 것이고 성 금요일이 되어서야 만날 수 있다고 써 있었다. 또한 전날 밤에는 바로 다음날 떠난다는 이야기를 할 용기가 나질 않았노라고 해명하고 있었다. 오스왈드는 예기치 않은 충격을 받은 것처럼 놀랐다. 언제나 코린나를 볼 수 있었던 그 집에서 그녀의 모습을 볼 수 없게 되자 그는 견디기 힘든 기분에 휩싸였다. 그곳에서 그는 그녀의 하프 · 책 · 그림 등 늘 그녀 주위에 있던 물건들을 볼 수 있었다. 그러나 그녀는 그곳에 없었다. 고통스러운 전율이 오스왈드를 휩쓸고 지나갔다. 그는 부친의 거실이 생각났고, 서 있을 수가 없어 의자에 주저앉았다.

"정말."

하고 그는 탄식했다.

"이런 식으로 그녀를 잃었다는 사실을 알게 될지도 몰라. 그토록 활기찬 정신, 생동하는 마음, 신선한 활기에 빛나는 얼굴도 벼락을 맞을 수 있고, 젊은 사람의 무덤 역시 노인의 무덤과 마찬가지로 아무 말도 하지 않겠지! 아, 행복이라는 엄청난 환상이여! 항상 먹이를 감시하고 있는 가차없는 이 시간이 빼앗아가는 순간이여! 코린나! 코린나! 나를 떠나면 안 돼요. 당신의 매력 덕분에 미처 생각하지 못했어요. 당신과 함께 지낸 행복한 순간에 취해 생각이 몽롱해 있었어요. 홀로 남아 나를 돌아보는 지금, 나의 모든 상처들이 다시 터지려고 해요."

이렇게 짧은 이별에는 어울리지 않지만 그에게 항상 따라다니는 불안 때문에 그는 절망에 차서 코린나를 불러대었다. 코린나만이 그 불안을 해소시켜줄 수 있었다. 코린나의 하녀가 다시 거실로 들어왔다. 그녀는 오스왈드의 탄식을 듣고 달려왔던 것이다. 그토록 연인의 부재를 애통해하는 것을 보고 감동이 되어 그녀는 말하였다.

"경, 위로가 되실까 하여 마님의 비밀을 알려드릴게요. 마님께서도 용서해주시겠지요. 마님의 침실에 가보세요. 경의 초상화가 있어요."

"나의 초상화라고!"

하고 그는 소리쳤다.

"마님께서 기억을 더듬어 그리셨어요."

하고 테레지나(코린나의 하녀의 이름이다)가 대답하였다.

"수녀원에 가시기 전에 이 초상화를 완성하시기 위하여 마님께선 일주일 전부터 새벽 다섯시에 일어나셨어요."

오스왈드는 그와 매우 닮았으면서도 격조 높게 그려진 이 초상화를 보았다. 코린나가 그에게서 받은 인상의 증거물을 보고 매우 안심이 되었다. 이 초상화 맞은편에 아름다운 성모의 그림이 있었다. 코린나가 기도하는 곳이 바로 이 그림 앞이었다. 대부분 이탈리아 여인의 집에서 이러한 사랑과 종교의 묘한 혼합은 흔히 눈에 띈다. 코린나의 침실은 그에 비하면 훨씬 덜 이색적이다. 독신인 그녀가 오스왈드에 대해 갖고 있는 기억은 마음속에서 가장 순수한 희망과 감정과 연결되어 있기 때문이다. 그러나 사랑하는 사람의 얼굴을 신의 상징과 마주보도록 걸어두는 것이나 수녀원에 피정을 가기 위하여 일주일 동안 이 초상화를 그리면서 마음의 준비를 하는 것은 코린나뿐이 아니라 일반적으로 이탈리아 여자들이 흔히 하는 일이었다. 그 여자들이 갖고 있는 일종의 신념 같은 것은 진지한 정신이나 엄격한 규칙보다는 상상력과 감수성을 전제로 하는 것이었다. 종교를 받아들이고 느끼는 방식에 있어서 오스왈드와 이보다 더 상반되는 것은 없었다. 하지만 이렇게 감동적인 사랑의 증거를 본 이 순간에 어찌 코린나를 비난할 수 있겠는가?

오스왈드는 처음으로 들어와본 이 침실을 감격스럽게 둘러보았다. 코린나의 침대 머리맡에 나이든 남자의 초상화가 있었다. 그러나 전혀 이탈리아인의 모습이 아니었다. 두 개의 팔찌가 이 초상화 옆에 걸려 있었다. 하나는 검고 흰 머리카락으로 되어 있었고, 다른 하나는 아름다운 금발이었다. 넬빌 경이 묘한 우연이라고 생각한 것은 이 머리카락이 루실 에저몬드의 것과 닮았다는 점이었다. 3년 전에 그는 보기 드물게 아름다운 이 머리카락을 유심히 살펴본 적이 있었다. 오스왈드는 그 팔찌를 보고서 한마디도 하지 않았다. 테레지나에게 주인에 대해 묻는 것은 그답지 않은 일이라고 생각했기 때문이었다. 그러나 테레지나는 오스왈드가 무슨 생각을 하는지 알아채고 그가 질투의 감정으로 의심하지 않도록 서둘러 말하였다. 11년 전부터 코린나의 시중을 들어오는 동안 그녀가 항상 이것을 지니고 있는 것을 보아왔으며, 그것은 코린나의 아버지 · 어머니 · 여동생의 머리카락이라는 것이었다.

"코린나의 시중을 11년 동안이나 들었다고요?"

하고 넬빌 경은 말하였다.

"그렇다면 당신은 알겠……"

제9부 민중의 축제와 음악　269

얼굴이 붉어져 그는 갑자기 그쳤다. 그가 막 하려던 질문을 부끄럽게 생각하며 쓸데없는 말을 하지 않도록 서둘러 집을 나왔다.

그는 떠나면서 몇 번이나 코린나 방의 창문을 보기 위하여 돌아섰다. 그녀의 집이 시야에서 사라지자 그는 고독이 야기하는 새로운 슬픔을 느꼈다. 밤이 되자 그는 기분 전환을 위해 로마의 사교계에 나가보아야겠다는 생각을 하였다. 그가 꿈속에서 맛보았던 매력을 다시 찾기 위해서는 불행한 장소뿐 아니라 행복한 장소에서도 자기 자신과 평화롭게 공존해야 할 것 같았기 때문이었다.

넬빌 경은 사교계의 사람들에게 곧 진력이 났다. 코린나의 부재가 그곳에 남겨놓은 공허함을 새삼 깨달으면서 코린나가 사교계의 분위기를 얼마나 매혹과 흥미로 가득 채웠는지 잘 알게 되었다. 몇몇 부인에게 말을 걸어보았지만, 돌아오는 것은 형식적인 무미한 말뿐이었다. 설령 그 말을 하는 여자가 무언가 숨길 것이 있다고 하더라도, 어쨌든 그 말은 자기의 진솔한 감정과 의견을 표현하는 것이 아니었다. 그는 남자들이 모여 있는 몇몇 그룹에 다가가보았다. 그들은 몸짓으로 보나 목소리로 보나 무언가 중요한 화제에 대하여 열을 올리고 있는 것 같았다. 그러나 들어보니 쓸데없기 짝이 없는 이야기를 극히 상투적으로 떠들고 있을 뿐이었다. 그래서 그는 자리에 앉아 대부분의 모임에 존재하는 목적도 이유도 없는 이러한 활기를 편하게 바라보았다. 그럼에도 이탈리에서는 범상한 사람은 꽤 좋은 사람에 속한다. 허영심이나 질투를 갖지 않고 뛰어난 사람에게 매우 친절하기 때문이다. 친절이 너무 지나쳐 피곤한 경우는 있어도 잘난척을 하면서 남에게 상처를 주는 일은 결코 없다.

그러나 불과 며칠 전만 하여도 오스왈드는 이 모임을 매우 흥미롭게 생각하고 있었다. 여러 사람의 눈치를 보느라 코린나와 이야기를 하지 못하는 불편, 다른 사람들과 충분히 인사를 나눈 뒤 그에게 돌아오는 코린나의 배려, 사교계에 관하여 생각을 나누는 두 사람의 지적인 비평, 오스왈드가 듣는 앞에서 이야기를 하며 코린나가 맛보는 즐거움, 오스왈드만이 그 참뜻을 이해할 수 있는 견해를 간접적으로 전달하는 즐거움 때문에 대화는 사뭇 다채로움을 띠었었다. 바로 이 살롱의 모든 장소에서 오스왈드는 그때의 즐겁고 자극적이며 쾌활한 순간들을 더듬고 있었다. 그러한 순간들 때문에 그는 이 모임도 재미있을 것이라고 기대했던 것이다.

"아!"

하고 그는 그곳을 떠나면서 말하였다.

"세상의 모든 장소와 마찬가지로 이곳에 활기를 불어넣어주는 것도 그녀뿐이로구나. 그녀가 돌아올 때까지 차라리 제일 인기척이 없는 곳으로 가자. 그 주변에는 기쁨도 없을 테니까, 그녀가 없는 고통도 덜할 테지."

제10부
성주간(聖週間)

제 1 장

그 다음날 오스왈드는 몇 군데 수도원의 정원에서 시간을 보내었다. 처음에는 카르투지아 수도회 수도원에 갔다. 그곳에 들어가기 전에 문 근처에 잠시 멈추어 서서 이집트에서 온 두 마리의 사자를 쳐다보았다. 이 사자에는 활력과 휴식이 너무 잘 표현되어 있었다. 얼굴 모습에는 동물인지 인간인지 구분이 잘 안 가는 무언가가 있었다. 사자들은 자연의 힘과 닮은 데가 있다. 따라서 사자들을 보면 왜 이교의 신들이 사자의 모습으로 표현될 수 있었는지 이해가 간다.

카르투지아 수도회 수도원은 디오클레티아누스[153]의 욕장의 폐허 위에 지어져 있었고, 수도원 옆의 교회는 폐허에 세워져 있던 화강암 기둥들로 장식되어 있었다. 이 수도원에 살고 있는 수도사들이 열심히 그것들을 보여준다. 그들이 이 세상에서 갖고 있는 흥미란 폐허에 대한 것밖에 없다. 카르투지아 수도회 수도사들의 삶의 방식에는 그런 생활을 해나갈 수 있는 사람들에게서 발견되는 극히 편협한 정신, 혹은 종교 감정을 유지하는 데 한시도 없어서는 안 될 매우 숭고한 열광이 배어 있다. 어떤 사건도 일어나지 않아 아무런 변화도 없는 이런 나날의 연속은 유명한 시구를 생각나게 한다.

모든 것이 파괴된 세계에서 시간은 꼼짝도 하지 않고 잠들어 있다.[154]

그곳에서 삶은 죽음을 바라보는 데 소용이 될 뿐이다. 그토록 단조로운 생활 속에서 사고의 유동성은 가장 견디기 힘든 고통이었을 것이다. 수도원 한가운데에 네 그루의 시프레 나무가 서 있다. 바람이 불어와도 쉽게 흔들리지 않는 조용한 이 검은 나무는 이곳에 서서 아무런 움직임도 보이지 않는다. 시프레 나무들 사이에 물이 아주 조금 나오고 있는 샘이 있는데, 물줄기가 약하고 느리기 때문에 소리는 거의 들리지 않는다. 시간이 미묘한 소리를 내고 있을 뿐인 이 고적한 장소에 어울리는 물시계인 듯하다. 때때로 창백한 달빛이 그곳을 비추는데, 달빛이 사라졌다가 다시 돌아오는 것이 이 단조로운 생활에서 일어나는 유일한 사건이다.

그러나 이렇게 살고 있는 수도사들은 만약 전쟁이나 전투에 길들여진다고 해도 그것을 버틸 수 있는 사람들이다. 이 세상에 살고 있는 인간의 운명에 대한 다양한 비교야말로 아무리 깊이 생각해보아도 끝나지 않는 주제이다. 인간의 마음 안에서 무수한 사건이 일어나고 무수한 관습이 형성되기 때문에 각 개인은 역사를 갖춘 하나의 세계가 될 수 있다. 다른 사람을 완전히 이해한다는 것은 하나의 인생 전체에 대한 연구이다. 그런데 인간을 이해한다는 말은 무슨 뜻일까? 인간을 통치하는 것, 그것은 가능할 것이다. 그러나 인간을 이해하는 것은 신만이 할 수 있다.

오스왈드는 샤르트르 수도원에서 네로의 궁전 터에 세워진 보나벤투라[155] 수도원으로 갔다. 후회도 없이 그토록 많은 범죄가 행하여진 그곳에서 양심의 가책에 시달리는 불쌍한 수도사들이 아주 사소한 잘못에도 가혹한 형벌을 스스로에게 가하고 있었다.

이 수도사들 중 한 사람이 말하였다.

"저희는 오직 죽는 순간에 저희들의 죄가 용서받지 못할 정도가 아니길 바랄 뿐입니다."

이 수도원에 들어가면서 넬빌 경은 바닥에 설치된 여닫이문에 부딪혔다. 그는 그것이 무엇이냐고 물었다.

"이 문을 열고 들어가 우리를 매장하는 것이죠."

하고 이미 나쁜 병에 시달리고 있는 젊은 수도사가 말하였다. 남쪽 나라의 사람들이 죽음을 매우 두려워하고, 이 정도로 죽음을 상기시키는 습관을 갖고 있는 것이 놀라웠다. 그러나 두려워하는 바로 그 사념에 몸을 맡기고 싶어하는 것 또한 인간의 본성이다. 슬픔의 도취 같은 것도 마음을 가득 채워준다는 장점이 있지 않은가.

이 수도원에서는 고대의 어린이용 석관이 분수로 사용되고 있다. 로마의 자랑인 아름다운 종려나무가 이 수도사들의 정원에 있는 유일한 나무이지만, 그들은 외적인 사물에 전혀 신경을 쓰지 않는다. 규율이 너무 엄격하여 그들에게는 어떤 정신의 자유도 허용되지 않는다. 그들의 눈은 빛을 잃고, 행동은 둔하고, 어떤 일에도 자신의 의지를 사용하는 일이 없다. 그들은 자기 자신에 대한 통제력을 포기하였고, 그만큼 이 영지는 그의 슬픈 주인을 피곤하게 한다! 그러나 오스왈드는 이곳에서 강한 인상을 받지 않았다. 모든 형태로 죽음을 상기시키려는 의도가 너무 명백하면 오히려 상상력이 힘을 잃는다. 예기치 못한 방법으로 죽음의 기억과 마주치게 될 때, 더구나 인간이 아닌 자연이 우리에게 그것을 이야기하여줄 때, 우리가 받는 감명은 훨씬 더 깊어진다.

해질 무렵 산 조반니 에 파울로의 정원에 들어갔을 때, 오스왈드의 마음은 부드럽고 평화로운 느낌으로 충만했었다. 이 수도원의 수도사들은 그렇게 엄격한 규율을 강요하지 않았고, 그들의 정원에서는 고대 로마의 유적이 한눈에 들어왔다. 그곳에서 콜로세움, 포룸, 지금도 서 있는 모든 개선문, 오벨리스크, 원주들이 보였다. 은둔처로서는 얼마나 아름다운 경치인가! 이미 세상을 떠난 사람들이 세워놓은 유적을 바라보며, 은둔자들은 자기가 아무것도 아니라는 사실에 위로받는다. 오스왈드는 이탈리아에서는 드문, 이 수도원의 나무 그늘 아래에서 오랫동안 산책하였다. 아름다운 나무들이 잠깐씩 로마의 모습을 가리기도 하지만, 그것은 마치 다시 볼 때 감흥을 더 배가시키기 위해서인 듯하다. 로마에 있는 모든 종들이 *아베마리아*를 울리는 저녁 시간이었다.

……저무는 해를 슬퍼하는 종소리가 멀리서 들려온다.

단테

…… squilla di lontano,
Che paja il giorno pianger che' si muore

Dante

만종은 시간을 계산하는 데 도움이 된다. 이탈리아에서 사람들은 *아베마리아*의 종이 울리기 한 시간 전에, 혹은 한 시간 후에 만나요 라고 말한다. 낮과 밤의 구분은 이렇게 종교적으로 지정된다. 오스왈드는 해가 지는 멋진 광경을 즐겼다. 저녁 무렵 태양은 폐허의 한복판으로 천천히 내려가 어떤 순간 마치 인간이 만든 작품처럼 사라지고 만다. 오스왈드는 늘 하던 생각들이 마음속에 다시 떠오르는 것을 느꼈다. 그때 그의 마음을 차지하기에 코린나는 너무 매력이 있었고 너무 큰 행복을 약속하는 존재였다. 그는 그를 따뜻하게 맞이해준 하늘의 여러 환영들 가운데에서 아버지의 환영을 찾아보았다. 사랑의 힘으로 인하여 쳐다보는 구름마저도 그의 시선에 따라 움직이는 듯하였고, 영원한 벗인 숭고하고 그리운 아버지의 모습으로 변해가는 듯이 보였다. 마침내 그는 그의 간절한 소망이 이루어져서 아버지가 보내는 축복과도 같은, 무언지 알 수 없는 순수하고 성스러운 숨결을 느끼고 싶었다.

제 2 장

넬빌 경은 이탈리아의 종교를 배우고 싶은 마음에 사순절 동안 로마의 교회를 다니며 설교를 들어보기로 하였다. 코린나와 다시 만날 날을 세어보았다. 그녀가 없기 때문에 더욱 그는 미술에 속하는 것이나 상상력에서 그 매력을 얻는 것은 아무것도 보고 싶지 않았다. 그는 코린나와 함께 보는 것이 아니라면 걸작품이 주는 감흥을 견디어낼 수 없었다. 그녀가 주는 행복 외에는 허용하지 않았다. 시와 그림, 음악과 같이 어렴풋한 희망으로 인생을 아름답게 하여주는 모든 것은 그녀 곁에서가 아니라면 어디에서도 그의 마음을 아프게 하였다.

성주간 동안 로마의 사제가 교회에서 강론을 들려주는 것은 저녁나절 해가 거의 질 무렵이었다. 그때 모든 여자들은 그리스도의 죽음을 묵상하고 검은 옷을 입는다. 여러 세기 전부터 수차례 거듭되어온 것이지만 올해의 제례(祭禮)에는 특별히 감동적인 데가 있다. 따라서 이렇게 아름다운 교회들 가운데에 서게 되면 마음이 숙연해진다. 그곳의 무덤들은 기도를 하기 위해 정돈이 잘되어 있다. 그러나 거의 항상 이 감동은 눈 깜짝할 사이에 사제들에 의해 사라지고 만다.

설교대는 꽤 긴데, 그곳에서 사제는 가만히 서 있지 않고 이 끝에서 저 끝으로 걸어다닌다. 이야기를 시작할 때에 곧장 걸어가기 시작하여 끝날 때에 돌아온다. 마치 시계의 추와도 같다. 그런데 그의 몸짓이 하도 요란하고 하도 열정적이어서 그만 그 모든 동작을 잊어버릴 것만 같다. 그러나 그것은 말하자면 치밀하게 계획된 공포이다. 외적인 격렬한 행동이 종종 피상적인 감정을 나타낼 뿐인 이탈리아에서 그런 것은 자주 볼 수 있다. 십자가가 단상의 끝에 걸려 있다. 사제는 그것을 들어 입맞추고 가슴에 갖다댄다. 그리고 비장한 순간이 끝나면 갑자기 냉정해져서 십자가를 있던 장소에 갖다놓는다. 평소에 사제가 효과를 내기 위하여 자주 사용하는 한 수단이 있는데, 그가 머리에 쓰고 있는 사각모자이다. 그는 눈에 띄지 않을 정도로 그 모자를 벗었다 썼다 한다. 그 중의 어떤 사제는 금세기의 무신앙을 볼테르와 루소의 탓으로 돌렸다. 그는 모자를 단상의 한가운데에 던지면서 그것을 장 자크에 비유하였다. 이런 식으로 긴 설교를 늘어놓고 나서 그는 모자에게 이렇게 말하는 것이었다.

"자 제네바의 철학자여, 나의 주장에 뭐라고 반론을 펴시겠습니까?"

그는 대답을 기다리듯이 잠시 동안 침묵하고 있었다. 이어 모자가 아무 대답도 안 하자, 그는 모자를 다시 쓰고 이렇게 말을 하며 설교를 끝마쳤다.

"여러분께서 이해하셨으니, 이것으로 제 이야기는 마치겠습니다."

이런 우스꽝스러운 장면들이 로마의 사제들 사이에서 빈번하게 반복된다. 왜냐하면 그들은 설교에 재능이 없기 때문이다. 이탈리아에서 종교는 전지전능의 권력으로서 존중된다. 종교는 관행과 의식에 의하여 상상력을 사로잡는다. 그러나 이탈리아에서는 교의보다 도덕에 관한 설교에 더 관심이 없다. 인간의 마음속에 있는 종교 사상으로 교의를 깊이 이해하기란 불가능하다. 다른 문학 분야에서도 마찬가지지만, 설교의 웅변술은 순전히 아무것도 묘사하지 않고 아무것도 표현하지 않는 평범한 사상을 토로하는 것이다. 그토록 열렬하면서도 동시에 태만한 정신은 스스로 진정시키기 위하여 획일성이 필요하고, 그것이 있으면 휴식할 수 있기 때문에 획일성을 좋아한다. 이러한 정신을 가진 사람들에게 새로운 사상 같은 것은 소문에 지나지 않는다. 설교에서는 사상과 말의 예절 같은 것이 있다. 대개는 사상이 말을 따라가게 되어 있다. 만약 설교하는 사람이 자기의 생각에 따라 말을 하고 정신 안에서 말할 것을 찾는다면 이 순서는 바뀐 것이다. 이탈리아의 사제들은 종교와 인간의 본성 사이에 유사점을 찾는 그리스도교 철학이나 그외의 다른 철학들을 알지 못한다. 그들은 종교에 관하여 생각을 한다는 자체가 종교에 관한 모독이라고까지 여기며 분개한다. 이 정도로 그들은 이런 일에 있어서 일정한 관습에 익숙하다.

성모 숭배는 특히 이탈리아 사람들과 남쪽 나라 사람들에게 소중하다. 여성에 대한 사랑에서 더 순수하고 더 섬세하다는 점과 어느 의미에서는 일맥상통하다. 그러나 사제가 이 주제로 설교할 때에도 같은 형태의 과장법이 발견된다. 그들이 그런 몸짓과 말을 사용하는데도 어떻게 심각한 것이 농담이 되지 않는지 모르겠다. 이탈리아에서는 설교대에서 진실한 어조나 자연스러운 말을 거의 들을 수 없다.

오스왈드는 더할 나위 없는 단조로움과 인위적인 격렬함에 싫증이 나서 성 프란체스코 수도회 수도사의 설교를 듣기 위하여 콜로세움으로 가려고 하였다. 그 수도사는 야외에서, 일명 *십자가의 길*을 그 안에 꾸며놓은 제단들 가운데 한 발치에서 설교할 예정이었다. 이 유적의 모습, 순교자가 검투사의 뒤를 따라들어간 이 투기장만큼 웅변에 더 좋은 주제가 있을까! 그러나 이 점에 관하여 불쌍한 성 프란체스코 수도회 수사에게 기대해서는 안 된다. 그는 인간의 역사에 관해서는 그 자신의 인생밖에 아는 것이 없다. 그러나 그의 서투른 설교에 귀를 기울이지 않더라도 주변의 여러 가지 것들에 감동을 느끼게 된다. 청중의 대부분은 카마돌리 신심회의 평신도들이다. 그들은 종교적 수련 기간 동안 머리와 몸 전체를 덮고 두 눈이 보이도록 구멍을 뚫은 회색 옷을 걸치고 있다. 이런 식으로 망령들을 표현하는 것인지도 모른다. 그들은 이렇게 옷 속에 숨어 머리를 땅에 비벼대고 자기의 가슴을 친다. 사제가 *자비를 베푸소서 그리고 불쌍히 여기소서!* 하고 큰소리로 외치며 무릎을 꿇으면, 둘러싸고 있는 사람들도 무릎을 꿇고 같은 외침을 반복하며 이 외침 소리는 콜로세움의 오래된 문들 사이로 사라져간다. 그때 깊은 우주적 감동을 느끼지 않을 수는 없다. 지상에서 하늘로 신의 자비를 비는 이 고통의 소리는 영혼의 가장 깊은 성역까지도 흔드는 것이었다. 오스왈드는 참석자 전원이 무릎을 꿇는 순간 몸이 떨렸다. 그는 다른 종파의 예배에 참석하지 않으려고 그냥 서 있었다. 그들이 누구이더라도 신 앞에 무릎을 꿇는, 유한한 인생을 살아가는 사람들 앞에서 공공연하게 그들과 행동을 같이하지 않는다는 것은 괴로운 일이었다. 아! 모든 사람에게 똑같이 적용되지 않는 하늘의 자비를 구하는 기도가 있는 것일까?

    사람들은 넬빌 경의 미모와 그 이상한 행동에 놀랐으나 그가 무릎을 꿇지 않았다고 비난하지는 않았다. 로마인들처럼 마음이 넓은 사람들도 없었다. 그들은 사람들이 단지 구경을 하기 위해 이곳을 찾아올 뿐이라는 데에 익숙해 있었다. 자존심이나 무관심을 들어, 그들은 어떤 이도 그들의 뜻에 참여시키려고 애쓰지 않았다. 더욱 이상한 것은 특히 성주간 동안에 스스로 육체적인 고행을 가하는 사람이 많다는 점이었다. 그들이 몸에 채찍질을 하는 동안 교회의 문은 열려 있고 사람들은 그리로 들어갈 수 있는데, 그런 것은 그들에게 아무런 상관이 없었다. 그들은 다른 사람이 무엇을 하건 상관하지 않는다. 그들은 누구에게 보이기 위하여 어떤 일을 하지 않고, 또, 남이 본다고 하여 하지 못하는 것도 아니다. 그들은 언제나 그들의 목적과 즐거움을 위하여 걸어가고 있다. 갈채를 받고 싶은 욕망 외에는 어떤 즐거움도 목적도 갖지 않는 허영이라는 감정이 있는지조차도 그들은 모르고 있는 것이다.

제 3 장

로마에서는 성주간의 의식이 종종 화제가 되곤 한다. 많은 외국인들이 사순절 즈음해서 이 구경을 하기 위해 찾아온다. 시스티나 성당의 음악과 성 베드로 대성당의 조명이 그 중에서도 특히 아름다워, 당연히 주목을 끈다. 그러나 이른바 의식으로 모든 사람들의 기대를 충족시킬 수는 없다. 교황이 마련하는 열두 사도의 만찬, 세족례(洗足禮), 마지막으로 엄숙한 당시의 다양한 의상은 매우 감동적인 여러 생각을 불러일으킨다. 그러나 여러 가지 상황이 자주 이 구경거리의 흥미와 품위를 손상시킨다. 거기에 참여하고 있는 사람들이 모두 묵상에 잠겨 있는 것도 아니고 경건한 생각에 젖어 있는 것도 아니다. 이 예식은 하도 여러 번 반복되어 그곳에 참가하는 대부분의 사람들에게 기계적인 행동이 되어 버렸으며, 젊은 사제들은 커다란 축제의 임무를 활기차게, 너무 엄숙하지 않게 능란하게 해치운다. 종교에 어울리는 이 모호함과 애매함, 신비함은 각자의 직분에 따라 기울이지 않을 수 없는 주의로 인해 모두 사라지고 만다. 그들에게 나온 음식을 게걸스럽게 먹어대면서, 옆에서 계속하여 무릎을 꿇고 기도를 반복하는 사람들과는 전혀 무관한 사람들이 있어 종종 축제가 엄숙함을 잃을 때도 있다.

　성직자들이 오늘날 입고 있는 고대의 의상은 현대의 머리 스타일에는 어울리지 않는다. 긴 수염을 달고 있는 그리스 사제의 의상이 제일 위엄이 있다. 예전의 의식 또한 요즘 남자들이 하는 식으로 머리를 숙이는 대신, 여자들이 하듯이 무릎을 꿇고 큰절을 하는 것이기 때문에 진지한 인상이 사라진다. 요컨대 전체적으로 조화롭지 않다. 상상력을 자극시키거나 즐겁게 하여주려는 어떤 배려도 없이 고대와 현대가 뒤섞여 있다. 외부적으로 보기에 화려하고 장중한 예배는 확실히 마음속에 숭고한 종교 감정을 채워주게 되어 있다. 그러나 의식이 구경거리로 타락하지 않도록 해야 한다. 다른 사람이 바라보는 앞에서 자기가 맡은 역할을 해야 하고, 무엇을 해야 하는지, 언제 그것을 해야 하는지, 언제 기도하고, 또 언제 기도를 끝마치며, 언제 무릎 꿇고 일어서야 하는지 알아야 한다. 성당 안에서 행해지는 규칙적인 실내의 의식은 인간이 신에게 다가갈 수 있는 유일한 희망인 자유로운 충동을 방해한다.

　이런 관찰은 외국인이라면 누구나 하게 된다. 그러나 대부분의 로마인들은 이러한 의식에 질리지도 않고 해마다 거기서 새로운 즐거움을 찾는다. 이탈리아인의 성격 중 이색적인 특징은 변덕스럽다고 하여 변심이 심한 것은 아니며, 활기차다고 하여 반드시 다양성이 있는 것은 아니라는 점이다. 그들은 어떤 일에도 인내심이 강하고 끈기가 있다. 그들의 상상력은 그들이 소유하고 있는 것을 미화시킨다. 생활 도처에 상상력이 넘치지만, 상상력으로 인해 생활이 불안해진 적은 없다. 그들은 모든 것을 실제보다 더 화려하고 장중하고 아름답게 본다. 다른 나라에서는 싫증난 체하는 것이 자만심이지만, 이탈리아인의 자만심은 오히려 스스로 지니고 있는 열의와 활기로 인한 감탄의 마음에서 기쁨을 느끼는 것이다.

넬빌 경은 로마의 사람들이 그에게 해주는 이야기를 듣고, 성주간의 의식에서 훨씬 더 많은 감명을 받을 것으로 기대하였다. 그는 영국 국교의 기품 있고 간소한 축제가 그리워졌다. 그는 괴로운 심정으로 집에 돌아갔다. 감명받아야 하는 일로 감명받지 못하는 것처럼 슬픈 일도 없다. 마음이 메말랐다는 생각이 들었다. 열광의 능력을 잃은 것이 아닌가 하여 불안하기도 하였다. 만약 열광이 없다면 인간의 사고력은 인생을 역겨워하는 데에만 소용이 될 뿐이다.

제 4 장

그러나 성 금요일이 되자 넬빌 경은 그때까지 느끼지 못해 애석해 했던 종교적인 감동을 경험하게 되었다. 코린나의 피정(避靜)이 끝날 때가 되어, 그는 그녀와의 재회의 행복을 기다리고 있었다. 감미로운 희망의 감정은 신앙심과 잘 어울린다. 사람을 신앙심으로부터 완전히 떼어놓을 수 있는 것은 속세의 기만적인 삶밖에는 없다. 오스왈드는 전 유럽에서 절찬받고 있는 유명한 「미제레레」[156]를 듣기 위하여 시스티나 성당으로 향하였다. 그는 한낮에 도착하여 미켈란젤로의 그 유명한 그림을 보았다. 그는 「최후의 심판」을 그렸는데, 힘있는 주제와 그것을 표현한 재능이 돋보였다. 미켈란젤로는 단테에 푹 빠져 있었다. 그래서 이 화가는 이 시인처럼 예수 그리스도 앞에 서 있는 신화의 인물을 그려내었다. 그러나 그는 이교를 나쁜 것으로 만들어, 이교의 신화를 악마들의 모습으로 나타내었다. 성당의 둥근 천장에는 그리스도 교도들이 증인이라 부르는 예언자들과 시빌라들이 보인다.[*11, 157] 한무리의 천사들이 그들을 둘러싸고 있으며, 이렇게 그려진 둥근 천장은 우리들에게 하늘을 가까이 끝어내린 것 같다. 그러나 이 하늘은 어듭고 무섭다. 스탠드글라스를 통하여 빛은 거의 들어오지 않고 그것은 그림에 빛보다는 어둠을 더해주고 있다. 어두운 탓으로 그림은 실제로 미켈란젤로가 그린 얼굴의 윤곽보다 더 크게 보인다. 장례식을 연상시키는 향이 실내에 가득 차고, 인간의 모든 감각은 음악이 만들어내는 가장 심오한 감각으로 향한다.

오스왈드가 주변의 사물을 보며 생각에 잠겨 있을 때, 남녀를 구분하는 칸막이 뒤편의 여자 석으로 뜻밖에도 코린나가 들어오는 것이 보였다. 그녀는 검은 옷을 입고 있었고, 피정으로 인하여 매우 창백해 있었다. 그녀는 오스왈드를 발견한 순간, 너무 떨려 손잡이를 잡고 걷지 않으면 안 되었다. 이 순간 「미제레레」가 울리기 시작하였다.

이 순수한 고대의 노래를 완벽하게 부르는 목소리가 원형 천장 아래에 있는 단상에서 들려왔다. 노래를 부르는 사람의 모습은 전혀 보이지 않고, 음악은 마치 공중에서 떠도는 것 같다. 차차 날은 저물고 성당은 어두워진다. 그것은 오스왈드와 코린나가 일주일 전에 듣던 쾌락적이고 정열적인 음악이 아니었다. 그것은 속세를 버릴 것을 권하는 전적으로 종교적인 음악이었다. 코린나는 칸막이 앞에 무릎을 꿇고 깊은 명상에 잠겼다. 오스왈드의 모습조차 안중에 없었다. 만약 영혼이 육신으로부터 떠날 때 고통이 없다면, 그녀에게는 이런 순간이야말로 바로 죽고 싶은 순간일 것이라고 생각하였다. 만약 그 순간 갑자기 천사가 근원으로 돌아가는 신의 불꽃인 감성과 사고를 그 날개에 실어가려고 온다면, 그때의 죽음은 말하자면 영혼의 자발적인 행위이며 더욱 열렬한 기도의 실행일 뿐이다.

「미제레레」는 *자비를 베푸소서*라는 뜻인데, 여러 가지 방법으로 절마다 교대하여 부르는 시편이다. 천상의 음악이 교대로 연주된다. 그리고 나서 다음 구절이 혼자 말하는 것같이 신음하는 어조로 낭독된다. 그것은 다감한 사람에 대한 냉정한 사람의 반응 같기도 하고, 너그러운 마음이 품는 소망을 시들게 하고 밀쳐내는 실제의 삶 같기도 하였다. 그토록 아름다운 합창이 다시 시작되니 희망이 되살아났다. 그러나 시 구절의 낭독이 다시 시작되면 또다시 오싹한 감각에 사로잡히게 되는 것이었다. 공포 때문이 아니라, 열광이 식기 때문이었다. 다른 어느 악장보다 더 숭고하고 더 감동적인 마지막 악장은 마음속에 부드럽고 순수한 인상을 남긴다. 신은 죽기 전에 바로 이런 인상을 우리에게 맛보게 한다.

 불이 꺼진다. 밤이 다가온 것이다. 예언자들과 시빌라들의 얼굴이 황혼에 묻힌 유령 같아 보인다. 깊은 침묵이 흐르고 있다. 모든 것이 은밀하고 내적인 이런 영혼의 상태에서 말소리란 분명 못 견디게 거슬리는 것이다. 마지막 노랫소리가 끝났을 때 모두가 소리 없이 서서히 떠난다. 속세의 속된 이해 관계 속으로 돌아가는 것을 두려워하는 것 같다.

 코린나는 성 베드로 성당으로 가는 행렬을 따랐는데, 성당은 조명이 비친 십자가로만 빛을 내고 있었다. 거대한 건축물의 어둠 속에서 유독 빛나고 있는 이 고통의 상징은 인생의 어둠 가운데 있는 그리스도교의 가장 아름다운 이미지인 것이다. 무덤들을 장식하고 있는 조상들 위에 창백하고 은은한 빛이 비쳐진다. 이 궁륭의 천장 아래에 모여 있는 산 사람들은 죽은 사람들의 모습에 비하면 난쟁이들 같아 보인다. 십자가 주위에 이 십자가로 인해 밝아진 공간이 있고, 그곳에 흰옷을 입은 교황과 그 뒤에 일렬로 줄을 서 있는 추기경들이 머리를 숙이고 있다. 그들은 아무 소리도 내지 않고 반시간 가까이 그곳에 그대로 있는데, 이런 광경을 보고 감동받지 않을 수 없다. 그들이 무엇을 비는지 알 수 없고, 남몰래 웅얼거리는 소리는 들리지 않는다. 하지만 그들은 연로하고 우리보다 먼저 무덤에 가게 된다. 우리들의 차례가 되어 이 무서운 선두에 섰을 때, 인생의 황혼이 불멸의 시작이 되도록 신은 노년기를 거룩하게 축복하여주실까!

젊고 아름다운 코린나도 사제들의 줄 뒤에 무릎을 꿇고 있었다. 얼굴은 부드러운 빛을 받아 창백하였으나 눈동자만은 여전히 초롱초롱 빛나고 있었다. 오스왈드는 그녀를 한 폭의 그림처럼, 찬미받아 마땅한 존재처럼 쳐다보았다. 그녀는 기도를 끝내고 일어섰다. 넬빌 경은 그녀가 종교적 명상에 잠겨 있다고 생각되어 방해하지 않으려고 가까이 다가가지 않았다. 그러나 그녀 쪽에서 먼저 행복에 도취된 모습으로 달려왔다. 이 행복감은 그녀의 모든 행동에 넘쳤으며, 그녀는 성 베드로 대성당에서 그녀에게 다가오는 사람들을 생기 있고 명랑한 태도로 대하였다. 갑자기 성 베드로 대성당은 대중의 커다란 산책로같이 되어버렸다. 누구나 그곳에서 각자의 일과 재미를 위해 만남을 갖는 것이었다.

이토록 다른 인상들이 바로 연이어 계속될 수 있다니, 이런 변화무쌍함에 오스왈드는 깜짝 놀랐다. 코린나가 즐거워하는 것은 기뻤지만, 그녀가 하루 종일 젖어 있었던 감격의 흔적을 조금도 찾을 수 없는 데에 놀랐다. 그는 어떻게 그렇게 엄숙한 날, 그토록 아름다운 성당이 사람들이 즐기기 위해 모이는 로마의 카페가 될 수 있는지 도무지 이해할 수 없었다. 그런 무리에 둘러싸여 쉴새없이 떠들고 주위의 사물을 아랑곳하지 않는 코린나를 보고, 그는 그녀가 정말 경박할 수도 있겠구나 하는 의구심을 품었다. 그녀는 즉시 그것을 눈치채고, 갑자기 사람들로부터 빠져나와 오스왈드의 팔을 잡고 성당 안을 좀 걷자고 제안하였다.

"종교에 대한 저의 감정을 말씀드린 적이 없네요. 오늘은 그 점에 대해서 말씀드리도록 허락해주세요. 당신의 마음속에 생긴 염려가 풀리실 거예요."

제 5 장

코린나는 계속하였다.

"우리의 종교가 다르다고 당신께서 마음속으로 비난하고 계신 것을 잘 알아요. 당신네 종교는 엄격하고 심각하지만, 우리의 종교는 활기가 있고 부드러워요. 일반적으로 가톨릭이 프로테스탄트보다 더 엄격하다고 생각되지만, 그것은 이 두 개의 종파가 대립하고 있는 나라에서만 사실이에요. 그러나 이탈리아에서 우리는 종교상의 충돌을 가져본 적이 없어요. 영국에서 당신은 그것을 많이 경험하셨죠. 이러한 차이로 말미암아 이탈리아의 가톨릭은 부드럽고 관대해졌고, 영국에서는 가톨릭을 파괴시키기 위해서 종교 개혁으로 가톨릭의 신조와 도덕을 극도로 엄격하게 만들어 자기네의 무기로 삼았던 것이에요. 우리나라의 종교는 고대인들의 종교와 같이 예술을 활성화시키고, 시인들에게 영감을 주어요. 말하자면 삶의 모든 기쁨과 하나가 되어 있어요. 그러나 당신네 종교는 상상력보다 이성이 우세한 나라에서 확립되어, 도덕적으로 엄한 경향을 지녔는데 앞으로도 그 점은 변하지 않을 거예요. 우리의 종교는 사랑의 이름으로, 당신네 종교는 의무의 이름으로 말해요. 영국의 교리는 자유이고 이탈리아의 교의는 절대예요. 그러나 실제 적용에 있어서 우리의 정통성을 지닌 교의는 각각의 시대에 따라 타협을 하지만, 영국의 종교적 자유는 예외 없이 그 규칙을 지켜야 해요. 이탈리아의 가톨릭이 수도원에 들어온 사람들에게 매우 엄한 고행을 과하는 것은 사실이에요. 그런 생활은 스스로 선택하는 것이며 인간과 신 사이의 신비로운 관계이니까요. 그러나 이탈리아에서 세상 사람들이 믿는 종교는 일상생활에서 감동의 원천이 되어주어요. 사랑·소망·믿음이 이 종교의 주된 덕목이에요. 이 덕목은 모두 행복을 약속하며 행복을 주어요. 언제든지 신부는 우리가 느끼는 기쁨의 순수한 감정을 금하기는커녕, 이 감정이 창조주가 주신 선물에 대한 감사의 표시라고 말해요. 사제들이 우리에게 강조하는 것은 신앙의 뜻에 따르고 신을 기쁘게 하려는 마음을 지키고 있다는 것을 증명하기 위하여 실천을 하라는 것이에요. 즉 불행한 이웃을 위한 자선, 그리고 우리의 부족한 점에 대한 참회 등이지요. 우리가 신부에게 열의를 가지고 부탁하면 그들은 우리의 죄를 사면하여주는 것을 거절하지 않아요. 다른 곳보다 더 여기에서는 사랑으로 너그러운 자비를 얻을 수 있어요. 예수 그리스도께서도 막달라 마리아에게 이렇게 말씀하셨어요. *그녀의 죄는 용서받을 것이다. 왜냐하면 그녀는 많이 사랑하였기 때문에* 라고. 이 말씀은 이탈리아의 하늘만큼 아름다운 하늘 아래에서 나온 것이에요. 그 하늘이 우리를 위하여 신의 자비를 비는 것이지요.

"코린나,"

하고 넬빌 경은 대답하였다.

"제 마음이 그토록 갈망하던 이렇게 감미로운 말에 어떻게 반박할 수 있겠어요. 하지만 해보도록 하지요. 이날이 그대와 사랑을 나누고 행복과 덕의 기나긴 장래를 약속하는 날은 아니니까요. 가장 순수한 종교는 우리가 지니는 정열을 희생하고 의무를 수행함으로써 지고한 존재에 대해 끊임없는 경의를 바치는 것 아닐까요. 인간의 도덕성은 신에 대한 숭배예요. 신과 인간의 관계에서 볼 때, 신은 인간의 지성의 완전을 바라지 않는다고 추측하는 것만큼 창조주에 대한 잘못된 생각은 없어요. 지극히 선량하신 주님의 숭고한 이미지, 아버지이신 신은 그 자식들이 더욱 잘되고 더욱 행복하게 되는 것 외에는 아무것도 바라지 않아요. 어떻게 인간 자신이 바라지 않는 것을 바랄 수 있겠어요! 도덕의 의무보다도 종교 전례에 더 중요성을 두는 이탈리아인의 머리 속에 어떤 혼돈이 일어나고 있는지 보세요. 알고 계시겠지만, 로마에서 살인 범죄가 제일 많이 일어나는 것은 성주간이 끝난 후예요. 이 국민은 말하자면 사순절의 고행을 통해 얻은 저축을 살인으로 저진하는 셈이지요. 사람을 죽인 손에 아직 피가 마르지 않은 이 범죄자들은, 금요일에 고기를 먹는 것에 대해서 양심의 가책을 느껴요. 이렇듯 이상한 생각을 갖고 있는 사람들에게 교회가 시키는 대로 실천하지 않는 것이야말로 가장 무거운 죄라고 가르쳐서, 그들은 이 점을 너무 철저히 지키는 나머지 하느님을 이 세상을 통치하는 정부와도 같은 존재로 생각하는 것이에요. 그렇기 때문에 그들은 다른 어떤 덕보다도 그 권력에 대한 복종을 더 중요시해요. 따라서 성실하고 여유 있는 생활을 할 수 있는 것이 창조주의 은혜라는 경외의 마음을 품는 대신, 아첨하는 관계가 되어버려요. 이탈리아의 가톨릭은 겉으로 매우 과시적이면서 영혼에 사색과 묵상을 필요로 하지 않아요. 공연이 끝나면, 감격은 끝나고 의무는 다한 셈이에요. 그러나 우리나라에서와 같이 행동과 마음의 엄격한 훈련에서 생기는 생각과 감정에 오랫동안 잠기는 일은 없는 것 같아요."

"매우 엄격하시네요, 오스왈드."

하고 코린나는 대답하였다.

"당신이 그러실 줄 짐작은 했었어요. 만약 종교가 오로지 도덕을 준수하는 데에 그친다면, 어떻게 철학과 이성 이상이 될 수 있을까요? 더구나 만약 우리들의 중요한 목적이 심정을 억압하는 것이라면, 어떤 종교 감정이 마음속에 일어날 수 있겠어요? 스토아 철학자들도 우리만큼은 의무와 행실의 엄격함에 대해서 알고 있었어요. 그러나 오직 그리스도교에서밖에 찾아볼 수 없는 것, 그것은 영혼에 있는 모든 애정과 결부되어 있는 종교적 열광이에요. 그것은 사랑하고 슬퍼하는 힘이지요.

영혼이 하늘로 날아갈 수 있는 감정과 관용에 대한 예배예요! 방탕한 아들의 신화는 그것이 사랑이 아니라면 무엇을 의미하는 것일까요? 모든 의무의 완전한 이행보다도 중요한 진정한 사랑이 아니고 무엇이겠어요? 아들은 아버지의 집을 떠났고, 그의 형은 집에 남았어요. 그는 세상의 모든 쾌락에 빠졌지만, 형은 한순간도 가정 생활의 규칙에서 벗어난 적이 없었어요. 그러나 그는 돌아와 울었으며 사랑하였고, 아버지는 아들이 돌아와 잔치를 벌였어요. 아! 확실히 우리들 본성의 신비 속에 사랑하고, 또 사랑하는 것이야말로 신으로부터 물려받은 것이에요. 우리들의 덕 그 자체도 생활하여가면서 너무 복잡해져, 무엇이 좋고 무엇이 더 좋은 것인지, 우리를 이끌어주거나 길을 잃게 하는 감정은 어떤 것인지 알 수 없어요. 저는 하느님께 찬미하는 법을 가르쳐달라고 빌어요. 또 저는 눈물을 흘리면서 하는 기도의 효과를 느껴요. 그러나 그 느낌을 유지시키기 위해서 종교 의례는 당신이 생각하는 것보다 더 필요한 것이에요. 그것은 신과의 변함없는 관계지요. 그것은 실생활의 어떤 이해와도 관계없이, 오직 눈에 보이지 않는 세계를 향해 다가가는 나날의 행위예요. 신앙심을 위해서는 외계의 사물 역시 커다란 도움이 되어요. 만약 조형 예술, 대건축물, 아름다운 노래가 시적인 천재를, 그것이 또한 종교적 천재이기도 하지만, 자극하지 않는다면, 영혼은 자기 자신에게로 다시 돌아가고 말아요.

비속하기 짝이 없는 남자라도 기도를 하고 괴로워하고 하늘에 빌 때에는, 만약 그가 교육을 받아 자기 생각을 말로 표현할 수만 있다면 이 순간에는 밀턴,[158] 호메로스, 타소가 표현한 것과 같은 생각을 갖고 있을 거예요. 이 세상에는 크게 두 가지의 인간 유형이 있어요. 열광을 느끼는 사람과 그것을 경멸하는 사람이지요. 그외의 다른 차이들은 모두 사회적인 것이에요. 전자는 스스로의 감정을 표현하기 위해 말을 하지 않아요. 그러나 열광을 경시하는 사람은 자기 마음의 허무를 감추기 위해서 무엇을 말하여야 하는지 알고 있어요. 그러나 바위 틈에서 뿜어 나오는 샘물, 그것이야말로 바로 하늘의 소리이며, 진정한 재능, 진정한 종교, 참된 사랑이에요.

우리들의 예배의 화려함, 그들의 눈 안에 기도를 가득 담고 무릎 꿇고 있는 성인들의 그림, 언젠가 죽은 이들과 함께 깨어나기 위하여 무덤 위에 놓여 있는 조상, 이탈리아의 교회와 거대한 둥근 천장은 종교 사상과 밀접한 관계를 지니고 있어요. 부도 권력도 가져다주지 않는 것에 대하여, 오직 마음속의 감정에 의해서 벌이나 상을 받는 것에 대하여 사람들이 올리는 화려한 찬미가 저는 좋아요. 그 순간 저는 이곳에 존재한다는 사실이 그렇게 기쁠 수 없어요. 저는 인간 안에 이해 관계를 떠난 무엇인가가 있다는 것을 알 수 있어요. 그래서 저는 종교적인 장엄함이 좀 지나치다고 하여도 내세를 위해, 영원의 시간을 위해, 이 지상의 부를 낭비하는 것이 나쁘지 않다고 생각해요. 미래를 위해 충분히 준비하는 것이며 인간사인 경제적 측면에서도 배려를 하는 것이니까요. 아! 저는 왜 이렇게 효용성이 없는 것을 좋아할까요! 인생이 비참한 이득을 얻기 위한 고된 노동일 뿐이라면, 그런 것은 소용없는 것일 텐데 말이에요. 그러나 우리가 하늘을 향해 나아가는 과정으로서 현세에 존재하는 것이라면, 우리의 마음을 가두는 한계를 넘어서 무한한 것, 보이지 않는 것과 영원을 향해 마음을 고양시키는 것보다 더 좋은 일이 어디 있겠어요?

예수 그리스도는 연약하고, 잘못을 뉘우치는 듯이 보이는 여인이 자신의 발에 값비싼 향유를 뿌리도록 내버려두었어요. 향유를 더 쓸모 있는 데에 쓰도록 권하는 사람들을 물리쳤어요. 그 여인을 그냥 두어라 라고 그분은 말씀하셨어요. *나는 너희들과 잠시 동안 같이 있을 테니까.*

아! 이 지상에서 좋은 것, 숭고한 것은 아주 잠시 동안만 우리와 함께 있는 것이에요. 나이, 신체의 장애, 죽음이 하늘에서 내려와 꽃들에게만 맺히는 이슬을 어차피 말려버리겠지요. 오스왈드, 그러니까 우리가 사랑·종교·천재, 또 태양과 향수, 음악과 시를 모두 한데 섞는 것을 내버려두세요. 냉정함과 이기주의, 비열함에는 무신론이 있을 뿐이에요. 예수 그리스도는 말씀하셨어요. 내 이름으로 두세 명의 사람들이 모인다 해도 나는 그들과 함께하겠다. 그런데, 아 신이여! 당신의 이름으로 모인다는 것이 당신이 지닌 훌륭한 본성의 숭고한 선물을 받는 것이 아니라면, 또 그것에 대해 당신을 찬미하고, 당신에게 살아 있음에 대해 감사하고, 역시 당신에 의해 창조된 어떤 사람의 마음과 우리의 마음이 잘 통하게 될 때에 특히 감사하는 것이 아니라면 무엇이란 말입니까!

이 순간 코린나의 얼굴엔 천상의 영감 같은 것이 서렸다. 오스왈드는 성당 한가운데에서 코린나 앞에 갑자기 무릎을 꿇으며 그 말을 되씹고 그녀의 시선에서 다시 그것을 보는 기쁨에 젖어 오랫동안 말없이 있었다. 그러나 마침내 그도 대답을 하고 싶었다. 그에게 중요한 대의를 버릴 수는 없었던 것이다. 그는 말하였다.

"코린나, 당신의 연인에게도 한마디하게 하여주세요. 저의 마음도 메말라 있는 것은 아니에요. 아니, 코린나, 조금도 그렇지 않아요. 그 점은 믿어주세요. 만약 제가 엄격한 교리와 행동을 좋아한다면, 그것은 그 엄격성이 감정에 깊이와 지속성을 주기 때문이에요. 제가 종교 안에서 이성을 좋아한다면, 다시 말하여 모순적인 교리와 사람들에게 감명을 주는 인간적인 수단을 거부한다면, 그것은 제가 열광과 마찬가지로 이성에서도 신을 보기 때문이에요. 또 제가 인간의 능력 중 무언가를 빼앗기는 것을 견딜 수 없어한다면, 그 이유는 인간은 진리를 깨닫기 위한 능력을 충분히 갖고 있으며, 마음의 직감과 함께 이성적 성찰에 의해 신의 존재와 영혼의 불멸을 깨닫기 때문이에요. 이러한 숭고한 생각, 덕과 결합된 생각에다 무엇을 더 보탤 수 있겠어요! 시적인 열광이 당신에게 많은 매력을 주겠지만, 감히 말하자면 그것이 구원을 주는 신앙은 아니거든요. 코린나, 어떻게 그런 마음으로 의무를 위해 우리가 치러야 하는 그 많은 희생에 대비할 수 있겠어요? 미래와 현재의 인간의 운명이 구름을 통해서만 정신에 드러날 때에, 계시는 영혼의 비약에 의해서만 나타났어요. 그리스도교 덕분에 명석하고 실증적이 된 우리로서는 감정이 하나의 보상은 되겠지만, 그것만이 우리의 안내자가 될 수는 없어요. 당신은 행복한 사람들의 삶을 말하는 것이지, 죽어가는 사람들의 삶을 말하는 것이 아니에요. 종교 생활은 투쟁이지 찬미는 아니잖아요. 만약 우리들이 타인이나 자신의 나쁜 성향을 억압하게 되어 있지 않으면, 실제로 거기에는 차가운 마음과 뜨겁게 타오르는 마음의 차이밖에 없겠지요. 그러나 인간은 당신이 마음속에서 생각하고 있는 것보다 더 격하고 무서운 동물이에요. 신앙심에서는 이성이, 의무에서는 엄격함이 인간의 오만한 오해를 막기 위해 필요한 것이에요.

    당신이 당신네 종교의 외면적인 화려함과 수많은 성실을 어떤 식으로 생각하더라도, 세계와 창조주에 대한 명상에 잠기는 것은 언제든지 으뜸가는 예배 아니겠어요? 그 예배야말로 상상력을 채워주는 것으로, 그것이 소용없는 바보짓이라고 생각되지는 않아요. 교리는 저의 이성에 맞지 않고 또 열정을 식히고 말아요. 확실히 세계는 그 자체로 우리가 부정도 긍정도 하지 못하는 수수께끼예요. 그러므로 자신이 설명할 수 없는 것은 믿지 않겠다고 하는 사람, 그 사람은 좀 이상한 사람이겠죠. 인간은 항상 모순적인 것을 만들어내게 마련이니까요. 신이 우리에게 준 그런 신비는 지성의 한계를 넘는 것이지만, 그렇다고 거기에 대립되는 것은 아니에요. 어느 독일의 철학가는 말했어요. *나는 우주에서 오직*

두 개의 아름다움밖에 모른다. 우리들 머리 위에 있는 하늘의 별들과 내 마음속에 있는 의무의 감정이다. 실제로 창조의 모든 경이가 이 말 안에 들어 있어요.

코린나, 당신을 만나지 않았더라면 저는 간소하고 엄격한 종교가 마음을 말라붙게 하기는커녕, 그것만이 애정을 집중시키고 영속시킬 수 있다고 생각했을 거예요. 가장 엄격하고 가장 단순하게 행동하는 남자가 넘치도록 다정할 수 있다는 것을 보았거든요. 정열의 폭풍과 그로 인한 과오가 필경 시들게 할 수도 있는 영혼의 순진함을 늙을 때까지 계속 간직하고 있는 것을 보았어요. 분명 후회는 훌륭한 것으로서 저는 그 누구보다도 그 효능을 믿고 싶어해요. 그러나 후회가 반복되면 마음이 피곤해지고, 그런 감정은 한 번밖에 되살아나지 않아요. 우리들의 마음속에서 일어나는 것은 속죄이지요. 그리고 이 커다란 희생은 반복될 수 없어요. 나약함으로 인해 속죄를 습관적으로 하게 되면, 약한 인간은 사랑하는 힘을 잃게 돼요. 왜냐하면 사랑하기 위해서는 적어도 항구적인 힘이 필요하니까요.

당신이 상상력에 강하게 작용한다고 말하는, 화려함으로 가득 찬 예배에 대하여 같은 식의 반론을 해보겠어요. 저는 마음과 같이, 겸손하고 한발 물러선 상상력을 믿어요. 상상력 때문에 생긴 감동은 자연스럽게 얻은 감동보다 강력하지 못해요. 저녁 무렵 세벤느 산 속에서 설교하는 개신교의 사제를 본 적이 있어요. 그는 동포들로부터 추방되고 유형에 처해져 유해로 돌아온 프랑스인들의 무덤에 대고 기도하고 있었어요. 그는 고인의 친구들에게 더 좋은 세상에서 그들과 다시 만날 수 있을 것이라고 약속하였어요. 그는 덕을 갖춘 생활을 하면 그런 행복을 가질 수 있다고 말하였어요. 그는 이렇게 말했어요. 선행을 하십시오. 신으로부터 당신 마음에 있는 고통의 상처를 치유받을 수 있도록. 그는 하루살이인 인간이 자기와 마찬가지로 하루살이인 인간에게 보여주는 완고함과 엄격함에 놀랐고, 죽음이라고 하는 무서운 생각에 골몰했어요. 죽음이란 살아 있는 사람들이 알고 있으면서도 결코 규명하려고 하지 않는 것이죠. 결국 사제는 감동적이고 진실하지 않은 말은 하지 않았어요. 그의 설교는 완전히 자연과 조화를 이룬 것이었어요. 멀리 들려오는 급류라든가 반짝이는 별빛은 똑같은 사상을 다른 형태로 표현하는 듯이 보였어요. 그곳에는 자연의 장엄함이 있었고, 그 장엄함은 그것만으로도 불행한 사람에게 상처를 입히지 않고 축제를 마련하여주는 것이지요. 이 당당한 간소함은 화려한 양식보다 영혼에 훨씬 깊은 감동을 주었어요."

이 대화가 있었던 이틀 후 부활절에 코린나와 넬빌 경은 함께 성 베드로 광장에 갔었다. 그때 마침 교황이 교회의 제일 높은 발코니에 나와 하늘을 향해 지상에 은총을 베풀어주기를 빌었다. 그때 교황은 도시에 그리고 세계에(*urbi et orbi*)라는 말을 하였다.

모든 사람들은 무릎을 꿇었고, 이 순간 코린나와 넬빌 경은 감동하여 모든 종교는 흡사하다고 느꼈다. 종교 감정이 사람들을 친밀하게 묶고, 그때에는 자기애도 광신도 그것을 질투와 증오의 대상으로 삼지 않는다. 어느 나라의 말이든, 어떤 종교의 의식이든 함께 기도한다는 것, 그것은 이 세상에서 사람들이 결합할 수 있는, 가장 마음에 와 닿는 희망과 공감의 형제애인 것이다.

제 6 장

부활절이 지났는데도 코린나는 넬빌 경에게 그녀의 이야기를 털어놓겠다는 약속을 지키지 않았다. 이 침묵에 마음이 상한 그는 어느 날 그녀 앞에서 나폴리가 아름답다고 하니 한번 가보고 싶다고 하였다. 코린나는 그 순간 그의 마음속에서 일어나는 상황을 짐작하고 여행을 제안하였다. 틀림없이 그를 기쁘게 할 이러한 사랑의 증거를 보여줌으로써 그가 그녀로부터, 듣기를 원하는 고백을 연기시킬 수 있다고 생각하였다. 뿐만 아니라, 그녀는 만약 그가 그녀를 데리고 간다면 틀림없이 그녀와 일생을 같이하려는 마음에서일 것이라고 생각하였다. 따라서 그녀는 불안한 마음으로 그의 대답을 기다리며 승낙을 바라는 간절한 눈빛을 보냈다. 오스왈드는 거절할 수가 없었다. 처음에 그는 이 제안에 어안이 벙벙하였고, 코린나의 솔직함에 다시 한번 놀랐다. 그는 이 청을 받아들이지 못하고 잠시 머뭇거렸다. 그러나 연인이 초조하고 불안해하면서 눈물을 흘리는 것을 보고, 자기 자신에게 그런 결심이 얼마나 중요한 것이지 깨닫지 못한 채로, 함께 떠나는 것에 동의하였다. 코린나는 너무 기뻐 황홀해졌다. 왜냐하면 그 순간 그녀의 마음과 오스왈드의 애정은 완전히 하나가 되었기 때문이다.

출발하는 날이 결정되고, 함께 여행을 한다는 달콤한 기대에 부풀어 다른 생각들은 모두 잊혀졌다. 두 사람은 즐거운 마음으로 여행의 자세한 계획을 세웠는데, 어떤 것 하나라도 그들에게 기쁨이 되지 않은 계획은 없었다. 앞날의 준비가 무언가에 대한 희망과 합쳐져 색다른 매력을 지니게 될 때의 행복이란! 삶의 전반적인 시간과 마찬가지로 순간순간을 지내는 것이 고달플 때는 너무 빨리 오고야 만다. 그럴 때에는 아침에 눈뜨는 것을 견디기도, 밤이 올 때까지 하루를 지낼 일도 괴롭다.

넬빌 경이 출발 준비를 위하여 코린나의 집을 나올 때에 델푀유 백작이 도착하였고, 그녀로부터 그들이 함께 세운 계획을 들었다.

"생각해보셨어요?"

하고 백작은 그녀에게 말하였다.

"넬빌 경과 여행을 하시다니! 당신의 남편도 아니고 당신과 약혼을 한 것도 아닌데, 버림을 받으시면 어쩌려고 그러세요?"

"제가 어떻게 되냐고요?"

하고 코린나는 대답하였다.

"세상에 무슨 일이 있어도, 만약 그분에게서 사랑을 받지 못하게 된다면, 저는 세상에서 제일 불행한 여자가 될 거예요."

"네, 그러나 스스로를 위태롭게 하는 일만 하지 않는다면, 당신은 상처받지 않고 그대로 있을 텐데요."

"제가 상처받지 않고,"

하고 코린나는 큰소리로 말하였다.

"살아오면서 이렇게 사랑 때문에 애태워본 적이 없었어요! 제 마음이 이렇게 상심한 적이 없었어요!"

"사람들은 알지 못할 테니, 당신만 숨기고 있으면 소문이 나서 망신당할 일은 없을 거예요."

그러자 코린나가 대답하였다.

"사랑하는 사람의 눈에 더욱 매력적으로 보이기 위해서가 아니라면, 왜 소문을 두려워하죠?"

"사랑은 하다가 그만둘 수도 있지만,"

하고 델푀유 백작은 대답하였다.

"우리는 사회에서 살지 않을 수 없고, 사회를 필요로 하지 않을 수도 없어요."

"아!"

하고 코린나는 대답하였다.

"만약 오스왈드의 애정이 이 세상에서 저 혼자만의 것이 아닌 날이

온다면, 만약 그런 날이 오리라고 상상이라도 했다면, 전 벌써 사랑하는 것을 그만두었을 거예요. 사랑이 없어질 때를 예측하고 미리 계산하여 둔다면, 사랑이란 도대체 뭐지요? 사랑이라는 감정에 종교적인 면이 있는 이유는 그것이 모든 계산을 떠나 전적으로 희생하고 헌신하는 데에서 기쁨을 발견하기 때문이에요."

"무슨 말씀을 그렇게 하세요?"

하고 델푀유 백작은 말하였다.

"당신 같은 지성인의 머리에 그런 바보 같은 생각이 가득 차 있다니! 당신처럼 생각하는 여성은 우리 남성들의 입장에서 본다면 고마운 존재이지요. 그렇게 되면 우리들은 여자들을 좀더 마음대로 할 수 있으니까요. 그러나 당신의 재능을 잃어서는 안 돼요. 그 재능을 살려 쓸모 있게 사용하셔야 해요."

"재능을 사용하다니요?"

하고 코린나가 말하였다.

"아! 그 재능 덕을 많이 보았어요. 그 덕분에 넬빌 경의 친절하고 관대한 성격을 알아보았으니까요."

"넬빌 경도 다른 남자와 같은 남자예요."

하고 델푀유 백작은 말했다.

"그는 영국으로 돌아갈 거예요. 그는 결국 자신의 길을 갈 테고, 이성을 되찾겠지요. 그런데 당신은 그와 함께 나폴리에 가신다니, 경솔하게도 스스로의 평판을 나쁘게 만드시는군요."

코린나가 말하였다.

"저는 넬빌 경이 어떻게 하실 작정인지 몰라요. 그를 사랑하기 전이라면 그 점을 생각해보는 것도 좋겠죠. 그러나 지금으로선 더 이상의 희생이 뭐가 중요하겠어요! 그분이 저를 어떻게 생각하느냐에 따라 제 삶이 좌우될까요? 반대로 저는 저에게 어떤 구원도 남겨놓지 않는 편이 즐거워요. 마음에 상처를 입었을 때, 그런 것은 있을 수도 없어요. 그럼에도 세상 사람들은 어떤 구원책이 있다고 생각하죠. 그런데 저는 설령 그렇더라도, 만약 넬빌 경이 제 곁을 떠나가신다면 저에게 행복은 전혀 없다고 생각하는 편이 더 나아요."

"그렇다면 그는 그로 인해 당신이 어느 정도로 곤경에 처하게 될지 알고 있나요?"

하고 델뢰유 백작은 계속하였다.

"그 점을 그에게 알리지 않으려고 몹시 조심하고 있어요."

하고 코린나는 대답하였다.

"이 나라의 관습을 너무 모르기 때문에 우리나라 사람들이 주는 편안함에 대해 좀 과장해서 말하였어요. 그 점에 관해서 그분에게 아무 말씀도 하지 말아주세요. 저는 그분이 자유롭길 바래요. 물론 저와의 관계에서도 마찬가지예요. 저의 행복을 위해 그가 어떤 희생을 치러서도 안 돼요. 저를 행복하게 하여주는 사랑의 감정은 제 인생의 꽃이며, 만약 그것이 시들게 되면 그 누구의 친절도 염려도 그것을 다시 피게 할 수는 없을 거예요. 그래서 간청을 드리는 거예요, 백작님, 제 운명에 개입하지 말아주세요. 당신의 사랑에 대한 의견은 저와는 전혀 다른 것이에요. 당신의 말씀은 명석하고 합리적이어서 보통 사람들에게는 아주 적합해요. 그러나 몇몇 격언이 포함된 이러한 일반적인 분류로 저의 개성을 판단하려고 하시기 때문에, 악의는 아니더라도 저를 몹시 괴롭히고 계셔요. 저는 저의 방식으로 괴로워하고, 즐거워하고, 제 느낌을 갖죠. 누군가 저의 행복에 관해 자기의 생각을 강요한다면, 저 자신을 방어할 수밖에 없어요."

충고가 받아들여지지 않고, 또 코린나가 넬빌 경을 몹시 사랑하는 것을 알아차리고는 델푀유 백작은 약간 자존심이 상했다. 물론 그녀가 사랑하는 사람이 그가 아니라 오스왈드라는 사실은 익히 알고 있었지만, 모든 사실이 이토록 노골적으로 공개되는 것은 그에게 결코 유쾌한 일이 못 되었다. 여자의 사랑을 쟁취한 남자의 성공에는 그의 절친한 친구조차도 썩 기분 좋아할 수 없는 무언가가 있는 법이다.

"제가 어쩔 도리가 없다는 것은 잘 알겠습니다만"

하고 델푀유 백작이 말하였다.

"당신이 불행해지셨을 때, 제 생각을 하시겠지요. 그러니까 저는 로마를 떠나겠어요. 당신도, 넬빌 경도 없는 로마는 너무 재미가 없거든요. 당신과는 틀림없이 스코틀랜드나 이탈리아에서 다시 한번 만나게 되겠지요. 저는 기분을 풀기 위해서 여행을 하는 취미를 갖고 있으니까요. 제 충고를 용서하세요, 사랑스러운 코린나. 저는 항상 당신 편이에요."

코린나는 인사를 하고 쓰라린 마음으로 그와 작별하였다. 그는 그녀가 오스왈드와 동시에 알게 된 사람이었다. 그렇기 때문에 그녀는 그와의 사이에 금이 가지 않도록 각별히 조심하여오던 터였다. 그녀는 델푀유 백작에게 말한 대로 행동하였다. 넬빌 경이 기꺼이 제안을 받아들여준 기쁨도 몇 가지 걱정되는 일로 잠시 흔들렸다. 넬빌 경은 나폴리 여행이 코린나에게 피해를 주지 않을까 하여 걱정하였다. 그래서 그들 사이에 있는 어쩔 수 없는 장애 때문에 행여 그들이 헤어지게 될 일은 없는지 확실하게 해두기 위하여 떠나기 전에 코린나의 비밀을 알고 싶어했다. 그러나 그녀는 나폴리에 가서 모든 이야기를 해주겠다고 약속하고, 그녀가 취하려고 하는 입장에 대해서 사람들이 말할 내용은 적당히 둘러대었다. 오스왈드는 이 속임수에 넘어갔다. 우유부단하고 마음이 약한 사람들은 종종 애정과 이성 중 한쪽 눈만을 번갈아 뜨고 다른 눈은 감곤 한다. 그때그때의 감동에 따라 이 두 개 중 어느 것을 취하느냐가 결정된다. 넬빌 경은 박식하고 통찰력이 있는 사람이었지만, 자신의 일에 관해서는 과거의 일밖에는 판단하지 못했다. 현재의 상태가 혼란스럽게 여겨질 뿐이었다. 그에게는 충동과 후회, 열정과 소심함이 언제나 동시에 존재하였다. 그의 이러한 정반대의 성격 때문에 그는 사건이 터져서 자기 자신에게 일어나는 갈등을 보고서야 비로소 자신의 성격을 깨닫는 것이었다.

코린나의 친구들, 그 중에서 특히 카스텔 포르테 공은 그녀의 계획을 알게 되자 몹시 가슴 아파했다. 카스텔 포르테 공은 너무 고통스러워 곧장 그녀를 만나러 가기로 마음먹었다. 이렇게 사랑하는 애인의 뒤를 따라가는 그녀의 행위에서 확실히 허영 같은 것은 찾아볼 수 없었다. 그러나 그가 견딜 수 없어한 것은 이 여자 친구의 부재에서 오는 무서운 공허감이었다. 그는 친구라고는 코린나의 집에서 만나는 사람들밖에 없었으며, 더구나 그는 코린나의 집 이외에 다른 집에는 가본 일도 없었다.

그녀를 중심으로 모이던 사교계는 그녀가 떠나고 나면 뿔뿔이 흩어질 것이다. 나머지 사람들은 모이는 일조차도 없을 것이다. 카스텔 포르테 공은 가정에서 생활하는 습관이 거의 없었다. 매우 지적인 사람이었지만, 연구에 시달리고 있었다. 만약 그에게 아침과 저녁에 코린나의 집에 오는 일과가 없었더라면, 그의 낮 시간은 견딜 수 없는 고통이었을 것이다. 그녀가 떠나면 그는 이제 어떻게 될지 몰랐다. 그래서 그는 그녀에게 너무 부담을 주지 않으면서 그냥 친구로서 그녀 곁에 머물러 있으리라고 남몰래 작정하였다. 이 벗은 그의 시간이 오리라는 것을 확실히 알고 있었다.

코린나는 이렇게 그녀의 모든 생활 습관을 끊으면서 우울한 감정을 느꼈다. 그녀는 몇 년 동안 로마에서 그녀가 하고 싶은 대로 살아왔었다. 그녀는 유명한 예술인들과 견식 있는 사람들의 중심 인물이었다. 그녀의 생각도 생활 습관도 완전히 독립되어 있었기 때문에 그녀에게선 더할 나위 없는 매력이 풍겼다. 그런데 이제부터 그녀는 어떻게 될 것인가? 만약 그녀에게 오스왈드를 남편으로 맞는 행복이 예정되어 있다면, 그가 데려가는 곳은 영국일 것이며, 그곳에서 그녀는 어떤 평가를 받을 것인가? 그녀가 이제까지 살아온 것과 그토록 다른 생활에 그녀가 어떻게 적응할 수 있겠는가! 그러나 이런 생각들은 머리 속을 잠시 스쳐갈 뿐이고, 오스왈드에 대한 사랑이 그런 생각이 남긴 작은 흔적을 지워 없애주었다. 그녀는 그의 얼굴을 쳐다보았고, 그의 목소리를 들었으며, 그의 존재 유무만 알 뿐, 시간이 어떻게 흐르는 줄도 몰랐다. 누가 행복을 가지고 이러쿵저러쿵 할 수 있겠는가? 행복이 다가오는 데에 누가 그것을 받아들이지 않겠는가? 더구나 코린나에게는 선견지명이라는 것이 없었고, 두려움이나 기원 같은 것도 그녀에게는 해당되지 않았다. 장래에 대한 믿음도 막연하였고, 이러한 종류의 일에 있어서 그녀의 상상력은 도움도 손해도 되지 않았다.

출발하는 날 아침, 카스텔 포르테 공이 눈물을 글썽이며 이렇게 말하였다.

"이제 로마에는 돌아오시지 않으시겠죠?"

"그럴 리가요."

하고 그녀는 대답하였다.

"한 달 후에 돌아올 거예요."

"그러나 만약 넬빌 경과 결혼하신다면, 이탈리아를 떠나시겠지요."

"이탈리아를 떠나다니요!"

코린나는 말하며 한숨을 쉬었다.

"이 나라에서는,"

하고 카스텔 포르테 공은 계속하였다.

"모든 사람이 당신과 같은 말을 쓰고, 당신을 잘 이해하고, 당신을 매우 존경하고 있어요. 그리고 당신의 친구들, 코린나, 그 친구들을 생각해보세요! 어디에서 당신이 이런 사랑을 받으시겠어요? 어디에서 당신의 마음에 드는 상상력과 미술품을 발견하시겠어요? 인생에서 사랑만이 전부일까요? 망명자들이 향수병이라고 하는 무서운 고통을 당하게 되는 것은 언어·생활 습관·풍습 등 조국애 때문이 아닐까요?"

"아! 무슨 말씀을!"

하고 코린나는 소리쳤다.

"제가 그것을 모를 리가 있겠어요! 제 운명을 결정한 것도 바로 그 고통 때문이었는데!"

그녀는 그녀의 방과 장식용 조상, 그리고 창문 밑을 흐르는 테베레 강, 이곳에 머물도록 권하는 듯한 아름다운 하늘을 쳐다보았다. 그러나 그때 말에 탄 오스왈드가 산 안젤로 다리를 쏜살같이 달려왔다.

"저기 그분이 오시는군요."

하고 코린나는 큰소리로 말하였다.

이 말을 마치기가 무섭게 어느새 오스왈드가 도착하였다. 그녀는 그의 곁으로 달려갔다. 두 사람 모두 빨리 떠나고 싶은 마음에 서둘러 마차에 올랐다. 그래도 코린나는 카스텔 포르테 공에게 다정하게 작별의 인사를 건네었다. 그러나 그녀의 정중한 말도 마부들의 외침과 말들의 우는 소리, 앞으로 펼쳐질 새로운 운명에 대한 두려움과 희망에 따라 슬프게도 황홀하게도 들리는 떠들썩한 출발의 소음에 섞여 공중으로 사라지고 말았다.

제11부
나폴리와 산 살바토레 수도원

제 1 장

오스왈드는 쟁취한 연인을 데리고 간다는 승리감에 젖어 자랑스러웠다. 그는 기쁠 때조차도 언제나 고민과 후회로 갈등하는 성격이었으나, 이번만큼은 우유부단함 때문에 오는 괴로움이 없었다. 그 이유는 그가 마음을 결정했기 때문이 아니라, 결정하려고 애쓰지 않은 채 바라는 대로 되기를 기대하며 그냥 내버려두었기 때문이었다. 그들은 알바노 평야를 횡단하였다. 호라티우스의 무덤과 크리케스 삼형제의 무덤으로 추측되는 것이 남아 있는 곳이다.(25) 그들은 네미호(湖)와 그것을 둘러싼 성스러운 숲을 지났다. 이 장소에서 히폴리토스[159]가 디아나[160]에 의하여 소생된 것 같다. 그녀는 그곳으로 말이 가까이 오지 못하게 함으로써 사랑하는 불행한 젊은이의 추억을 영원하게 만들었다. 이와 같이 이탈리아에서는 걸음을 내디딜 때마다 시와 역사가 기억 속에 되살아나는데, 그러한 것이 회상되는 매력적인 장소는 과거의 모든 슬픈 일들을 가라앉게 하고 과거를 위하여 영원한 젊음을 간직하고 있는 것같이 보인다.

그리고 나서 오스왈드와 코린나는 폰티노 늪을 횡단하였다. 그곳의 자연은 풍요롭게 보이지만, 단 한 채의 인가도 찾아볼 수 없었다. 몇몇의 병든 남자들이 말에 멍에를 씌워주고는, 늪을 지나는 동안 잠들지 말라고 충고를 하였다. 그곳에서 잠은 죽음의 전조라는 것이다. 야비하고 무시무시한 얼굴을 한 물소들이 수레를 끌고 있다. 무분별한 농부들은 아직까지도 이 죽음의 땅에서 가끔씩 손수 수레를 끈다. 그리고 찬란한 태양이 이 슬픈 풍경을 내리쬐고 있다. 북쪽 지방이 습기 차고 건강에 안 좋다는 것은 벌써 그 소름끼치는 경치에서도 나타난다. 그러나 남쪽의 불길하기 짝이 없는 지방에서 자연은 평화스러워 보이는 외양을 지니고 있다. 그 평온함은 나그네의 눈을 속이기에 안성맞춤이다. 폰티노 늪을 횡단할 때에 조는 것은 매우 위험한 일임에 틀림없으나, 그럼에도 불구하고 무더운 날씨 탓에 이곳을 지나다 보면 끔찍하게도 어쩔 수 없이 졸음이 오게 되어 있다. 넬빌 경은 코린나로부터 잠시도 눈을 돌리지 않았다. 때때로 코린나는 동행하는 테레지나에게 머리를 기대기도 하고, 혼탁한 공기를 견딜 수 없어 눈을 감기도 하였다. 오스왈드는 걷잡을 수 없는 공포가 밀려와 급히 그녀를 깨우기도 하고, 혹은 그녀로 하여금 한순간도 그 무서운 졸음에 빠지지 않도록 하기 위하여 천성적으로 과묵한 성격에도 불구하고 쉬지 않고 새로운 화제를 끄집어내기도 하였다. 아! 여자들의 마음에 남아 있는 사랑받던 시절에 대한 뼈저린 후회를 용서해주어야 하는 것이 아닐까? 그때 그녀들의 존재는 상대방에게 그토록 소중하였으며 매순간 그 사람이 그녀를 받쳐주고 지켜주고 있는 것을 느꼈을 것이다. 이 감미로운 시간이 흐른 후에 찾아오는 고독은 얼마나 무서운 것일까! 그런 잔인한 순간이 그들의 인생을 갈기갈기 찢어놓기 전에 결혼이라는 성스러운 끈으로 조용히 사랑에서 우정으로 옮겨간 여인은 얼마나 행복한 여자인가?

오스왈드와 코린나는 폰티노 늪을 조심스럽게 건너온 다음, 해변에 위치한 나폴리 왕국의 경계인 테라치나에 도착하였다. 실제로 남부가 시작되는 곳은 이곳이다. 여기에서부터 남부 이탈리아는 당당한 모습으로 여행객을 맞이하였다. 이 나폴리의 땅, 이 *행복한 전원*은 그곳을 둘러싸고 있는 바다에 의해서, 또 그곳을 찾아가기 위하여 통과하지 않으면 안 되는 위험한 지대에 의해서 유럽의 다른 지역으로부터 고립되어 있는 듯이 보인다. 자연이 이 낙원을 감추어놓기 위해서 그 주변을 위험 지대로 만들어놓았나보다. 로마는 남국의 매력을 예감할 수 있을 뿐, 완전히 남국이라고 할 수는 없다. 실제로 남부에 매료되기 시작하는 것은 나폴리 영토에 들어서면서부터이다. 테라치나 근처에 시인들이 키르케[161]가 살았던 곳이라고 생각한 반도가 있고, 테라치나 뒤쪽에는 아우조니 산이 높이 솟아 있다. 북방의 전사들이 성채로 이 땅을 덮었는데, 그 중의 하나는 고트족[162]의 왕, 테오도리쿠스[163]가 쌓아올린 것이다. 이탈리아에서는 야만족이 침입한 흔적이 거의 없다. 적어도 파괴의 흔적은 보이지만 세월이 흐른 탓에 판별이 어렵다. 이탈리아에는 독일에 남아 있는 북방 민족과의 전쟁의 흔적 같은 것은 전혀 남아 있지 않다. 아우소니아의 완만한 지형은 북쪽의 나라들에 높이 솟아 있는 요새와 성채를 보존할 수 없게 하였던 것 같다. 그렇기 때문에 지금은 고딕식 건물이나 영주의 성은 보기 드물고, 그들을 정복한 여러 민족이 있었는데도 불구하고 고대 로마의 유품만이 몇 세기를 거쳐 군림하고 있다.

테라치나를 내려다보고 있는 산 전체는 대기를 감미로운 향기로 감싸는 오렌지와 레몬 나무들로 가득하다. 우리들의 풍토에는 남쪽 지방에서 풍기는 야생의 레몬 나무 향기와 같은 것은 없다. 이 향기는 아름다운 선율의 음악과도 같이 상상력을 자극한다. 시적인 마음을 갖게 하고, 재능을 자극하며, 자연에 도취하게 만드는 것이다. 발걸음을 옮길 때마다 만나는 알로에, 잎이 넓은 선인장은 아프리카의 무서운 식물과 흡사한 독특한 모습을 하고 있다. 이러한 식물들은 일종의 공포감을 자아낸다. 몹시 격렬하고 위압적인 성질을 지니고 있는 듯하다. 이 지방의 모습 전체가 낯설어, 마치 다른 나라, 고대 시인들의 표현에 의해서만 알 수 있는 세계에 와 있는 것 같다. 그들의 묘사는 상상으로 이루어진 것이지만 또한 정확하였다. 테라치나에 들어가니 아이들이 코린나의 마차에 꽃을 잔뜩 던졌다. 그 아이들은 길가나 산으로 꽃을 따러 가고, 또 별 이유 없이 뿌려대곤 한다. 그토록 그들은 자연의 풍성함에 몸을 맡기고 사는 것이다! 들의 수확을 거두어오는 마차는 매일 장미 화환으로 장식되고, 어쩌다 아이들의 목에도 화환이 걸려 있다. 민중의 상상력조차도 아름다운 하늘 아래에서는 모든 것이 시적으로 변하기 때문이다. 이런 밝은 풍경 곁에서 격렬하게 부딪치는 파도 소리가 들리는 바다가 보였다. 바다를 흔드는 것은 폭풍우가 아니라 그 파도에 맞서는 암초였으며, 이 단골 장애물의 거대함에 바다는 으르렁거렸다.

> 그리고 아직도 바다의 거칠고 깊은 떨림이
> 울리듯이 들려오지 않습니까?
> E non udite ancor come risuona
> Il roco ed alto fremito marino?

이러한 목적 없는 운동과 대상 없는 힘은 영원히 되풀이된다. 우리들은 그 원인도 결과도 모른 채 눈앞에 굉장한 풍경이 펼쳐지는 해변으로 끌려가게 된다. 그리고 파도에 가까이 다가가기도 두렵고, 그 소란스러움 때문에 생각이 마비되는 듯한 두려움을 느끼게 된다.

저녁 무렵, 모든 것이 조용해졌다. 코린나와 넬빌 경은 전원을 한가롭게 걸어다니며 즐거운 시간을 보내었다. 두 사람이 걸음을 옮길 때마다 꽃이 발 아래 밟혀, 꽃향기가 풍겨나왔다. 나이팅게일이 앞을 다투어 장미꽃 봉오리를 달고 있는 관목 위로 날아와 쉬어가곤 하였다. 이렇듯 맑은 노랫소리가 달콤한 향기에 합쳐져, 자연의 모든 매력이 서로 끌어당기고 있었다. 그러나 들이쉬는 공기의 달콤한 맛이야말로 뭐라 표현할 수 없을 정도로 매혹적인 것이었다. 북쪽의 아름다운 풍경을 볼 때에는 피부에서 느끼는 기후 때문에 바라보는 즐거움이 어느 정도 삭감된다. 마치 연주회에서 들리는 불협화음과도 같이, 아주 미세하게 느껴지는 추위와 습기 때문에 풍경에 몰두하지 못하게 되고 관심이 분산되는 것이다. 그러나 나폴리가 가까워지면 너무도 완벽한 안락함과 자연이 주는 커다란 우애를 느끼게 되며, 자연이 제공하는 쾌적한 느낌을 해칠 만한 것은 모두 사라지게 된다. 우리의 풍토에서 인간의 관계는 사회와의 관계를 말한다. 더운 나라에서 자연은 외적 사물과 관련을 맺고, 거기에서부터 감정이 점차 발전되어나간다. 남쪽 나라 역시 그들 나름대로의 우수가 없는 것은 아니다. 인간의 운명이 그런 느낌을 주지 않는 곳이 있을까! 그러나 남쪽의 우수에는 불만도, 불안도, 후회도 없다. 다른 곳에서 인생은 그 자체로 충족되지 않기 때문에 영혼의 능력을 필요로 한다. 이곳에서는 영혼의 능력이 인생에 그다지 도움이 되지 않는다. 감각이 넘쳐흘러 게으른 몽상을 만들어내고, 그 게으름조차 의식하지 않게 되는 것이다.

　　밤에는 빛을 내는 벌레가 공중을 날고 있었다. 마치 산 전체가 불꽃으로 반짝이는 것 같았고, 불타는 대지가 그 중의 몇몇 불꽃을 받아 깜빡거리는 것 같기도 하였다. 벌레들이 나무 사이를 날아 때때로 잎사귀에 앉으면, 바람이 불어와 이 작은 별들을 흔들어대어 그 희미한 빛의 무리를 수천 가지도 넘게 다양하게 보여주곤 하였다. 모래에는 사방에서 빛을 내는 철분이 함유된 작은 돌들이 섞여 있었다. 그것은 태양의 흔적을 아직 그 안에 간직하고 있는 불의 대지이며, 마지막 태양 광선이 방금 뜨겁게 달구어놓은 땅이었다. 이 자연 안에는 살아 있는 존재의 다양한 소원을 전부 만족시키는 생명과 휴식이 동시에 존재하고 있다.

코린나는 이 밤의 매력에 몸을 맡기고, 기쁜 마음으로 그 속에 흠뻑 젖어들었다. 오스왈드는 감격을 감추지 못하였다. 그는 코린나를 몇 번이나 가슴에 안았다. 인생의 반려자가 될 사람에게 경의를 표현하기 위함이었다. 코린나는 그녀를 불안에 빠뜨릴 위험이 있다고는 전혀 생각하지 않았다. 그만큼 그녀는 오스왈드를 매우 신뢰하였다. 설령 그가 그녀에게 그녀의 전부를 달라고 요구했더라도, 그 요청은 그녀와 결혼하겠다는 성스러운 맹세임을 믿어 의심치 않았을 것이다. 그러나 그녀는 그가 자신과의 싸움에서 이긴 것이 기뻤다. 그가 이런 희생을 통해 스스로의 영광을 지켜나가는 것이 기뻤다. 그녀의 마음은 행복과 사랑으로 가득 찼고, 더 이상 바랄 것은 아무것도 없었다. 오스왈드는 이러한 편안함과는 거리가 멀었다. 코린나의 매력에 자신이 불타오르고 있음을 느꼈다. 한번은 그녀의 무릎에 격렬하게 입맞추면서, 정열 때문에 그만 자제심을 잃어버릴 것만 같았다. 코린나는 다정하면서도 두려운 눈빛으로 그를 바라보았는데, 마치 그에게 격정에 사로잡히지 말자고 이야기하는 듯하였다. 이러한 겸손한 방어가 그 무엇보다도 그에게 존경의 마음을 갖게 하였다.

그때 두 사람은 횃불이 해면에 반사되는 것을 보았다. 몰래 이웃집을 찾아가는 어떤 사람이 손에 들고 가는 것이었다.

"저 사람은 사랑하는 여인을 찾아가나봐요."

하고 오스왈드가 말을 건네었다.

"그런가 보군요."

하고 코린나도 맞장구를 쳤다.

"저에게,"

하며 오스왈드가 다시 말을 이었다.

"오늘 하루 행복했던 순간도 끝나가는군요."

이 순간 코린나는 하늘을 쳐다보았다. 두 눈에 눈물이 가득하였다. 오스왈드는 그녀의 마음을 상하게 한 것이 아닌지 걱정이 되어, 그녀 앞에 엎드려 그를 얽매고 있는 사랑에 대해 용서를 구하였다.

"천만에요."

코린나는 오스왈드에게 함께 돌아가자고 손을 내밀며 말하였다.

"아니에요, 오스왈드, 당신은 분명히 사랑하는 사람을 존중해주시는 분이세요. 당신이 잘 알고 계시듯이, 사랑을 청하시기만 하면, 소원을 이루실 수 있을 거예요. 그러니까 저의 입장을 결정하시는 분은 바로 당신이에요. 만약 제가 배필로 적당치 않다고 생각되시면 저를 영원히 거절하실 수 있는 분도 당신이세요."

"무슨 말씀을 하세요!"

하고 오스왈드가 대답하였다.

"당신은 가차없이 저를 마음대로 하실 수 있는데, 왜, 코린나, 왜 슬퍼하세요?"

"아!"

하고 코린나가 대답하였다.

"지금 당신과 지내는 이 순간이 제 인생에서 가장 행복한 시간이라고 생각하고 있었어요. 그래서 그 사실에 감사드리려고 하늘에 눈을 돌렸는데, 어찌된 일인지 어릴 적의 미신이 제 마음에 살아나지 않겠어요. 제가 쳐다보던 달이 구름에 덮여 있었고, 그 모습이 불길해 보였어요. 저는 항상 하늘에는 표정이 있다고 생각해왔어요. 때로는 아버지 같기도 하였고, 때로는 노하신 것 같기도 하였죠. 그래서 말씀드리는 것인데, 오늘밤 하늘은 저희들의 사랑을 책망하셨어요."

"사랑하는 코린나,"

하고 넬빌 경이 말하였다.

"남자의 인생을 점칠 수 있는 유일한 전조는 그의 행위의 선악일 뿐이에요. 그런데 오늘밤 저는 제가 지켜야 할 덕을 지키기 위해서 불타는 정열을 억누르지 않았던가요?"

"그렇고말고요! 이 징조가 당신과 관련된 것이 아니라면 얼마나 좋겠어요."

하고 코린나가 대답하였다.

"실제로 성난 하늘은 저만을 탓하는지도 모르죠."

제 2 장

그들은 낮에 활기와 무위가 공존하고 있는 대도시, 나폴리의 중심부에 도착하였다. 그들은 먼저 톨레도 거리를 횡단하여, 포장된 돌 위에서 잠을 자거나 혹은 하루 종일 그들의 거처로 사용되는 버드나무 바구니 안에 들어가 있는 라자로네들을 보았다. 그곳에서 볼 수 있는 문명과 원시의 혼합에는 무언가 매우 독특한 것이 있었다. 그들 중에는 자기의 이름조차 모르는 사람들도 있기 때문에, 그들은 고해소(告解所)에 가서도 죄를 지은 사람을 어떻게 부를지 몰라 익명으로 죄를 고백한다. 나폴리에는 지하 동굴이 있어서 수천 명의 라자로네들이 그곳에 살고 있다. 그들은 해를 보러 낮에만 나오고, 나머지는 하루 종일 잠을 잔다. 그 동안 그들의 아내들은 실을 잣고 있다. 의복이나 음식을 구하기가 쉬운 풍토이기 때문에 국민들에게 충분한 경쟁력을 갖게 하려면 독립적인 강력한 정부가 필요할 것이다. 왜냐하면 나폴리에서 사람들은 물질적으로 풍요한 까닭에, 다른 곳에서라면 양식을 벌기 위해서 필요한 산업 같은 것 없이도 충분히 살 수 있기 때문이다. 정열이 자극되면 게으름과 무지가 이곳에서 들이마시는 화산 공기와 합쳐져 사나워지기도 한다. 그렇다고 해서 이곳 국민이 다른 곳의 국민보다 더 고약한 성격을 지니고 있지는 않다. 그들은 상상력을 갖고 있으며, 그것 때문에 그들은 이해 관계를 따지지 않고 행동하는지도 모른다. 만약 이곳의 정치, 종교 제도가 잘되어 있다면, 이 상상력을 이용하여 얼마든지 그들을 좋은 방향으로 이끌 수 있을 것이다.

토지를 경작하러 가는 데 바이올린 연주자를 앞세우고 걸으며, 걷는 중간중간에 춤을 추면서 휴식을 취하는 칼라브리아인들도 눈에 띈다. 해마다 나폴리 근교에서는 동굴의 성모 마리아를 위한 축제가 열린다. 그때 처녀들은 탬버린과 캐스터네츠의 소리에 맞추어 춤을 춘다. 결혼을 약속할 때, 배우자들이 매해 이 축제에 그녀들을 데리고 올 것을 조건으로 하는 경우도 종종 있다. 나폴리의 극장에서는 80세의 배우를 볼 수 있다. 그는 60년 동안 이탈리아 소극에 폴리치넬라[164]의 배역으로 출연하여 나폴리인들을 웃겨왔다. 이와 같이 긴 인생을 살아온 남자가 영혼의 불멸이 어떤 것인지 표현할 수 있을까? 나폴리 사람들은 행복이라고 하면 즐기는 것밖에 모른다. 그러나 즐기기를 좋아하는 것이 비정한 이기주의보다 훨씬 낫다.

이 사람들이 세계에서 가장 돈을 좋아하는 사람들이라는 것 또한 사실이다. 길에서 어느 사람에게 길을 물으면, 그는 길을 가르쳐준 후 손을 내민다. 그들은 몸짓보다 말하는 것을 더 귀찮아하기 때문이다. 그러나 그들이 돈을 좋아하는 데에는 어떤 계산이나 속셈이 따로 있어서가 아니다. 그들은 돈을 받는 대로 다 써버린다. 만약 원시인들이 돈을 알았더라면, 그들도 이런 식으로 돈을 요구했을 것이다. 일반적으로 이 국민에게 가장 부족한 것은 자존심이라고 하는 감정이다. 그들이 인심이 좋고 친절한 것은 어떤 원칙에 의해서가 아니라 타고난 선의에 의해서이다. 이 나라에서는 어떤 분야에서도 이론이 소용없으며 의견 역시 아무런 힘도 쓰지 못하기 때문이다. 그러나 남자와 여자가 이러한 도덕의 무정부 상태에서 빠져나왔을 때, 그들의 행위는 다른 어느 곳에서보다 그 자체로 두드러지며 칭찬받을 만하다. 왜냐하면 그들의 주변 환경에서 미덕을 권장하는 것이라고는 아무것도 없고 순전히 그들의 마음속에 그것을 지니고 있기 때문이다. 법도 풍습도 미덕에 대해 보상해주지 않으며 벌하지도 않는다. 덕이 있는 사람은 지위가 올라간다든가 인기가 높아지는 일이 없는 만큼, 더욱 영웅적인 것이다.

몇몇 존경할 만한 예외를 제외하면, 상류 계급은 최하층 계급과 닮은 데가 있다. 상류층이 최하층보다 교양이 있는 것도 아니며, 외관상의 유일한 차이는 관습의 차이일 뿐이다. 그러나 이러한 무지 속에서도 그들이 본래 지성과 모든 소질의 기반을 타고나서, 만약 정부가 총력을 기울여 지성과 도덕을 연마시킨다면 이런 국민이 어떻게 변모할 지는 예측할 수 없다. 나폴리에서 교육이란 거의 존재하지 않아서, 오늘날까지 나폴리의 독창성은 지성보다는 개성에서 찾아볼 수 있었다. 그러나 이 나라의 유명 인사인 갈리아니 신부,[165] 카라치올리[166] 등은 최고의 유머와 의견을 지녔다고 한다. 이는 진귀한 사고의 능력으로서, 이 두 가지를 겸비하지 않으면 사람들은 현학적이거나 경박하게 되어 사물의 참다운 진가를 알 수 없게 되는 것 아닌가!

몇 가지 점에서 나폴리 사람들은 전혀 예의를 모른다. 그렇다고 해서 다른 나라 국민들처럼 행실이 나쁜 것은 아니다. 그들은 이 무례함 때문에 상상력이 자극된다. 바다 건너편으로는 벌써 아프리카 해안이 보이고 사방에서 들려오는 야성적인 소리에는 누미디아의 그 무언가가 있다. 검게 탄 얼굴들, 짙은 색조가 눈길을 끄는 빨강이나 보라색의 천

조각을 이어 만든 옷. 이 예술적인 국민은 이런 누더기 옷을 기교 있게 걸치고 다니므로, 다른 곳에서라면 문명의 비참함밖에는 보여주지 않는 하층민들의 모습에 회화적인 무엇인가를 부여하고 있다. 나폴리에서는 생필품과 일상용품이 턱없이 부족한데도 불구하고 외양과 장식에 대한 많은 취미가 엿보인다. 상점들은 꽃과 과일들로 예쁘게 꾸며져 있다. 어떤 가게는 손님이 많은 것도 아니고 대중의 인기를 누리는 것도 아닌데, 활발한 상상력 덕분에 축제 기분이 나기도 한다. 그들은 무엇보다도 먼저 눈을 즐겁게 해주고 싶어한다. 기후가 따뜻하기 때문에 모든 종류의 노동자들이 길거리에서 일할 수 있다. 재봉사는 거리에서 옷을 만들기도 하고, 식당 주인은 거리에서 요리를 하기도 한다. 가사일 역시 거리에서 이루어지기 때문에, 거리는 굉장히 붐빈다. 노래와 춤, 소란스러운 놀이가 이 모든 광경에 합쳐진다. 이처럼 오락과 행복이 뚜렷이 구분되는 나라도 없다. 결국은 도시를 빠져나와 바닷가로 가서 그곳에서 바다와 베수비오 화산을 바라보면, 인간사에 대한 모든 것을 잊게 된다.

    오스왈드와 코린나가 나폴리에 도착하였을 때, 베수비오 화산의 분화는 계속되고 있었다. 낮에는 구름과도 같은 검은 연기가 가득하였다. 그러나 저녁에 숙소의 발코니에 나갔을 때 그들은 전혀 뜻밖의 커다란 감동을 받았다. 불의 강이 바다 쪽으로 흐르고 있었고, 마치 바다의 물결과도 같은 불꽃의 파도는 진짜 파도처럼 빠르게, 지칠 줄 모르고 차례차례 밀려오고 있었다. 자연은 여러 원소로 변화될 때에도 언제나 유일하고 근원적인 생각의 어떤 흔적들을 간직하고 있는 듯하였다. 베수비오 화산의 분화 현상은 정말로 가슴을 두근거리게 하는 것이었다. 평상시 우리들은 외계의 사물에 너무도 친숙해져 있어서 그 존재를 잊고 살기 일쑤이며, 범속한 우리의 나라에서는 이런 종류의 일에는 새삼스럽게 감동을 받지 않는다. 그러나 우주가 보여주는 천지창조의 신비스러운 경이의 광경은 갑자기 우리를 놀라게 한다. 우리의 존재 전체는 이러한 자연의 힘에 흔들리며, 사회에서 볼 수 있는 이러한 조화는 오랫동안 우리를 즐겁게 하여주었다. 이 세상의 가장 큰 수수께끼는 전적으로 인간에게 있는 것이 아니라, 인간으로부터 독립적인 힘이 인간으로서는 알 수 없는 법칙에 의하여 인간을 위협하기도 하고 보호하기도 한다는 것을 느낄 수 있었다. 오스왈드와 코린나는 베수비오 산에 오르기로 약속하였다. 이 계획에 위험이 따르는 만큼 둘이서 함께 감행하려는 계획이 더욱 매력적으로 느껴졌다.

제 3 장

그때 영국의 군함이 나폴리 항구에 정박 중이었는데, 일요일마다 그곳에서 예배가 거행되었다. 선장과 나폴리에 살고 있는 영국인들은 넬빌 경에게 이튿날 예배에 와달라고 초청을 하였다. 그는 그곳에 코린나를 데려갈 것인지, 또 그녀를 어떻게 그들에게 소개시킬 것인지 생각해보지도 않고서, 그 초청을 받아들였다. 그는 밤새도록 이 걱정에 시달렸다. 이튿날 아침, 코린나와 항구 근처를 산책하며 코린나에게 배 위에는 오르지 말라고 이야기할 참이었는데, 열 명의 수병이 젓는 영국 군함의 보트가 도착하는 것이 보였다. 그들은 흰 제복에 머리에는 은색의 표범 자수가 놓여 있는, 검은색 비로드의 챙 없는 모자를 쓰고 있었다. 한 젊은 장교가 내려 넬빌 부인의 이름으로 코린나에게 인사하고는, 모함으로 가기 위하여 보트에 타도록 권하였다. 그 넬빌 부인이라는 명칭에 코린나는 당황하여 얼굴을 붉히고 눈을 아래로 떨어뜨렸다. 오스왈드도 잠시 주저하는 듯하였으나 갑자기 그녀의 손을 잡으며 영어로 말하였다.

"여보, 갑시다."

그리하여 그녀는 그를 따라갔다.

파도 소리와 수병들의 침묵이 그들을 몽상에 잠기게 하였다. 수병들은 훌륭한 규율 아래 그 누구도 쓸데없는 행동이나 말을 하지 않은 채, 늘 그들이 다니던 바다 위를 빠른 속도로 보트를 몰고 있었다. 게다가 코린나는 지금 일어나고 있는 일에 대해서 넬빌 경에게 무엇 하나 물어볼 수조차 없었다. 그녀는 (사실 항상 있을 수 있는 일이었지만) 그가 전혀 계획 같은 것을 세우지 않고 새로운 상황에 그대로 자신을 내버려 둔다는 생각을 하지 못하였기 때문에, 도대체 그가 무슨 속셈인지 궁금하였다. 혹시 그가 그녀를 아내로 맞이하기 위하여 종교 의식을 치르러 가는 것은 아닐까 하는 생각도 잠시 해보았다. 이런 생각이 든 순간, 행복이라기보다는 공포가 엄습하였다. 그녀는 마치 그녀가 이탈리아를 떠나 영국으로 가는 느낌이 들었다. 그녀는 전에 영국에서 많은 고통을 겪었었다. 그 나라의 엄한 풍속과 관습이 새삼 떠올랐으며, 사랑마저도 이 고통스러운 기억을 지울 수는 없었다. 이와 다른 상황에서라면 아무리 스쳐 지나가는 생각일망정 영국으로 돌아간다는 것이 꿈이나 꿀 수 있었던 일인가! 그렇게 되면 그녀는 그 생각을 당장에 털어버리지 않겠는가!

코린나는 내부가 매우 정성스럽고 청결하게 정돈되어 있는 군함에 올랐다. 함장의 목소리만이 들려오고 있었는데, 그 소리는 길게 여운을 남기며 배의 한쪽 끝에서 다른 쪽 끝으로 명령과 복종을 반복하고 있었다. 이 군함 안에서 눈에 띄는 복종 관계, 엄숙함, 규율과 침묵은 자유롭고 엄숙한 사회의 질서를 그대로 반영하고 있었으며, 그토록 활기차고 정열적이며 소란스러운 나폴리라는 도시와는 대조를 이루고 있었다.

오스왈드는 코린나가 어떤 인상을 받는가에 대해서 신경을 쓰고 있었다. 그러나 그 자신의 나라에 있다는 기쁨에 그녀의 일을 잊었다. 사실 군함과 바다야말로 영국인에게 제2의 조국이 아니던가? 오스왈드는 영국의 근황을 알고 싶어서, 또 나라의 정세에 대한 이야기를 나누고 싶어서 영국인들과 갑판을 산책하고 있었다. 그 동안 코린나는 미사에 참석하기 위하여 나폴리에서 찾아온 영국 부인들 곁에 있었다. 그 여자들은 자녀들에게 둘러싸여 있었는데, 아이들은 태양과 같이 아름다웠고, 자기네 어머니들처럼 수줍어하며 처음 보는 사람 앞에서 한마디도 하지 않았다. 이 거북함과 침묵 때문에 코린나는 슬퍼졌다. 그녀는 아름다운 나폴리를 향해, 꽃이 만발한 해변을 향해, 그 활기찬 삶을 향해 눈을 돌려 한숨을 쉬었다. 다행히 오스왈드는 그것을 눈치채지 못하였다. 그와 반대로 금색 속눈썹을 아래로 한 영국 여성들 틈에서 코린나가 검은색 속눈썹을 내리고 앉아, 무엇이든지 그녀들이 하는 대로 따라하고 있는 것을 보고 흐뭇한 마음이 들었다. 영국인이 잠시 외국의 풍습을 좋아하였다고 해도 소용없는 일이다. 그는 그가 인생에서 처음 받은 인상으로 돌아가게 마련이다. 만약 당신이 지구의 끝을 항해하는 영국인들에게 어디에 가느냐고 물을 때 그들이 영국으로 돌아가는 중이라면, 그들은 "집으로(*home*)"라고 대답할 것이다. 아무리 그들이 조국과 떨어져 있어도 그들의 소원, 애정은 언제나 조국으로 향하고 있다.

예배에 참석하기 위해 두 개의 갑판 사이를 내려오면서 코린나는 그녀의 생각이 아무런 근거도 없는 것이며 넬빌 경은 처음에 그녀가 예상했던 엄숙한 계획 같은 것은 전혀 갖고 있지 않다는 사실을 깨닫게 되었다. 그것 때문에 두려워하던 자신을 책망하고, 그녀는 자기의 입장이 난처해짐을 느꼈다. 그곳에 있는 모든 사람들은 그녀가 넬빌 경 부인이라고 믿어 의심치 않았기 때문에 그녀는 이 생각을 부정하거나 긍정할 기력이 없었다. 오스왈드 역시 매우 괴로웠다. 그러나 그는 많은 장점에도 불구하고, 성격적으로 약하고 우유부단하였다. 이러한 단점들은 같은 단점을 갖고 있는 사람들의 눈에는 보이지 않고, 상황에 따라 새로운 형태로 표출되곤 한다. 어떤 때에는 신중함, 섬세함이 되었다가, 혹은 결정을 보류하고 미결정의 상태를 연장하는 빈틈없는 성격이 되기도 한다. 즉 그들은 바로 그와 같은 성격이 모든 상황에서 똑같은 종류의 불편함을 줄 수 있다는 사실을 전혀 알지 못한다.

코린나는 고통스러운 생각에 시달리면서도 눈앞에 펼쳐지는 광경에 깊은 감명을 받았다. 사실 선상의 종교 예식보다 더 심금을 울리는 것도 없다. 신교도들이 올리는 예배의 기품 있는 간소함이 그때 그녀가 느낀 감정을 표현하기에 꼭 맞았다. 한 젊은 남자가 사제의 역할을 맡고 있었다. 그는 단호하면서도 부드러운 목소리로 설교하였으며, 그의 얼굴에는 청년의 순수한 영혼이 지닌 엄숙함이 서려 있었다. 이 엄숙함은 전쟁의 한복판에서 설파되는 종교에 어울리는 힘이라는 생각이 들었다. 어떤 지정된 순간에 영국 교회의 목사가 기도문을 외우면 그곳에 모인 모든 사람들이 다 함께 후렴을 반복하였다. 알아들을 수는 없었지만 부드러운 목소리가 여기저기에서 들려와 신기하기도 하고 감동적이기도 하였다. 수병들과 사관, 그리고 선장은 여러 번 "주여 자비를 베푸소서 (Lord have mercy upon us)"라고 하며 무릎을 꿇었다. 선장이 무릎을 꿇고 있는 사이 그의 군도가 옆에 끌리는 것이 보였다. 그것은 용감한 군인이 신 앞에 복종하는 모습을 잘 보여주는 것으로서, 이러한 전사의 신앙심은 매우 감동적인 것이었다. 그곳의 용사들이 군인들의 신에게 기도하는 동안, 선창 너머로 바다가 보였다. 마침 바람이 잔잔하였기 때문에 찰랑거리는 파도 소리만 들릴 뿐이었다. 파도는 마치 "너희의 기도가 이루어졌다"고 말해주는 듯하였다. 예배 담당 목사는 영국의 수병들을 위한 다음과 같은 독특한 기도로 의식을 끝내었다. 그는 이렇게 기도하였다.

저희가 저희 나라의 축복 받은 헌법을 외적으로부터 지키게 하여 주시고, 돌아가서 행복한 가정의 품에 안기게 하소서.

이 간단한 말에 얼마나 아름다운 감정이 집약되어 있는가! 해군에게 필요한 끊임없는 훈련과 선상에서의 엄격한 생활이 바다 한가운데에서의 생활을 마치 수도원 생활과도 같이 만들어주고 있었다. 규칙적으로 반복되는 더없이 진지한 작업은 죽음의 위협이 다가오기 전에는 중단되지 않는다. 때로 수병들은 전사들의 생활 습관답지 않게 매우 부드럽게 이야기하고 선상에 있는 여자나 아이들에게 특별한 배려를 기울인다. 그들이 얼마나 침착하게 전쟁과 바다의 처참한 위험에 몸을 드러내는지를 아는 만큼, 그들이 보여주는 이런 따뜻한 마음은 더욱 감동적이다. 그러한 위험의 한가운데에서 인간이 처하는 행위에는 무언가 인간을 초월하는 것이 있다.

코린나와 넬빌 경은 그들을 데려다줄 보트에 다시 올랐다. 그들은 자연의 축제를 더 편안히 관람하기 위한 것처럼, 원형 극장의 모습으로 세워진 나폴리라는 도시를 다시 보았다. 해안에 발을 디뎠을 때 코린나가 느낀 기쁨은 형언할 수 없는 것이었다. 만약 그것을 넬빌 경이 눈치채었다면, 그는 당연히 감정을 몹시 상하였을 것이다. 그러는 것이 당연할 수도 있겠지만, 그러나 그것은 코린나에게 부당할 것이다. 왜냐하면 그녀는 가혹한 상황 때문에 매우 불행하였던 그 나라가 상기시키는 쓰라린 추억에도 불구하고, 그를 열렬히 사랑하고 있었기 때문이다. 그녀의 상상력은 변덕스러웠으며, 그녀의 마음엔 사랑할 수 있는 강한 힘이 넘쳤다. 그러나 재능, 특히 여자의 재능은 권태를 느끼게 하였고, 뜨거운 정열조차도 기분 전환에 대한 강렬한 욕망을 완전히 식히진 못하였다. 행복한 가운데서도 단조로운 생활에 대한 상상은 변화를 필요로 하는 사람에겐 공포를 느끼게 한다. 계속하여 해안을 따라갈 수 있는 것은 돛이 거의 바람을 받고 있지 않을 때이다. 그러나 아무리 감성이 변함없다고 하여도 상상력은 갈팡질팡한다. 적어도 불행이 닥쳐와 이 모든 모순을 사라지게 하고 단 하나의 생각밖에 남기지 않고, 고통만을 느끼게 할 때까지는 그런 식이다.

오스왈드는 코린나가 생각에 잠겨 있는 것은 넬빌 부인이라는 호칭을 들었을 때의 당황함으로 인한 혼란 탓이라고 생각하였다. 그런 곤란으로부터 그녀를 구해내지 못한 것을 스스로 꾸짖고 그녀가 혹시 자신의 경솔함을 의심하고 있는 것은 아닌가 하여 걱정하였다. 그래서 그는 그녀로부터 그토록 고대하던 고백을 듣기 위하여 먼저 자신의 이야기를 하기 시작하였다.

"제가 먼저 말씀드릴게요."

하고 그는 말을 꺼내었다.

"그 다음엔 당신이 고백하셔야 해요."

"네, 아마도 그래야 되겠지요."

코린나는 떨면서 말하였다.

"좋아요! 어떻게 할까요? 몇일, 몇시에? 당신이 말씀하시고 난 후에 …… 저도 모든 것을 말씀드리겠어요."

"몹시 괴로워하시는군요!"

하고 오스왈드는 대답하였다.

"도대체 왜 그러세요! 당신은 항상 마음속으로 당신의 연인을 불신하고 걱정하시나요!"

"아니에요, 고백을 해야겠지요."

코린나는 계속하였다.

"모두 썼어요. 원하신다면, 내일……"

"내일,"

하고 넬빌 경은 말하였다.

"우리 함께 베수비오 화산에 가도록 해요. 당신과 함께 이 놀라운 경이를 바라보고, 당신으로부터 그 산의 훌륭한 점을 배우고 싶어요. 그리고 이번 여행 중에 제게 그럴 용기가 있다면, 저 자신의 운명에 관해서도 당신에게 모두 털어놓고 싶어요. 저의 고백이 당신의 고백보다 선행되어야 하겠지요. 내 마음은 정해졌어요."

"좋아요! 잘 알겠어요."

하고 코린나는 대답하였다.

"당신이 내일도 괜찮다고 하시니, 오늘 하루의 여유를 주신 데에 대하여 감사드려요. 제 마음을 모두 열고 난 후에 당신의 마음이 변하지 않는다는 걸 누가 알겠어요! 아무도 장담하지 못해요! 그렇게 생각하면 어떻게 떨리지 않을 수 있겠어요?"

제 4 장

폼페이의 유적은 베수비오 화산과 가까이 있었고, 코린나와 넬빌 경은 이 유적에서 시작하여 돌아보기로 하였다. 두 사람은 서로 말이 없었다. 그들의 운명이 결정되는 순간이 가까이 다가오고 있었고, 이탈리아의 기후가 갖게 하는 게으름와 몽상에 어울리는 막연한 기대가 드디어 명확한 운명으로 바뀌게 될 것이기 때문이었다. 그들은 고대의 유적 중에서 가장 흥미진진한 폼페이를 함께 보았다. 로마에는 공공 유적의 폐허밖에는 찾아볼 수 없으며, 이러한 건물은 지난 세기의 정치사를 말하여줄 뿐이다. 그러나 폼페이에서 우리의 눈앞에 펼쳐지는 것은 당시 있는 그대로의 고대인의 사생활이다. 이 도시를 재로 덮은 화산은 시간의 피해로부터 도시를 지켰다. 대기에 노출된 건물이라면 절대로 이렇게 보존될 수가 없었을 텐데, 화산재에 묻힌 기억은 온전히 발견될 수 있었다. 회화와 동상은 원래의 아름다움을 그대로 간직하고 있고, 가사용품 일체가 놀라울 정도로 잘 정돈되어 있다. 암포라[167] 단지는 그 이튿날 열리기로 되어 있는 향연을 위해 아직 준비 중에 있다. 그 안에 막 반죽하려던 밀가루가 담겨 있었다. 어느 여성의 유해에는 화산이 모든 예정을 흔들어놓은 그날에 착용했던 장신구가 여전히 달려 있고, 말라붙은 양쪽 팔에 아직 감겨 있는 팔찌는 헐겁기 짝이 없다. 이토록 충격적으로 일상 생활이 돌연히 중단된 양상은 다른 곳에서는 찾아보기 어렵다. 바퀴 자국이 거리에 뚜렷하고 우물 주변의 돌에는 두레박줄이 부딪혀 조금씩 깎인 흔적이 보인다. 경비 초소의 벽에는 군인들이 시간을 보내기 위하여 갈겨 쓴 글씨와 서투른 그림들이 여전히 남아 있다. 그런데 이 시간이 그들을 삼키기 위해 앞서간 것이다.

사거리에 서면, 사방으로 거의 그대로 보존되어 있는 도시가 보인다. 마치 누군가를 기다리는 듯하고, 주인이 곧 돌아올 것만 같고, 이 장소가 보여주는 삶의 모습 그 자체가 더욱 그 영원한 침묵을 느끼게 하여 서글프다. 용암에 묻혀버린 대부분의 집들 또한 다른 용암의 파편 조각으로 지어진 것들이다. 이런 식으로 폐허 위에 폐허, 무덤 위에 무덤이 놓여 있는 것이다! 폐허로부터 폐허까지 시대가 구분되는 세상의 역사, 결국 그것을 삼켜버리고 말 화산의 불빛을 받아서 그 동안의 연이은 흔적이 비추어지는 인간의 삶이 마음을 슬픔으로 채워준다. 얼마나 오래 전부터 인간은 존재하였던가! 얼마나 오래 전부터 인간은 살고, 괴로워하고, 소멸하여갔는가! 어디에서 인간의 느낌과 생각을 찾아볼 수 있는가? 이 폐허 안에, 숨쉬는 공기 안에 그것이 섞여 있을까, 아니면 영원히 지배하는 하늘에 영원토록 맡겨진 것일까? 헤르쿨라네움과 폼페이에서 발견되어 포르티치에서 펼쳐지게 될 몇 장의 타버린 종이가 대지의 천둥인 화산이 삼켜버린 불쌍한 희생자들을 설명하기 위하여 남아 있는 모든 것이다. 그러나 예술이 활기를 불어넣는 이러한 잿더미 근처를 지나노라면, 숭고한 사상이 아직 담겨 있을지도 모르는 이 먼지를 날려보낼까봐 숨쉬기도 두려워진다.

　이탈리아에서도 작은 도시였던 폼페이의 공공 건축물은 꽤 아름답다. 고대인의 사치는 대개 공익을 목적으로 하는 것에 치우쳐 있었다. 그들의 집은 매우 작고, 그곳에서 화려함은 전혀 찾아볼 수 없다. 다만 예술에 관한 강렬한 취미는 알아볼 수 있다. 거의 모든 집의 내부가 보기 좋은 그림이나 정교하게 세공된 모자이크의 바닥 장식으로 꾸며져 있었다. 이런 바닥 장식은 많이 있으며 그 위에 안녕(*salve*)이라는 글씨가 보인다. 이 단어는 집의 문지방에 적혀 있다. 여기에는 분명 안녕이라는 단순한 인사말을 넘어 환대를 기원하는 뜻이 담겨 있다. 방들은 매우 비좁고 어둡다. 거리로 향한 창이 없고 모든 창은 집 안쪽에 있는 문과 이 문을 둘러싸고 있는 안뜰을 향해 있기 때문이다. 이 뜰 한가운데에 간소한 장식의 저수지가 있다. 이러한 종류의 주거 형태로 보아 고대인들은 거의 언제나 밖에서 생활하였으며, 친구들도 이런 식으로 접대하였음을 알 수 있다. 인간과 자연을 친밀하게 결합시키는 이곳의 풍토보다 더 달콤하고 관능적인 삶을 찾아보기는 어렵다. 대화와 사교의 특징도 심한 추위 때문에 집 안에 갇혀 있을 수밖에 없는 지방과는 사뭇 다른 것 같다. 플라톤의 대화도 고대인이 그 밑을 반나절씩 산책하였던 이러한 문들을 보면 더 잘 이해할 수 있다. 그들은 끊임없이 아름다운 하늘의 경치로 생기를 얻었다. 그들이 생각하는 사회 질서라고 하는 것은 계산과 힘의 무미건조한 결합이 아니고, 재능을 자극하고 정신을 신장하며 인간으로 하여금 자기 자신과 동포에게 완성을 목표로 삼게 만드는 바람직한 제도의 총체이다.

고대는 식을 줄 모르는 호기심을 돋군다. 이른바 역사라고 하는 것의 수집에만 혈안이 된 학자들은 확실히 상상력이 결핍되어 있다. 그러나 그들은 과거를 통찰하고, 수세기에 걸쳐 인간의 마음을 살피고, 하나의 말에서 하나의 사실을, 하나의 사실에서 한 나라의 특징과 풍습을 파악하고, 결국은 한없이 먼 옛날로 올라가 초창기에 지구가 인간의 눈에 어떻게 보였는지, 오늘날 문명이 대단히 복잡하게 만들어버린 이 인생이라고 하는 은총을 어떤 식으로 견디어냈는지 구상하기 위하여 시도한다. 사색과 조사에 의해 우리에게 모습을 드러내는 가장 아름다운 비밀을 캐내고 발견하는 것은 상상력의 지칠 줄 모르는 노력에 의한 것이다. 이러한 종류의 흥미와 활동은 특히 오스왈드를 끌어당겼다. 그는 만약 그가 귀족으로서 조국에 이바지할 일이 없다면, 역사적 유물이 현존하고 있는 곳에서 생활할 수밖에 없었을 것이라고 여러 번 코린나에게 되풀이하였다. 앞으로 영광을 얻을 가망이 없다면 적어도 지난날의 그것을 그리워하기라도 해야 한다. 정신을 타락시키는 것은 망각이다. 그러나 열악한 상황 때문에 삶에 목표를 가질 수 없을 때, 정신은 과거에서 안식을 찾을 수 있다.

폼페이를 나와서 다시 포르티치를 지나갈 때 코린나와 넬빌 경은 금방 주민들에게 둘러싸였는데, 그들은 큰소리로 산을 보러 오라고 권하였다. 그들은 베수비오 화산을 이렇게 부른다. 이름을 붙일 필요가 있을까? 그것은 나폴리 사람들에게 자랑이며 고향이다. 그들의 고장은 이 화산의 경이로 대표된다. 오스왈드는 코린나가 산 살바토레 수도원까지 가마 같은 것을 타고 갈 것을 원하였다. 그 수도원은 산의 중턱에 있고,

나그네들이 산의 정상으로 올라가기 전에 쉬는 장소이다. 그는 가마를 메고 가는 자들을 지켜보기 위하여 그녀 옆에서 말을 타고 갔다. 그의 마음이 자연과 역사가 고취시키는 너그러움으로 채워지면 채워질수록, 더욱 코린나를 사랑하게 되었다.

베수비오 산기슭의 평야는 나폴리 왕국, 다시 말하자면 유럽에서 가장 은혜받은 고장에서 찾아볼 수 있는 가장 비옥하고 경작이 잘된 땅이다. 그 고장에는 *라크리마 크리스티* [168] 라고 불리는 포도주가 생산되는 유명한 포도밭이 있는데, 바로 그 옆은 용암이 삼켜버린 폐허의 땅이다. 마치 자연이 마지막 힘을 다하여 화산 옆의 이 땅을 폐허가 되기 전에 가장 아름다운 선물로 치장하여준 듯한 느낌이다. 높이 오를수록 뒤로는 나폴리와 그 주변의 굉장한 고장이 내려다보인다. 태양 광선이 바다를 진귀한 보석처럼 반짝이게 만든다. 그러나 이 모든 창조의 화려함도 화산이 가까워짐을 알리는 화산재와 연기의 땅으로 변해감에 따라 사라져간다. 지난 몇 년 동안 철분을 함유한 용암이 지표면에 폭넓게 검은색의 줄을 그으면서 그 주변의 땅을 온통 피폐하게 만들었다. 어느 고도 이상에선 새도 더 이상 날지 않는다. 더 높이 올라가면 식물도 보이지 않는다. 생명이 다한 자연 속에서는 곤충도 살아갈 수가 없다. 마침내 생명이 있는 모든 것은 사라진다. 죽음의 왕국으로 들어가는 것이다. 가루가 된 이곳의 재만이 불안한 발 아래 밟혀 날릴 뿐이다.

양치기도 목동도
절대 이곳으로는 양이나 가축의 무리를 이끌고 오지 않는다.
Nè greggi nè armenti
Guida bifolco mai, guida pastore.

한 명의 은자(隱者)가 삶과 죽음의 경계선에서 살고 있다. 그의 집 문 앞에 마지막 나무 한 그루가 서 있는데, 그 지점부터 식물은 사라지고 만다. 으레 나그네들은 이 창백한 나무그늘에 앉아 더 오르기 위하여 밤을 기다린다. 왜냐하면 한낮에는 베수비오 화산의 불길도 연기 구름으로밖에 보이지 않고, 밤에는 그토록 훨훨 타는 듯이 보이는 용암도 햇빛 아래에서 검게 보이기 때문이다. 이 변화 자체가 굉장한 볼거리이다. 늘 같은 모습이라면 그렇지 않겠지만 매일 밤 놀라움을 새롭게 하여주기 때문이다. 그 장소가 주는 인상, 그 깊은 고독은 넬빌 경에게 그의 비밀을 털어놓을 용기를 갖게 해주었다. 또 코린나에게 더욱 신뢰를 받고 싶은 희망에 그는 그녀에게 고백하기로 결심하고 매우 감동적으로 말하였다.

"당신은 당신의 불행한 연인의 마음을 알고 싶으시겠죠. 좋아요. 전부 고백하겠어요. 상처가 다시 열리는 것을 느낄 수 있지만, 이렇게 요지부동한 자연 앞에서, 시간에 끌려가는 고통을 그토록 두려워해야 할까요?"

■ 원주

* 1   Il parlar che nell' anima si sente.
* 2   퐁탄느 씨의 시.
* 3   Cadono le città, cadono i regni,
      E l'uom, d'esser mortal par che si sdegni!
* 4   A guisa di lion, quando si posa.
* 5   Roma domus fiet: Veios migrate, Quirites;
      Si non et Veios occupat ista domus.
* 6   키토리오 언덕과 테스타치오 언덕.
* 7   자니코로 언덕, 바티카노 언덕, 마리오 언덕.
* 8   Sana vivara, sandapilaria.
* 9   Vidimus flavum Tiberim, etc.
* 10 ················ Moriture Delli,
      ································
      Linquenda tellus, et domus, et placens
      Uxor,
* 11 Teste David cum Sibylla.

(1) 안코나는 이 점에 관하여 당시와 거의 같다.
(2) 이 성찰은 유명한 여행가이며 프러시아 사신의 형인 훔볼트 씨의 로마에 대한 서신에서 인용된 것이다. 그의 이야기나 저술을 통해 볼 때 이만큼 지식이나 사상이 엿보이는 사람과 만나기도 쉬운 일이 아니다.
(3) 이 이탈리아의 낭송법에 관한 비난은 우선 그 유명한 몬티에게는 제외해야 한다. 몬티는 씌어진 것만큼 아름답게 시를 낭독하였다. 그가 우고리노의 에피소드나 프란체스카 라 리미니의 에피소드, 클로린다의 죽음 등을 암송하는 것을 들으면 매우 극적인 기쁨을 느낄 수 있다.
(4) 넬빌 경은 프로페르티우스의 이 아름다운 이행시(二行時)를 암시하는 것 같다:
  "높은 조상의 머리 위에 손이 닿지 않을 때에는 조상의 발 밑에 관을 놓는다."
  ─프로페르티우스, 「엘레게이아」

>   Ut caput in magnis ubi non est ponere signis,
>   Ponitur hic imos ante corona pedes.

(5) 한 프랑스인이 산 안젤로 성에서 마지막 전투를 지휘하였는데 나폴리 군이 항복을 강요하였다. 그는 청동의 천사가 칼을 집어넣으면 항복하겠다고 대답하였다.[169]

(6) 이 사실들은 제네바 사람 시스몽디 드 시스몽디가 쓴 『중세 이탈리아 공화국 역사』에 나와 있다. 이 역사서는 확실히 권위 있는 것으로 인정받을 수 있다. 왜냐하면 이것을 읽어보면 저자는 깊은 지식을 가졌을 뿐 아니라, 서술과 묘사에 있어 양심적이고, 힘이 있는 사람임을 알 수 있기 때문이다.

(7) "오 로마여, 그대는 하나의 세계이네, 그러나 사랑이 없다면,
그 세계는 세계가 아니고, 로마는 로마가 아니리"[170]

>   Eine Welt zwar bist du, o Rom; doch ohne die Liebe
>   Waere die Welt nicht die Welt, waere denn Rom auch nicht Rom

이 시구는 독일의 시인이며 철학자, 생존 작가인 괴테의 것으로 독창성과 상상력이 매우 돋보인다.

(8) 성 베드로 대성당이 종교 개혁의 주요 원인의 하나라는 말이 있다. 역대의 교황들이 이 교회의 건설에 드는 막대한 비용을 충당하기 위해 면죄부를 증가했기 때문이다.

(9) 광물학자들은 이들 사자가 현무암이 아니라고 주장한다. 오늘날 현무암이라는 이름으로 불리는 화산암이 이집트에 존재하지 않기 때문이다. 그러나 플리니우스가 이 사자의 소재인 이집트의 석재를 현무암이라 하고 미술사가(美術史家)인 빈켈만도 그 명칭을 답습하고 있으므로 내가 그대로 사용해도 무방할 듯하다.

(10) "수소들이여, 이제 일곱 언덕의 풀을 뜯어라,
그렇게 하여도 되는 동안. 이들은 이미 대도시의 터가 되니"
―티불루스, 『엘레게이아』 II, 5

>   Carpite nunc, tauri, de septem collibus herbas,
>   Dum licet. Hic magnæ jam locus urbis erit.
>   Tibulle

"이방인이여, 그토록 큰 로마도
프리기아의 아이네아스가 찾아올 때까지는 언덕과 풀뿐이었다."
―프로페르티우스, 「엘레게이아」 IV, 1

>   Hoc quodcunque vides, hospes, qua maxima Roma est,
>   Ante Phrygem Æneam collis et herba fuit, etc.
>   PROPERCE, Liv. IV, el. 1.

(11) 아우구스투스는 의사의 처방으로 부린디시의 온천으로 가는 도중 노라에서 죽었다.

그러나 그는 로마를 떠날 때에 이미 위독한 상태였다.

(12) Viximus insignes inter utramque facem.

—프로페르티우스, 「엘레게이아」

(13) 플리니우스, 『박물지』, 제3권. "테베레 강은 …… 이탈리아해에서 들어오는 대선박도 드나들 수 있다. 따라서 교역에 적합한 강이라고들 한다. 이 강의 양쪽 기슭에만 해도 다른 하천의 연안에 있는 것을 모두 합친 수이거나 그 이상의 집들이 있다. 나아가 덧붙이자면, 높고 견고한 강기슭으로 보호되어서 세상에 이만큼 안전한 강도 없다. 테베레의 강기슭이 무너지는 것은 강 때문이 아니고, 지하수가 불어나서 강물과 합해짐으로써 범람하게 되는 탓이다. 게다가 테베레 강은 해로운 존재는 아니어서, 범람할 때에는 항상 성실하게 예고하여 예언자와 같은 힘을 지니고 있으며, 하늘을 진정시키기 위하여 신의 가르침이 일러주는 대로 제물을 바친다고 한다."

(14) 나는 레카미에 부인[171]이 춤추는 모습을 보고 이 묘사가 떠올랐다. 우아함과 아름다움으로 유명한 이 여성은 역경에 처해도 감동적인 인내와 자신의 이익을 포기하는 모범을 보였기 때문에 모든 사람의 눈에 그녀의 매력적인 용모 못지않게 정신적인 자질이 돋보였다.

(15) 『메디치가의 역사』의 저자 로스코 씨는 최근 영국에서 『레오 10세전』을 출판하였다. 이 책은 그 분야의 걸작으로, 이탈리아 제후들과 민중이 뛰어난 문인에 대하여 경의와 감탄을 아끼지 않는다는 내용이 수록되어 있다. 로스코 씨는 또 공평한 관점에서 많은 교황들이 이 점에 관대한 대응을 하고 있다고 밝히고 있다.

(16) 체사로티, 베리, 베티넬리는 이탈리아 산문에 사상을 불어넣은 현존하는 세 명의 작가이다. 사실을 말하자면, 이탈리아의 산문이 오래 전부터 그런 성격을 지닌 것은 아니었다.

(17) 조반니 핀데몬테는 최근 이탈리아 역사에서 주제를 따온 극을 상연하였다. 이것은 흥미있고 칭찬할 만한 기획이다. 핀데몬테라는 성은 매력적인 감미로움을 겸비한 이탈리아 현대 시인의 한 사람인 이폴리토 핀데몬테로 잘 알려져 있다.[172]

(18) 알피에리의 유작이 출판된 지는 얼마 안 된다. 유작 중에는 신랄한 단편들이 많이 있다. 그러나 아벨의 비극에 대한 그의 극적인 시도는 매우 기묘하다고 할 수 있다. 작가 자신도 자신의 희곡이 너무 과격해서, 무대 위에서 좀더 상상의 즐거움을 충족시켜야 한다고 생각하였다.

(19) 나는 여기에서 네케르 씨의 『종교도덕강의』 중 '죽음에 관하여'의 몇 절을 인용하였다. 대성공을 거둔 그의 다른 저서 『종교상의 의견의 중요성』은, 당시의 정치적 사건들로 인해 관심이 분산된 시기에 나온 『종교도덕강의』와 종종 혼동되곤 한다. 그러나 나는 『종교도덕강의』가 부친의 저서 가운데에서도 가장 설득력 있다고 단언하고 싶다. 국가 대신의 어느 누구도 그분 이전에 기독교 설교를 위한 저작을 내지 못하였다. 사람들

을 많이 다루어온 사람이 집필한 이런 종류의 책의 특색은 인간의 마음을 파악하고 있다는 점과 그러한 이해에 기반을 두어 관대하다는 점이다. 이러한 두 가지 관점에서, 『종교도덕강의』는 매우 독창적인 것 같다. 종교인들은 대개 속세에서 살고 있지 않다. 그런가 하면 속세에서 살고 있는 대부분의 사람들은 종교인이 아니다. 그렇다면 도대체 어디에서 이 정도의 인생에 관한 고찰과 인생에서 벗어난 높은 경지를 찾을 수 있겠는가? 나는 나의 의견이 사적 감정에 의한 것이라고 간주되는 것을 두려워하지 않으면서, 감히 종교서 중에서도 부친의 이 책이야말로 감수성이 있는 사람을 위로하고, 영혼과 사색이 끊임없이 제기하여오는 커다란 문제를 고찰하는 사람들을 위한 으뜸가는 책이라고 말하고 싶다.[173]

(20) 『유럽』지에 회화에 어울리는 주제에 대해 깊이와 통찰력이 있는 논평이 실려 있다. 나는 거기에서 읽은 몇몇 논평을 인용하였다. 그것은 프리드리히 슐레겔 씨가 쓴 것으로, 이 작가와 일반적인 독일의 사상가들은 고갈되지 않는 광맥이다.

(21) 코린나의 화랑에 있는 역사화는 브루투스 드 다비드, 마리우스 드 도루에, 베리사리우스 드 제라르의 복제품이거나 진품들이다. 인용되어 있는 다른 그림들 가운데 디도의 그림은 독일 화가인 레베르그 씨가 그린 것이다. 클로린다의 그림은 피렌체의 화랑에 있다. 멕베스의 그림은 셰익스피어를 위한 회화의 영국 컬렉션 안에 있고, 『페드르』의 그림은 게랭의 것이다. 마지막으로 킨키나투스와 오시안의 두 개의 풍경화는 로마에 있고, 영국인 화가 월리스가 그 작가이다.

(22) 나는 토스카나의 여자아이에게 물었다. 너하고 언니 중에 누가 더 예쁘지? 그러자 그녀는 이렇게 대답하였다. 아! 제일 예쁜 얼굴은 내 얼굴이지요.

(23) 어느 이탈리아인 마부가 그의 말이 죽는 것을 보고 말을 위하여 기도하며 소리질렀다. 오, 성 안토니우스여, 이 말의 혼을 불쌍히 여기소서!

(24) 이 로마의 사육제에 관해서는 괴테의 매력적인 묘사를 읽어보아야 한다. 그 문장은 사실적이며 생동감이 넘친다.

(25) 브룬 부인(그녀의 결혼 전 성은 뮌터이다)[174]의 시 모음 중에 알바노호(湖)의 훌륭한 묘사가 있다. 뮌스터에서 태어난 그녀는 그 나라에서 최고의 찬사를 받을 만한 재능과 상상력을 지닌 여성이다.

■ 옮긴이 주

1) 1794년 말에 프랑스군은 네델란드를 정복하고 라인 강변에서 싸우고 있었다.
2) Francesco Petrarca(1304~1374): 이탈리아의 시인. 토스카나주 아레초 태생. 아비뇽의 교황청에서 직업을 얻었다. 1327년 성키아라 교회에서 라우라라는 여성을 만나 연애시를 쓰기 시작하면서 평생 그녀의 모습을 노래하였다. 보카치오도 그의 제자 중의 한 사람이며, 1341년 로마에서 계관 시인의 영예를 안았다. 그의 시풍은 소네트의 한 극치로서, 후에 '페트라르카 시풍 petrachismo'이란 이름으로 서유럽 각국의 시인의 규범으로 숭앙되기에 이르렀다.
3) Torquato Tasso(1544~1595): 이탈리아의 시인. 소렌토에서 출생. 파도바에서 교육받고, 페라라에 있는 에스터가(家)에 머물면서 계속 작품 활동을 하였는데, 1575년에는 마침내 『해방된 예루살렘』을 완성하였다. 그러나 그 무렵부터 정신이상이 된 까닭에 이탈리아 각지를 방랑하다가 페라라에 돌아와 감금되었다. 석방된 이후 관을 받기 위해 로마로 불려가서, 교황의 환대를 받았으나 곧 병이 들어 죽었다.
4) Ludovico Ariosto(1474~1533): 이탈리아의 시인·군인·외교관으로 활약. 페라라의 에스테 후작 가신의 맏아들. 당시 페라라는 에스테 후작 집안의 후원으로 문예 활동이 활발하였다. 대표작 『광란의 오를란도』는 이탈리아의 기사 이야기이지만, 무훈시라기 보다는 연애가 주제이다.
5) Domenichino(1581~1641): 본명은 도메니키노 참피에리. 볼로냐 태생. 이탈리아의 화가로 종교화를 주로 그렸으나 풍경화·초상화도 많다. 대표작은 볼게제궁의 장식벽화, 대성당 내의 산제나로 성당 장식벽화 등이 있다.
6) 아폴론으로부터 예언 능력을 얻었기 때문에, 그 후 그 이름은 신의 말을 전하는 무녀의 이름으로 사용된다. 그 중 가장 유명한 예언자는 쿠마에의 시빌라이다. 소설의 주인공 코린나는 영감으로 즉흥시를 낭송하는 천재로서 시빌라에 견주어진다.
7) Sapho(기원전 610년 경): 그리스의 여성 시인으로 에게해 레스보스 섬의 미틸레네 출생이다. 생애의 대부분을 레스보스 섬에서 지냈고, 이 섬의 아이오리스 방언으로 시를 지었다. 때때로 아름다운 사포라고 형용되고 있으며 미의 여신 아프로디테에 견줄 만한 미인으로 전해내려온다. 사포는 다작 시인으로 그리스에서는 그녀를 10번째의 시여신이라 칭송하며 호메로스와 더불어 대표적 시인으로 생각하였다.
8) 아우소니아는 이탈리아를 일컫는 옛날 이름.
9) Homeros: 그리스의 시인. 그리스 최대의 서사시 『일리아드』와 『오디세이아』의 저자이다. 그의 출생지나 활동에 대해서는 그 연대가 일치하지 않으나 앞의 두 작품의 연대는

기원전 800년부터 기원전 750년경으로 보는 것이 타당하다. 그의 성장지로 추측되는 도시도 7군데나 되나 그 중 소아시아의 스미르나와 키오스 섬이 가장 유력하다. 이 지방을 중심으로 활동하다 이오스 섬에서 사망했다고 한다.

10) Alighieri Dante(1265~1321): 이탈리아의 시인. 피렌체 출생. 대표작 『신곡』은 중세의 정신을 종합한 것으로 문예 부흥의 선구자가 되었다. 그는 피렌체의 겔프당(교황파)의 귀족 가문 출신으로 조부에 대한 이야기가 「천국편」 제15가에 나온다. 9살 때에 만난 베아트리체와의 사랑은 유명하다. 단테가 35살 때인 1300년 당시 피렌체는 흑백 양당으로 갈라져 단테는 백당에 소속하여 있었는데, 결국 흑당에 의하여 추방되었다.

11) Styx: 그리스 신화에서 저승을 일곱 바퀴 돌아 흐르는 강.

12) Buonarroti Michelangelo(1475~1564): 이탈리아의 조각가·화가·건축가·시인. 카프레세 출생. 양친의 반대를 무릅쓰고 13살 때에 기를란다요에게 입문하였고, 이듬해에 조각가 베르톨도에게로 옮겨 도나텔로의 작품을 배우면서, 메디치가의 고대 조각을 연구하였다. 이때의 작품으로 피렌체의 카사 보나로티에 있는 「스칼라의 성모」가 유명하다. 1496년 로마로 나올 기회를 얻어, 바티칸의 성 베드로 대성당에 있는 군상 「피에타」를 프랑스 추기경의 의뢰로 1499년경에 완성하였다. 1520년 피렌체의 메디치가 묘묘(廟墓)의 제작을 의뢰받아 1524년에 착수하여 10년 간이나 걸렸으나 결국 미완성으로 끝났다. 그러나 이 묘묘를 구성하는 로렌초와 줄리아노의 조상과 그 각각의 아래의 관에 누워 있는 「아침」 「저녁」 「낮」 「밤」의 네 우의상 중 「저녁」과 「낮」의 두 남성상과 「성모자상」은 르네상스 조각의 걸작으로 유명하다. 1534년에 새 교황 바오로 3세로부터 시스티나 성당의 안쪽 벽을 그려달라는 의뢰를 받고 1541년에 「최후의 심판」을 완성하였다.

13) Sanzio Raffaello(1483~1520): 이탈리아의 화가·건축가. 우르비노 출생. 레오나르도 다 빈치, 미켈란젤로와 함께 르네상스의 고전적 예술을 완성한 3대 천재 예술가의 한 사람이다. 많은 성모자상을 그렸으며, 바티칸 궁전 등의 벽화를 장식하는 데에도 참여하였다.

14) Giovanni Battista Pergolesi(1710~1736): 이탈리아의 작곡가. 이에시 출생. 1732년 오페라 부파 『사랑하는 오빠』를 상연하여 크게 성공을 거두었다. 다음해 자작의 오페라 세리아 『긍지 높은 죄수』의 막간극으로 상연된 『마님이 된 하녀』가 호평을 받았는데, 이것은 그가 세상을 떠난 후인 1752년 파리에서 상연되어 이른바 '부퐁 논쟁(프랑스와 이탈리아 음악의 우열 논쟁)'을 일으켰다.

15) Galileo Galilei(1564~1642): 이탈리아의 물리학자·천문학자·수학자. 피사 출생. 스스로 발명한 망원경에 의한 천체 관측으로부터 코페르니쿠스의 지동설을 입증하였다. 피렌체의 메디치가의 후원으로 연구를 계속하였으나 로마의 종교 재판에서 지동설의 포기 명령을 받았다.

16) Romulus: 로마 건국의 전설적인 영웅. 전설에는 기원전 8세기의 로마 초대 왕으로 되어 있다. 쌍둥이 형제인 레무스와 함께 티베르 강(현재 테베레 강)에 버려졌으나 늑대의 젖으로 자라다가 양치기 파우스툴루스에게 발견되어 양육되었다. 그 후 동생과 협력하여 새로운 도시 로마를 건설하였으나, 서로 반목하여 도시의 신성한 경계를 넘었다는 이유로 동생 레무스를 죽였다고 한다.

17) Leo X(재위: 1513~1521): 르네상스 시대의 로마 교황으로 본명은 조반니데 메디치. 피렌체의 명문 메디치가 출신이다. 스페인과 프랑스 세력을 이탈리아에서 몰아내기 위해 힘써 교황권을 강화하였다. 그러나 그는 1517년 성 베드로 대성당 건립 자금을 모으려고 이른바 면죄부를 대대적으로 팔아 마틴 루터의 비난의 초점이 되었고, 교황이 1521년 루터를 파문함으로써, 종교 개혁의 발단이 되었다.

18) Publius Aelius Hadrianus(재위: 117~138): 로마 출생. 오현제의 한 사람. 트라야누스의 황제의 조카.

19) Niobe: 그리스 신화에 나오는 여성. 리디아의 왕 탄탈로스의 딸로 테베의 왕 암피온의 아내이다. 7명의 아들과 7명의 딸을 두었는데, 그것을 무척 자랑스럽게 생각하고 있었다. 당시 니오베가 자기 자식을 자랑하였기 때문에, 아폴론과 아르테미스라는 두 남매밖에 없었던 여신 레토를 화나게 하였다. 레토는 아들 아폴론을 시켜 니오베의 아들들을 죽이게 하고, 아르테미스를 시켜 딸들을 죽이게 하였다. 비탄에 잠겨 죽은 니오베는 죽어서 돌이 된 후에도 눈물을 흘렸다고 한다.

20) 그리스 헬레니즘 시대의 대리석 조각. 라오콘은 아폴론을 섬기는 트로이의 신관이다. 트로이 전쟁 때 그리스군의 목마를 트로이 성 안에 끌어들이는 것을 반대하였기 때문에 신의 노여움을 사, 해신 포세이돈이 보낸 두 마리의 큰 뱀에게 두 자식과 함께 목졸려 죽었다. 조각은 막 목졸려 죽으려고 하는 라오콘과 두 아들의 마지막 고통과 격노를 표현하였다. 작자는 아게산드로스, 아테노도로스, 폴리도로스 등 세 명이라고 전해지며 제작 연대는 기원전 150~50년경으로 짐작된다. 이 작품은 르네상스기 예술가를 비롯하여 빙켈만, 괴테 등 18세기 독일의 사상가에게도 큰 감명을 주었다.

21) Armide: 타소의 영웅서사시 「해방된 예루살렘」에 나오는 마녀로, 그의 포로가 된 프랑스의 기사 르노는 그녀와 사랑에 빠진다.

22) 아브라함으로부터 모세에 이르기까지 『구약 성서』에 나오는 이스라엘 민족의 족장을 일컫는다.

23) Augustus: 로마의 초대 황제(재위: 기원전 27~14). 본명은 가이우스 옥타비아누스. 서민 출신이나 그의 어머니가 카이사르의 질녀로, 아버지가 죽은 후 카이사르의 보호를 받았다. 카이사르가 죽은 후 그의 유언장에서 양자 및 후계자로 지명되어 있음을 알고, 가이우스 율리우스 카이사르 옥타비우스로 개명하였다. 기원전 43년 안토니우스, 레피두스와 제2회 삼두 정치를 시작하였고, 로마 세계를 3분하여 장악하였다. 이어 레

피두스를 탈락시킨 후, 기원전 31년에 안토니우스와 클레오파트라의 연합군을 악티움 해전에서 격파하고 패권을 잡았다. 그는 장군으로서의 역량은 빈약하였으나 아그리파를 비롯하여 여러 부장의 조력과 나아가 전 이탈리아, 전체 속주로부터 충성을 맹세받아, 100년에 걸친 공화정 말기의 내란을 진정하였다.

24) 원어대로 읽으면 산 조반니 디 라테라노 성당, 우리나라에서는 흔히 라테란 대성전, 혹은 성 요한 대성당이라고 불린다.

25) Belisarius(529~565): 비잔틴 제국의 명장. 529~531년 대 페르시아 전투의 군사령관을 거쳐, 대 고트족 전투(535~540)의 총사령관이 되었다. 541~543년 대 페르시아 전투를 지휘하였고, 544년 제2차 고트 전쟁의 총사령관으로서 이탈리아에 건너갔다.

26) Crescentiun II: 로마의 귀족. 교황 그레고리우스 5세에 반역하고 998년에 신성로마 황제 오토 3세에 의하여 교수형 선고를 받았다.

27) Arnold da Brescia(1091~1155): 이탈리아의 브레샤에서 출생. 이탈리아의 종교 개혁가·정치가. 복음서에 부합하는 로마공화국의 재건을 위하여 1145년에 로마인으로 하여금 교황에 대항하여 봉기하도록 하였다. 1155년에 파문당하고, 신성로마 제국 황제 프리드리히 1세에 패망하여 사형당하였다.

28) Nicola di Rienzo(1313~1354): 이탈리아의 정치가. 고대 로마 시절의 문학을 공부하고 로마의 공화제 도입을 위해 노력하였다. 1343년에는 아비뇽의 새 교황 비서관으로 일하였다. 로마로 돌아와 민중을 귀족 계급에 반역시켜 1334년에는 스스로 호민관이 되었다가 많은 파란 끝에 참수형에 처해졌다.

29) 1피에는 약 0.3048미터이다.

30) Caligula: 로마의 제3대 황제(재위: 37~41) 정식 이름은 Gaius Caesar Germanicus. 게르마니쿠스 카이사르와 대아그리피나 사이에서 태어났다. 폭정 끝에 재정을 파탄하고 한 장교에 의해 암살된다.

31) Sixtus V(1520~1590): 로마의 교황(재위: 1585~1590). 본명은 Felice Peretti. 마르케주 안코나현 출생. 그는 교황이 되자 전임 교황 때의 어지러운 질서를 회복시키고 잃었던 교황령을 되찾아 재정을 튼튼히하였다. 성 베드로 성당의 원형 지붕과 오벨리스크, 수많은 궁전과 수도 등을 건설함으로써 로마의 근대화에도 힘썼다. 또 몸소 『불가타역 성서』의 식스투스 판(1590)을 낼 만큼 학문 연구에 열성적이었다.

32) Vittorio Alfieri(1749~1803): 이탈리아의 비극 작가. 피에몬테주 아스티의 귀족 출신. 본인이 고백하는 '여행과 방탕의 생활'로 유럽 각지의 사물을 넓게 견문하였는데, 특히 각국의 연극을 보고 이탈리아에 비극 작품이 드문 것을 통감하였다. 피렌체에서 알게 된 알바니 백작 부인에게 필생의 애정을 바쳤다. 처녀작 『클레오파트라』(1774)로 유명하게 되었고, 정치적 색채가 있는 비극을 썼으며 주요 작품으로 『사울』『미르라』가 있다.

33) Alexandra Christina(1626~1689): 스웨덴의 여왕(재위: 1644~1654). 구스타브 2세의 외동딸로 아버지가 죽자, 6세의 나이로 왕위에 올랐다. 여왕으로서의 공적은 수도 스톡홀름에 문화의 황금 시대를 가져온 점이다. 높은 교양인이었던 그녀는 데카르트 등과 친교가 있었고, 알카디아 아카데미를 창설하였다. 후에 왕위를 사촌 오빠인 카를 10세에게 양위하였으며, 가톨릭으로 개종하고 로마에 거주하였다.

34) House of Stuart: 스튜어트 왕가는 스코틀랜드(1371~1714)와 영국(1603~1714)에 군림한 왕가의 명칭. 도망친 구교도 제임스 2세의 아들과 손자들이 함께 왕위 계승자로서 로마에 거주하였다.

35) Ossian: 3세기 경의 고대 켈트족의 전설적인 시인·용사. 아일랜드, 스코틀랜드의 고지 지방에 살았으며, 그의 부친인 영웅 핀(핀골이라고도 함)이나 크프린을 노래한 시를 썼다고 전한다. 그러나 오시안이라는 이름은 1765년 스코틀랜드의 시인 맥퍼슨이 그의 시를 수집하여영역본, 「고지방 수집고대시가」로 발표하면서 알려지고, 대륙의 여러 나라에서 큰 선풍을 일으켰다. 원래 오시안은 사람 이름이나 그 후 그의 시를 지칭하게도 되었다. 그것은 호메로스나 영역 성서를 연상시키는 격조 높고 낭만적인 서사시에 속한다. 이들 시는 우울한 낭만적 정서를 담고 있으며 18세기 후반의 풍조에 영입되어 많은 사람들이 애송하였다. 독일의 헤르더, 괴테, 실러, 영국의 위즈워드, 프랑스의 샤토브리앙 등 낭만파 시인들에게 큰 영향을 끼쳤다. 마담 드 스탈은 1800년에 출판된 『문학론』에서 오시안을 북방 문학의 선조로 논한 바 있다.

36) Ovidius: 고대 로마의 시인. 중부 이탈리아의 술모나 출생. 그의 작품 중 가장 유명한 것은 『변신 이야기』(8년)이다. 이것은 서사시의 형식으로 쓰여진 15권의 작품으로 카이사르에 관한 이야기와 예로부터의 신화, 전설 속의 변신 이야기를 다루어 하나의 신화 집대성이 되고 있다.

37) Aemilianus Scipio(기원전 185~129): 고대 로마의 장군·정치가. 별칭은 Africanus Numantinus. 제3차 마케도니아 전쟁의 승리자 아에밀리우스 파울루스의 차남인데, 대 스키피오의 장남의 양자가 되어, 소아프리카누스라고 불린다. 그리스의 문인·철학가·역사가를 모아 스키피오 서클을 형성하여 그리스 문화와 사상의 수입과 보급에 힘썼다.

38) 카피톨리노 언덕의 꼭대기에 있는 바위. 사비니 전쟁 당시에 로마군 수비대 사령관이 었던 탈페이우스의 딸 탈페이아의 이름을 땄다. 그녀는 사비니인에게 로마를 양도하려 하였으나, 그에게 피살되어, 이 바위 밑에 매장되었다고 한다. 고대 로마 시절에는 탈페이아의 바위에서 죄인을 떨어뜨려 죽게 하였다.

39) 단테의 『신곡』 중 「연옥」 제6가.

40) Kastor, Pollux: 그리스 신화의 영웅. 제우스가 백조의 모습으로 둔갑해서 레다를 가까이하여 카스토르와 폴리데우케스(폴룩스)의 쌍둥이 형제를 낳았다. 이 두 사람은 디

오스쿠로이(제우스의 자식들)라고 불린다. 카스토르는 전술에 뛰어나, 동생과 함께 아테네로 쳐들어가 테세우스가 데리고 간 누이 헬레네를 구해냈다.

41) Marcus Aurelius: 로마 제국의 제16대 황제(재위: 161~180). 한자명 안돈(安敦). 로마 출생. 5현제의 마지막 황제로 후기 스토아파의 철학자이다. 게르만족과의 전쟁에 시달리면서 진영을 전전하며 유명한 『명상록』을 집필하였다.

42) 그리스 신화의 쌍둥이. 카스토르와 폴리데우케스를 말한다.

43) Gaiun Marius: 고대 로마 공화정 말기의 장군·정치가. 술라와 정적이다. 기원전 88년에는 미트리다테스 전쟁의 군지휘권을 둘러싸고 술라와 다퉈 한때 아프리카로 도피했으나, 술라가 출전 중인 틈을 타 이탈리아로 돌아와, 기원전 87년에 로마시에서 술라파에 대한 대학살을 단행하였다. 그러나 다음해 술라가 동방에서 돌아오기 직전에 병사하였다.

44) Ancus Marcius: 로마의 제4대 왕으로, 전하는 바로는 기원전 642년부터 617년까지 재위하였다.

45) Servius Tullius: 로마 7왕 중의 한 사람으로 재위 기간은 기원전 578~534년이다.

46) Jugurtha: 북아프리카 누미디아 왕(재위: 기원전 118~105). 로마와 인연이 깊은 누미디아 왕가 마스터나발의 아들. 백부인 왕 미키프사의 양자로 입양되었으며, 백부가 죽자 백부의 친아들 형제와 공동 통치자가 되었다. 그러나 그들 형제를 죽이고 동서 누미디아의 지배권을 찬탈하였다. 그러나 로마가 이에 간섭하여 기원전 111년 유구르타 전쟁이 일어났다. 기원전 105년 로마군의 승리로 끝났고, 유구르타는 마리우스의 부하 술라의 포로가 되어 로마로 압송된 뒤 옥사하였다.

47) Lucius Sergius Catilina(기원전 108~62): 로마 귀족. 집정관이 될 수 없어 무력 봉기 하지만 진압되고 만다.

48) Albius Tibullus(기원전 54~19): 로마 고전기의 서정시인. 호라티우스의 친구. 작품은 『티불루스 전집』(4권)으로 편집되었다.

49) Sextus Aurelius Propertius(기원전 47~15): 어려서 아버지를 여의고 B.C. 40년 경 로마로 나가 법률 공부를 하였으나 시인으로 전향. 아우구스투스의 총신 마에케나스의 문인 그룹의 한 사람이다. 그의 유일한 작품. 『서정 시집 Elegiae』(4권)의 대부분은 쿤티아로 불리는 여성을 향한 낭만적 사랑을 노래한 것이다.

50) 약 13미터.

51) Septimus Severus: 로마 황제(재위: 193~211). 세베루스 왕조의 시조. 황제 마르쿠스 아우렐리우스 밑에서 재부관·집정관을 역임하였다. 로마의 국경 확장을 위하여 활약하였고, 권력의 기반이 군대에 있다는 것을 인정하였으며, 원로원을 억압하였다.

52) 로마의 황제로 5현제의 네번째 황제인 안토니누스피누스의 부인. 황제는 황후 파우스티나의 죽음을 기념하여 대규모의 자녀 부양 시설로 여자 고아원을 건립하였다.

53) Pallas: 해방 노예였으나 크라우디스의 총애를 받아 재무 담당 비서관으로 권세를 휘둘렀다. 아그리피나와 클리우디스를 결혼시켰고, 네로를 양자로 입양하게 하였다. 그는 아그리피나와 함께 왕을 독살하였으나, 그 자신 네로에게 독살당하였다.
54) Apollodoros: 이탈리아의 건축가. 트라야누스 황제를 섬겼다. 다뉴브 강의 다리와 안코나의 트라야누스 개선문 외에, 로마 시내의 욕장·경기장·체육 연습장·음악당 등의 공공 건축물, 그리고 고대의 가장 장려한 광장으로 일컬어지는 트라야누스의 포룸 등을 설계하였다. 트라야누스의 후계자인 하드리아누스 황제와 불화가 생겨서 추방되었고, 후에 처형당하였다고 한다.
55) 포룸에 있는 연못의 근원설화에 등장하는 영웅. 아우구스투스 시대에는 연못이 이미 말랐다고 한다.
56) Titus Flavius Vespasianus: 로마 황제(재위: 79~81). 베스파시아누스 황제의 아들. 게르마니아와 브리타니아에서 군에 복무한 뒤, 70년대에는 유대 전쟁의 최고 지휘자로서 예루살렘을 함락시켰다. 황제 즉위 후에는 전 황제가 착공한 콜로세움을 완성시켰다.
57) Constantinus I: 고대 로마 황제(재위: 306~337). 콘스탄티누스 대제 또는 콘스탄틴 1세라고도 불린다. 디오클레티아누스 황제 퇴위 후 로마 제국의 혼란을 수습하고 로마 제국을 재통일시켰으며, 그리스도교 신앙을 공인한 황제로서도 유명하다. 그는 디오클레티아누스 황제와 더불어 로마 제국의 재건자로서 높이 평가되고 있다.
58) Marcus Ulpius Trajanus: 로마 황제(재위: 98~117). 바이티카 이탈리아 출생. 오현제 중 제2대 황제이다. 원정을 되풀이하여 로마 제국의 영토를 최대로 늘렸다. 원로원을 존중하였고 후세에 유능하고 양심적인 황제로서 모범이 되었다.
59) Titus Flavius Vespasianus: 로마 황제(재위: 69~79). 사비니 리에티 출신. 66년 말 유대인들의 반란을 진압하기 위해, 황제 네로가 파견한 군대의 총사령관으로 현지에 가서 잇달아 전과를 올렸다. 네로 사후의 혼란 속에서 69년 동방의 여러 군단이 그를 황제로 천거하였다. 황제 즉위 이후 로마 제국에 다시 질서와 번영을 가지고 왔다. 그가 죽은 뒤 두 아들 티투스, 도미티아누스가 차례로 황제가 되어 플라비우스 왕조를 이룩하였다.
60) Tiberius Claudius Nero: 로마 황제(재위: 14~37). 로마 제국 제2대 황제. 아우구스투스 황제비인 리비아의 전 남편의 아들. 기원전 20년경부터 제국의 동방, 북방의 변경에서 싸워 아우구스투스 황제의 정복 사업을 도왔다. 아우구스투스 황제가 죽자, 뒤를 이어 제위에 올랐다.
61) Nero Cladius Caesar Augustus Germanicus: 로마의 제5대 황제(재위 54~68). 본명은 Lucius Domitius Athenobarbus이다. 황제 클라우디우스의 둘째 아내인 소아그리피나비의 전 남편과의 사이에서 태어난 아들로 클라우디우스의 양자가 되었다. 54년 어

머니가 클라우디우스를 독살하고 근위병의 추대를 받아 제위에 올랐을 때 불과 16세였다. 치세의 초기 약 5년 동안은 스승인 세네카의 후원으로 선정을 베풀었다. 그러나 점차 잔인하고 포악한 성격을 나타내기 시작하여 국정을 파국으로 치닫게 하였다. 한편 그는 그리스 문화에 심취한 예술의 애호자로도 알려져 있다.

62) Marcus Tullius Cicero(기원전 106~43): 고대 로마의 문인·철학자·변론가·정치가. 라티움의 아르피눔 출생. 수사학의 대가이자 고전 라틴 산문의 창조자이며 동시에 완성자라고 불린다. 그의 철학은 절충적인 처세 도덕론에 불과하지만, 그리스 사상을 로마로 도입하고 그리스어를 번역하여 새로운 라틴어를 만들었으며 최초로 라틴어를 사상 전달의 필수적인 무기로 삼은 공적은 매우 큰 것이다.

63) Hortensius Hortalus(기원전 114~50): 로마의 웅변가·집정관이었으며, 역시 웅변가로서 집정관이었던 키케로의 라이벌이었다.

64) Tiberius Sempronius Gracchus, Gaius Sempronius Gracchus: 이탈리아 공화정 말기의 정치가. 형인 티베리우스는 로마의 호민관으로 개혁 운동을 하다가 암살되었다. 동생 가이우스 역시 호민관으로 형의 유지를 이어받아 개혁 입법을 하였다.

65) Livia Drusilla: 아우구스투스(옥타비아누스)의 아내. 아우구스투스가 죽은 후에는 율리아 아우구스타로 불렸다. 티베리우스 클라우디우스 네로와 결혼, 기원전 42년에 티베리우스를 낳았고, 기원전 38년 둘째아들 네로 클라우디우스 드루수스를 낳았다. 티베리우스 클라우디우스 네로와 이혼하고 아우구스투스와 재혼하였으나 아이가 없었다. 아우구스투스는 미모와 재주가 있는 그녀를 평생 사랑하였다. 제정 초기의 암살 사건에 그녀가 관계되었다고 하는 말도 있다.

66) Gnaeus Marcius Coriolanus(기원전 6세기 말 ~5세기 초): 고대 로마의 반전설적인 귀족. 488년경에 볼스키족을 인솔하여 로마를 공격하였으나 모친 베토리아의 애원으로 이를 중지하였다. 그러나 그가 배반할 것을 안 볼스키족이 그를 죽였다는 전설이 있다. 셰익스피어, 베토벤이 이 이야기를 소재로 작품을 만들었다.

67) Porsenna: 기원전 6세기 말의 에트루리아 왕. 전설적 영웅. 호라티우스 코클레스에 의하여 로마 침략이 저지된다.

68) Tarquinius Collatinus는 기원전 6세기경의 로마의 정치가로 루크레티아의 남편이다. 최초의 집정관이자 로마 공화제 창설자의 한 사람이다. Tarquinius Priscus는 로마 제5대의 왕이다(재위 기간: 기원전 616~578).

69) Hestia: 그리스 신화에 나오는 불, 난로(화로)의 여신. 크로노스와 레아의 장녀이며 올림포스의 주신 제우스의 누나이다. 태양의 신 아폴론과 바다의 신 포세이돈의 구혼을 받았으나 영원히 처녀로 살겠다는 맹세를 함으로써 두 신의 싸움을 가라앉혔다. 고대 그리스에서는 집안의 중심이 난로였기 때문에 그녀는 가정 생활의 여신, 은혜의 여신으로 숭상되었으며 로마에서는 베스타Vesta와 동일시되었다.

70) 성 니콜라 인 칼체레(칼체레는 이탈리아어로 감옥이라는 뜻이다)는, 채무자를 가두어두는 감옥에 수감된 부친을 위하여 식사를 날랐다는 딸의 효행을 기념하여 건립된 오래된 신전이라고 알려져 있었다. 그것은 고대 로마의 자애를 상징하는 테마로 신고전주의의 회화에 빈번하게 등장하였다.
71) 에트루리아에 인질로 잡혀 있던 클레리아는 테베레 강을 건너 도망쳤다. 로마인들은 그녀를 다시 에트루리아로 돌려보내는 것이 좋겠다고 생각하였다. 그러나 에트루리아의 왕은 말을 선물하며 그녀를 풀어주었다.
72) Caius Cinius Maecenas(기원전 70년경~8년): 로마의 문인. 내정·외정 면에서 아우구스투스의 조력자. 많은 시인을 도와 오늘날 그 이름은 예술 후원자의 대명사가 되었다. 호라티우스, 프로페르티우스 등의 많은 시인이 그의 후원을 받았다.
73) Quintus Horatius Flaccus(기원전 65~8): 고대 로마의 시인. 남부 이탈리아 베누시아에서 해방 노예의 아들로 출생. 로마에서 교육을 받고 아테네로 건너가 아카데미아의 학원에서 공부하였다. 시인 베르길리우스의 소개로 문인 보호자 마에케나스를 만나 아우구스투스의 총애를 받는다. 그가 쓴『시론』은 근세까지 작시법의 성전이 되고 있다.
74) Sextus Propertius: 고대 로마의 서정시인. 아우구스투스의 총신인 마에케나스 문인 그룹의 한 사람이다. 그의 작품『서정시집』은 대부분 연애시인데, 후세의 시인, 괴테와 바이런 등에 영향을 끼쳤다.
75) Albius Tibullus(기원전 48년경~19년): 로마 고전기의 서정시인. 문인 보호자 마에케나스 문학 서클에 소속되어 호라티우스와 친교가 있었다.
76) 벨베데레는 건축의 양식으로, 궁전이나 주택의 위층 또는 정원의 높은 곳에 전망용으로 건조된 일종의 옥상노대를 말한다.
77) Gaius Plinius Secundus(23~79). 고대 로마의 정치가·군인·학자.『박물지』의 저자.『박물지』는 전 37권으로 이루어졌는데, 티투스 황제에게 바친 대백과전서로 100명의 정선된 저술가를 동원하여 2만 항목을 수록한, 당시의 예술·과학·문명에 관한 보고이다.
78) Gaius Sallustius(기원전 86~34년경): 로마의 역사가·정치가. 평민 출신이었으나 원로원에 들어가, 재무관과 호민관으로 선출되어 키케로의 정적이 되었다. 카이사르의 지지를 받았고, 카이사르의 암살 후에는 정계에서 물러나 저술에 전념하였다. 작품으로 기원전 78~67년의 역사를 다룬『역사』와『카틸리나의 음모』등이 있다.
79) Gnaeus Pompeius Magnus: 고대 로마 공화정 말기의 장군·정치가. 기원전 60년 크라수스, 카이사르와 함께 제1회 3두 정치를 실시하고 기원전 55년 다시 콘술이 되었으며, 기원전 52년에는 단독으로 콘술이 되었다. 기원전 48년 파르살루스 해전에서 카이사르에게 패배하여 이집트로 도망가, 거기에서 암살당하였다.
80) Octavia: 고대 로마 공화정 말기의 옥타비아(아우구스투스)의 누이이며 안토니우스

의 아내. 기원전 40년 마르켈루스의 사망으로 안토니우스와 재혼하여 동생과 남편 사이에서 불화를 조정하려고 애써 한때는 공을 세웠으나, 안토니우스가 이집트의 여왕 클레오파트라와 맺어지자 결국 이혼하였다.

81) 세르비우스 툴리우스의 딸. 왕위를 찬탈하기 위하여 부친을 살해하고 마부를 시켜 그 시신 위를 지나가게 하였다고 전해지는 이 일화는 실화가 아니다. 그녀는 여인들에게 훨씬 자유로웠던 에트루리아 제국과 풍습에 대한 평판을 떨어뜨리기 위하여 지어낸 인물이라고 한다.

82) Julia Agrippina Minor: 네로 황제의 어머니이며 대아그리피나의 장녀. 통칭 소아그리피나라고 부른다. 28년 아헤노바르부스와 결혼하였다. 49년 숙부인 황제 클라우디우스와 재혼, 54년 남편을 독살하고 네로를 제위에 오르게 하였으나, 네로의 명령을 받은 노예에게 피살되었다.

83) 성 세바스찬이라고도 한다. 3세기경 로마의 그리스도교 순교자 · 성인.

84) Hannibal(기원전 247~183)은 카르타고의 정치가 · 장군. 기원전 219년에 로마군 점령하의 스페인 도시 사군툼을 함락시키고, 이탈리아로 침입, 기원전 217년 트라시메누스 호반의 전투를 비롯하여 각지에서 로마군을 격파하였다. 특히 기원전 216년 칸나이 전투에서 교묘한 용병술을 발휘하여 로마군을 철저하게 격파하였으나, 결국 기원전 202년 자마 전투에서 스키피오에게 대패함으로써 로마에게 패배하였다.

85) 요정 에게리아는 로마의 초대 왕인 누마의 밤의 충고로, 둘은 숲속에서 만났다고 한다(그 동안 누마의 아내 타티아Tatia는 잠을 잤다고 한다). 남자는 정신을 위한 아내와 육체를 위한 아내를 각각 필요로 한다는 이 주제를 이오네스코는 『왕은 죽는다』에서 차용하였다. 에게리아는 에트루리아 문명에서 로마 문명으로 바뀌는 시기에 출현하여 그 시대에 여자들에게도 생각이 있었음을 증명한다.

86) Numa Pompilius: 로마의 전설적인 제2대 왕(재위: 기원전 700년경). 사비니인으로 로물루스 이후의 중간 왕의 시대를 거쳐 즉위하였다. 여러 가지 종교 의식의 창설자로 일컬어진다. 달력을 개혁하여 1년을 12개월로 만들고, 제전일 · 작업일을 정하였다. 이들 종교 제도의 결정은 여신 에게리아의 시사를 받은 것이라고도 한다.

87) Titus Quinctius Cincinnatus: 기원전 5세기 로마의 반전설적인 정치가 · 장군.

88) Caecilia Metella: 메텔루스(기원전 54년경 사망)의 딸로서, 크라수스라는 사람의 부인. 아피아 가도의 부근에 그녀의 묘가 완전한 형태로 남아 있어 유명하다.

89) Gaius Cestius Epulo: 기원전 12년에 사망한 로마의 법무관. 로마에 있는 높이 37미터의 그의 묘는 대리석으로 덮여 있어 '케스티우스의 피라미드'라는 이름으로 유명하다.

90) Lucius Domitus Aurelianus: 로마의 황제(재위 : 270~275). 병졸에서 입신출세하여 군대의 추대를 받고 황제에 즉위한 군인 황제이다. 275년 페르시아 원정 중에 사망하였

다.

91) 아그리파의 무덤은 1730년부터 1740년까지의 교황, 크레멘스 12세 콜시니가 판테온에서 라테란 대성전으로 옮기도록 한 커다란 반암의 납골함이다.

92) Claudius I: 로마의 황제(재위: 41~54). 아우구스투스, 티베리우스 치하에서는 육체적 장애 때문에 공적 생활은 하지 않았으나, 41년에 칼리굴라가 살해된 뒤에 근위병에게 옹립되어 제위에 올랐다. 왕비 아그리피나에게 독살된 것으로 추측되고 있다.

93) Cambyses II(재위: 기원전 530~522): 고대 페르시아의 왕. 키루스 2세의 아들. 그의 최대 사업은 B.C. 525년 이집트 원정으로 나일 삼각주에 있는 펠루시움에서 적군을 격파하고 헤리오 폴리스와 멤피스를 공략하여 이집트를 페르시아의 지배하에 둔 일이다. 이에 대해서는 헤로도투스의 『역사』에 자세히 기록되어 있다.

94) Pausanias: 그리스 여행가·지리학자(150년경 활동). 팔레스타인, 이집트, 이탈리아, 로마에 대하여 자세히 알고 있었으며, 특히 그리스에 대해서 소상히 알고 있어 『그리스 역사』를 썼다.

95) Publius Vergilius Maro: 고대 로마의 시인. 이탈리아의 북부 만투바 근교의 농가에서 태어나, 크레모나와 밀라노에서 초등 교육을 받고 다시 로마에서 공부를 했다. 20세 때 『에클로가에』의 작시를 시작하여 33세에 완성하였다. 문인의 보호자였던 마에게나스를 통하여 옥타비아누스(후일의 아우구스투스 황제)의 후대를 받게 되었다. 기원전 30년 제2작인 『농경시』를 발표하였는데, 7년이 걸려 완성한 이 작품으로 그의 명성이 더욱 높아졌다. 그 후 11년에 걸쳐 장편서사시 『아이네이스』를 썼는데, 이 작품으로 그의 이름은 후세에까지 전해지게 되었다. 이러한 점들로 해서 그는 문자 그대로 시성으로서의 대우를 받게 되었다.

96) Herculanum: 나폴리와 폼페이 사이에 있는 캄파니아의 해안에 위치한 도시. 79년에 베수비오 산의 폭발로 매몰되었다.

97) La Rochefoucauld(1613~1680): 프랑스의 고전 작가. 『잠언집』(1665)의 저자. 이 책은 504개의 잠언으로 이루어지는데, 간결, 명확한 문체로 인간 심리의 미묘한 심층을 날카롭게 파헤치고 있다.

98) Thomas Otway(1652~1685): 영국의 극작가. 목사의 가정에서 태어나, 옥스퍼드 대학에서 공부한 후, 배우를 지망하였으나 실패하고 극작가로 전신하였다. 주요 작품으로 『앨시바이어디스』『돈 카를로스』『수호된 베니스』가 있다.

99) Giovanni Battista Pergolesi: 폐를 앓아 나폴리 가까이에 있는 수도원에 있으면서 여성 합창을 위한 『스타바트 마테르(어머니는 슬픔 때문에)』를 탈고한 후 26세 때 세상을 떠났다.

100) Giorgione da Castelfranco(1477~1510): 이탈리아의 르네상스 전성기의 베네치아파 화가. 벨리니의 제자로 초상화·풍경화를 많이 남겼다.

101) Northumberland: 영국 최북부의 산악 지대. 강을 사이에 두고 북쪽에 스코틀랜드가 펼쳐진다.

102) Guarini(1538~1612): 후기 페라라 대학의 문학부 교수, 대표작『충실한 목동』은 목가적 희비극, 타소와 친교가 있었으며, 그의 영향을 받았다.

103) Pietro Metastasio(1698~1782): 이탈리아의 극시인. 로마 출생. 본명 피에트로 트라파시. 어려서부터 시재가 뛰어나, 문학을 좋아하는 법률가 그라비나의 눈에 띄어 그의 양자가 되었다. 그는 그리스 고전극을 본받아 쇠퇴한 이탈리아 연극을 부흥시키려는 의도에서 많은 음악극을 썼다. 대표작으로는『버림받은 디도네』(1724),『우티카의 카토네』(1727)가 있다.

104) Gabriello Chiabrera(1552~1638): 이탈리아의 시인, 마드리갈과 칸소네와 같은 감정을 솔직하게 표현하는 단시 · 풍자시 · 비극을 썼다.

105) Tommaso di Sel Giovanni Guidi(1401~1428): 통상 마사치오 Masaccio라고 불린다. 이탈리아 르네상스의 화가. 회화사상 신기원을 그었다고 일컬어지는 산타 마리아 델 카르미네 성당의 12면 벽화를 그렸다.

106) Filicaja(1642~1707): 이탈리아의 시인. 형식에 구애받지 않고 감정을 솔직하게 표현하는 서정시를 썼다.

107) Guiseppe Parini(1729~1799): 이탈리아의 시인. 신학을 공부한 후, 밀라노의 계몽주의자가 창설한 푸니 학회에 입회하여『일 카페』지의 간행자가 되었다. 성직자를 거쳐 '밀라노 신문'의 편집자 등의 요직을 맡았으나, 프랑스 혁명을 지지한 대가로 추방되었다. 주요 작품으로『귀족에 관한 대화』(1758),『하루』(1763~1801)가 있다.

108) Jacopo Sannazaro(1458~1530): 나폴리 출신의 이탈리아 시인. 악티우스 신체누스라는 이름으로 폰타노 아카데미의 회원이 되어 폰타노, 벰보 등 당대의 일류 문인과 사귀어 페트라르카풍의 시를 썼다. 대표작은 12편의 목가 형식의 운문 장편소설『아르카디아』(1504)이다.

109) Angelo Poliaiano(1454~1494): 이탈리아의 인문주의자 · 시인. 몬테풀치아노 출생. 호메로스의『일리아드』를 라틴어로 번역하여 메디치가의 로렌초 메디치에게 헌상한 것이 인연이 되어 메디치가에 등용되었고, 그의 가정교사로 피렌체에서 인문주의 운동의 중심 인물이 되었다.

110) Melchiorre Cesarotti(1730~1808): 이탈리아의 문학자. 파도바의 귀족 출신. 오시안(1763~1772)의 번역으로 일약 유명해져 전기 낭만주의적인 문학 취미를 이탈리아에 수입하는 데 이바지하였다. 주요 저서로는『언어철학론』등이 있다. 마담 드 스탈은 파도바에서 체사로티를 만난 적이 있다.

111) 이는 '미끄러져 가다'라는 뜻의 sdrucciolorare에서 온 말이다.

112) Niccolo Machiavelli(1469~1527): 이탈리아의 정치 이론가 · 역사가.『군주론』

(1532), 『로마사론』(1531)의 저자. 특히 『군주론』은 그의 대표작으로 정치학의 중요한 고전이다. 군주의 통치 기술을 다룬 것인데, 군주가 국가를 통치 유지하기 위해서는 무엇보다도 권력에 대한 의지·야심·용기가 있어야 하며, 경우에 따라서는 불성실·몰인정·잔인함도 필요하고, 종교까지도 이용해야 한다고 주장한다. 이 책은 후에 마키아벨리즘이라는 용어를 만들어내었다.

113) Giovanni Boccacio(1313~1375) : 이탈리아의 소설가. 피렌체의 부유한 상인의 사생아로 파리에서 태어나 나폴리에서 교육을 받는다. 피렌체에서 페트라르카와 친교. 대표작으로 『데카메론』이 있다.

114) Gian Vincenzo Gravina(1664~1718) : 이탈리아의 평론가. 18세기의 문학 재건 운동의 중심이 되었던 아르카디아파의 창립자의 한 사람이다. 대표작 『시론』에서 그는 그리스, 라틴 정신으로의 복귀를 역설하면서, 고전 작품의 외면적 모방에서 벗어나 합리적 탐구를 주장하였다.

115) Filangieri(1752~88) : 이탈리아의 법학자. 루소, 몽테스키외의 영향을 받았다.

116) Pietro Verri(1728~1797) : 이탈리아의 계몽주의 운동가. 18세기 밀라노의 가장 유명한 기관지 『카페』(1764~1766)를 창간하였다.

117) Bettinelli(1718~1808) : 이탈리아의 비평가.

118) 멋부린 말주변.

119) Karl V(1500~1558) : 합스부르크가의 독일(신성로마), 오스트리아 황제(재위 : 1519~1556).

120) arietta : 18세기의 멜로드라마에 쓰인 짧은 아리아.

121) 행복이라는 뜻.

122) 무덤이라는 뜻.

123) 쇠사슬이라는 뜻.

124) roulade : 두 음 사이의 빠르고 연속적인 장식음.

125) Semiramis : 고대 오리엔트의 전설적인 여왕. 반인반수의 여신 데르게토의 딸로, 싸움과 사랑의 여신. 로시니의 가극 『세미라미데』(1823)를 비롯하여, 비발디, 레스피기 등 오페라 작곡가들이 그녀를 노래한 작품을 썼다.

126) Marcus Curtius : 로마 귀족 출신의 용감한 청년으로, 신탁에 좇아 고대 로마의 포룸 로마눔에 생긴 땅의 균열에 말과 같이 뛰어들었고, 이 희생에 의하여 그 틈새는 바로 메우어졌다고 한다.

127) 프랑스 몰리에르(1622~1673)의 대표적인 희극.

128) Francesco Scipione Maffei(1675~1755) : 이탈리아의 문학자·역사가. 대표작으로 비극 『메로페』(1713)가 있다.

129) Carlo Goldoni(1707~1793) : 이탈리아의 희극 작가. 베네치아 출생하여 파도바에서

교육을 받았다. 1748년에 베네치아로 돌아와 전속 극작가로서 뚜렷한 대본이 없고 배우의 즉흥에 맡기는 가면극이었던 당시의 연극을 개혁하고 성격극을 확립하는 데에 성공하였다. 가면극 작가인 고치와 대립하여 심한 언쟁을 벌였다.

130) Vincenzo Monti(1754~1828): 이탈리아의 신고전주의의 대표적 시인·극작가. 라베나 교외에서 출생, 페라라 대학 졸업. 재학 때부터 문학에 뜻을 두어 1778년 로마로 가서 22년 간 체재하였다. 그는 단테, 괴테 등을 본받아 풍부한 상상력으로 명랑한 시를 썼으나 때로는 고전적 수사에 얽매여 형식주의에 빠지기도 하였다. 나폴레옹을 칭송한 시를 쓰기도 했다. 주요 작품으로『우주의 아름다움』(1781),『바스티유에게 바치다』(1793)가 있다.

131) 이들 세 인물은 16세기부터 18세기까지 이탈리아에서 유행한 즉흥희극 Commedia dell'Arte에 빠짐없이 등장한다.

132) Carlo Gozzi(1720~1806): Gaspio Gozzi 의 동생. 이탈리아의 극작가 베네치아 출생. 골도니의 계몽주의적 연극 혁신 운동에 반대하여 의식적으로 반사실주의적인 몽환극을 전개하고, 전통적인 가면극『코메디아델 라르테』의 전통을 잇는 기법을 구사하여 민중을 위한 연극의 부흥을 지향하였다. 주요 작품으로『3개의 오렌지에의 사랑』(1761),『투란도르』(1762)가 있다.

133) 목가 연애시에 곡을 붙인 자유 형식의 짧은 가요.

134) Antonio Canova(1757~1822): 이탈리아 신고전주의의 대표적인 조각가. 일찍부터 석공 밑에서 일을 하다가 재능이 인정되어 베네치아의 조각가 토레티의 공방에 입문하였으며, 이때 고대 조각에 깊은 관심을 가졌다. 주요 작품으로「테세우스와 미노타우로스」「교황 클레멘스 14세의 묘비」가 있다.

135) Andrea Mantegna(1431~1506): 이탈리아 파도바파의 대표적 화가·조각가. 북유럽에서 여전히 성행하던 고딕 양식과의 결별을 고하고, 새로운 양식을 고안함. 파도바에 있는 에레미타니 성당의 벽화, 만토바에 있는 카메라 델리 스포지의 벽화 등을 그렸다.

136) Perugino(1446~1523): 이탈리아 르네상스 전성기의 움부리아파의 대표적 화가. 본명 Pietro Vannucci. 치타 델레 피에베 출생. 피렌체에서 베로키오에게 사사하였다. 1481년 교황 시크스토스 4세에게 초대되어 시스티나 성당의 벽화 장식에 종사하였다. 주요 작품으로 피렌체의 산타마리아 마달레나 데 파치 성당의「성 베르나르도의 환상」「그리스도 강가」가 있다.

137) Leonardo da Vinci (1452~1519): 르네상스 시대의 이탈리아를 대표하는 천재적 화가·조각가·건축가·과학자. 피렌체 근교의 빈치 출생. 볼로냐에서 측지·치수에 종사. 피렌체에서「모나리자」를 제작. 1516년에는 프랑스의 프랑수아 1세의 초청으로 앙부아즈에 가서 살았다. 그는 예술가로서 뛰어났을 뿐 아니라 천문학·물리학·지리

학·토목공학·기계학·식물학의 연구자이기도 하였다. 르네상스의 이상인 만능인이었다.

138) Philoktetes: 그리스 신화의 영웅. 7척의 선단을 이끌고 트로이 전쟁에 참가하던 중 독사에게 발을 물려 썩은 상처에서 몹시 고약한 냄새가 났기 때문에 영웅 오디세우스에 의해 렘노스 섬에 홀로 방치되었다. 그러나 오디세우스 일행은 신탁에 의해 필로크테테스의 화살 없이는 승리하지 못한다는 것을 알게 되어 그는 살아남을 수가 있었다.

139) Zenobia: 남편 오데나투스와 그의 아들을 모살한 뒤 자신의 친자 바발라투스를 보좌하여 국정을 지배하였고 로마 제국 동방의 여왕으로서 세력을 확립하였다.

140) Lucius Brutus: 로마의 집정관(재임: 기원전 509년경). 로마가 왕정에서 공화정으로 바뀌는 과정에서 주도적인 역할을 담당한 사람. 자신의 자식들을 반역죄로 처형하고, 제1회 카르타고 규약을 체결하였다고 한다.

141) Francesco Albani(1578~1660): 이탈리아 화가. 볼로냐 출생. 볼로냐파에 속하는 화가로서 많은 제단화를 그렸다. 주요 작품으로「파에톤의 추락」「아모리니의 춤」「그리스도의 세례」등이 있다.

142) Tiziano Vecellio(1490~1576): 이탈리아의 화가. 벨리니와 조르조네의 기법을 따랐다. 국내외의 여러 왕후들과 교황, 독일 황제의 총애를 받아 화려한 생애를 보냈다. 신화·종교·인물을 주제로 하였고, 사실성과 색채로 알려져 있다. 주요 작품으로는「성애와 속애」「성모승천」「개를 데리고 있는 입상」이 있다.

143) 그리스 신화에 나오는 낙원으로, 신에 의하여 사랑받은 사람들이 사후에 사는 숲.

144) Aeneas: 그리스·로마 신화에 나오는 인물. 안키세스와 아프로디테의 아들이다. 로마의 시인 베르길리우스는 이를 소재로 하여『아이네아스』를 완성하였다. 이 작품에 의하면 그는 해상에서 폭풍을 만나 카르타고에 표류하고 그곳에서 여왕 디도의 사랑을 받는 등의 모험을 겪는다. 디도는 아이네아스가 떠난 후 칼로 가슴을 찌르고 불 속으로 몸을 던진다.

145) Tancredi(라틴어로 Tancreanus) (1078~1112): 노르만인 용사. 제1회 십자군 원정에 참가하여, 예루살렘의 정복 등에서 무공을 세웠다. 이탈리아의 서사시인 타소가 쓴『예루살렘의 해방』(1580)의 주인공.

146) 타소의『해방된 예루살렘』을 말한다.

147) Salvator Rosa(1615~73): 이탈리아의 화가·출판가·시인·음악가. 피렌체에서 교육받고 로마에서 전쟁화와 성당의 장식화를 그렸다.

148) 이탈리아의 희가극 오페라 부파 opera buffa를 일컫는다.

149) 사투르누스는 로마 신화에 나오는 농경신이며 보통 그리스의 크로노스와 같은 신으로 본다. 그 이름은 '씨 뿌리는 자'라는 뜻이다. 제우스에게 쫓긴 크로노스가 이탈리아로 도망가 농업 기술을 보급함으로써 황금 시대를 이룩하였다고 한다. 사투르누스의

축제를 사투르날리아라고 하여, 12월 17일에서 19일까지 열었으나 나중에는 23일까지 연장하여 7일 간이나 계속되었다.

150) 북아프리카산의 말.

151) 가톨릭 프란체스코 수도회의 수사·설교가. 파도바에서 교육과 설교에 종사하였으 다. '기적의 성인'이라 불릴 정도로 많은 기적을 행하였는데, 물고기들에게 설교하고 있는 유명한 그림에서 알 수 있듯이 그의 설교에는 남다른 능력이 있었다고 한다.

152) Che la bella principessa sia ammazzata! Che il signobe abbate sia ammazzato!

153) Diocletianus: 고대 로마의 황제(재위: 284~305). 공화정적인 요소를 일소하고, 오리엔트식 전제 군주정을 수립한 황제이다. 제국 분할 통치의 기초를 세워, 4분 통치제를 시작했다. 그의 권위와 신성성과 초자연성을 강조하고 페르시아에서 궁정 예절을 도입, 신하에게 무릎을 꿇고 배례하게 하는 한편, 전통 수호의 뜻에서 옛 다신교를 회복하여 많은 신전을 세웠다.

154) 프랑스의 시인 니콜라 질베르의 「최후의 심판」(1773).

155) Bonaventura: 이탈리아의 가톨릭 신학자, 성인(축일은 7월 14일). 토스카나 지방의 바그노레지오 출생. 프란체스코 수도회에 들어가 파리 대학에서 공부하고 토마스 아퀴나스와 함께 교수 자격을 얻어 모교에서 신학 교수를 하였다. 아우구스티누스의 전통을 따라 신비적인 사색을 하였다. 주요 저서로 『하느님께 이르는 정신의 여행』(1472)이 있다.

156) 일곱 개의 회준(잘못을 뉘우치어 고침) 시편의 하나. 시편 51(다윗의 노래)은 1621년에 알레그리가 곡을 붙였다. 지금도 성 금요일에 시스티나 성당에서 노래로 불려진다. 우리나라에서는 '자비송'이라고 한다.

157) "분노의 그날, 세계는 재가 되리라. 다윗이 시빌라와 증언하는 바에 의하면." 마담 드 스탈은 그레고리오 성가에서 「최후의 심판」을 노래하는 처음 구절을 주에서 인용하고 있다.

158) John Milton: 영국의 시인. 『실락원』의 저자로서 셰익스피어 버금가는 대시인으로 평가된다.

159) Hippolytos: 그리스 신화의 영웅. 아테네의 왕 테세우스와 아마존의 여왕 히폴리테 사이에 태어난 아들이다. 그는 사냥, 사냥의 처녀신 아르테미스를 숭배하는 일로 나날을 보내고 있었다. 어머니가 죽은 뒤, 크레타 섬의 왕녀로서 계모가 된 파이드라로부터 불륜의 사랑을 고백받았으나 그것을 거절하였다. 이 때문에 파이드라는 히폴리토스를 무고하는 유서를 남기고 자살했다. 이것을 읽고 오해한 테세우스는 아들을 추방하였을 뿐만 아니라, 일찍이 해신 포세이돈이 허락하였던 세 가지 소원을 사용하여 아들의 죽음을 빌었다. 히폴리토스는 해신이 보낸 괴수에 말이 놀라 날뛰는 바람에 전차에서 떨어져 죽었다. 나중에 진상을 알게 된 아버지는 이 일을 비탄한 나머지 아들 히폴리토스

의 뒤를 따라 죽었다는 전설도 있다. 고대 그리스 비극 시인 에우리피데스의 『히폴리토스』는 이 신화를 희곡화한 작품이고, 이것은 세네카의 작품이라고 전해지는 『파이드라』와 17세기 프랑스의 고전 작가 라신의 『페드르』의 대본이 되었다.

160) Diana: 로마 신화에 나오는 여신. 영어로는 다이아나라고도 한다. 그리스 신화의 아르미테스와 같은 신이다. 원래는 숲의 여신, 또는 수목의 여신이었으나 나중에 숲속에 사는 동물의 수호신, 사냥의 신, 나아가서 가축의 신으로 보게 되었다.

161) Kirke: 그리스 신화에 나오는 마녀. '독수리'를 의미한다. 요술에 뛰어나고 전설의 섬 아이아이에 살면서 그 섬에 오는 사람을 요술로써 짐승으로 변하게 하곤 했다.

162) 타키투스 시대(55년~120년경)에 바이크셀 강 하류에 정주하던 동게르만계의 부족. 동고트족과 서고트족으로 나누어졌는데, 동고트는 훈족의 왕인 아틸라가 죽은 뒤 그 지배자로부터 독립하여 로마령인 파노아로 이주하였으며, 5세기 말에 테오도리쿠스 왕의 지도로 이탈리아에 침입, 동고트 왕국을 세웠다.

163) Theodoricus: 이탈리아 동고트 왕(재위: 471~526). 산업·문화를 보호하고 뛰어난 로마인을 요직에 등용, 선정을 베풀었으나, 아리우스파의 신앙을 지지했기 때문에 로마의 인심을 얻지는 못했다. 그의 존재는 중세 영웅전에 자주 나타나며, 『니벨룽겐의 노래』에서는 '베른의 디트리히'로서 알려져 있다.

164) 이탈리아 소극, 또는 인형극의 등장인물인 곱추.

165) Ferdinando Galiani(1728~1787): 이탈리아의 외교관·문학자·경제학자. 외교관으로 파리에 파견되어, 살롱에서의 대화나 저서를 통해 튀르고와 디드로에게 영향을 주었다.

166) Domenico Caraccioli(1715~1789): 카라치올리 가계는 나폴리의 유명한 귀족 가문. 나폴리의 경제학자·외교관으로 파리 주재 대사로 파견나가 있었다. 이 시절 네케르의 살롱에 드나들었다고 한다.

167) 고대 그리스·로마 시대의 몸통이 불룩 나온 긴 항아리 형식의 단지.

168) 그리스도의 눈물이라는 뜻.

169) 1798년 2월 로마에 입성한 나폴리 군과 프랑스 군대가 대치하였을 때의 일화로 추측된다.

170) 괴테, 『엘레기 Elegie』.

171) Madame Récamier (1777~1849): 리옹 태생. 은행가 레카미에와 결혼하고 나폴레옹의 집권 시대에 살롱을 운영하였다. 나폴레옹의 박해를 받고 있던 마담 드 스탈의 친구가 되어 자신도 파리에서 40리유 밖으로 추방당하는 명령을 받는다. 미인으로, 그리고 샤토브리앙과의 사랑으로 유명하다.

172) Giovanni Pindemonte(1751~1812): 베로나 태생의 시인. Ippolito Pindemonte (1753~1828)는 마담 드 스탈이 제18부 제5장에서 그의 시를 한 줄 인용하고 있는데,

조반니의 동생이다.

173) 자크 네케르(1732~1804): 마담 드 스탈의 부친. 『종교도덕강의』는 1800년 출판, 『종교상의 의견의 중요성』은 1788년 출판.

174) 프레데리케 조피 크리스티아네 브룬(1765~1835): 독일의 여행 작가 및 시인. 여러 곳, 특히 이탈리아를 여행하여 그 상세한 여행기를 남겼다. 그녀는 1801년에 마담 드 스탈의 코페성에 오래 머물렀다.